December 2024

Virginie Bonfils-Bedos

To Tara,

A long time family friend, who certainly knows many more stories of my grand-mother not in this book.

Lots of love,
Virginie

À Minouche.

Copyright © 2023 Virginie Bonfils-Bedos

Tous droits réservés.

# 1.

## Alix

Alix pousse la porte de sa chambre et pose ses deux valises sur le lit. Derrière elle, Albert laisse deux autres malles contre le mur.

'Merci Papa,' lui dit-elle avec un sourire fatigué.

Alix tourne son regard vers Herminie. Celle-ci attend dans le couloir avec un visage encore plus sévère qu'à l'ordinaire. Alix n'arrive pas à déterminer si sa mère lui en veut de la situation.

'Maman, je suis désolée…,' tente-t-elle.

'Ne sois pas ridicule. Ce n'est pas ta faute,' l'interrompt Herminie.

'Tu es toujours la bienvenue à la maison. Tu es chez toi ici,' ajoute Albert, 'et ne t'en fais pas : à présent, les choses vont s'arranger.'

Alix est soulagée de leur soutien et les embrasse l'un après l'autre tendrement sur la joue. Ses parents la quittent et elle commence à défaire ses bagages, pensante. C'est étrange de revenir dans cette chambre, de reprendre son rôle de fille dans la maison. Elle le ressent comme un retour en arrière, mais les circonstances l'obligent. Et puis elle est contente de ne pas être seule et d'avoir ses parents derrière elle : les mois à venir s'annoncent difficile.

Dès demain, Alix devra commencer ses recherches et prendre des rendez-vous auprès des cabinets d'avocats de Nîmes dont les renommées ne sont plus à faire. Il faut qu'elle gagne gain de cause, et vite. Sa liberté et sa réputation sont en jeu.

'Madame, je regrette de ne pouvoir vous aider,' lui indique l'avocat du jour, 'mais mon cabinet travaille en partenariat avec un cabinet de Montpellier… et il y a conflit d'intérêt.'

Alix le salue poliment avant de partir. Elle ne perd pas son temps à demander des explications, elle les connait. Ce n'est pas la première fois qu'elle fait face à un tel refus, mais elle espérait vraiment qu'en quittant Montpellier, les avocats ne lui diraient plus non… Non, parce que sa requête va à l'encontre de la politique du gouvernement de Vichy, parce qu'elle n'a que 21 ans et qu'ils ne la prennent pas au sérieux, ou parce que sa riche belle-famille s'y oppose et est bien trop influente. Mais son divorce, elle l'aura !

Alix rentre chez ses parents à la fois déçue et frustrée. Cela fait dix jours déjà et elle n'a pas avancé. Elle entend sa mère s'affairer dans la cuisine mais se rend au salon. Elle y trouve Albert en pleine lecture du journal et il lui jette un regard inquisiteur.

'Non. Toujours pas. Aucun ne veut prendre mon dossier,' répond Alix à la question implicite.

Elle se laisse tomber dans un fauteuil à côté de son père, lasse.

'Et lui ?' lui demande-t-il en pointant du doigt un petit article dans le journal local.

'Qui ?' demande Alix en se penchant vers le journal.

'Maître Charles Bedos,' répond Albert.

Alix fait une grimace.

'Lui ? Hors de question !' s'exclame Herminie de

l'embrasure de la porte, 'c'est un socialiste et un athéiste, et il a une réputation de séducteur épouvantable ! Je l'ai vu parader dans sa voiture américaine...' continue de s'écrier sa mère.

'Une Lincoln, je crois,' précise Albert, non sans une note d'admiration dans la voix.

'Peu importe. C'est indécent en temps de guerre. Non, le nom d'Alix ne peut être lié à celui de cet individu.'

Alix hoche la tête avec approbation et rend le journal à son père.

'Maman a raison. Je n'ai vraiment pas besoin d'une telle publicité.'

'Peut-être, mais tu as encore plus besoin d'un divorce,' rétorque son père, 'et sur le plan professionnel, il est excellent et semble se passionner pour les causes perdues...'

'Alix n'est pas une cause perdue,' lui répond fermement Herminie, les bras croisés sur la poitrine. L'explosion est imminente et Albert décide de ne pas la provoquer. Il se tait.

'Alix, j'ai besoin d'aide dans la cuisine,' dit Herminie d'un ton ferme qui clôt toute discussion.

Alix se lève. Dès que sa mère a disparu, elle se penche vers son père et lui murmure qu'elle lira l'article plus tard.

'Vu la réaction de ta mère, on peut oublier Maître Bedos,' continue Albert.

'Je viens de penser,' lui dit Alix avec un nouvel espoir dans la voix, 'il y a surement un avocat au sein de la paroisse. Cela fait longtemps que le chanoine Varade n'est pas venu à la maison...'

Albert lui sourit mais lui indique la porte d'un

6

hochement de tête. Alix fait la moue et se dépêche de rejoindre sa mère pour préparer le repas. Une fois seul, Albert se lève et décroche le téléphone. Il ouvre son carnet d'adresse et y cherche le numéro du chanoine.

Le chanoine Varade, un bon ami de la famille, vient leur rendre visite le lendemain après-midi. Albert apprécie sa culture et son humour, alors qu'Herminie le respecte surtout en tant qu'homme de religion et pour ses connaissances de tout et de tous à Nîmes.

'Ma fille, comment vous portez-vous ?' demande le chanoine, assis dans le salon alors qu'Alix lui sert une tasse de chicorée.

'Je vais mieux, mon père, je vous remercie,' répond-elle en souriant. Le chanoine baisse son regard vers les poignets fins et pales de la jeune fille quand elle lui tend la tasse. Ils sont à peine visibles sous son chemisier. Il n'y a pas si longtemps, il les a vus couverts d'hématomes.

'Je m'en réjouis, ma fille. Vos parents doivent être si heureux de vous avoir à nouveau à la maison,' continue-t-il, tournant son regard vers le père et la mère.

'Oui,' répond Albert avec un sourire affectueux quelque peu voilé d'inquiétude.

'Bien sûr,' répond Herminie, 'mais je me désole que cela soit dû à de telles circonstances.'

'Ah, le divorce ! C'est un mal nécessaire il me semble. Je suis certain que Dieu comprendra,' dit le chanoine, et d'ajouter, 'et avez-vous enfin trouvé un avocat ?'

Le visage d'Herminie se ferme. Elle n'aime pas

demander de l'aide au sein de la paroisse. Les gens parlent trop. Bien que son mari l'ait décidé, cela ne lui plait pas.

'Non. Pas encore,' répond Albert, 'Alix continue ses recherches. D'ailleurs, si vous avez des suggestions, nous en serions ravis.'

Le chanoine Varade prend une gorgée de chicorée pendant qu'il réfléchit.

'C'est délicieux, merci Alix,' commente-t-il après une gorgée. Alix se prend à penser que la politesse est parfois surfaite. Être obligé de complimenter une telle boisson ? Du thé ou du café, oui, mais cet ersatz ?!...

'Avez-vous considéré Charles Bedos ?' continue Varade.

Alix en sursaute. Elle se tourne vers le chanoine presqu'aussi stupéfaite que sa mère. Albert n'est pas aussi surpris, déjà au fait des mérites professionnels de l'avocat.

'Comment ?! Mon père, ce personnage scandaleux ?!' demande Herminie outrée, 'qu'Alix n'ait pas connaissance de ses mœurs, je comprends, mais vous ? D'ordinaire, vous protégez vos ouailles contre...'

'Absolument. Je connais Charles Bedos. Je l'ai rencontré à diverses occasions et, bien que je n'approuve pas certains aspects de sa vie personnelle, j'apprécie cet homme remarquable. Surtout, sa force de conviction et ses talents d'avocat sont ceux dont Alix a besoin. Vous ne trouverez pas mieux.'

Herminie s'étouffe presque sous le choc et en reste muette pendant quelques instants, avant de balbutier : 'Nous ne pouvons pas associer notre fille à ce... À ce... À ce personnage ! Il a même reconnu l'enfant d'une de ses maitresses. Hors-mariage ! Mon père, un tel homme n'est pas recommandable, que ce soit en public ou en privé. Placer le destin de ma fille dans les mains d'un être pareil, vous n'y pensez pas !'

'Mon père, comprenez notre hésitation,' intervient Albert pour soutenir sa femme, 'nombreux sont ceux qui critiquent Alix par principe, pour avoir quitté son mari. Même si beaucoup la comprennent, cela perturbe l'ordre établi dans notre communauté.'

'Oui, enfin… avec la présence des Allemands en France, l'ordre établi est déjà bien perturbé,' commente Alix.

'Alix !' Sa mère lui jette un regard de reproche. Ce genre de commentaire ne se dit pas en public.

'Tu as raison, ma chérie, et c'est pour cela que les gens se raccrochent d'autant plus aux normes religieuses et sociales,' reprend son père, 'ce sont des ancres. Mais pour en revenir à toi, ta situation en société est fragile : associer tes affaires à quelqu'un comme Maître Bedos pourrait les aggraver.'

'Votre analyse est juste, il faut restabiliser la position d'Alix et réhabiliter sa bonne foi. Pour cela, il lui faut un avocat qui se battra jusqu'au bout pour sa cause,' le visage du chanoine est sérieux en reprenant la parole, 'si le meilleur avocat de la région, pour ne pas dire un des meilleurs du pays, accepte de la défendre, ce serait certainement bénéfique à l'image de votre fille. Votre priorité n'est-elle pas de gagner pour que tous les torts retombent, comme il se doit, sur son mari ? Il faut laver Alix de tout soupçon.'

'Ce Bedos n'est même pas Catholique !' s'écrie Herminie.

'Justement. Nous avons un devoir de tolérance : il

est une brebis égarée,' rétorque le chanoine, un soupçon de malice dans la voix.

Albert se retient de rire. Il a toujours apprécié un esprit vif. Par un simple geste, celui de poser une main sur l'avant-bras de sa femme, il empêche cette dernière de réagir. Un silence lourd pèse dans le salon avant qu'Albert ne décide de se tourner vers Alix et hoche la tête à l'affirmative.

'Très bien, demain j'appelle le cabinet de Maître Bedos pour prendre rendez-vous,' conclut Alix.

Le corps d'Herminie se crispe, son visage se ferme et son regard s'emplit de courroux. Afin de la calmer Albert ajoute à son attention : 'Peut-être que le dossier ne l'intéressera même pas et la question d'employer les services de Maître Bedos ne se posera plus.'

Quelques jours plus tard, Alix arrive devant l'immeuble avenue Feuchères où Maître Bedos a établi son cabinet. Une plaque de bronze indique que les bureaux sont au premier étage. Elle pousse la lourde porte cochère et pénètre dans un grand hall sombre. Quelques mètres plus loin, elle entame la montée vers l'étage en s'engageant dans un imposant escalier. Les plafonds doivent bien mesurer quatre mètres de haut ! A la fois nerveuse et curieuse de rencontrer le fameux avocat, Alix espère surtout qu'il va accepter de la défendre.

Elle est déjà à mi-chemin quand la porte cochère s'ouvre et se ferme lourdement derrière elle. Quelqu'un avance d'un pas pressé vers les escaliers, mais Alix n'y prête pas attention. Elle pense aux documents dans son grand sac, et à sa présentation de la situation pour que le dossier attise l'intérêt de l'avocat. Les pas se rapprochent vite. Soudain surprise de sentir la présence de quelqu'un derrière elle, Alix se retourne. Un homme est juste quelques marches plus bas mais, lui étant bien plus grand qu'elle, leurs visages sont au même niveau et leurs regards se croisent. Cela ne dure qu'un instant, mais il est suffisant pour couper le souffle de la jeune femme. Ses yeux d'un bleu clair et profond sont si perçants, si intenses, qu'ils semblent pouvoir lire l'essence même d'Alix

L'homme la salue d'un hochement de tête et, poliment, la dépasse. Il monte les quelques marches menant à l'étage, pousse la porte de droite et la tient ouverte pour elle. Alix entre dans le cabinet, et l'homme ferme la porte derrière elle. Une secrétaire se lève derrière son bureau, à l'entrée d'une petite salle d'attente, et vient à leur rencontre.

'Je sais, je sais… Je suis en retard… Veuillez-vous occuper de Madame,' lui dit l'homme d'une voix grave, posée et avenante.

'Oui, Maître,' répond la secrétaire.

Charles Bedos se tourne vers Alix, la salue, et disparait derrière une porte adjacente à la salle d'attente.

'Madame, s'il vous plait ?' demande la secrétaire à Alix en indiquant une chaise.

La rencontre avec Charles Bedos l'a troublée. C'est la réaction usuelle de toute personne qui croise pour la première fois cet homme charismatique, brillant et empathique. Il émane de lui une intelligence et une présence hors du commun. S'il n'est pas aimé de tous, il force l'admiration de ceux qui le rencontrent ou le voient en action. Pourtant son esprit de répartie et son humour incisif, son verbe précis et exact, son regard pénétrant ont le pouvoir de déstabiliser même ses amis de longue date.

A peine une dizaine de minutes plus tard, la secrétaire reçoit un appel interne et invite Alix dans le bureau de l'avocat. Alix en est surprise : elle était si nerveuse qu'elle est venue trente minutes en avance. Elle craignait que sa mère ne change d'avis à la dernière minute. Une personne dans la salle maugréée contre le retard de Maître Bedos alors qu'elle se lève.

Alix est frappée par la présence d'un piano à queue dans le bureau, trônant dans le coin opposé à la table de travail. Il contraste avec la sobriété du reste de la pièce, où elle note d'un rapide coup d'œil six anciens panneaux de cartes du monde sur un des murs et une grande bibliothèque sur les deux autres. Avide lectrice, elle aimerait parcourir les vieux livres reliés de cuir qui remplissent les étagères, mais elle se concentre sur l'objet de sa visite. Charles Bedos s'est d'ailleurs levé et invite Alix à prendre le fauteuil en face de lui devant son bureau. Alix s'approche et se présente avant de s'asseoir.

'En quoi puis-je vous aider, Madame ?' demande l'avocat sans s'attarder sur les présentations.

Charles Bedos ne lâche pas la jeune femme des yeux. Alix a l'impression qu'aucun détail ne lui échappe et qu'il comprend bien plus que ce qu'elle révèle dans ses explications concises.

Jacques, son mari, était si charmant lorsqu'elle l'a rencontré deux ans plus tôt. D'une dizaine d'année plus âgé et d'une famille fortunée et connue de

Montpellier, il était un beau parti. En plus, ce bel homme était attentif et plein de promesses. Les parents d'Alix ne pouvaient rêver d'un meilleur mariage arrangé par des connections catholique, et Alix s'imaginait bientôt comblée et heureuse. Elle dût déchanter bien vite. Son mari lui annonça dès les premiers mois de mariage l'existence d'une maitresse dont il ne voyait aucune raison de se séparer. De plus, il attendait de sa femme une obéissance en tout. Ce fut leur première scène de ménage. Puis ce fut la découverte par Alix de sa nature schizophrène et violente. Attendre d'Alix une soumission totale, c'était bien mal connaître sa nouvelle femme ! Elle refusa d'accepter la maitresse et les coups et quitta le domicile conjugal. Sa belle-famille pensait avoir trouvé une jeune fille innocente de bonne famille, une catholique dévouée qui accomplirait son devoir d'épouse sans regimber quels que soient les inconvénients. Elle se trompait.

Alix ajoute qu'elle a de la chance car ses parents la soutiennent dans sa demande de divorce même si celle-ci va à l'encontre de leur foi. Après tout, les blessures physiques de leur fille ne sont pas très catholiques non plus, n'est-ce pas ? Mais Jacques et sa belle-famille s'opposent à ce divorce au nom de cette même religion et ajoutent qu'il est sans fondement : les problèmes mentaux du fils n'existent pas et celui-ci nie que les marques sur le corps de sa jeune épouse sont de sa main.

Maître Bedos écoute Alix avec attention. Il semble noter toute hésitation dans le choix de ses mots pour présenter son problème, toute note d'amertume dans sa voix, toute peur dans son regard. Maître Bedos voit tout, entend tout, comprend tout, même ce qui n'appartient qu'à elle. Elle le sent. Cela l'effraie et la rassure à la fois : il est le premier avocat qui prête vraiment attention à son histoire. Alix expose sa situation pendant cinq minutes tout au plus, puis Charles Bedos la regarde et sourit. Elle reste silencieuse et observe l'avocat.

'Il n'est pas bel homme,' se dit-elle, 'et pourtant il a vraiment de la présence'. Charles a 38 ans, un crâne chauve, un nez aquilin, et un peu d'embonpoint masqué par sa grande taille. Il est carré, le port de tête digne, et le visage fort en caractère. Non, il n'est pas beau, mais il a un certain charme et, surtout, une intelligence captivante dans le regard.

'Les divorces ne sont pas ma spécialité, je m'occupe surtout des affaires criminelles,' entame Charles Bedos. Alix ne peut pas contenir un pincement de lèvres. Cela commence mal.

'Et puis,' continue Charles Bedos, 'les nouvelles lois de Vichy s'opposent au divorce au nom de la protection de la famille…'

Alix a compris. C'est encore un non. Elle ne peut pas cacher sa déception.

'Cependant,' reprend l'avocat, 'la loi contre le divorce pourrait s'avérer criminelle dans votre cas. Aussi, je serai ravi de m'occuper de votre dossier. En mon humble opinion, il serait inadmissible que vous n'obteniez pas ce divorce.'

Le soulagement d'Alix est immense. Il lui semble qu'elle peut soudain respirer à nouveau.

'Merci Maître. Je suis heureuse que vous acceptiez. J'ai maintenant espoir de pouvoir retrouver ma liberté au plus vite.'

'Je m'en charge, Madame.'

Alix sort de son sac une pochette pleine de documents pour appuyer sa demande et la remets à son avocat. Charles Bedos l'ouvre et jette un rapide coup d'œil aux différents papiers.

'Très bien. Je vais consultez votre dossier. Je suggère un autre rendez-vous la semaine prochaine pour discuter du suivi de votre situation, de mes honoraires à établir en accordance avec votre budget, et de nos rendez-vous hebdomadaires. Veuillez en parler avec ma secrétaire.' Charles se lève, indiquant ainsi la fin du rendez-vous, et accompagne Alix à la porte qu'il ouvre pour elle en gentleman.

Alix est excitée, son dossier est enfin pris en main. Elle aurait préféré avoir un avocat moins controversé, mais elle craignait de ne pas en avoir du tout !

Quand elle annonce la nouvelle à ses parents, sa mère se renfrogne et s'enferme dans la cuisine pendant des heures, passant ses nerfs sur les fourneaux. Albert est content pour sa fille, toutefois il la met en garde contre l'avocat.

'Vos rendez-vous doivent rester purement professionnels,' insiste-t-il, 'et tu ne dois jamais le voir en dehors de son cabinet.'

'Enfin Papa, bien sûr que non. Pourquoi le ferais-je ? Je n'en ai aucune envie !' lui répond-elle avec conviction.

Ce sont les derniers jours de Mars 1941, juste avant Pâques. Le printemps est à l'horizon, et, Alix l'espère, sa liberté aussi.

15

## Charles

Dans sa robe d'avocat, Charles Bedos sort d'une salle d'audience au sein du Palais de Justice. Il est interpellé par un autre avocat, George, un homme raffiné avec un visage sérieux mais amical. Charles se retourne et salue son ami avec chaleur. Ils se rejoignent et marchent ensemble.

'La partie de poker tient toujours pour ce soir, ou ta femme va-t-elle encore protester ?' lui demande George en le taquinant.

'D'abord, elle n'est pas ma femme, je suis célibataire,' lui répond Charles, ' et oui, poker ce soir.'

'Célibataire ! Vous avez un fils quand même…,' continue George.

'J'ai toujours été clair, dès le début : c'est une liaison sans engagements,' répond Charles avec sérieux, 'l'enfant n'était pas prévu et c'était une tentative de m'attraper… Alors, j'assume ma paternité, mais elle ne me fera pas l'épouser.'

George lève les mains en signe de trêve.

'Ah ! Si les deux parties sont en accord, bravo,' ajoute George.

'Nous l'étions…,' conclut Charles.

Charles lui jette un regard amical, et les deux hommes se séparent avec le sourire.

Charles redevient sérieux en poussant la porte d'un des bureaux du Palais, celui du procureur. Ils se serrent la main avec quelques mots de politesse avant de s'asseoir de l'autre côté de son bureau.

'Le dossier n'est toujours pas enregistré,' entame

Charles, 'Henri Fabre attend en prison sans nouvelles depuis des semaines. C'est inacceptable.'

Le procureur regarde Charles et secoue la tête avec un soupir.

'Que voulez-vous, Charles ?' lui demande le procureur.

'Accès pour sa famille, des soins appropriés et une meilleure alimentation,' répond Charles.

'C'est une prison, pas un camp de vacances,' rétorque le procureur.

'Il a été gravement battu… et pas par d'autres détenus,' contre-attaque Charles.

Le procureur soupire à nouveau et cherche le dossier dans ses piles. Il le sort et commence à le parcourir. Son téléphone sonne. Le procureur y répond et écoute en silence avant de raccrocher, agacé. Il hésite quelques secondes, ferme le dossier, puis annonce qu'il doit quitter Charles quelques minutes et le prie d'attendre. Une fois qu'il a quitté la pièce, le regard de Charles se fixe sur l'épais dossier de son client. Il vérifie derrière lui et note que la porte est à peine entr'ouverte. Il se penche et, d'un geste rapide, tourne le dossier vers lui et le parcourt rapidement. Il y découvre un document alarmant et, prestement, il en arrache une photo d'identité et referme le dossier avant de le replacer comme il était. Il glisse la photo dans sa chaussure, puis se rassoit en arrière comme s'il n'avait pas bougé. Le procureur revient dans les secondes qui suivent, un document à la main qu'il met de côté.

'Où en étions-nous ?' demande-t-il à Charles.

'Henri doit être envoyé à l'infirmerie,' lui dit Charles.

'Je suis désolé,' répond le procureur, 'mais le traitement des prisonniers ne ressort pas de mon autorité.'

Charles se lève, mais reste droit et imposant devant le bureau.

'Mon client a souffert coups et blessures dans une institution de l'Etat,' lui dit Charles, 'alors que, jusqu'à preuve du contraire, il est innocent. Je vous saurais gré d'activer son dossier au plus vite.'

Las, le procureur lui dit qu'il va s'en occuper, mais cela devra attendre encore au moins une semaine. Il est submergé.

Les deux hommes se serrent la main. Charles ressort avec aplomb, mais il n'en reste pas moins conscient de son acte. Il joue avec le feu, le sait, mais le cache bien. Il vient de sauver son client d'une condamnation à vie. Pour s'assurer que rien dans son attitude ne trahisse le stress inhabituel que lui cause ce qu'il vient de faire, il s'efforce de penser à autre chose. Ses pensées se tournent vite vers sa nouvelle cliente, Alix Jean. Elle a laissé une très forte empreinte. Il désire en savoir plus sur elle.

Moins d'une semaine plus tard, le lundi de Pâques, Charles est satisfait de sa visite chez les Jean. Elle a confirmé ses premières impressions. Il sourit en repensant à la surprise sur le visage d'Alix, vite rassurée lorsqu'il lui a expliqué l'objet de sa venue. Un petit mensonge... Il n'était pas dans les parages par hasard comme il leur a dit et sa visite chez ses parents n'était pas improvisée. Charles désirait juste finaliser les informations discrètement obtenues sur Alix et sa famille, car rien ne vaut des observations de visu. Une occasion parfaite de les observer dans leur cadre habituel. Charles a pu se faire une idée des parents d'Alix et de la situation générale de la famille. De leurs mentalités, aussi. Le père lui a fait une bonne impression. Son opinion sur Charles est teintée par son catholicisme et les ragots, bien sûr, mais il a un esprit ouvert et ne semble pas le juger par principe comme le fait sa femme. Celle-ci sera plus problématique, mais rien d'insurmontable, d'autant qu'Alix n'est pas sous sa coupe. Bon, comme la plupart des Français, les parents sont Pétainistes, mais pour Alix cela reste à déterminer. Et puis, ce sont des choses qui changent, il suffit d'un déclic pour vous ouvrir les yeux.

'Bien,' pense Charles, 'très bien. Je vais mettre mes affaires en ordre.'

Charles attendra deux jours avant de demander à sa secrétaire d'appeler Alix à son domicile pour prendre un nouveau rendez-vous afin de discuter de nouveaux points avec elle. Alix répond elle-même au téléphone et accepte, au grand dam de sa mère qui lui fait une scène. Herminie ne supporte pas la présence autour d'Alix de cet homme. Elle méprise sa réputation de Dom Juan, son non-conformisme, et son manque de religion. Mais Alix lui tient tête, non pas pour soutenir l'avocat, mais parce qu'elle a l'espoir d'obtenir son divorce et de redémarrer sa vie. Elle veut oublier Jacques et enterrer dans un coin sombre de sa mémoire les moments de détresse qu'elle a vécus tant y penser la remplit d'angoisse. Ah, ces soirées enfermée dans sa chambre pour se protéger, alors que son mari frappait contre la porte. Elle savait ce répit temporaire... Maintenant, elle veut couper les liens, effacer les souvenirs, respirer à plein poumons, être libre. Maître Bedos, tous le lui confirment, est sa meilleure chance et peut-être sa seule chance. Alix ne laissera pas sa mère compromettre son divorce parce qu'elle désapprouve la vie privée de l'avocat. Tout ce qui compte, ce sont ses qualités professionnelles. Charles a bien compris la position et le raisonnement d'Alix. Il a saisi qu'à présent, pour la voir, il lui faudra passer par sa secrétaire.

Lors de ce deuxième rendez-vous, Alix entre dans la salle d'attente pleine. Elle a à peine le temps de s'asseoir que la secrétaire l'invite à entrer dans le bureau de Charles. Il l'accueille avec une aisance et un charme naturels. Alix est polie mais très formelle et s'installe en face de lui à son bureau.

'Comme nous en étions convenu la semaine dernière,' commence Charles, 'j'ai déposé la demande de divorce au greffe du tribunal. Nous avons donc ouvert la procédure.'

'Merci Maître,' lui répond-elle.

'J'ai ainsi utilisé l'adresse de vos parents afin que les procédures soient ici en ville, pour éviter celle de votre domicile conjugal à Montpellier,' continue-t-il. Alix hoche la tête, concentré sur les paroles de Charles.

'Cependant, cela implique que vous avez quitté votre mari et le domicile conjugal. Cela risque de vous nuire ...' ajoute-t-il.

'Qu'est-ce que je pouvais faire d'autre ?!' réagit Alix. Elle se rend compte de la brusquerie de sa réponse.

'C'est juste...,' se reprend-elle, 'tout le monde me regarde comme si c'est moi qui suis en faute. Je me sens une paria de la société.'

'C'est temporaire. Nous prouverons que vous avez raison,' lui dit Charles avec assurance.

Alix sourit et son visage s'adoucit, offrant un aperçu d'un caractère plus chaleureux.

'Merci encore,' lui dit-elle.

Charles aime voir cet autre côté d'Alix, mais elle retrouve bientôt son attitude bien formelle. Alors il rassemble les papiers devant lui et prend sa décision.

'Nous allons revoir quelques points ensemble aujourd'hui, et je suggère à partir de maintenant des rendez-vous hebdomadaires,' lui annonce-t-il, 'nous avons beaucoup de travail devant nous.'

Alix ne s'attendait pas à autant de réunions et Charles voit sa surprise et une certaine appréhension.

'Ne vous inquiétez pas,' ajoute Charles, 'je m'en tiendrai au budget que vous avez convenu avec vos parents. Pas de frais supplémentaires.'

Alix hoche la tête avec un léger sourire et sort un carnet et un stylo de son sac en prenant un air de femme d'affaire. Charles ne peut pas contenir un sourire en voyant ses manières d'amateur.

Ainsi, pendant deux mois, Charles s'assure que sa secrétaire appelle la jeune femme chaque semaine pour prendre rendez-vous. Toujours, Alix est reçue dans les minutes qui suivent son arrivée, avant toute autre personne dans la salle d'attente. Petit à petit, le formalisme entre avocat et client se relâche. Alix se révèle doucement, en parlant d'elle et de sa vie, mais il sent qu'elle reste sur ses gardes.

Un soir, Charles sort de son bureau par la petite porte qui mène dans ses quartiers privés et se dirige vers son salon, sa vieille copie de Dante à la main. La sonnette du bureau résonne, lointaine, et l'interrompt alors qu'il s'apprête à s'asseoir. Charles jette un œil à l'horloge au-dessus de la cheminée. Il est 19.00, tard pour un client. Il va à la porte d'entrée de sa résidence et l'ouvre, surprenant ses visiteurs qui se tiennent devant la porte du bureau sur sa gauche. Varade et un jeune couple, Joseph et Anne Stein, ainsi que leur jeune fils David, se tourne vers lui. David doit avoir à peine 8 ans et il semble impressionné à la vue de Charles.

'Charles, je vous présente mes excuses de venir à l'improviste,' lui dit Varade, 'j'espérais vous voir seul après le travail.'

'Et bien je le suis. Je vous en prie, entrez.' Charles vérifie qu'il n'y ait pas de témoins dans l'escalier, et rentre chez lui en dernier. Il conduit ses visiteurs impromptus au salon et les invitent tous à s'asseoir, ce qu'ils font.

'Vous êtes juifs, n'est-ce pas ?' demande Charles en s'adressant aux Stein.

'Oui. Ma femme est née ici, mais moi je suis d'origine étrangère,' répond Joseph Stein, 'j'ai vécu dans ce pays toute ma vie et j'ai acquis la citoyenneté française. Mais maintenant, l'État veut me dénaturaliser.'

Charles écoute de plus en plus sérieux.

'En vertu des nouvelles lois de Vichy, ils le peuvent,' commente Charles.

'Tout est en mon nom, la maison, le magasin…' continue Joseph Stein après un hochement de tête, 'pour les transférer à Anne, je dois aller au tribunal.'

Charles grimace. Ce n'est pas une bonne option pour les Juifs ces temps-ci.

'On peut tout perdre,' conclut Joseph Stein.

'Je vais faire ce que je peux, mais sans promesses,' lui dit Charles, désolé pour ce couple désespéré, 'ce gouvernement s'aligne de plus en plus avec les politiques nazies.'

'Merci beaucoup,' lui dit Anne Stein, proche des larmes

Joseph Stein est reconnaissant mais mal à l'aise.

'Nous… Nous ne sommes pas certains que nous puissions vous payer…,' ajoute Joseph Stein avec embarras.

'Ne vous en faites pas,' le rassure Charles en plaçant une main amicale sur son épaule, 'je suis content d'avoir l'occasion de lutter contre ces lois. Elles sont inacceptables!

Varade se tourne avec un sourire vers les Stein. Il s'attendait à ça de Charles.

Après leur départ, Charles repousse la lecture de Dante et retourne dans son bureau. Il a besoin de son piano, il a besoin de se vider l'esprit. Il n'y parvient qu'en partie : Alix lui emplit la tête. Il décide que lors du prochain rendez-vous, il ira plus loin. C'est à son tour de s'ouvrir. Pour cela, il lui faut changer le format de la visite.

En attendant que sa secrétaire invite Alix à entrer, Charles se met au piano et commence à jouer un morceau de Beethoven, son compositeur préféré. Il ferme les yeux de plaisir. Il lui semble que tout son corps devient plus léger. Ses pensées s'envolent avec les notes et virevoltent dans l'air printanier. La porte du bureau se ferme, et il ouvre les yeux sur une Alix souriante.

'Je vous en prie, asseyez-vous,' lui dit-il en continuant son morceau. Ses mains dansent avec brio sur le clavier. Alix est captivée. Charles lui rend son sourire.

'Je vous sens étonnée, Madame. Peut-être ne saviez-vous pas que le piano est ma grande passion ?'

'Ou avez-vous appris à jouer ainsi ?' demande-t-elle.

'Au Conservatoire. Je suis premier prix de piano.'

Charles continue à jouer pendant quelques minutes, puis il referme le couvercle avec douceur.

'Vous avez donc étudié la musique en plus du droit ?' s'enquiert Alix. Ce sont les premières questions personnelles qu'elle lui pose. Charles en sourit davantage.

'Oui. Et la littérature également. Je suis Docteur en Droit et Docteur *ès* Lettres. J'ai les deux hermines, et ce grâce au piano.'

Alix l'invite du regard à expliquer cette anecdote surprenante, et Charles s'exécute.

'Mon père était ingénieur et fit fortune dans les réseaux ferroviaires. Il géra notamment la construction des chemins de fer en Egypte au côté de Ferdinand de Lesseps. Pour plus de facilité dans ses voyages de travail autour de la Méditerranée, Papa et Mama s'installèrent à Naples. Ma mère étant vénitienne, elle était heureuse de rester en Italie.

Malheureusement, après avoir reçu médailles et honneurs du bey d'Egypte et du Roi d'Italie en personne, et après avoir amassé un beau capital, Papa commença à se reposer sur ses lauriers et tomba dans de mauvaises habitudes. Sur un coup de tête, il prenait son yacht avec son majordome et voguait vers Monaco, où il jouait et perdait sans compter. Tout y partit. En parallèle, il perdit aussi progressivement la vue. Lorsque le Vésuve explosa en 1906 - j'avais 3 ans à peine il ne restait plus rien de sa fortune. Effrayé par la présence du volcan en éveil et la chute de leur image dans la société napolitaine, Mama persuada Papa de revenir ici, dans sa contrée natale. Elle espérait que le nom respectable de la famille et une vie plus frugale m'aideraient à construire un meilleur avenir.'

'Elle semble avoir eu raison… Mais quel est le lien avec le piano ?' Alix est prise dans l'histoire de l'avocat, plus inattendue que ce à quoi elle s'attendait.

'Les études ont un coût que mes parents ne pouvaient plus prendre en charge. Pour pouvoir les poursuivre, j'accompagnais au piano les films et les actualités au cinéma. Parfois au théâtre aussi. Et pendant la période estivale, j'offrais mes services en tant que guide dans la ville. Cela couvrait les frais universitaires et l'achat des livres, ainsi qu'une petite chambre de bonne à Montpellier. Cependant, je ne pouvais pas me permettre le chauffage, alors je mettais ma lampe à huile à côté de moi sur le lit pendant que je travaillais, emmitouflé dans les couvertures. Un jour je me suis endormi sur mes cours et ai mis le feu à mes couvertures. Je me suis réveillé juste à temps pour le contenir. Ces hivers furent dur…'

'Votre histoire est surprenante. Des études pour deux diplômes en parallèle, en travaillant à côté pour les financer. Vos journées devaient être bien longues !

'Ce furent des années de travail intense, mais elles m'apprirent beaucoup. Y compris sur la psychologie sociale. Mon style de vie et la nécessité de travailler ne correspondaient pas à mon milieu. Cela dérangeait certains, alors que d'autres m'appréciaient pour moi et mon travail. Depuis, je fais fi du jugement des autres, ayant compris que l'opinion d'autrui est trop souvent imposée par la société et trop rarement le fruit d'une réflexion intérieure et personnelle. Ce qui compte, ce sont les valeurs personnelles et l'intégrité dans la pratique de ces valeurs. Nul ne devrait être jugé sur ses croyances ou divergences de point de vue sur le monde.'

'Mais vous, Maître, quelles sont donc vos valeurs et vos croyances ?' demande Alix, les yeux pétillants. Cette conversation l'enchante !

Charles Bedos ne répond pas. Ses yeux perçants observent Alix. Il décide de prendre le risque.

'C'est une question qui mérite plus de temps pour y répondre. Peut-être pourrions-nous continuer cette conversation lors d'un dîner ?'

Alix se tend. Cet homme l'intrigue, et la conversation d'aujourd'hui lui ouvre les yeux sur une autre personne que le brillant avocat ou le dangereux séducteur. Lors de leur fréquents rendez-vous de travail, elle a déjà appris à apprécier son intelligence et sa finesse d'esprit. Elle est tentée, mais non, ce n'est pas possible : elle ne peut accepter son invitation à dîner, c'est trop risqué et, comme promis à elle-même et à ses parents, elle doit se tenir à l'écart de lui hors de ce cabinet. Elle lui sourit et le remercie avec gentillesse.

'La situation est trop délicate, Maître. J'espère que vous comprenez que je ne peux pas accepter. Vous êtes mon avocat et je suis encore mariée. Nos relations ne peuvent être que professionnelles. Et puis, un dîner en tête-à-tête avec un homme célibataire pourrait être utilisé par ma belle-famille contre moi pour nuire à ma réputation.'

Charles Bedos ne répond pas. Il a tenté, il le devait. Il hoche la tête, son sourire toujours sur les lèvres. La réaction d'Alix lui plaît. Une femme mature pour son âge. Une femme bien. Il ne lui a pas dit encore combien il l'admire et la respecte pour avoir quitté son mari et tenir bon dans ses demandes. Bien qu'elle se batte pour protéger sa réputation et reconstruire son futur, elle fait passer son respect de soi et sa dignité personnelle d'abord. Oui, une femme de caractère. Un bourgeon qui ne demande qu'à éclore en une fleur fascinante, si la vie lui en donne l'opportunité.

'C'est une sage décision. Vous avez raison, bien sûr,' lui dit-il. Il prend note mentalement d'attendre deux semaines avant de la recontacter pour un autre rendez-vous.

Alors que Charles se prépare à faire entrer Alix quinze jours plus tard, il appréhende cette visite bien qu'il ait hâte de la voir. Il espère que leur dernière conversation n'aura pas changé son attitude plus ouverte vis-à-vis de lui. Il appelle sa secrétaire pour lui dire de faire entrer Alix et se lève pour l'accueillir.

Les deux sont surpris par des coups discrets contre la porte latérale vers son appartement privé. Charles invite Alix à s'asseoir tout en se dirigeant vers la porte. Il l'ouvre sur Joseph Stein qui tient la main de son fils David. Le père murmure quelque chose à Charles. Ce dernier se retourne, parcoure son bureau du regard et trouve le jouet en bois de David sous la chaise d'Alix. Elle suit le regard de Charles et voit la petite voiture en bois. Avant que Charles ait le temps de venir le chercher, David court à l'intérieur de la pièce et prend son jouet. Alix sourit au garçon et à sa joie.

'C'est une belle voiture,' lui dit-elle

'C'est un cadeau de Maître Bedos !' annonce David fièrement avec un grand sourire. Il tend la main à Alix.

'Bonjour, je m'appelle David Stein,' lui dit-il avec aplomb.

'Alix Jean,' se présente Alix en lui prenant la main, 'un plaisir de faire votre connaissance, jeune homme.'

David rayonne d'être appelé « jeune homme ». Son père arrive derrière lui et met les deux mains sur l'épaule de son fils.

'David, il faut y aller, Maître Bedos travaille,' lui dit-il.

'Oui Papa,' lui répond David, et il se tourne vers Alix en ajoutant, 'Au revoir, Madame.'

'Au revoir,' lui dit-elle en souriant.

Joseph Stein salue poliment Alix de la tête, et elle fait de même. À la porte, les deux hommes se saluent. Père et fils partent.

Charles retourne à son bureau, s'asseyant en face d'Alix.

'Il a l'air d'un gentil garçon,' dit Alix.

'Il l'est,' répond Charles, 'son père aussi est un homme bien.'

Charles ouvre ses dossiers. Il ne veut pas parler du cas de ses autres clients.

'*Stein*… Cela doit être difficile pour eux de nos jours,' dit Alix après un moment d'hésitation.

'Très. Et cela empire,' soupire Charles, 'nous nous battons, mais je crains pour eux.'

'Moi aussi,' dit Alix avec tristesse.

Charles et Alix échangent un regard plein d'émotion partagée et même d'une certaine complicité. Cela touche Charles et étonne Alix. Charles retourne son attention sur ses papiers, se sentant plus apaisé quant à Alix. Ils sont bien devenus plus proches.

Un mois plus tard, Charles est surpris d'apprendre par sa secrétaire qu'Alix a requis un rendez-vous en urgence. Le dossier du divorce suit son court et est en bonne voie, malgré de longs délais. Vraiment, ces délais l'arrangent pour avoir plus de temps avec Alix. Aussi la demande d'Alix l'inquiète et il demande à son assistante de la faire passer dans son bureau en priorité. Sa secrétaire ne peut s'empêcher de lever un sourcil : Alix passe déjà avant quiconque depuis sa première visite.

La jeune femme entre d'un pas rapide dans le bureau, légèrement essoufflée. Charles remarque tout de suite qu'elle semble plus légère, comme soulagée, bien que son visage soit préoccupé.

'Maître ! Merci de me recevoir si vite,' Alix est déjà assise dans le fauteuil alors que Charles a à peine eu le temps de se lever pour la recevoir. Il se rassoit.

'C'est terrible. Enfin… regrettable, peut-être pas terrible… Non, c'est terrible pour lui, moins pour moi…' Alix se perd dans des balbutiements. Charles attend patiemment.

'Mon mari… Il est mort,' annonce finalement Alix.

'Comment ?!' Charles ne s'y attendait pas. Il se retient de dire que c'est une excellente nouvelle. Ce ne serait vraiment pas décent.

'Il a fait une chute de cheval qui lui a brisé la nuque. Il est mort sur le coup.'

'Je vois… Dois-je vous présenter mes condoléances, ou vous féliciter du départ de votre mari ?'

'Vraiment, je ne sais pas,' dit Alix un peu tristement, 'je ne souhaitais pas sa mort, mais elle est une délivrance. Et puis… Maître, je n'ai plus besoin d'un divorce.'

L'avocat sourit à Alix, mais cette nouvelle ne le réjouit pas.

'Cela dit, j'ai un problème d'héritage,' continue Alix, 'feu mon mari n'avait pas encore changé son testament. Sur papier, j'hérite de tout. Bien évidemment, ma belle-famille s'y oppose sous prétexte que nous étions en instance de divorce. Ils ont déjà oublié qu'ils niaient tout possibilité de divorce. Vous serait-il poss…'

'Comptez sur moi !' Charles lui répond avant qu'elle ait eu le temps de finir sa phrase, un sourire à nouveau sur ses lèvres. Alix a encore besoin de lui et en plus, à présent, elle est libre. La journée s'annonce bonne.

'Je vais avoir besoin d'ouvrir un dossier. Il me faudrait tous les nouveaux documents dont vous disposez. Nous devons aussi planifier quelques réunions.'

'Bien sûr. Je suis ravie que vous acceptiez de venir à mon aide.'

'Vos visites m'auraient bien trop manqué.'

'Quel dommage que ce soit toujours liés à mes soucis juridiques.'

'C'est un plaisir. Vraiment,' dit Charles avec sincérité, 'et puisque nous ne pouvons pas vraiment le célébrer, que diriez-vous d'une petite pause musicale ? Une préférence ?'

Alix lui sourit. Elle comprend que tant de femmes puissent tomber sous son charme.

C'est une belle journée estivale et Charles se dit qu'il aurait été bien agréable d'aller faire un pique-nique avec Alix dans les herbes sauvages de la garrigue aux alentours de Nîmes. Elle est rayonnante aujourd'hui, Alix : ses trajets à bicyclette sous le soleil de l'été ont donné à son visage un bel éclat doré. Charles l'observe pendant qu'elle lui raconte, énervée, son dernier accrochage avec sa mère.

'Papa croit aux valeurs de Pétain, *Famille et Patrie*, mais il n'approuve pas de nombreuses mesures de Vichy. La collaboration avec les Allemands, je sens bien que cela l'irrite. En fait, je pense qu'il soutient Pétain par habitude... Alors que Maman, c'est parce qu'elle porte des œillères. Elle ne voit pas les abus ! Elle ne veut pas comprendre que la division de notre sol va de pair avec une division au sein de notre peuple. Les Français se méfient des Français. C'est odieux ! Maman craint de voir tout ça et de voir s'ébranler son monde. C'est que... Elle a bon cœur, au fond, Maman. Elle veut juste ne pas avoir mal, ne pas se retrouver sans référence.'

Charles écoute, attendri, et curieux aussi.

'Et vous, quelle est votre position vis-à-vis de Pétain et du gouvernement de Darlan ?'

'Je comprends qu'en principe l'armistice était inévitable, mais cette collaboration se rapproche plus du colonialisme que de l'entraide. Le gouvernement est un lèche-bottes, et les bottes sont allemandes.'

Alix hésite, et ajoute : 'La France, la vraie, me manque ... J'admire ceux qui continuent d'y croire et se battent pour elle, la France libre.'

Charles ne pouvait espérer mieux. Le dernier pion est en place : Alix partage ses opinions. C'est à lui de jouer.

La semaine qui suit, Charles est nerveux lorsqu'Alix entre dans son bureau. Elle sent tout de suite qu'il n'est pas lui-même. Il a joué au piano avant son arrivée et cela lui a calmé un peu les nerfs, mais trop peu. Comme d'ordinaire, il se lève quand elle entre. Mais contrairement à ses habitudes, il vient vers elle et lui prend la main pour l'amener à son siège. Au lieu de retourner s'asseoir, il reste sur le côté, la regardant sérieux et tendu.

'Madame, ces derniers mois, les moments partagés en votre compagnie dans ce bureau m'ont permis d'apprendre à vous connaitre, et à apprécier votre personne et celle que vous aspirez à devenir. J'admire votre courage et votre détermination face à votre situation. Vos visites ont confirmé ce que j'ai lu dans vos yeux dès la première seconde de notre rencontre, dans les escaliers. Madame, vous êtes la femme avec qui je souhaite partager ma vie.'

Alix tombe des nues, elle ne s'attendait pas à une telle déclaration. Charles continue.

'Vous me combleriez de bonheur si vous acceptiez de m'épouser.'

Charles ne se met pas à genou. Il se tient debout, avec juste une main sur le bureau pour compenser son manque d'aplomb habituel. A 39 ans, c'est sa première demande en mariage, il doute qu'elle soit acceptée, et il a raison.

Alix est ébranlée par l'émotion qu'elle lit dans les yeux de son avocat et par son propre trouble. Elle est flattée et plus émue qu'elle ne le souhaiterait. Elle répond avec gentillesse et tendresse.

'Cher Maître, vous me prenez par surprise… Vous me flattez et je vous remercie. Venant d'un homme de votre intelligence, votre proposition est un compliment d'une valeur inestimable. Je suis profondément touchée. Cependant, je ne peux l'accepter. Je… Mes parents, ma religion, le récent décès de mon mari… trop de choses s'opposent à une union entre vous et moi.'

Charles respire profondément et, lentement, fait le tour de son bureau pour s'asseoir. Quand à nouveau il fait face à Alix, son visage est doux.

'Je craignais que cela soit votre réponse. Je comprends. Néanmoins, cessez au moins de m'appeler Maître, je vous en prie. Charles, tout simplement.'

Alix éclate de rire. Quel homme de répartie !

'Avec plaisir, Charles, mais il vous faudra également abandonner *Madame* pour Alix.'

Ainsi, la visite continua dans la bonne humeur, bien que l'ex-belle-famille d'Alix ne soit ni un sujet jovial, ni un cas facile.

A partir de ce jour, une semaine sur deux, Charles réitère sa demande, toujours avec conviction et beaucoup d'affection. Toujours, Alix refuse gracieusement ses demandes, mais son refus perd en force chaque fois. Alix a conscience de son amitié et attachement croissants pour Charles. Si elle appréciait d'abord ses compétences, maintenant elle se régale de son esprit fin et de sa compagnie. A présent qu'elle connait ses sentiments, les siens se révèlent à elle, tout comme son attraction pour lui. Cependant, Charles la rend perplexe : pourquoi la demande-t-il en mariage, ce célibataire endurci de 17 ans son aîné, alors qu'il a tant de femmes à ses pieds ? Que peut-elle donc lui apporter de plus dans la vie ? Et pourtant, Alix attend avec de plus en plus d'impatience ses rendez-vous avec Charles. Ces derniers durent de plus en plus longtemps aussi, et la plupart de leur discussion ne porte pas sur ses affaires légales. Alix a beau essayer de se raisonner, elle n'a jamais été plus heureuse que dans les heures passées avec lui.

Alix est depuis plusieurs semaines le dernier rendez-vous de Charles, pour qu'ils aient plus de liberté pour parler sans faire trop attendre les autres clients. Il est déjà tard lorsque Charles accompagne Alix à la porte de son bureau et s'apprête à l'ouvrir pour elle, comme chaque fois. Il lance vers Alix un dernier regard, juste au moment où elle aussi lève le sien vers lui. Leurs yeux se perdent l'un dans l'autre, juste un instant. Ce moment est suffisant pour que Charles ose et baisse la tête pour poser ses lèvres sur les siennes. Ce baiser est un effleurement le plus respectueux possible, puis il s'éloigne un peu. Il attend la réaction d'Alix.

Le cœur battant, elle lit dans ses yeux les feux de la passion ainsi que tendresse et respect. Suivant son cœur et son instinct, elle se met sur la pointe des pieds et lui rend son baiser.

'Alix, je vous en prie, épousez-moi,' lui souffle Charles.

Émue, Alix ne peut plus nier ses sentiments.

'Charles… Oui.'

Le bonheur les emplit tous deux.

'Je n'ose y croire,' lui dit Charles.

'Je n'osais pas non plus… Aussi je me suis tournée vers Varade pour me donner courage.'

Charles la regarde avec étonnement, l'invitant à lui en dire plus.

'Je suis allée le voir et nous avons parlé en amis pendant qu'il s'occupait de son jardin,' lui raconte Alix, 'il vous avait recommandé comme avocat en disant vous connaître personnellement, alors je lui ai posé des questions personnelles. Il m'a raconté votre histoire, telle que vous me l'aviez déjà dit. Surtout, il m'a confirmé que si vous n'êtes pas un homme parfait, vous êtes un homme bon et juste. Fascinant aussi, ce sur quoi je suis d'accord. Et des plus charmants. Et…'

Charles ne la laisse pas finir et l'embrasse à nouveau.

Charles ne perd pas de temps et, en présence d'Alix, il appelle son père afin de lui rendre visite pour une conversation privée. Albert Jean accepte de le recevoir quelques jours plus tard. Herminie n'est pas présente dans le salon lorsque les deux hommes se rencontrent. Elle a annoncé de soudaines obligations en ville pour éviter de voir l'avocat. Elle le regrettera par la suite.

Charles ne tarde pas à annoncer l'objet de sa visite : il est venu demander la main d'Alix. Alix écoute depuis le couloir, tremblante et prête à intervenir.

'Maître, j'apprécie votre visite,' répond Albert. Il fait une pause avant de continuer : 'Puis-je être direct avec vous ?'

'Vous m'honoreriez.'

'Merci. Alors, ces dernières semaines, j'ai senti qu'il était important que je me renseigne davantage sur vous, pour clarifier quelques rumeurs sur votre personne. Vos qualités personnelles, telle que droiture, sens de l'honneur, et dévouement à la justice, ainsi que votre culture et votre intelligence, font l'unanimité même chez ceux qui vous jalousent. Cependant, je ne vous cacherai pas que je n'approuve pas votre donjuanisme. Vos multiples liaisons, votre fils bâtard... Vraiment, est-ce sérieux Maître Bedos ?'

'Puis-je faire un commentaire sur ce sujet ?'

'Je vous en prie.'

'Dans le mois suivant la première visite de votre fille dans mes bureaux, j'ai mis fin à toutes mes liaisons. J'ai pris les mesures nécessaires pour l'éducation de mon fils, qui portera mon nom, mais ce sera tout. Je ne garderai aucun contact avec mes anciennes maitresses, ces femmes appartiennent déjà au passé. Mon présent et mon futur sont pour Alix et la famille que nous allons créer ensemble.'

'Très bien. Je vais prendre des renseignements. Si vos dires se confirment et que c'est là la volonté d'Alix, alors j'agréerai ce mariage. Alix est si têtue, je perdrais mon temps à m'y opposer sans fondement.'

Alix joint ses mains et lève les yeux au ciel et murmure 'Merci', le visage rayonnant. Les deux hommes dans la pièce voisine continuent de parler. La conversation tourne vers les livres et les voyages. Ils semblent rapidement trouver des terrains d'entente. Une heure plus tard, ils se séparent avec un serrement de main amical devant à la porte.

Albert se tourne vers sa fille qui l'a rejoint au salon.

'Alors, qui va annoncer la nouvelle en premier à ta mère, toi ou moi ?'

Alix regarde son père avec des yeux implorants. De toute façon elle devra faire face à la tempête, mais celle-ci serait moindre si son père préparait le terrain.

'Je lui en parlerai quand elle rentrera. Peut-être as-tu aussi des courses à faire en ville ? Et prends ton temps.'

'Merci Papa !'

'Et ma chérie, il vient dîner à la maison jeudi prochain, pour des fiançailles officielles.'

Alix s'approche de son père et l'embrasse sur la joue, heureuse. Elle attrape son manteau, son chapeau et ses gants, et se prépare vite à sortir. Vite, avant que sa mère ne rentre.

Herminie se tient droite et rigide sur sa chaise. Charles est assis en face d'elle, mais elle l'évite des yeux. Le visage fermé, la bouche pincée, le regard glacial, elle indique de tout son être que Charles et ce mariage n'ont pas son approbation. Heureusement pour Alix, c'est l'accord de son père qui compte. Car Herminie est de ces femmes qui suivent la décision de leur époux une fois celle-ci déclarée et ferme, bien que cela paraisse particulièrement difficile ce soir-là. Son déplaisir et sa colère se ressentent à chaque instant : elle saisit toute opportunité de critiquer l'union comme mal-ajustée, rabaissant sa fille autant que possible dans un effort de faire changer Charles d'avis.

'Vraiment, je ne comprends pas pourquoi vous voulez épouser Alix. Elle ne sait rien faire dans une maison. Ni cuisiner, ni coudre, rien. Elle est incompétente. Elle fera une bien piètre épouse.'

'Cela n'a pas d'importance,' répond Charles, 'nous engagerons une cuisinière. Alix ne manquera de rien, ni de personne, pour l'aider à tenir la maison.'

Herminie se tait, et les quatre attablés mangent en silence. Elle rumine, puis poursuit :

'Il vous faudra vous convertir. Alix fera un mariage catholique, bien sûr, et vous ne pourrez pas vous marier à l'église sans être de cette confession.'

'Madame, j'ai déjà pris rendez-vous avec le chanoine Varade à cet effet. Je sais qu'il est proche de votre famille et saura me donner les instructions nécessaires,' Charles ne peut s'empêcher d'ajouter, en bon Protestant, 'Alix vaut bien une messe.'

Albert contient son rire. Alix aussi, avec plus de difficultés. Sa mère se renfrogne davantage. Elle l'est encore plus en apprenant que le chanoine, après une longue discussion avec Charles, a décidé de faire une exception à la règle pour autoriser le mariage avec Charles toujours Protestant. Varade est un homme ouvert d'esprit et trop religieux pour accepter une conversion sans foi. Et puis en temps de guerre, explique-t-il à Charles, les Chrétiens doivent s'unir et adoucir les règles.

En tant que veuve, Alix doit attendre une période respectable avant de se marier à nouveau. Elle se doit aussi de clore le dossier de l'héritage de feu son mari. Dès que leur engagement est officiel et bien qu'il reste un an avant leur mariage, Charles lui annonce qu'il ne peut plus s'occuper de cette affaire pour cause de conflit d'intérêts. Il organise la relève auprès d'un de ses collègues et ami. Charles recommande à Alix de négocier avec son ancienne belle famille pour ne garder qu'une petite portion de l'héritage, juste de quoi avoir ses propres revenus et son indépendance. Ce choix protège son intégrité et la présente comme une personne décente. Alix choisit la propriété viticole dont elle rêvait déjà pendant la procédure de divorce ; Charles partage son avis et obtient gain de cause.

Charles s'ouvre entièrement à Alix pendant leur fiançailles. Il est important qu'elle sache que son amour de la justice va jusqu'à une opposition active de la collaboration avec les Allemands, en plus de la défense de ceux qui sont contre le système, comme lui. Charles est connu pour sa prise de position contre les nouvelles lois antisémites et anticommunistes du Gouvernement de Vichy qu'il critique comme inacceptables et immorales. Alix savait en montant les marches menant à son cabinet la toute première fois que celui-ci serait rempli de Juifs. Même Herminie accorde à Charles le mérite d'être généreux en acceptant de défendre gratuitement les dossiers de ces pauvres gens. Ils sont vraiment de plus en plus dépouillés de tout droit par l'Etat. Pour Charles, être avocat est une vocation, une passion, et implique une dévotion totale. C'est un devoir d'intégrité. Or, dans son opinion, justice et légalité ne vont plus de pair sous le régime de Vichy. De plus, Charles révèle à Alix que son opposition ne s'exprime pas seulement publiquement, par le choix de ses clients et dans ses plaidoiries à la Cour de Justice. Il aide aussi directement la Résistance.

Charles possède en effet le grand appartement au premier étage du 6 avenue Feuchères. Deux pièces sont dédiées à son cabinet, son bureau et la salle d'attente ; le reste constitue un logement de luxe dans une des artères principales de la ville qui est parsemée de bâtiments officiels : la préfecture, l'hôtel de police, la belle gare... Qui penserait qu'au cœur de ce centre décisionnel, quelqu'un a créé un point de message-relais entre les groupes de résistants français et italiens ? Charles n'a pas hésité. Dès sa naissance à Naples, il a grandi avec une nourrice - qui vit encore avec la famille. Grâce à elle, il connaît le dialecte napolitain qui est utilisé par les résistants. En effet, son cabinet sert de boîte aux lettres, et lui sert de traducteur à des messages qui auraient peu de chance d'être décryptés s'ils étaient interceptés. Pendant les heures de visite du cabinet, la porte cochère est ouverte à tous, et il est facile pour les résistants d'échanger discrètement les messages.

Tous ces secrets, Charles les partage avec Alix et son amour pour lui en croît davantage.

'C'est dangereux, Alix. C'est important, mais c'est dangereux. Je pourrais être arrêté,' Charles la regarde avec sérieux. Il se doit d'ajouter, 'si tu décides que c'est trop imprudent et que tu n'approuves pas les risques que je prends, professionnels et personnels, je comprendrais. Même si tu n'y participes pas, mes actions t'affectent en tant qu'épouse.'

Charles se lève, il est nerveux. Alix est toujours assise sur le sofa, dans le salon de son fiancé. Elle l'invite à se rasseoir à côté d'elle. Là, elle lui prend la main et l'embrasse tendrement, le visage sérieux.

'Charles, j'ai tellement de chance d'aimer un homme que j'admire et respecte un peu plus tous les jours. Je suis fière de tout ce que tu fais, de ta bonté, de ta passion. J'ai conscience du danger, et je veux être à tes côtés.'

Charles prend Alix dans ses bras, heureux. Il a peur aussi : il lui faut la protéger. Rien ne doit lui arriver.

## Et pendant ce temps...

Maragne s'énerve sur une phrase de son discours pour la réunion du comité, le lendemain au soir. Elle sonne faux, bien que parfaitement correcte grammaticalement. Il cherche quelque chose de plus percutant, de plus imposant. C'est la phrase clé sur laquelle repose les deux pages de son texte, et elle lui échappe. Son propre énervement l'agace. 'Ce n'est pas vraiment nécessaire', se dit-il, 'puisque nos membres soutiennent déjà Pétain... Et puis, je n'ai plus rien à prouver à quiconque.' A la tête d'un comité régional pour la collaboration avec les Allemands, soutenu par les structures gouvernementales et administratives, Maragne est un homme d'influence à Nîmes et dans toute la contrée. Cette dernière pensée le fait sourire. Il aime les gains et les avantages quotidiens de sa récente montée en puissance.

Le téléphone retentit et rappelle Maragne au présent. Sa secrétaire lui annonce que le procureur est en ligne. Alors que Maragne écoute, sa bouche se transforme en une mince ligne. Le procureur l'informe que, à la requête en personne de Maître Bedos, il a étudié le dossier d'Henri Fabre et a découvert qu'un document clé à l'encontre d'Henri Fabre s'avère incomplet. La fausse pièce d'identité n'a pas ou plus de photo. Cela va affecter l'accusation, le procureur doit demander une peine plus légère contre l'accusé qui se dit 'résistant'.

'Un emmerdeur et anarchiste !' s'exclame Maragne après avoir raccroché. Pour lui, ces 'résistants' sont une plaie contre l'autorité du régime. Ils se réclament patriotes, mais ils n'ont rien compris, ces cons ! Les Nazis sont le futur, et le gouvernement le sait. Pourquoi donc soutenir les faibles et perdre d'avance la partie. Et puis, Il a travaillé dur pour être là où il est aujourd'hui et ne laissera pas ces petits couillons compromettre sa position. Bon, celui-là est quand même derrière les barreaux, et il y restera pour quelques temps malgré cette mauvaise nouvelle. Il est plus inquiet du rôle de Charles Bedos dans cette histoire. Il est venu en personne et, comme par hasard, une preuve clé est inutilisable. Coïncidence ? Maragne appelle sa secrétaire et lui demande d'apporter le fichier 'Charles Bedos'. Il écrit une note sur le coup de fil du procureur et l'ajoute au dossier. Avant de le refermer, il le parcoure brièvement, insatisfait, et rappelle sa secrétaire.

'Obtenez-moi une copie des dossiers de la police, de la gendarmerie, et de la préfecture sur Charles Bedos. Je veux un fichier complet sur le personnage,' demande-t-il, et d'ajouter à lui-même, 'il est temps de s'occuper un peu de vous, Bedos, et de vous couper les ailes.'

Maragne relit son fichier sur Charles avec plus d'attention tout en prenant des notes. Il écrit la liste de sa famille et de ses amis les plus proches. Son visage exprime désapprobation au nom de George : comment un collaborateur si haut placé et si déterminé peut-il avoir Bedos dans son entourage ? Son regard retourne vers son ébauche de discours et s'y arrête. Il semble que certaines personnes aient donc besoin d'un rappel sur les devoirs liés à leur rôle pour une bonne collaboration avec nos Alliés allemands.

La semaine suivante, Maragne se rend à la Cour de Justice pour assister au procès contre les Stein, une famille juive qui objecte contre la fermeture et vente forcée au rabais de leur maison d'édition, bien que cette profession leur soit à présent interdite en vertu de la dernière loi portant sur le statut des Juifs. L'avocat de la défense n'est autre que Maître Charles Bedos, bien sûr, et pro bono en plus. Maragne ne comprend pas quel intérêt Bedos peut bien avoir à défendre des Juifs gratuitement. Il a tout pour lui, ce Bedos : succès, femmes, joli nom, et même, il le lui accorde, intelligence. Qu'est-ce qu'il fout à aider des Juifs ?! Maragne en conclut qu'on peut être intelligent et con à la fois.

Le procès finit aujourd'hui et assister à une plaidoirie de Bedos lui donnera une idée sur l'avocat en personne. Il n'est pas déçu ! Son instinct avait raison : ce type est dangereux. Bedos est un orateur né dont le charisme écrase toute autre personne dans la salle, mais, surtout, il est passionné et fixé sur les valeurs de la France d'avant-guerre. 'Encore un qui vit dans le passé. Les temps changent, les valeurs changent, les intérêts changent. Il faut vivre avec son temps, bon sang !' pense Maragne alors qu'il sort de la salle. Et puis, ce Bedos est non seulement dangereux avec son influence divergente, il l'énerve aussi, ce type. Il a tout eu sur un plateau, alors que lui a dû se faire un trou sans avoir ses privilèges au départ. Maragne trouve que c'est ingrat envers la vie de ne pas profiter de ce qu'elle lui a donné. Et Bedos est de gauche ! Plus il y pense, plus il trouve le type antipathique. Vraiment, il ne le sent pas.

Maragne voit Charles sortir et décide de l'aborder :
'Vous gaspillez vos talents sur les mauvaises personnes, Maître. Et vous persistez à le faire.'

'Tout le monde a le droit d'une défense digne de ce nom, Monsieur. Les mauvaises personnes sont celles qui condamnent par principe sans respect des droits de l'individu. En particulier ceux qui abusent de leur pouvoir pour le faire,' lui répond Charles du tac-au-tac.

Maragne sourit à Charles. L'avocat le connait donc de nom. S'il veut jouer à ce jeu de verbe, il y perdra.

'Vous parlez comme un de vos clients communistes, Maître. Faîtes attention à ne pas devenir un ennemi de l'État comme eux,' lui glisse Maragne alors qu'il se remet en marche. Il s'arrête quelques secondes pour ajouter : 'N'oubliez pas que les hommes de pouvoir, comme vous le dites, sont ceux qui définissent aujourd'hui les droits de l'individu.'

L'animosité entre les deux hommes est palpable alors que Maragne s'éloigne. Charles Bedos le méprise, Maragne le sait et il ne peut le pardonner. Il se surprend à murmurer qu'il hait cet homme.

Joseph et Anne Stein rejoignent Charles dont le visage sérieux prend un note plus amicale.

'Je suis désolé. J'ai fait ce que j'ai pu. Je...' Il se tait, ému à la vue d'Anne Stein, les larmes aux yeux et se soutenant au bras de son mari tant elle est affaiblie par le verdict.

Joseph Stein lui sourit tristement : 'Merci, Maître. Merci pour tous vos efforts. Nous n'en espérions pas tant.'

'Savez-vous où vous allez vivre ?' demande Charles, déjà prêt à les aider dans leurs recherches.

'Le chanoine Varade nous a mis en contact avec des associations caritatives qui nous ont trouvé un petit appartement. Temporairement.'

Charles les regarde avec intensité et tristesse, ne sachant s'il doit partager ses sombres pensées en ce difficile moment. Il les accompagne jusqu'à la porte principale avant de murmurer : 'Vous devriez partir. Quittez le pays. Traversez vers l'Espagne. Je vous en conjure.'

Anne Stein porte la main à la bouche pour étouffer un sanglot. Joseph Stein secoue la tête.

'Nous sommes Français. Nous ne quitterons pas notre pays. Et...' Il baisse encore plus la voix, 'Notre fils. Si nous sommes pris en traversant la frontière illégalement, que lui arrivera-t-il ?'

Charles hoche la tête et leur offre un sourire compréhensif. Le couple s'éloigne. Ils n'entendent pas les paroles qui lui échappent : 'Mais que lui arrivera-t-il si vous restez ?'

Les Stein se rendent vers l'église où le chanoine Varade prend quelques minutes pour lire les nouvelles du jour. Les rires des enfants de chœur jouant dans la Cour attire son attention et il sourit à l'innocence rafraîchissante de la jeunesse. Il pose son journal à l'entrée du couple dans son bureau. Leurs apparences désemparées et battues font disparaître son sourire. Il regarde à nouveau par la fenêtre le groupe d'enfants, et suit du regard David qui courre avec les autres enfants. Ses craintes pour son futur sont similaires à celles de Charles.

Madicci vérifie l'heure à nouveau. Plus qu'une minute et il quittera son bureau. Pas une de moins, pas une de plus, ou il risquerait de rater sa rencontre fortuite avec Charles. Il sort de la préfecture juste à temps pour voir Charles quitter son immeuble et marcher lentement vers la gare. Parfait. Madicci est un Corse jovial et bon-vivant dont le naturel facilite son enthousiasme à la vue de Charles. Il pointe vers le café de la gare et les deux hommes commencent à marcher ensemble.

Après un simple verre de pastis chacun, ils sont prêts à se séparer. Madicci laisse tomber son chapeau accidentellement et se penche vers le sol pour le ramasser. Il en profite pour glisser une petite enveloppe dans le porte-document que Charles, distrait, a oublié de fermer. Alors que Charles lui serre la main, Madicci lui dit gaiement : 'Alors demain matin.'

'Sans faute,' lui répond Charles.

Madicci repart, à la fois soulagé de ne plus avoir cette enveloppe et le tampon officiel de la Préfecture sur lui, et anxieux de le récupérer à temps.

Charles entre dans l'église et s'assied sur le banc. Il est là officiellement pour les préparatifs de son mariage. Après un moment, Varade le rejoint et l'invite dans son bureau. Charles lui remet l'enveloppe dont Varade vérifie le contenu.
'Il faut le rendre au plus tard demain matin, pour que son absence ne soit pas remarquée,' l'informe Charles.
'Merci Charles,' lui dit le Chanoine, 'vous l'aurez à l'aube.'
Varade retourne dans la nef de l'église après le départ de Charles et se met à prier sur un banc. Paul, un jeune homme dans la vingtaine, s'assoit sur le banc derrière lui et se met à genou dans une position de prière. Varade glisse l'enveloppe à côté de lui, et Paul la met rapidement dans la poche intérieure de sa veste. Varade se lève et, comme tout Chanoine poli, se retourne et fait un petit salut à Paul. Les deux hommes se sourient, et Varade murmure : 'Il le faut de retour ici avant l'aube.' Paul cligne les yeux pour marquer son accord. Varade part, et Paul reste quelque temps à prier. Ou à penser.

Varade est ému d'unir Charles et Alix en janvier 1943. C'est une toute petite cérémonie, rassemblant seulement famille et amis proches, une trentaine de personnes tout au plus. Leur union est l'objet de controverse chez les Catholiques autant que chez les

Protestants, et des rumeurs courent à l'encontre de Charles. Alix en souffre. Encore jeune et nouvelle arrivée dans la haute-société nîmoise, elle désire vivement faire bonne impression. Charles la taquine parfois sur le sujet, mais il la veut heureuse et épanouie, alors il l'encourage. Et puis, Les Allemands ont envahi la Zone Sud en novembre dernier. Cela pousse à la discrétion. Ils sont présents partout. Vraiment partout, soupire Varade, y compris dans son Eglise pour toutes les messes. Il s'efforce de faire la différence au sein de sa paroisse entre un homme venu prier par foi en Dieu, donc un ouaille dont il doit prendre soin, et l'envahisseur de sa chère patrie dont il abhorre les principes et les pratiques. Au moins, aujourd'hui pour Charles et Alix, les Allemands ne sont pas présent. Le mariage religieux reste une union privée et respectée comme telle. 'Mais Charles a eu raison de ne pas attirer l'attention sur lui,' pense le chanoine avant de sourire au couple rayonnant. Il chasse ses pensées sombres au profit du bonheur des mariés. Il se joindra à eux pour la petite réception chez les parents d'Alix après la cérémonie. Il jette un coup d'œil vers d'autres invités, dont George et sa femme Francette, collaborateurs hauts-placés et bons-vivants comme Charles, et Philippe avec sa femme Juliette, un couple bien assorti de personnes effacés et sans joie de vivre. Deux antithèses de Charles, et pourtant, leur amitié résiste aux pressions de la guerre. Varade fait une rapide prière pour qu'elle ne soit jamais testée jusqu'à ses limites. Cela ne serait pas bon signe pour

49

Charles. Il sait que l'avocat joue un jeu dangereux. Lui aussi, d'ailleurs.

## 2.

## Charles

Charles avance d'un pas rapide et déterminé dans les couloirs du Palais de Justice. Son visage fermé trahit ses préoccupations sur un dossier en cours qu'il défend aujourd'hui. Un autre avocat, lui aussi en robe, l'interpelle en sortant d'une des salles avoisinantes. La physionomie de Charles change et un franc sourire illumine son visage. Il est toujours heureux de voir son ami, bien que leurs points de vue politiques soient opposés. George se rapproche à pas rapide et les deux hommes qui se connaissent de longue date échangent quelques mots à voix basse. Depuis l'arrivée des Allemands il y a quatre mois, les conversations publiques ne sont plus que des chuchotements. Pour Charles, la situation est insupportable. Pour George, elle est un mal nécessaire. Et comme en ce jour, ils en parlent.

'Charles, vous devez admettre que la collaboration et Vichy nous permettent d'échapper à la guerre qui met à feu et à sang le reste du monde. Nous, nous sommes en paix,' George explique, encore une fois, les fondements de son opinion.

'Les Allemands nous tuent à petit feu, mais avec notre accord en plus. Ils nous étranglent, nous volent la jeunesse française, nous divisent. La collaboration n'a aucun honneur. Elle est pire que de perdre la guerre ! Je suis heureux que des Français continuent de se battre pour une France libre de l'extérieur. Et de l'intérieur.'

George secoue la tête et vérifie autour d'eux que le couloir est toujours vide et que personne n'a entendu Charles. Il regarde son ami avec affection et ne peux s'empêcher de lui sourire. Ils ont souvent un dialogue similaire bien qu'ils ne cherchent pas à se convaincre, ils savent que c'est peine perdue. Pourtant, leur divergence d'opinion n'affecte pas leur respect mutuel.

'Charles, vous serez fusillé,' dit George en plaisantant.

'George, vous serez pendu,' répond Charles sur le même ton.

Les deux amis éclatent de rire et se donnent une accolade avant de se séparer.

En fin de journée, une fois son dernier client parti, Charles se met au piano. Aujourd'hui, il choisit de jouer du Chopin, son autre compositeur préféré après Beethoven. Entre les notes, ses pensées reviennent vers les évènements de la journée. Ces derniers temps, la musique est le seul remède contre sa colère envers la présence allemande. D'ordinaire, il dévore les classiques de la littérature française quotidiennement, mais son esprit a du mal à concentrer ces derniers temps. Cela commence à s'améliorer grâce à Dante. Il connait *Inferno* par cœur tant il l'a souvent lu. Oui, il faut qu'il se reprenne. Il va aussi se replonger dans les philosophes grecs, ils sont toujours une bonne source pour recalibrer ses pensées. Il a même appris l'ancien grec à l'université afin de les lire en langue d'origine. Charles se détend enfin, l'esprit perdu dans la musique.

George et lui se sont aussi mis d'accord pour relancer leurs parties de poker avec Philippe. Charles a suggéré Madicci comme quatrième joueur. Le Corse travaille à la préfecture voisine depuis une dizaine d'année et sait apprécier une bonne partie de cartes. Charles, qui l'a toujours trouvé sympathique, l'apprécie encore plus depuis quelques mois. Quant à lui, malgré les mésaventures et pertes de son père dans les casinos, il aime aussi jouer. Il a un don pour les cartes, surtout au poker et au bridge. Charles a un petit sourire en repensant au rire d'Alix lorsqu'il lui raconte ses anecdotes pour la charmer. Pendant son service militaire, ses performances dans l'armée étaient médiocres : au lieu de s'entraîner, il jouait avec le général. Cela lui a valu de ne pas être appelé au front en 1939, mais d'être mobilisé en tant que traducteur franco-Italien. Malgré cela, Charles a retenu la leçon paternelle : il ne joue qu'avec une limite fixe et raisonnable, à la fois entre amis et dans les différents casinos de la côte et de Monaco.

Aujourd'hui, au piano, Charles réfléchit à son passé, à ses passions, et à ses choix. Il sait qu'il prend des risques considérables au nom des valeurs auxquelles il croit.

'Être avocat n'est pas une carrière, c'est une vocation !', répète-t-il depuis son serment le 9 Juillet 1923. Il avait à peine vingt ans, et c'était presque vingt ans auparavant. Et depuis quatorze ans, il a installé son cabinet ici, avenue Feuchères, avec une notoriété et un succès croissants, même en cette période troublée. Pas une fois sa passion pour la justice n'a vacillé. Une partie de lui souhaiterait qu'il en soit autrement, mais c'est impossible. C'est cela, avoir le courage de ses convictions : aller au-delà du confort, de la facilité, des peurs. Avoir de l'intégrité mais aussi de l'empathie. Seulement désormais, il n'est plus seul : il doit penser à la sécurité d'Alix. Le sourire de Charles s'estompe. Il est temps de prendre des mesures au cas où il lui arriverait quelque chose. Sa conversation avec George ce matin l'a ébranlé, bien qu'il n'en ait rien montré. Son ami a touché un point sensible.

Alix frappe doucement à la porte, mais Charles ne l'entend pas. Elle entre discrètement et regarde son mari avec tendresse. Il joue les yeux clos. Il ne l'a ni vue, ni entendue, mais il sent sa présence et ouvre les yeux. Tout son être s'illumine en la voyant. Elle est si vibrante, si pleine de vie et si belle, sa femme, son Alix. Charles est heureux pour un instant, avant que ses sombres pensées ne l'assaillissent à nouveau. Une ombre voile son regard et Alix la remarque.

'Une dure journée, Charles ?'

'Non, juste quelques inquiétudes. Pour toi.'

'Pour moi ?' Alix est surprise. Elle plane dans le bonheur, fière d'être enfin Madame Bedos après dix-huit mois d'attente en raison des règles de bienséance du veuvage. 'Mais Charles, je suis comblée !'

'Je t'aime, Alix, comme je ne savais pouvoir aimer. Mon rôle est de te choyer et de te protéger. Mais je sais que mes prises de position et mes actions, publiques et privées, peuvent te nuire.'

Alix se rapproche du piano. Posant une main sur ses épaules et sa joue contre la sienne, elle lui répond.

'Charles, nous en avons déjà parlé il y a longtemps : je t'ai épousé en parfaite connaissance de cause. Tu ne serais pas l'homme que j'aime sans ce feu que tu portes en toi. Ne change rien pour moi, tu te perdrais et je ne me le pardonnerais jamais.'

'S'il t'arrivait quelque chose... A cause de moi !' Charles pose sa main sur celle d'Alix.

'Que veux-tu qu'il m'arrive, mon amour ? Même à toi, que peut-il arriver ? Tu es avocat de la défense au pénal. Tu défends les droits de tout un chacun... Donc, tu ne fais que ton travail, avec véhémence et ferveur, certes, mais cela reste ton travail.'

Charles porte la main d'Alix à ses lèvres et lui donne un baiser léger.

'Tous ces pauvres diables,' ajoute Alix, 'Ils ont besoin de toi. Comme toi, ils se battent avec leurs propres moyens.'

'Je crains que tu n'oublies les traductions pour la Résistance...' remarque Charles.

'Il n'y a que toi qui puisse les faire ! Charles, fais ce que ton cœur et ton devoir t'ordonnent de faire. Quant à moi, mon soutien constitue ma participation au combat. Continue.'

Alix hésite. C'est encore tôt pour être sûre, mais elle en a le pressentiment.

'Charles, j'ai quinze jours de retard, et il me semble que ma poitrine...'

Le visage de Charles s'épanouit dans la seconde.

'Je sais que nous ne sommes mariés que depuis un mois, cependant...'

'Mon amour, c'est merveilleux !'

'Je vais voir le docteur demain. Il est peut-être trop tôt pour avoir confirmation, mais si oui... Promets moi que cela ne changera rien non plus. Tu te battras alors pour la France de notre enfant.'

Charles se lève sans lâcher la main d'Alix et l'attire dans ses bras. Leurs baisers se prolongent dans la chambre à coucher.

Dès lors, Charles se met à tout raconter à Alix. Au début, il hésite, craignant que ces informations ne la mettent un jour en danger, mais Alix veut tout savoir. Elle est irrésistible, donc Charles parle. Plus il s'ouvre, plus il comprend combien Alix lui est indispensable. Et plus il l'aime. Cela lui semble invraisemblable de l'aimer tous les jours davantage, et pourtant si, c'est le cas. Alix l'interroge aussi sur les dossiers dont il s'occupe, et Charles doit sans cesse lui rappeler qu'il doit préserver leur confidentialité. Les cas qu'il défend à titre gracieux, soit pro-bono, intéressent particulièrement sa femme, et ses clients donnent le plus souvent l'autorisation à Charles d'en discuter avec elle. A cause des lois antisémites et de l'arrivée des Allemands dans la zone sud, les Juifs ne viennent plus engager ses services : ils ont disparu - partis, cachés, arrêtés, qui sait... Mais les communistes, déclarés ennemis du régime de Vichy, sont de plus en plus nombreux. Patriotes et combattifs, ils deviennent souvent des résistants, définis comme terroristes par ceux qu'ils harcèlent. D'ailleurs, Charles est à présent surnommé *l'avocat des résistants* dans la région, et le premier contacté lorsque l'un des leurs est arrêté. Charles n'en est pas fier, loin de là. Il se désole qu'un seul avocat possède une telle réputation.

'Mon amour, tu t'impliques émotionnellement pour chacun d'eux comme pour tes propres enfants,' glisse Alix entre deux phrases du récit de Charles, ce dernier lui racontant sa journée. Charles s'interrompt. Il réalise qu'elle a raison. Il pense à Henri Fabre, à peine la vingtaine et qui n'a que Charles pour lui apporter soutien moral, victuailles, et messages de sa famille. Il n'a jamais parlé à Alix de la preuve manquante dans le dossier d'Henri, parce qu'il l'a dérobée. Elle est surprise quand il le lui avoue.

'Et moi qui pensais que dans l'exercice de tes fonctions, au moins, tu étais irréprochable,' lui dit-elle avec une pointe de taquinerie dans la voix, 'Que diraient tes collègues !'

'Ils ne me jetteraient pas la première pierre… Beaucoup me soutiennent mais seulement en privé car ils craignent pour leur famille, leur emploi, leur réputation. D'autres, comme George, n'approuvent pas mais comprennent. Ils feraient de même s'ils partageaient mes opinions.'

'Parfois, tu es si naïf…,' lui dit-elle, 'Nombreux te détruiraient à la première occasion, même s'ils approuvent en silence. Tu prends trop de place et tu tiens tête au système, donc tu gênes. Et puis, tu as trop de succès, cela fait des jaloux.'

'Maurice le sait ?' ajoute-t-elle.

'Pas encore. Je ne sais pas si je veux le lui dire,' répond Charles.

Maurice. Ce jeune avocat en apprentissage a joint le cabinet de Charles quelques mois plus tôt et lui montre une admiration sans bornes. Il s'est rapproché de Charles dès le début de ses études. Charles apprécie sa droiture et son sens du travail, en plus de son ouverture d'esprit et son intelligence. 'Il fera un bon avocat,' pense Charles. Maurice l'aide dans ses dossiers les moins politiques avec efficacité. Grâce à lui, Charles peut passer plus de temps sur les cas bénévoles tout en conservant de bonnes rentrées financières. Pourtant, Maurice n'est pas satisfait. Il veut aider plus. D'ailleurs il revient à la charge ce jour-là, entrant dans le bureau de Charles d'un pas déterminé.

'Non, Maurice, vous ne pouvez pas travailler sur ce dossier,' lui dit Charles immédiatement, ayant deviné sur le visage du jeune homme l'objet de sa visite. Les épaules de ce dernier retombent tel un soufflé sorti du four.

'Maître ! Moi aussi je m'oppose aux lois de Vichy ! A la collaboration ! Je vous en prie, je ...' commence-t-il.

'C'est trop dangereux,' l'interrompt Charles, 'je ne peux pas vous laissez vous impliquer. J'ai quelques relations et une certaine notoriété pour me protéger. Pas vous.' Il ajoute gentiment, 'Pas encore.'

'Maître, laissez-moi au moins présenter ma défense !' répond Maurice. Il prend une attitude professionnelle : 'Depuis l'armistice, vous vous êtes opposé systématiquement dans vos plaidoiries à l'alignement du Gouvernement de Vichy avec les positions antisémites des Allemands. A chaque opportunité, vous avez proclamé votre outrage envers la pratique de collaboration.'

Maurice reprend son souffle. Amusé et intrigué, Charles attend la suite.

'Vous accumulez les heures de travail pro bono chaque jour, parce que personne d'autre ne défendrait décemment les opposants au régime. Je vous observe depuis un an et constate que vous atteindrez bientôt un stade de saturation et d'épuisement dans lequel vous ne pourrez plus aider quiconque, y compris les clients qui payent.'

Maurice se rapproche du bureau et appuie des

deux mains sur celui-ci avec assurance.

'Maître, je vous aide déjà dans l'ombre pour une partie de votre travail, laissez-moi vous aider dans sa totalité. Ce serait un honneur pour moi,' Maurice fait une pause avant de poursuivre, 'et puis, je travaille déjà pour *l'avocat des résistants*, donc, je suis déjà, probablement, votre complice aux yeux de tous de toute façon.'

Charles garde le silence pendant plusieurs minutes. Il réfléchit. Maurice a raison, il fatigue et est trop stressé.

'Je vous félicite pour votre argumentation, Maurice. Très bien, alors voilà… Je dois vous faire une confession. Il m'arrive de temps en temps d'enfreindre la loi. Pour Henri Fabre, par exemple, j'ai saisi la chance de faire disparaitre quelques papiers gênants dans le dossier…'

'Non ! C'était vous ? Mais c'est bien trop risqué ! Vous ne pouvez pas vous compromettre ainsi, bien trop de gens comptent sur vous. Vos ennemis n'attendent qu'une erreur de votre part pour vous faire sortir du circuit. Vous êtes pour eux une épine enrageante ! Vous voyez, c'est moi qui aurais dû faire disparaitre ces papiers !'

'Mon cher Maurice, c'est exactement ce que je ne veux pas que vous fassiez !' Charles soupire. 'Je ne veux pas vous transmettre mes vices…. Bon, pour le reste, je vous l'accorde, vous avez mérité de travailler avec moi sur les cas sensibles.'

En contraste avec le sérieux qu'il présente, Charles ri intérieurement en voyant Maurice se tenir en alerte, prêt à bondir de joie.

'Alors, faisons un essai et travaillons ensemble sur

le prochain cas impliquant la Résistance. Mais pour protéger votre carrière vous resterez en arrière : vous acquerrez de l'expérience, mais préserverez quelque peu votre réputation. '

Maurice sourit brièvement avant de reprendre son sérieux.

'Merci Maître,' il pointe une pile de dossiers sur le bureau de Charles, 'je commence tout de suite ?'

'Calmez-vous et asseyez-vous.'

Une fois assis de l'autre côté de son bureau, Charles expose à Maurice les points clés des dossiers qui lui tiennent le plus à cœur, seulement pour satisfaire sa curiosité. Maurice ne travaillera que sur de nouveaux cas. Ensuite, il lui rappelle que, parce que la défense de ces clients pro bono est émotionnelle, il faut s'appliquer encore plus à ne pas juger les collègues de l'accusation ou quiconque au Palais. Ou quiconque en général. Leur devoir est de défendre, non de juger, au risque de perdre le respect mutuel inhérent et important dans leur profession. 'Et de ne pas juger,' pense Charles en regardant Maurice quitter son bureau, 'est parfois proche de l'impossible. C'est alors le plus important. La meilleure défense est aussi de se mettre à la place de l'attaquant et de le comprendre.'

## Alix

Alix aime se rendre chez George et Francette. Cette dernière l'a accueilli chaleureusement dès l'annonce de ses fiançailles avec Charles. Beaucoup de ses amis sont avenants avec elle, mais elle se sent encore en observation et cela la rend mal-à-l'aise. Alix a conscience que, bien que de bonne famille avec une bonne éducation, elle ne faisait pas partie de la haute société de son premier mari. Avec Charles, bien que sans la même fortune familiale, elle est à nouveau dans un autre monde, plus élevé, et cette fois aussi plus intellectuel, que le sien. Elle en est devenue timide.

Le salon de George et Francette est bien rempli. Les invités leur font honneur avec leurs beaux habits. Alix se régale avec du foie gras et du champagne, deux luxes extrêmement rares en ces temps sévères. Elle observe Charles et George qui discutent. Elle se tient à part, debout près d'une petite table sur laquelle elle prétend admirer un bouquet. Il est beau, d'ailleurs. Alix se sent soudain seule, connaissant si peu de monde. Francette s'approche d'elle avec un gentil sourire.

'Alix, comment vous accommodez-vous avec votre nouvelle demeure ?' lui demande-t-elle.

'Très bien. Charles est merveilleux,' répond Alix rayonnante.

'C'est un homme bon, et il vous aime,' lui confirme Francette. Son ton devient plus sérieux lorsqu'elle continue, 'je sais que c'est difficile pour vous. Vous êtes nouvelle sur la scène. Et vous êtes plus jeunes que nous. Mais ne perdez pas espoir : donnez du temps aux gens.'

'Je vous remercie,' répond Alix un peu gênée, et de se demander si Charles n'a pas un peu trop parlé.

'Permettez-moi de vous présenter quelques personnes. Venez avec moi.'

Francette conduit Alix à un groupe de femmes bavardant à proximité et la présente. Les femmes sourient formellement. Francette les quitte bientôt pour s'occuper d'autres invités. Très vite les femmes reprennent leur conversation, sans exclure Alix mais sans l'engager dans la conversation non plus. Mal-à-l'aise, Alix prend congé et se dirige vers le boudoir. Alors qu'elle s'apprête à pousser la porte, elle entend deux femmes parler.

'Bien sûr, elle a l'air maladroite, qu'attendriez-vous à son âge ? Alix Bedos a quoi ? 23, 24 ans ?' dit l'une.

'J'ai essayé d'être gentille et ai suggéré une partie de bridge. Elle n'y joue pas, bien sûr.'

'Avez-vous entendu les rumeurs ?' reprend la première, 'Certains disent que Charles Bedos a fait tuer son mari avant qu'elle ne divorce, afin qu'elle soit une riche veuve quand il l'épouse. Jeune et naïve.'

Alix ferme les yeux et serre la mâchoire, puis elle pousse la porte avec son meilleur faux sourire. Les femmes cessent de parler.

'Oh... Bonjour,' dit-elle comme si la présence de ces deux femmes dans le boudoir la surprend, 'Je ne pense pas que nous nous soyons rencontrées. Je suis Alix Bedos.'

'Pauline Maragne', rétorque la première femme en se levant, 'Je vous laisse la place. Il est temps que je retourne retrouver toutes mes amies.'

Lorsqu'Alix retourne dans le salon, Charles et George sont encore en pleine discussion. Charles la regarde et la trouve bien pâle. Il s'inquiète qu'elle ne se sente mal en raison de sa grossesse confirmée. Aussi, peu après, ils sont en chemin vers chez eux. Le temps est doux et la marche est agréable.

'Tu m'avais dit que certains jasaient et faisaient courir le bruit que la mort de Jacques n'était pas un accident, que tu avais demandé à un de tes clients du 'Milieu' de te rendre service, mais je pensais que ces rumeurs étaient fini maintenant. Et de les entendre en personne, chez des amis à toi…' Alix est à fois blessée et en colère.

Charles a toujours été honnête avec Alix et lui a confirmé avoir quelques clients de la pègre. Pourquoi s'en cacherait-il ? Comme toute autre personne, ils ont droit à un avocat.

Alix visite sa propriété viticole avec Charles quelques semaines plus tard. Il y a caché sa Lincoln au fond de la grange, bien protégé sous une bâche et couverte de foin et de vieilles caisses cassées qui transportaient des bouteilles. Il a mis des heures à bien la recouvrir, et il la pense en sécurité des Allemands. Ou des Français.

Leur visite d'aujourd'hui concernent les affaires agricoles d'Alix. Elle n'y connait rien et appréhende les rendez-vous réguliers. Heureusement Charles est là et s'occupe de tout. Assis à la table bondée de papiers, de bordereaux, et de reçus, ils écoutent le rapport du gérant sur la situation. Il ne s'en sort pas trop mal, ce dernier. Sur les conseils de Charles, Alix lui laisse une jolie part des profits. Ils vendent un peu au noir, et gardent quelques bouteilles pour faire des échanges avec d'autres agriculteurs. C'est un homme débrouillard. Alix pose quelques questions et Charles sourit, fier de l'intérêt de sa femme. Puis Alix se tait et invite Charles à prendre la relève. Eventuellement, elle sait qu'il lui faudra apprendre. C'est son vignoble, mais elle retarde l'inévitable. Elle n'est pas friande de responsabilités.

Charles et Alix repartent avec le gérant dans sa camionnette de livraison. Ce n'est qu'un petit détour pour lui de les amener à la gare et cela leur permettra de pas rater leur train vers Nîmes. Ils ont pris une bouteille avec eux pour la déguster ce soir avec de la viande, achetée sur le marché noir.

'Tu apprends vite,' lui dit Charles.

Alix fait la moue.

'Heureusement que tu es là pour superviser. C'est si grand ! Et puis, seule je ne serais pas prise au sérieux, à mon âge.'

'Tu te sous-estimes. Il te suffit juste d'étudier un peu plus les dossiers, lire quelques livres sur le sujet.'

Alix fait à nouveau la moue. Charles se met à lire un journal, et Alix son livre. La porte s'ouvre et un *SS Feldgendarm* apparaît. Alix jette un coup d'œil au-dessus de son livre et choisit de l'ignorer. Charles sort ses papiers en silence, sévère et froid. Le SS vérifie les papiers, les rend et referme la porte en la claquant. Alix et lui échangent un regard écœuré. Alors qu'Alix essaie de se concentrer à nouveau sur son livre, Charles jette un coup d'œil à l'extérieur. Ils entrent déjà dans Nîmes et le train passe près d'une maison-close. Il entrevoit tout juste un homme assis derrière un bureau. Charles replie son journal : ils arrivent.

## Et dans les semaines qui suivent...

Monsieur Antoine est un homme élégamment vêtu d'une cinquantaine d'année, assis devant le bureau de la gérante de la maison-close, Madame Odette. Il note du coin de l'œil un train qui passe à la fenêtre. Il n'y prête pas attention, ce dont ils discutent est trop important.

'Et où cet officier a-t-il dit que le hangar se trouvait ?' demande-t-il.

Madame Odette sourit. Elle se lève, se penche au-dessus du bureau, et met son doigt sur la carte.

'Ici !'

Monsieur Antoine lit la carte avec soin pour en mémoriser tous les détails. Des femmes passent dans le couloir de l'autre côté de la porte en riant. Le bruit le rappelle au présent.

'Bien. Très bien. Dites aux filles que leur aide est utile, mais dites-leur aussi d'être prudentes. Qu'elles ne posent pas trop de questions. Il faut juste qu'elles les invitent à parler, mais pas qu'elles les interrogent. Et... Gardez un œil sur elles, il ne faut pas qu'elles s'attachent.'

'Aucune chance. Elles ont toutes une dent contre les boches,' répond Madame Odette.

Monsieur Antoine prend du papier à lettre et y écris quelques notes.

'Nadine !' appelle Madame Odette quand il a fini. Presque immédiatement, une jeune fille d'apparence ingénue entre.

'Oui Madame ?' demande Nadine.

'Peux-tu livrer cette lettre pour nous ?

Discrètement la laisser à la place habituelle dans trente minute ?'

Nadine sourit.

'Bien sûr Madame Odette !'

Nadine quitte la maison. Elle passe devant l'épicerie de Zaza avec sa longue file d'attente suite du rationnement sévère du gouvernement. Les gens ont l'air tendu et fatigués. Nadine arrive dans le centre-ville et entre dans l'église du Chanoine Varade. Elle s'assoit sur un banc et se met à prier.

Le chanoine traverse lentement l'Église en regardant ses paroissiens. Il sourit en voyant le visage de Nadine serein dans la prière. Il passe entre les bancs et lui pause doucement une main sur l'épaule. D'un regard, il l'invite à faire sa confession et elle le suit au confessionnal.

Quinze minutes plus tard, il quitte la nef de l'Eglise, Nadine à nouveau à genou sur un banc à dire les Ave pour son repenti. Varade se dirige vers son bureau d'un pas calme et ferme la porte derrière lui. Discrètement, il tourne la clé dans la serrure. Il néglige son bureau pour s'asseoir dans le fauteuil au coin de la pièce, dos au mur. Il s'apprête à retirer l'enveloppe caché dans sa longue manche, lorsqu'il interrompt son geste. Il lui semble avoir entendu un bruit, ici, dans la pièce. Il retient son souffle et parcoure le bureau des yeux. Là, sous le bureau, il y a une ombre.

'Vous devriez sortir, vous êtes bien à l'étroit sous mon bureau.'

Il est surpris de voir David Stein apparaître devant lui. L'enfant a l'air en état de choc, confus et effrayé.

'Mes parents... Ils ont été arrêtés. Je me suis caché et j'ai attendu, mais...' murmure David. Le chanoine se rapproche et prend David dans ses bras.

'Où sont mes parents !'

L'enfant éclate en sanglots.

George se lève de son fauteuil près de la fenêtre pour répondre à la sonnerie insistante de son téléphone sur son bureau. Il place avec soin son cigare sur le bord de son cendrier et prend une petite gorgée de whisky avant de poser son verre.

'Je vous écoute,' dit-il sur un ton amiable. Il écoute quelques secondes avant de continuer, 'Vous pouvez dire à Maragne que je serais à la réunion du comité la semaine prochaine.'

Sa secrétaire poursuit et George écoute patiemment, non sans trahir une note d'ennui sur le visage.

' Oui, vous pouvez aussi accepter un dîner après-demain,' ajoute-t-il avec un soupir.

'Mon Dieu, non ! Je ne veux pas parler avec lui maintenant. Dites-lui que je suis avec un client.'

George raccroche et secoue la tête, les yeux posés sur son visiteur assis dans l'autre fauteuil opposé au sien : Charles. Il reprend cigare et verre de whisky et retourne s'asseoir en face de son ami et confrère.

'Dîner chez Maragne...... Quel ennui ! Je me demande ce qu'il veut. Il ne fait jamais rien sans intérêt personnel, celui-là,' commente George.

'Collaborateur par attrait du gain. La pire espèce,' dit Charles. Il lève son verre en l'honneur de son ami. 'Au moins, vous êtes pro-Vichy par conviction et sans prosélytisme, un homme intègre digne de respect.

Même si vous avez tort.'

George fait une mimique signifiant 'vraiment' et ri.

'Pour autant que je puisse constater au quotidien, vous êtes dans l'équipe perdante,' commente-t-il.

'Avec des gens comme Maragne dans la vôtre, je ne parierais pas sur votre victoire.'

George fait une moue de dégoût.

'Il ne m'aime pas, celui-là...' ajoute Charles.

'Je garderai un œil sur lui pour vous,' le rassure George.

Le visage de George est sérieux derrière un façade conviviale. Sa femme Francette semble s'effacer pour laisser aux hommes le monopole de la conversation. George et son épouse sont les invités de Maragne et sa femme Pauline pour un dîner servi par une cuisinière bien morne. Philippe et Juliette forment le troisième couple de la soirée. Ces derniers semblent quelque peu inconfortable, mais Maragne prête principalement attention à George pendant le dîner.

'Le comité apprécie votre soutien et vos précieux conseils juridiques, George, ainsi que votre enthousiasme pour les politiques de Vichy.'

' Merci, Marcel,' répond George avec un sourire poli. Il se sert à nouveau en vin, pensant qu'au moins la soirée s'accompagne d'une bonne bouteille. Il observe Maragne du coin de l'œil alors que celui-ci se tourne vers Philippe.

'Vous devriez vous joindre à nous au Comité, Philippe.' Le ton de Maragne sonne plus comme un ordre qu'une suggestion.

'Merci, mais... j'essaie de rester à l'écart de la politique,' répond Philippe en jetant un regard vers

George pour soutien, 'Elle prend trop de temps et je préfère me concentrer sur le travail et la famille.'

Maragne lui jette regard de dédain.

'La politique affecte votre travail et votre famille. Etes-vous sûr que vous n'êtes pas juste un poltron ?'

Philippe prend le coup mais manque de confiance pour répondre. La piqûre a cependant touché un point douloureux.

'Vous ne pouvez pas l'éviter, la prise de position,' persiste Maragne, 'La politique se faufile partout dans votre vie. Y compris… dans le choix de vos amis.'

Le visage de Philippe reste fermé, blessé. George plisse les yeux et pince imperceptiblement les lèvres. Il voit très bien où Maragne veut en venir. Ce dernier continue : 'Prenez Charles Bedos. Un ami à vous, n'est-ce pas ?'

Philippe se tourne vers George, sentant le danger.

'Nous sommes des amis d'Université, Charles, Philippe et moi.'

'Parlez-moi de lui,' demande -exige ?- Maragne.

George soutient le regard de Maragne avec son sourire poli pendant quelques secondes avant de répondre.

'Charles est un homme d'une rare intelligence et intégrité. Un homme de valeurs et un excellent avocat. Il n'a qu'un défaut, il manque de goût en politique. Mais si je désapprouve ses choix en la matière, j'apprécie la personne et l'ami.'

Maragne s'impatiente de cette réponse qui ne lui apprend rien mais qui confirme le lien entre George et Charles.

Pauline décide d'intervenir pour soutenir son mari : 'Il a un fort penchant pour les femmes, aussi…'

'Oui, il a très bon goût envers les femmes,' interjette Francette, 'Alix est charmante. Nous sommes très heureux pour lui. Et pour elle.'

'Elle est bien jeune quand même,' Pauline ne lâche pas prise, 'À peine 23 ans. Elle demandait un divorce à 21 ans à peine, je crois, et il était son avocat. Cela n'augure rien de bon sur son caractère, ne diriez-vous pas ?'

'Charles est un homme qui sort de l'ordinaire. Il a besoin d'une femme avec une forte personnalité,' dit Francette en défense de ses amis.

George s'impatiente. Il n'aime pas le regard de serpent de Maragne à la mention de Charles. Il dit à l'intention de Pauline.

'Alix est veuve, et non divorcée. Ils se sont mariés à l'Eglise fin Janvier,' George se tourne ensuite vers Maragne pour rajouter, 'Et sans nul doute, à présent marié, Charles va davantage se concentrer sur sa famille et moins sur la politique.'

Maragne hoche la tête sans grande conviction.

'Espérons-le pour votre ami,' il remarque.

George ne dit rien et lève son verre : 'À l'amitié !'

'A nos amis les Allemands !' Maragne surenchérit.

Les autres convives lèvent leurs verres et trinquent, avec un faible d'enthousiasme pour George, Francette, Philippe et Juliette.

Comme Philippe, Albert a argué depuis le début de la collaboration qu'il soutient Pétain mais qu'il ne veut pas joindre les comités de collaboration. Il se veut apolitique. Pourtant, Il pense de plus en plus que le gouvernement a lié les mains de Pétain avec les rênes qu'il tenait précédemment. L'arrivée des

Allemands à Nîmes l'a ébranlé. Il essaie de se concentrer sur son travail mais ne peut ignorer leur présence. Assis derrière son bureau, il agit presque par automatisme et signe des autorisations de passage pour les trains et les changements horaires. Il parcoure à peine les documents et en signe un, deux, trois ... Il est sur le point d'en signer un quatrième quand il s'arrête et fronce les sourcils. Il commence à lire avec attention. Le changement d'horaires ne correspond pas à la pratique ordinaire. Il vérifie le tampon de la préfecture, il est correct, et pourtant... Albert se lève et, de la porte de son bureau, appelle un des employés.

'Paul, pouvez-vous venir une minute ?' Albert retourne s'assoir sans attendre.

Paul entre et Albert lève le document à son attention.

'Quand est-ce arrivé ?

Paul cligne des yeux sur le document et joue les innocents. Il secoue la tête pour indiquer qu'il ne sait pas.

'Ce n'est pas logique. Le train n'a pas besoin de rester en gare toute la nuit,' commente Albert.

'Je ne sais pas. La Préfecture...' Albert regarde Paul, qui parvient à avoir l'air décontracté.

Albert n'est toujours pas convaincu et lit à nouveau le document. Il soupire, puis le signe tout en gardant un œil discret sur son assistant. Il remarque une légère réaction de soulagement. Albert lui donne alors le dossier et Paul les prend et quitte la pièce. Albert garde les yeux sur la porte, les sourcils froncé. Il décroche le téléphone.

'Bonjour Mademoiselle. Pourriez-vous me

transférer à la Préfecture, s'il vous plaît ?'

'Quel département, Monsieur ?' demande l'opératrice.

Albert hésite. Il jette à nouveau un regard vers la porte.

'Pardon, j'ai un visiteur. Je rappellerai. Merci. Bonne journée,' dit Albert avant de raccrocher. Il prend un autre dossier et reprend le travail, les sourcils toujours froncés. L'anecdote le perturbe jusqu'au soir.

Les nuages cachent la lune par intermittence, un avantage pour Jean Robert et Vincent Faïta dans leur mission nocturne au sein de la garrigue boisée des alentours de Nîmes. De temps en temps, Les deux jeunes hommes – ils ont à peine la vingtaine - s'arrêtent pour vérifier qu'ils vont toujours dans la bonne direction, boussole et carte en main. Ce n'est pas nécessaire, le repérage de deux nuits avant fut minutieux. Les deux portent un fusil sur le dos et de larges sacoches qui ont l'air lourdes et encombrantes.

'On y est,' murmure Jean Robert. Ils sont à deux mètres des fils barbelés, de leur mission, du danger.

'Rapprochons-nous,' répond Vincent Faïta.

Ils rampent jusqu'aux barbelés et, à plat-ventre à même le sol, ils observent les lieux. Comme avant-hier, les soldats qui gardent le hangar sont bien armés mais sécurité et éclairage sont minimes pour garder un profil bas. L'existence de ce hangar de munitions et de ravitaillement en pétrole doit rester secret. Jean Robert recule lentement dans la pénombre des arbres et sort une large pince à métal de sa sacoche. Puis, lentement et silencieusement, il découpe un passage dans le grillage. Pendant ce temps, Vincent sort un à un les éléments d'un détonateur qu'il assemble. Ensuite, il cache soigneusement sa sacoche et le détonateur dans les buissons. Les deux hommes prennent le temps d'observer encore un peu la routine des gardes. Vincent hoche la tête, satisfait. Jean l'est aussi. Ils ont calculé que le chemin devrait être libre pour deux minutes sans soldat en vue. Deux minutes à peine. Jean Robert pousse sa sacoche devant lui et se glisse dans l'ouverture du grillage. Vincent le suit, son fusil à la main. Les deux hommes courent vers le bâtiment tout en restant le plus près du sol possible. Il se cachent au plus bas contre un mur, derrière le réservoir de carburant. Jean sort des explosifs de son sac et les place sous le réservoir en prenant soin de cacher les câbles qui y sont attachés. Vincent l'alerte d'un danger en lui touchant la manche et ils roulent sous le réservoir alors qu'un soldat Allemand arrive une torche à la main. Par chance, il inspecte seulement l'autre côté du réservoir de carburant et le terrain entre le hangar et le grillage. Dès qu'il est hors de vue et d'ouïe, Vincent reprend son rôle à l'affut et Jean finit d'installer les explosifs. Après un autre passage d'un des gardes, Vincent retourne en courant du côté boisé du grillage et se positionne en sniper, prêt à protéger Jean dans sa dernière manœuvre. Il ne le quitte pas des yeux dans la faible lumière émise par le hangar. Jean attend seul, toujours sous le réservoir, le prochain passage du garde allemand. Il est anxieux. Il sait qu'il lui faudra revenir plus lentement et prendre le temps de cacher un peu le fil sous les graviers au départ. Il se lance, marchant le plus vite possible en déroulant le fil derrière lui.

'Surtout, ne tire pas sur le câble…' se dit-il, 'Et avance, avance, ne te retourne pas. Tu y es presque, allez.'

Dès que Jean arrive, il prend la relève de Vincent qui sort sa sacoche et le détonateur du buisson. Un soldat allemand est déjà passé et n'a pas vu le câble. Vincent reprend son souffle, lie le câble au détonateur et soulève la manette. Tout est en place. Les deux jeunes hommes sont prêts, nerveux et anxieux. Ils se jettent un regard et prennent une profonde respiration. Vincent appuie fort sur la poignée. L'explosion est assourdissante et les deux hommes instinctivement portent leurs mains à leurs oreilles et détournent les yeux. Le feu du réservoir se répand au hangar et plusieurs nouvelles explosions retentissent : les munitions ont pris feu. Jean et Vincent distinguent à peine les cris et les ordres lancés en allemand, couverts par le succès de leur destruction. Les soldats, après une première réaction de panique, commencent à coordonner leurs actions pour essayer de contrôler l'incendie. Jean et Vincent ne s'attardent pas trop longtemps à regarder le spectacle avec satisfaction. Jean se tourne vers son ami et lui tape sur l'épaule pour indiquer qu'il leur faut partir. Vincent coupe le fil du détonateur qu'il fourre tant bien que mal dans sa sacoche. Ils glissent hors de vue entre les arbres où ils commencent à courir.

Derrière eux, les soldats allemands ont trouvé un morceau du fil du détonateur et courent vers le grillage.

Jean Robert et Vincent Faïta sont assis autour d'une table dans une petite cabine perdue à la bordure de la campagne et des bois. Il tombe en morceau, cet abri de berger, et il y fait froid. Ils y sont cachés depuis deux jours et ne savent rien des répercussions de leurs actes ni des réactions. Un oiseau chante bruyamment. Les deux Résistants sourient. Ils sortent une autre tasse pour y verser du vin. Fernand, comme eux la vingtaine, entre dans la pièce le sourire aux lèvres.

'Bravo les gars !' leur dit Fernand tout en jetant un journal sur la table et pointant les gros titres avec ses doigts. Puis les trois jeunes hommes se serrent les mains et se tapent dans le dos.

'Les Boches en sont malades de rage ! Vous avez tout détruit. Les fumiers en bavent ! Pas de victimes, mais il ne reste rien de leurs armes.' Il lève son verre et les trois hommes trinquent. Fernand pose sa sacoche sur la table et en sort du pain et du fromage. Jean et Vincent sortent leurs couteaux et chacun se coupe une tranche et un morceau. Ils commencent à manger et à boire en riant.

La porte s'ouvre brusquement et la police française fait irruption dans la pièce, les prenant par surprise. Les trois jeunes hommes essaient de se défendre mais les flics renversent la table contre eux. Ils n'ont pas le temps d'attraper leurs couteaux ou leurs fusils. Ils réalisent vite qu'il n'y a aucune chance de fuite quand ils sont emmenés dehors : leur abris est encerclé par la police de Vichy.

## 3.

### Charles

Charles lit un journal local à la table du petit-déjeuner, ce dernier devenu un peu plus frugal depuis que la Zone Libre est devenue Zone Sud. Alix est à ses côtés, elle aussi plongée dans les nouvelles du jour avec un journal national. Les deux ont appris à prendre les informations officielles avec une pincée de sel, la propagande de Vichy pro-allemande se glissant dans les moindres articles. Le regard de Charles tombe très vite sur un article sur des Résistants en attente de procès à Nîmes, et plus il avance dans sa lecture, plus il devient alerte. Alix prend conscience de la tension de son mari et l'observe. Il le sent et lui explique.

'Six militants communistes ont été arrêtés hier. Ils sont accusés *d'activités communistes et anarchistes* et vont être jugés sur la base de la loi du 14 août 1941.' Charles fait une pause et parcoure le reste de l'article rapidement en silence.

'Alix, ils sont si jeunes !' il s'écrie, 'Ils ont à peine la vingtaine. Deux n'ont même que 19 ans. Et ils risquent la peine de mort par guillotine.'

Alix a un haut-le-cœur.

'A Nîmes ?' demande-t-elle.

'Oui.'

'Comment se fait-il que l'on n'en ait pas entendu parler avant ?'

'Il semble qu'on leur ait imposé un avocat d'office…'

'Puis-je lire l'article ?'

Charles lui tend le journal. Alix lit avec concentration.

'C'est un cas qui va attirer beaucoup d'attention. Vichy veut en faire un exemple au niveau national.'

'Oui.'

'Tu vas te faire de nouveaux ennemis et endurcir les anciens.'

'Oui.'

Charles voit avec soulagement Alix lui sourire malgré le sérieux dans ses yeux.

'Je suis si fière de toi ! Je t'aime Charles.'

Charles se lève et embrasse sa femme tendrement.

'Merci.'

Sans avoir fini son café et sa tartine, il quitte la pièce et va dans son bureau pour passer quelques appels. Il voit Alix relire l'article alors qu'il ferme la porte derrière lui, et l'entend murmurer : 'Ces pauvres jeunes gens'. Elle est à peine plus âgées que Jean et Vincent, d'un an.

Le même jour, Maurice se porte tout de suite volontaire pour l'assister dans ce procès.

'Il n'aura pas eu à attendre longtemps pour qu'un dossier de poids arrive sur mon bureau... Lui qui voulait se faire les dents contre les lois de Vichy,' se dit Charles. Il a obtenu gain de cause, bien sûr, et devient gratuitement l'avocat à la défense des jeunes Résistants – ou anarchistes selon Vichy.

Dès le lendemain, la presse nationale se passionne pour le procès de Jean Robert et Vinicio 'Vincent' Faïta - un Italien ayant fui le régime de Mussolini - ainsi que de Fernand Chabert, André Morel, Jean Baptiste Casazza et de Louise Maurin. Les journaux décortiquent l'affaire et les accusations. L'Etat veut des mesures exemplaires en représailles contre *'les auteurs de toute infraction pénale commise dans l'intention d'activités communistes ou anarchistes'*, telles qu'indiquées dans la loi du 14 août 1941. Les peines encourues sont l'emprisonnement avec ou sans amende, les travaux forcés à temps ou à perpétuité, et la mort. Pour que ce procès ait l'impact voulu, le gouvernement de Vichy veut un verdict sans merci avec les peines maximales. Vichy veut la guillotine. Charles s'est déjà opposé à l'Etat dans le passé, mais cette fois-ci, l'enjeu du procès pour l'Etat et l'omniprésence de la presse va attirer beaucoup d'attention sur lui. Le contenu de sa plaidoirie sera directement contre les lois de Vichy et la Collaboration et, bien que présentée comme la défense des accusés, cela le fera surement apparaitre dans les médias pour un dissident, un ennemi du régime et de l'occupation allemande. Il n'a pas le choix : s'écraser et se taire seraient pour lui inacceptable.

Philippe croise Charles dans les couloirs du Palais de Justice. Charles est content de le voir. Philippe est un homme réservé et apathique, mais ils se sont toujours bien entendus depuis l'Université. S'ils ne sont pas aussi proches que George et Charles, Philippe reste un ami que Charles apprécie. Et puis, Philippe connaissait les circonstances difficiles de Charles l'étudiant et l'invitait à étudier chez lui pendant les soirées froides d'hiver.

'J'ai appris que tu as pris le cas Robert, Faïta et compagnie. Je t'en prie…,' commence-t-il mais Charles l'interrompt.

'Ce sont des enfants, Philippe. Ils ont le droit de vivre, d'avoir une deuxième chance.'

'Mais tu n'as pas à saboter ta vie pour la leur !' s'écrie Philippe, autant que faire se peut à voix basse, 'Ils n'ont aucune chance de s'en sortir et tu le sais. Ne sois pas si cavalier et assis sur tes principes : tu ne peux pas gagner contre l'Etat.'

'Je sais qu'ils seront condamnés. Ils ont commis des crimes et doivent en subir les conséquences. Seulement je veux leur obtenir une sentence plus humaine que celle visée par l'accusation,' répond Charles.

'Au moins, ne t'emportes pas trop dans ton choix de mots,' Philippe ajoute avec un soupir.

'Je ne m'emportes jamais dans mes mots, ce sont mes mots qui portent. Et qui gênent. Ils gênent parce qu'ils portent du vrai.'

Le visage de Philippe exprime à la fois peine et contrariété. Charles y lit la pensée de son ami : 'J'ai essayé'. Philippe est vexé lorsqu'ils se séparent. Charles entre dans la salle où les accusés de terrorisme s'apprêtent à comparaître. Un policier verrouille la porte derrière lui. Le juge a décidé que le procès sera à huis-clos par crainte des réactions de la Résistance, ou de l'opinion de la presse.

Dans les semaines qui suivent, encore et encore, Charles Bedos répète à ceux qui l'interrogent sur ses raisons de prendre de tels risques pour des inconnus une de ses phrase préférée : 'Être avocat, ce n'est pas une profession, c'est une vocation'. Parfois, il élabore : 'Et n'est-ce pas le devoir d'un avocat de défendre de son mieux ceux qui ont besoin de représentation ?'. Pourtant Charles ne se leurre pas, il n'agit pas seulement par devoir. Il est porté par une sympathie patriotique pour ces jeunes 'anarchistes' auxquels il s'attache de plus en plus. Très vite, il les appelle 'ses petits' avec affection quand il parle avec Alix et Maurice, ce qui émeut et inquiètent ces derniers : plus Charles s'attache, plus le verdict sera douloureux si Charles n'arrive pas à les sauver.

Or le procès s'annonce mal. Charles en a bien conscience.

Vêtu de la robe de son avocat, il essaie d'ignorer la sécurité française et allemande constamment présente dans le Palais de Justice. Cependant il ne peut ignorer Maragne qui l'interpelle derrière lui alors qu'il pousse la porte de la salle.

'Pourquoi tant de hâte ? Vous devriez profiter de l'instant,' lui dit Maragne. Charles se retourne et Maragne poursuit, 'Je prévois que ce sera votre dernière grande affaire. Voire la toute dernière.'

Les deux hommes se regardent. Charles ouvre la porte en grand et la tient pour laisser Maragne passer.

'Alors, juste au cas où, je vais m'assurer de faire de ce procès un cas mémorable, un grand spectacle qui va faire beaucoup de bruit, quitte à vous en déplaire. Alors - oh oui - j'ai hâte.'

Charles dépasse Maragne mais s'en veut. Il a eu tort de répondre. Il s'assied au premier rang. Seul. Maurice est dans l'audience derrière lui selon la volonté de Charles qui ne le veut pas en première ligne. Ils sont les seules personnes côté défense : toute les autres personnes dans la salles sont des officiels du Palais ou d'instances gouvernementales.

Sur le banc des accusés, les quatre jeunes hommes

et une jeune femme écoutent la tête haute le juge énoncer les chefs d'accusation : activités communistes, destruction et tentative de destruction de biens mobiliers et immobiliers, y compris des camions allemands, des voies ferrées, des gares, et des hangars de munitions. Le juge fait une pause et lance aux accusés un regard lourd en reproches, puis finit sa liste : agression physique sur des policiers français, ainsi qu'utilisation de faux-papiers et de timbres postaux volés. Les accusations sont graves, très graves, mais Charles refuse de considérer le destin de 'ses petits' comme scellé. A son tour, il se lève et commence sa plaidoirie, ardente, véhémente, passionnée.

'Monsieur le Juge, ces jeunes gens sont en effet allés à l'encontre de la loi. Ils ont détruit des biens. Ils ont obtenu et utilisé des papiers falsifiés. Ils ont résisté à leur arrestation - ce que vous qualifiez d'agression physique envers des membres des forces de police. Et ils sont accusés d'être communistes, ce que le Gouvernement considère depuis peu comme condamnable. Oui, ces actes sont juridiquement répréhensibles.'

Charles s'arrête pour l'effet, avant de reprendre avec ferveur.

'Mais je vous le demande, Monsieur le Juge, qu'est devenue la France, si elle condamne à présent des Français pour leurs idées politiques ? Quel type de Gouvernement avons-nous, s'il cherche à détruire ce qui est au cœur de l'identité de notre pays et des Français : la liberté d'opinion. La liberté de penser.'

L'avocat de l'accusation lève les yeux au ciel, mais son attitude exagérée cache mal une certaine gêne.

Charles n'y prête pas attention. Il continue dans son élan.

'Monsieur le Juge, qu'est devenue la France, si elle tourne les Français contre les Français pour satisfaire les besoins de la collaboration, donc les besoins des Allemands, des étrangers ?'

L'accusation se lève, furieuse : 'Ce sont des anarchistes !'

Charles se tourne vers cet homme dont il a réussi à faire perdre son aplomb. Parfait. Il lui répond d'un ton calme, sa voix grave et puissante résonnant sans effort dans la salle.

'Ce sont de jeunes Français fiers, qui aiment leur pays et qui refusent la présence des Allemands sur notre sol et leur contrôle sur notre Gouvernement. Peut-être à juste titre, qui plus est… Vous le savez, la jeunesse est de nature souvent intempestive et rebelle, et c'est dans le patriotisme que les jeunes accusés ci-présents se sont exprimés. Tant de ferveur pour notre France !'

Charles se tourne vers le juge pour reprendre sa plaidoirie.

'Monsieur le Juge, les accusés ont commis des crimes, mais appliquer cette loi à la lettre et les condamner sans humanité ne bénéficie pas à la France. Non, elle bénéficie aux Allemands. Ce qui est légal en théorie, n'est pas toujours ce qui est juste en pratique.' Charles fait une dernière pause, se préparant à clore sa plaidoirie. 'Monsieur le Juge, je demande la peine minimale applicable dans la loi, celle d'un emprisonnement pour une période déterminée ; celle à laquelle ils eussent été condamnés avant l'arrivée des Allemands sur nos terres et leur influence dans nos lois. Je vous demande également de prendre en compte leur jeunesse et leur amour pour la patrie dans votre décision.'

Le regard perçant de Charles est fixé sur le juge. Ce dernier soupire. Charles espère que c'est bon signe, qu'il a éveillé sa compassion. Il a espoir. Mais il a peur aussi. Que va-t-il arriver à *ses petits* ?

Le 29 mars 1943, La Section Spéciale de la Cour d'Appel de Nîmes rend son verdict. Charles arrive au Palais de Justice qui est sous tension. Journalistes et foule engagées se pressent aux portes. Les polices française et militaire allemande entourent le bâtiment, et seuls les avocats et les proches peuvent y entrer. Quand bien même, le verdict sera encore rendu à huis-clos, et même les familles des accusés doivent rester en dehors de la salle.

Charles observe de loin la jeune épouse de Jean Robert bloquée à la porte de la salle, son bébé de 18 mois dans les bras. Elle est désespérée d'entrer mais un policier français et un soldat allemand l'en empêche.

'Je vous en prie !' supplie la jeune mère, 'c'est peut-être la dernière chance de mon fils d'embrasser son père... Je vous en prie, laissez-moi entrer !' La pauvre femme est en pleurs en s'adressant au policier. Celui-ci, ému, fait un geste pour la laisser passer, mais le soldat allemand lui barre la route.

'Nein ! Nein ! Raus !' s'énerve ce dernier.

Charles est outré et réagit par instinct. A la surprise de la jeune femme et des deux hommes gardant la porte, il atteint la porte et, sans ralentir son pas, attrape le bébé et entre en le portant à bout de bras au-dessus des toutes les têtes. Le soldat allemand, interloqué, n'a pas le temps de réagir. De la salle, Charles se tourne et lui jette un regard de défi. Le soldat allemand hésite, grommèle quelques mots incompréhensible, et tourne le dos à l'avocat. Charles marche rapidement vers le banc des accusés et tend son enfant à Jean Robert. Le jeune homme embrasse son fils avec une douceur et un amour attendrissants. Il lui murmure quelques mots à l'oreille, puis le prend dans ses bras contre son torse. Le bébé tient le doigt du père et parait apaisé. La scène est émouvante, toutes les personnes présentes en sont pris à la gorge. Tous savent que cet enfant ne reverra pas son père avant longtemps, voire jamais.

Avant que la Cour ne rende son verdict, les accusés ont un droit de parole s'ils le souhaitent. D'un hochement de tête, Charles invite *'ses petits'* à parler. Jean Robert et Vincent Faïta sont les deux militants avec les accusations les plus graves et parlent au nom du groupe.

'Nous avons agi par amour pour notre pays, contre la soumission et l'esclavage par les Allemands. Nous n'avons aucun regret,' dit Jean Robert.

Vincent Faïta se lève ensuite pour énoncer leur demande par principe, préparée avec Charles. Il parle avec aplomb : 'Je demande que la Section Spéciale de la Cour d'Appel de Nîmes soit déclarée incompétente sur la base des valeurs de la France.' Cette dernière requête n'a aucune chance d'aboutir, mais Charles veut utiliser toutes les options disponibles, même les plus incroyables. La salle se remplit de murmures et le juge frappe son marteau. Il secoue la tête tristement en regardant Charles.

Quelques minutes plus tard, le jugement tombe : Louise Maurin est condamnée à cinq ans de prison et de travaux forcés ; André Morel, Fernand Chabert, Jean Baptiste Casazza le sont aux travaux forcés à perpétuité ; mais pour Jean Robert et Vincent Faïta, c'est la peine de mort. Le juge ajoute que le verdict est sans appel.

Les condamnés se tiennent droit malgré le choc. Droit et digne, même s'ils sont livides. Charles s'efforce d'agir de même bien qu'il retienne ses larmes avec difficulté.

Dès l'heure qui suit, Charles se lance dans l'action. Il refuse d'accepter le verdict et contacte le Chef de l'Etat, Laval, pour demander un appel et pour qu'il gracie les condamnés à mort. Sa demande restera sans réponse.

Charles ne peut empêcher l'inévitable. Avec douleur, il décide alors d'accompagner Jean Robert et Vincent Faïta dans leurs derniers instants. Il est le seul qui en ait le droit en tant que leur avocat. Dans leurs cellules, les deux jeunes hommes relisent leurs dernières lettres pour familles et amis et les donnent à Charles. Ce dernier leur promet le cœur lourd de les délivrer en personne, ce qu'il fera. Puis les gardes les emmènent dans la cour de la prison. *'Ses petits'* marchent avec un courage et une dignité forçant l'admiration.

Jean va le premier vers la guillotine. Il entonne avec émotion La Marseillaise en avançant vers sa mort. Tous les prisonniers de la prison, à l'écoute depuis leurs minces fenêtres, se mettent à chanter en cœur. Charles se joint à eux et chante au plus fort de sa voix.

'Vive la France !' hurle Jean avant de se mettre à genou. Sa tête est bloquée dans le gibet et la lame descend sans délai. Jean n'est plus. Le silence règne à nouveau pour quelques secondes à peine. Vincent reprend l'hymne national, et les prisonniers le suivent, tout comme Charles.

'Vous faites une jolie besogne, Messieurs !' jette Vincent à ses bourreaux avant de lever la voix et de s'écrier : 'Vive le parti communiste français !'. Il s'agenouille. La guillotine est activée. C'est fini. '*Ses petits*' sont morts. C'est fini.

Dans un état second, Charles rentre chez lui. Il ferme la porte doucement. Alix l'entend, aux aguets dans le salon. La maison est vide hormis eux deux. Quand elle le rejoint, Charles est un homme las et abattu. De silencieuses larmes coulent le long de ses joues. Il s'effondre dans les bras de sa femme. Alix en a le cœur brisé, pour son mari, pour ses jeunes gens, et pour leur famille. Elle accompagne Charles dans les pleurs.

'Ils ne sont plus. Mes petits… Tués… Assassinés !' Charles dit entre deux sanglots, 'Je suis si fier d'eux. Ils sont partis avec tant de dignité !'

Ils restent longtemps dans les bras l'un de l'autre, à pleurer la mort de deux jeunes hommes qui se battaient pour une France libre, à se réconforter, et à s'aimer dans ce moment de deuil.

87

## Alix

Alix est surprise de voir arriver Varade à l'improviste. Elle le reçoit dans le salon et tous les deux papotent en attendant que Charles puisse les rejoindre entre deux clients. Charles entre juste quand la femme de chambre apporte infusion et chicorée.

'Charles, merci de me recevoir ainsi,' commence le Chanoine, 'Malheureusement, je suis porteur de tristes nouvelles. Joseph et Anne Stein ont été arrêtés et ont disparu.'

Le visage de Charles se referme. Varade jette un coup d'œil vers Alix.

'Il ne sait pas que je suis au courant de son soutien aux familles juives,' se dit-elle.

'Y a-t-il un moyen de les aider ? Peut-on faire quoi que ce soit ?' demande Varade à voix basse.

'Plus maintenant. Depuis que les Allemands ont envahi la Zone Libre, les lois anti-juives ont empirés. Je vais me renseigner pour les retrouver, mais…' Charles secoue la tête.

'Et leur fils David ?' s'enquière Alix. Elle se souvient de la première fois qu'elle a vu l'enfant, serrant la main de son père par la porte privée du bureau de Charles pour éviter les regards. Elle était encore en plein divorce, croit-elle.

'Il s'est caché comme ses parents le lui avaient appris à la vue de la police,' raconte Varade, 'Il leur a échappé. David est venu à l'Église quelques jours après. Il est avec moi depuis. Je le cache avec les autres enfants de chœur. Ils le connaissent, sans savoir son histoire familiale. C'est une solution temporaire, bien sûr : je dois lui trouver un abri plus sûr. Plus le temps passe, plus les enfants risquent de poser des questions et de parler.'

Alix se tourne tout de suite vers Charles. Elle veut aider. Varade ne la laisse pas parler.

'Non, Alix. La situation actuelle de Charles est trop sensible après le procès, et donc la vôtre aussi. C'est pour cela que je ne vous ai pas contacté avant Laissez-moi m'en occuper, je vais penser à quelque chose.'

'Les pauvres Stein. Et de penser que nous ne pouvons absolument rien faire pour les aider et tous ceux comme eux. Absolument rien,' dit Charles les dents serrées.

Alix est perdue dans ses pensées. Elle pense aux parents de David et leur inquiétude pour leur fils, à David, et à combien il doit être perdu. Elle ne comprend pas pourquoi il y a une telle haine contre les Juifs. En quoi les Stein présentent-ils un danger ? Pourquoi s'acharner sur eux ? Non, vraiment, elle ne comprend pas. Elle veut faire quelque chose pour aider tous ceux dans la détresse et décide de faire le tri dans ses affaires et de fournir des vêtements à la paroisse. Alix l'apportera à l'église en allant à la messe avec ses parents.

Le dimanche qui suit, Alix, Herminie et Albert sont assis dans les premiers rangs de l'église. Ils sont arrivés tôt avec un grand sac plein de quoi habiller des adultes et enfants dans le besoin.

Les paroissiens écoutent la chorale chanter le sourire aux lèvres alors que Varade prie la tête baissée sur le côté. Alix observe David au sein des jeunes chanteurs, non sans une certaine angoisse. N'est-il pas dangereux de l'afficher ainsi aux yeux de tous ? Elle remarque qu'il ne chante pas, que ses lèvres ne suivent pas bien les mots. Alix baisse rapidement la tête. Il ne faut pas qu'elle le fixe, qu'elle attire l'attention sur lui. Il y a des Allemands dans l'Eglise aussi. Elle jette un regard à droite et à gauche, mais personne ne semble réagir.

'Calme-toi,' se dit-elle, 'Varade prend soin de lui. Et personne ne pensera qu'il est Juif.'

Or Alix n'a pas remarqué un capitaine allemand qui, tout en appréciant le chant, admire discrètement la belle église. Amateur de belles choses, sont regard est tombé sur Alix. Le joli visage de la jeune femme a trahi son désarroi quand elle vu que David ne chantait pas, et sa réaction nerveuse de vérifier si d'autres l'ont remarqué. Le Capitaine von Burg a suivi son regard, curieux. En premier lieu il ne voit rien, puis après une minute, il note que quelque chose est différent dans cette chorale, en effet. David reste la bouche ouverte, ayant perdu le fil fragile de la musique. Il est nerveux et lance un coup d'œil paniqué à Varade qui ne le voit pas, concentré sur ses prières. David arrive avec difficulté à bouger à nouveau les lèvres. Il n'est pas synchronisé avec les autres enfants, mais c'est suffisant pour ne pas se faire remarquer par ceux qui ne prêtent pas trop attention. Le capitaine von Burg observe l'épisode avec un froncement de sourcils et regarde à nouveau Alix. Elle évite de regarder la chorale et ce garçon. 'Il est assez typé,' se dit-il. 'Trop typé peut-être.'

L'église se vide lentement et les paroissiens se rencontrent et discutent sur le parvis. Alix est soulagée que la messe soit finie. D'ici une semaine, peut-être que Varade aura trouvé une autre solution pour cet enfant. Bientôt, il n'y a plus personne à la sortie de l'église, sauf le capitaine von Burg, assis dans sa voiture et fumant une cigarette, son chauffeur à l'avant. Les enfants de chœur ont tous rejoint leurs famille. Sauf un. Et il n'est pas à Alix, elle est partie seule avec ce couple qu'il devine être ses parents. Il donne un dernier coup d'œil à sa fenêtre, éteint sa cigarette, et donne l'ordre de partir.

Les dernières semaines furent difficiles pour Charles. Cette dernière affaire l'a vraiment troublée, bien plus que les autres. En fin de journée, il essaye de laisser le travail à son bureau et de profiter de la grossesse d'Alix, mais cette dernière sent bien quand Charles est ailleurs. Souvent, il semble pensif, outré, blessé. Il s'investi tant pour ses clients, comment pourrait-il en être autrement ? Il craint que le gouvernement ne pollue à présent le système judiciaire et salisse 'sa' chère justice. Charles en est écœuré. Alix est peinée par la politique actuelle. Elle est surtout frustrée et désemparée : comment réconforter son mari ? Que faire pour l'aider, alors que lui ne veut pas qu'elle prenne de risques alors qu'elle attend leur enfant. Elle est sa femme, il veut la protéger. Alors elle s'applique à être une bonne épouse, et pour elle, cela veut dire le soutenir aussi bien à la maison et que dans la vie sociale.

Elle se tourne vers Francette à la sortie de l'Eglise un dimanche.

'Francette, j'ai une faveur à vous demander. J'espère que cela ne vous dérangera pas trop,' Alix demande en y mettant tout son charme.

'Allons, Alix, comment puis-je vous aider ?'

'Pourriez-vous m'apprendre à jouer au bridge ?'

'J'en serai ravie ! Nous sommes toujours à la recherche de partenaire pour jouer,' Francette regarde sa jeune amie avec gentillesse et ajoute, 'cela prend un peu de temps. Il y a de nombreuses règles. Cela leur laissera le temps d'apprendre à vous connaitre et à vous apprécier.'

'Et vice et versa,' commente Alix.

Francette rit. Alix prend de l'assurance et son amie aime ça.

Alix vérifie la liste de ses commissions. Elle a utilisé tous ses coupons de ravitaillement. Pour le reste, il lui faudra passer par le marché noir. Elle s'en occupera demain, elle en a assez fait pour aujourd'hui. En rentrant, elle pourra reprendre son travail de tricotage, un petit gilet d'intérieur pour le bébé. Blanc, pour que cela convienne à une petite fille ou un petit garçon. La pensée la fait sourire. Elle passe la rue principale et se retrouve nez-à nez avec Pauline, l'épouse de Maragne, qui sort d'un magasin. Pauline la regarde droit dans les yeux, et lentement ses lèvres se mettent à sourire. C'est un sourire froid, mauvais, calculateur. Elle est avec une amie qui la reconnait elle aussi, mais Pauline se met à marcher en ignorant Alix. D'abord choquée, Alix se reprend vite et décide de ne pas jouer son jeu. Elle leur donne un sourire et hochement de tête poli comme si de rien n'était, et reprend sa marche. Elle se force à ne pas se retourner.

'Compris, les ennemis de mon mari sont mes ennemis,' se dit-elle, 'mais on peut quand même être des ennemis courtois, non ?'

Alix marche pendant quelques minutes, perdues dans ses pensées. Elle est vexée de ce petit affront public qui titille son insécurité sociale, et furieuse envers elle-même d'en être tant affectée. Elle passe devant une librairie et s'arrête net.

'Socialement, je ne fais pas le poids. Je ne suis pas en position de force,' se dit-elle, 'Ou du moins pas encore. Alors, il faut que je le devienne… Alors… Je vais faire ma propre place.'

Alix pénètre dans l'univers paisible de la librairie. Elle se surprend à penser qu'il y fait aussi bon que dans une église. Le temps semble suspendu et serein.

'Madame, en quoi puis-je vous aider ?' lui demande le libraire.

'Je suis à la recherche de livres sur les activités viticoles. Ce que vous avez sur les vignobles, le vin, la gestion d'une propriété agricole … Les affaires dans ce domaine ?'

'Un cadeau ?' demande poliment le libraire.
'Pour moi,' répond Alix.

Le libraire jette un coup d'œil à la jeune femme d'à peine la vingtaine, enceinte. Il cache mal sa surprise. Alix attend patiemment alors qu'il rassemble quelques livres sur le sujet.

## Et dans les mois qui suivent ...

Madame Odette et Nadine sont assises à l'arrière de l'église. Non loin d'elles au centre, Alix, Herminie et Albert écoutent la chorale. Alix constate avec soulagement que David semble plus à son aise, même s'il ne chante peut-être toujours pas. Elle ne peut en être certaine, elle est trop loin. Le Capitaine von Burg, lui, est au premier rang et observe la chorale avec intérêt. Il secoue légèrement la tête, trahissant de façon quasi imperceptible sa désapprobation. David est toujours au sein de la chorale.

'Quelle négligence,' se dit-il.

Lorsque l'église se vide, il approche Varade, alors avec Alix, Albert et Herminie. Il ne les interrompt pas et attend à quelques mètres que le chanoine soit seul. Cela ne tarde pas : Alix et ses parents n'aiment pas avoir un Allemand à l'écoute de leur conversation.

'Mon père,' dit le Capitaine von Burg dans un Français parfait, à peine accentuée d'une note germanique, 'j'ai apprécié votre prédication.'

'Je vous remercie, mon fils,' répond Varade.

'Et votre chorale est magnifique,' ajoute le capitaine.

Varade sourit au compliment tout en espérant que la conversation est à présent close.

'Il me semble juste qu'un des garçons soit, comment dire, inexpérimenté,' reprend le capitaine.

Varade déglutit, puis retrouve rapidement son sang-froid.

'Je ne vois pas...'

'Peut-être qu'il n'est pas prêt à faire partie de la chorale,' continue le capitaine, 'ou mieux encore, de la messe. Une autre activité au sein de votre église, peut-être ? Loin des yeux de tout un chacun... Qu'en pensez-vous ?'

Le message est clair et Varade acquiesce de la tête.

'Vous êtes évidemment un connaisseur de chorale,' dit-il au capitaine, 'Je vais prendre votre conseils en compte, Monsieur... ?'

'Hauptmann Maximilian von Burg,' répond le Capitaine von Burg.

Les deux hommes se saluent, et Varade le regarde s'éloigner en direction de sa voiture. Son chauffeur ouvre la porte arrière et il monte.

'Capitaine von Burg... Intéressant,' pense Varade.

Alix et Herminie observent aussi de loin le Capitaine von Burg partir alors qu'elles s'éloignent de l'église. Alix secoue la tête.

'Même dans nos églises…,' murmure Alix

'La foi n'a pas de frontières, ma chérie,' lui rappelle Herminie.

Albert ne fait aucun commentaire. Il repense à la visite de Charles la veille. Il avait avec lui un porte-document, ce qui n'est pas coutumier de l'avocat en dehors de son travail. Il semblait plein et lourd.

'Albert, j'ai un service à vous demander,' lui dit Charles une fois assis dans le salon, 'pourriez-vous cacher ceci ? C'est pour Alix, au cas où il m'arriverait quelque chose.'

Charles ouvrit sa sacoche et en sorti un large sac de lingots d'or.

'J'ai toujours investi une petite partie de mes revenus dans l'or. Surtout depuis cinq ans, lorsque le vent commençait à tourner et apportait de sombres nuages.'

Albert s'apprêta à parler, mais Charles l'arrêta.

'Je sais que la vente d'or est illégale en dehors des structures de l'Etat, à des tarifs ridicules si je peux me permettre d'ajouter. J'espère que nous  qu'Alix - n'en aura pas besoin. Mais juste au cas où, vous comprenez…'

Aujourd'hui, Albert repense à ce sac d'or de la veille. Bien sûr qu'il comprend. Comment pourrait-il en vouloir à Charles de prendre des mesures de prévention et de protection pour sa fille ?! Dans la nuit, il l'enterra au pied d'un des arbres de leur petit jardin. Une cache classique mais qu'il pense efficace. Perdu dans ses pensées sur la présence des Allemands dans sa chère ville, sur les politiques du Gouvernement de Vichy, et sur les prises de parties de son gendre et de sa fille, il sympathise de plus en plus avec ces derniers.

C'est dans cet état d'esprit qu'Albert arrive dans sa gare bien-aimée le lendemain. Le hall d'entrée est rempli d'Allemands en uniforme, militaires ou nazis. Cela agace Albert et il se dirige vers son bureau en maugréant intérieurement. Il s'installe derrière son bureau de fort mauvaise humeur et sort son journal et quelques papiers de sa mallette. Albert commence à lire les nouvelles en espérant que cela le détendra, mais cela ne fait qu'aggraver sa mauvaise humeur.

'Des mensonges !' grommèle-t-il en tournant les pages avec exaspération, 'Rien que mensonge ! C'est insupportable !'

Par la porte entrouverte, il entend les employés s'atteler à leurs tâches du jour. Il se lève pour jeter un œil par la porte et note que Paul est déjà là. De retour dans son fauteuil, il est pensif. Il jette un regard par la fenêtre et voit des troupes allemandes patrouillant sur l'avenue. 'Insupportable !' se dit-il, et il prend une décision. Il sort son trousseau de clé et ouvre le coffre-fort derrière lui. Albert y retire un document qu'il place à droite de son bureau, le tampon 'Confidentiel' bien en évidence sur la couverture. Il vérifie le document à l'intérieur : les horaires des trains de l'armée allemande. Il coupe un petit bout de papier qu'il glisse sur le bord du dossier à l'intérieur. Puis il prend un autre dossier à proximité et le place au milieu du bureau. Enfin, Albert sort de son bureau et s'arrête près de Paul au passage.

'Paul, j'ai un rendez-vous. Je serai de retour dans une heure. Le calendrier des trains de passagers d'aujourd'hui est sur mon bureau avec quelques changements. Pourriez-vous en faire plusieurs copie d'ici mon retour ? J'aurais besoin de l'original à mon retour.'

Albert part avant d'attendre la réponse de Paul pour cacher sa nervosité. Cependant, au lieu de quitter la gare, il attend cinq minutes dans les couloirs puis revient. Paul vient tout juste de quitter son bureau et est choqué de voir Albert.

'J'ai oublié ma mallette,' dit Albert nonchalamment.

Paul est agité et nerveux, le dossier sur les trains de passagers à la main. Il est plus épais que celui qu'Albert avait laissé sur propre bureau.

'Paul, suivez-moi dans mon bureau,' lui dit Albert.

Albert entre et prend sa mallette au pied de son fauteuil, Paul attendant nerveusement sur le pas de la porte. D'un coup d'œil, Albert note que les deux dossiers sur son bureau sont absents. Il tapote l'espace vide du dossier allemand et hoche la tête vers Paul dans un geste d'approbation. Il le rejoint à la porte.

'Je serai de retour dans trois-quarts d'heure. Remettez tout dans mon tiroir du haut à droite,' dit Albert et d'ajouter avec humour, 'il ne faudrait pas que ces dossiers tombent dans de mauvaise mains, n'est-ce pas ?'

Paul laisse échapper un soupir avant de se reprendre et d'afficher une attitude professionnelle.

'Oui Monsieur,' répond-il à Albert.

Alors qu'Albert traverse le hall principal de la gare, il ne peut pas contenir un petit sourire en observant l'omniprésence allemande. Il sort et se dirige vers le petit café près de la gare et s'assied à une table à l'intérieur près d'une fenêtre.

'Une chicorée, s'il vous plaît,' demande-il à un serveur. Albert observe 'sa' gare avec affection, puis il sort son journal et l'ouvre à nouveau. Il le lit avec déplaisir.

Monsieur Antoine souffre aussi d'indignation face aux évènements des dernières semaines et leur transcription biaisée dans la presse. Elégant et fier, il avance lentement à côté des Arènes romaines de

Nîmes. En apparence serein, il fulmine en passant à côté du Palais de Justice. Sans même s'en rendre compte, il ralentit puis s'arrête pour le regarder, un regard plein de colère, de tristesse, et de détermination. Mais Monsieur Antoine remarque qu'il a attiré l'attention des agents SS devant le Palais de justice. Il reprend sa marche sans se presser et fait sa tournée auprès de ses amis commerçants. Il l'a fini par une visite de ses 'filles' chez Madame Odette. Chez elle, il enlève ses gants, son chapeau et son manteau, et rentre dans le bureau de la gérante. Elle l'y attend avec deux enveloppes, une ouverte remplie de billets pour sa part des affaires de la semaine, l'autre scellée. Monsieur Antoine met l'enveloppe avec l'argent de sa poche sans le compter, puis la seconde sous le regard de la souteneuse.

'Un problème ?' demande-t-elle en observant son visage qui se ferme.

'Un inconvénient...,' répond-il, 'Nous n'avons pas de fille napolitaine ici, n'est-ce-pas ?'

Madame Odette secoue la tête. Il fait une moue.

'Il faut enclencher le plan B pour les messages des Italiens,' ajoute-t-il.

'Un problème avec le traducteur ?'

'Je ne sais pas les détails. Il fait partie d'une autre cellule. Mais apparemment il y a trop d'attention sur lui et il doit se faire discret pendant quelques temps. C'est un contre-temps, mais c'est plus prudent. S'il est pris il pourrait compromettre son réseau.'

Monsieur Antoine soupire. Il reste silencieux et pensifs plusieurs minutes avant que Madame Odette ne parle.

'Est-ce que ça change les plans de cette nuit ?' demande-t-elle.

'Non,' répond-il.

Un convoi allemand est ainsi attaqué aux aurores par un groupe de résistants. Il n'y a pas de survivants au sein du convoi.

Dans la même soirée, Madicci s'efforce de rester à l'écart de la conversation entre George, Philippe et Charles. Il se concentre sur ces cartes. Elles sont plutôt mauvaise ce soir, mais il les préfère à leur présente conversation. Seulement pendant les parties de poker peut-on lui reprocher de ne pas être causant. Comme si les Corses ne savaient pas se taire quand il le faut ! Il roule les yeux alors que Philippe continue sur le même thème.

'Maintenant, même au Palais et dans la presse, on te surnomme 'l'avocat de la Résistance'. C'est quasi-officiel. Ce n'est pas bon, Charles. Vraiment, tu t'attires des problèmes pour rien,' lui dit Philippe en contenant son émotion.

'Non, pas pour rien. Pour leur donner une chance parce que personne d'autre ne le faisait,' répond Charles.

'Ta fille est née il y a un mois ! Tu as une famille, Charles. Cela passe avant tout, y compris avant tes clients et tes convictions,' rétorque Philippe avec une rare note d'énervement dans la voix.

'Cette affirmation est également une conviction personnelle, Philippe. Donc finalement, toi aussi, tu es un être engagé.' répond Charles en le taquinant. George rit.

'Ce n'est pas parce que je suis neutre en politique que je vis sans valeurs !' Philippe est clairement piqué, 'Vous vous respectez tous les deux malgré vos divergents choix politiques. Pourquoi ne pas respecter le mien aussi !'

Charles pose sa main sur son épaule.

'Nous te respectons, Philippe. Bien sûr nous respectons ton choix. Peut-être même que tu as raison, qui sait ? Qui dit que la meilleure option n'est pas la plus simple.'

'Simple ?!' réagit Philippe.

Madicci décide d'intervenir et de calmer le jeu. Il tape sur l'autre épaule de Philippe.

'Charles ne le dit pas comme une critique. En tant que fonctionnaire, je suis neutre aussi. C'est plus facile, c'est vrai. Je subis, mais je suis tranquille.'

Madicci évite de regarder Charles. Philippe reste encore tendu mais son humeur s'est améliorée. Madicci monte la mise, et les trois autres lui jettent un coup d'œil pour essayer de déchiffrer son jeu. Madicci leur donne seulement un grand sourire en indice.

Le surlendemain, Maragne aligne des dossiers avec soin sur son bureau, formant deux piles de chaque côté du buvard placé au centre. Lorsqu'il est satisfait que tout est en ordre, il décroche son téléphone.

'Faites rentrer mon visiteur,' demande-t-il d'un ton sec.

La porte s'ouvre quelques secondes plus tard et Maurice entre. Maragne lui sourit sans y mettre une once de chaleur et lui indique la chaise en face de son bureau.

'Monsieur, merci d'être venu,' dit Maragne par automatisme.

Maurice ne montre aucun enthousiasme d'être là.

'Comment aurais-je pu refuser votre invitation ?' répond-il en masquant tout sarcasme de sa voix. Il n'en pense pas moins.

'Effectivement. Surtout que je veux vous parler de votre avenir. Alors, depuis combien de temps êtes-vous en formation chez Maître Bedos ?' demande Maragne sur un ton doux qui lui convient mal.

'Entre trois et quatre ans,' répond Maurice sur ses gardes.

'Et dans quelle mesure travaillez-vous sur ses affaires, disons, controversées,' continue Maragne.

Maurice soupire discrètement, l'air quelque peu résigné.

'Puisque vous me le demandez, trop peu à mon goût. Je souhaiterais m'y plonger davantage, mais Maître Bedos me refuse ce plaisir,' répond Maurice sans quitter Maragne du regard.

Maragne l'observe pendant quelques instants en silence.

'Est-il en train de le provoquer, ou est-il vraiment un idiot ?' se demande-t-il. Il décide de lui donner le bénéfice du doute et reprend : 'Vous l'assistez, vous êtes présent aux plaidoiries avec votre nom dans les dossiers. Vous êtes impliqué.'

Maragne fait une longue pause. Il veut jouer sur le silence pour faire mariner un peu Maurice.

'Cela va affecter votre carrière, votre future femme, vos enfants. Toute votre vie à venir,' dit

Maragne sur un ton mielleux qui ne cache en rien une menace.

Maragne observe Maurice comme un faucon contemple sa proie.

Maurice le quitte dans les minutes qui suivent la mâchoire serrée et le regard froid.

Une heure plus tard, Maragne se dirige vers un meuble de coin dans son bureau. Il y prend deux verres qu'il remplit de whisky. Il revient à son bureau et place un verre en face de lui, puis il prend une gorgée dans le sien avant de s'asseoir dans son fauteuil.

'Parlons un peu de vous. Comment vont vos affaires ? Et comment pourraient-elles être plus fructueuses ?' demande-t-il.

En face de lui, Philippe regarde le verre de whisky puis Maragne, réfléchissant à la meilleure marche à suivre pour sortir indemne de ce tête-à-tête.

C'est une longue journée pour Maragne, et la soirée est importante aussi. Il a invité George pour dîner.

'Avec, au menu, Charles Bedos,' se dit Maragne en prenant une autre gorgée de whisky, 'je vais enfin me débarrasser de cet emmerdeur.'

# 4.

## Charles

Charles hoche la tête en observant Maurice qui arpente son bureau, agité et en colère.

'Quelle audace ! Il essayait d'obtenir des informations de moi ! Sur vous !' Il s'arrête et se tourne vers Charles, 'il a même posé des questions sur la pièce disparue dans le cas d'Henri. Comment le sait-il ?'

'Il ne sait rien. Au pire, il soupçonne. Mais personne ne peut rien prouver,' Charles répond calmement.

Maurice recommence à marcher de long en large dans le bureau.

'Maurice, calme-toi. Maragne n'a rien contre moi,' Charles lui indique un fauteuil, 'Il ne fait que fouiner et prêche le faux en espérant tomber sur le vrai. Il a essayé avec Philippe aussi, qui me l'a dit.'

Maurice s'approche du bureau et s'assied lourdement. Il reste inquiet.

'Charles, ont-ils vraiment besoin de preuves ?'

'Sans preuve, aucun juge ne peut me condamner.'

Maurice incline la tête, un peu rasséréné. Charles ne veut pas qu'il s'inquiète, ni lui, ni ses amis, et surtout pas Alix. Alors il ne cesse d'amoindrir le danger de ses prises de positions devant la Cour. Cela ne l'empêche pas de savoir que des preuves peuvent être fabriquées si besoin est. C'est complexe et il a des protecteurs, mais c'est faisable. Il s'est mis à faire plus attention depuis la mort de *ses petits* : il a un peu baissé le ton, il a fait une pause dans ses actes de résistance clandestine, il a continué de mettre en place des mesures de protections pour Alix. Pour l'instant, il pense que c'est suffisant. Il ne veut pas, et ne peut pas, arrêter de défendre en tant qu'avocat les résistants et tous les autres que le Vichy sacrifie, sous l'influence et les exigences de la collaboration. Non, ça il ne le peut pas.

La visite surprise de Madicci en fin d'après-midi le fait changer d'avis. Il se présente dans son bureau et force la main de la secrétaire pour voir Charles sans délai. Charles jette un coup d'œil à Madicci et indique à Maurice de les laisser quelques minutes.

'Charles, un de mes contacts au commissariat m'a informé que les Allemands sont furieux des attentats d'avant-hier soir. Les représailles sont terribles. Certains mentionnent votre nom,' Madicci n'a jamais été plus sérieux.

'De quoi serais-je chargé ?' demande Charles.

'Je ne sais pas, mais vos ennemis vont tenter de saisir cette opportunité contre vous. Charles, quittez Nîmes au plus vite. Disparaissez pendant quelques temps. Prenez des vacances.'

Charles est ébranlé mais hésite encore.

'Charles, je vous en conjure,' insiste Madicci, 'Ne les laisser pas vous prendre. Quittez la ville au plus vite.'

Charles sent qu'il faut suivre les conseils de son ami. Il faut partir. Il raccompagne Madicci à la porte d'entrée par son couloir privé. Il se sent lourd quand il revient dans son bureau. Doit-il dire à sa secrétaire d'annuler tous ses rendez-vous du reste de la journée, ou agir comme d'ordinaire ? Il lui faut réfléchir. Charles s'assoit à son piano et entame un morceau de Beethoven pour se calmer et se concentrer. Il décide de rester discret et de continuer comme s'il ne savait rien. Il indique alors à sa secrétaire de faire rentrer le prochain client. Il laisse un mot pour Alix de venir le voir dès qu'elle sera de retour avec leur fille. Sa petite Geneviève. Déjà six semaines. La pensée de sa fille l'attendrit tout autant que le fortifie dans sa décision. Il faut partir.

Charles attend Alix avec impatience. Elle ne rentre qu'en début de soirée, ayant passé l'après-midi en famille. La fragile Geneviève est dans ses bras, fatiguée par la journée et en pleurs. Alix l'apaise en lui parlant avec douceur. Charles embrasse sa femme et prend le bébé dans ses bras, toujours aussi émerveillé par sa fille. Il lui caresse la joue et tient son petit poing dans sa main. Puis, avec tendresse, il rend Geneviève à Alix.

'Madicci est venu me voir aujourd'hui,' commence Charles, 'et c'est grave. Les représailles contre l'attaque du convoi allemand avant-hier… Ses sources lui indiquent que je pourrais être arrêté.'

Alix pâlit. Charles poursuit.

'Madicci me conseille de partir au plus vite pour de longues 'vacances' pendant quelques temps. Il craint que les Allemands ne m'arrêtent d'ici la fin de la semaine.'

'Mais tu n'as rien à voir avec cette attaque !' s'écrie Alix.

'Au mieux, je suis une nuisance ; au pire, je suis un

ennemi. Dans les deux cas, ils n'attendent qu'une opportunité de me faire taire. C'en est une.'

La transformation d'Alix est instantanée. Son visage devient celui d'une femme déterminée.

'Quand partons-nous ?' demande-t-elle.

'Demain dans l'après-midi. C'est trop tard aujourd'hui à cause du couvre-feu. Il faut rassembler nos affaires et faire nos bagages. Pas plus que pour un long weekend à la campagne. Demain matin, vas voir tes parents pour les informer, et... il faudrait que ton père organise nos tickets de train pour Monaco discrètement. Pendant ce temps je dois aller au Palais pour récupérer quelques dossiers que je laisserai à l'attention de Maurice. J'ai tous les sauf-conduits, je m'en suis occupé aujourd'hui. Pour tous, y compris notre personnel et la secrétaire, nous ne partons juste que quelques jours.'

Alix hoche la tête. Elle réfléchit déjà à ce qu'elle doit prendre pour chacun d'eux, et à ce qu'elle ne pourra pas prendre et doit cacher avant leur départ. Elle apportera discrètement quelques bijoux et de l'argent à ses parents dans la matinée pour qu'ils les gardent en lieux sûrs et que tout ne reste pas dans l'appartement vide.

'Ma chérie, je suis désolé, mais...' les mots sortent difficilement de sa bouche. Charles espère bien qu'ils n'en arriveront pas là, mais il préfère le lui dire : 'Au cas où je suis arrêté à la gare ou avant notre arrivée, va au poste de police sous prétexte de récupérer mon trousseau de clés et demande à me voir. Au cas où les Allemands sont impliqués, va directement au siège de la Gestapo.'

Geneviève s'est endormie. Avec des gestes lents,

Alix la met dans le berceau à côté du canapé. Charles se rapproche de sa femme et l'entoure de ses bras. Blottis l'un contre l'autre, ils regardent leur enfant dormir, paisible. Ils tentent de repousser toute crainte et toute pensée sombre en se concentrant sur les préparatifs nécessaires à leur départ. Et puis, il est possible que Madicci soit mal informé et que Charles ne court aucun risque.

'Qu'à cela ne tienne, mieux vaut partir quelques temps. Ce sont des vacances forcées, c'est tout,' se dit Charles.

Le lendemain en fin de matinée, Charles quitte le Palais par la porte de derrière tel qu'il en a l'habitude. Il est perdu dans ses réflexions. George est aussi venu le voir ce matin au Palais pour lui dire de disparaître et vite. Charles ne l'a pas informé que tout était en place pour leur départ dans l'après-midi. Seule Alix et ses parents le savent. Les autres ne l'apprendront qu'après un appel de Monaco. Charles pense aux priorités à indiquer à Maurice pour s'assurer de la bonne continuation des dossiers. Pour certains, il veut faire un suivi régulier avec Maurice par téléphone. Si possible, car qui sait ce qui est possible de nos jours… Pendant son absence, le cabinet ne tournera qu'au strict minimum. Dès que la voie sera libre pour un retour en toute sécurité, ils reviendront.

Hélas, Charles est trop concentré dans ses pensées pour prêter attention aux deux voitures parquées au bout de la rue. Deux hommes, un au chapeau marron, l'autre au chapeau noir, se tiennent près du premier véhicule et le regardent du coin de l'œil. Avec retard, Charles réalise qu'ils l'observent. Une certaine formalité dans leurs manière l'informe qu'ils sont des policiers en civil. Son instinct lui fait sentir le danger. Se voyant remarqués, les deux hommes lancent un regard vers la deuxième voiture. Charles suit leur regard et distinguent deux hommes en uniforme à l'arrière. Des Nazis.

'Cours ! Echappe-toi,' les mots résonnent dans la tête de Charles, mais il garde contrôle de lui-même. S'il agit en coupable, il sera jugé coupable. 'Ils pourraient même me tirer dans le dos, comme des lâches,' se dit-il.

Le mauvais pressentiment de Charles se confirme lorsque le policier au chapeau marron lui fait un signe de la tête de se rapprocher. Charles l'ignore et continue son chemin.

'Maître Bedos !' appelle Chapeau Marron, juste assez fort pour que Charles l'entende mais pas assez pour attirer l'attention d'un éventuel passant, bien que la rue soit toujours vide. Charles s'arrête. Il n'a pas le choix. Les deux policiers en civil – il en est certain à présent - avancent vers lui. Un chauffeur met en marche la première voiture et conduit au ralenti à côté d'eux.

'Police. Veuillez monter dans le véhicule,' dit Chapeau Marron à Charles d'un ton sec. Ils entourent Charles et le prennent par le bras. Charles les sait probablement armés. Mieux vaut obéir. Chapeau Marron et Chapeau Noir montent avec lui à l'arrière de la voiture, un de chaque côté pour le prendre en sandwich. La voiture démarre bruyamment alors qu'un silence lourd règne à l'intérieur. Charles jette un coup d'œil vers l'arrière : la seconde voiture avec les deux Nazis les suit. Il demande s'il est arrêté, mais personne ne lui répond et le véhicule retombe dans le silence. Son inquiétude croît encore quand il note qu'ils ne prennent pas le chemin du commissariat. Après seulement cinq minutes, ils arrivent à la porte de service du siège de la Gestapo, située dans une petite rue peu fréquentée à l'arrière. Chapeau Marron et Chapeau Noir le font descendre, bientôt rejoints par les deux Nazis. Ces derniers guident les deux Chapeaux et Charles à travers un labyrinthe de couloirs avant d'entrer dans un bureau. Chapeau Marron s'assoit derrière la table avec Chapeau Noir debout à ses côtés, alors que les deux agents SS entourent Charles. Pendant tout le trajet, Charles espérait croiser une connaissance, quelqu'un qui pourrait avertir Alix, George, ou un de ses amis haut-placés, mais il ne vit personne. C'était sans doute l'objectif des deux Chapeaux et ce pourquoi ils ont pris tant de précautions pour l'amener dans cette salle sans témoin. Charles se concentre sur le moment présent et la nécessité de rester calme, de rester en contrôle. D'abord, il lui faut comprendre sa situation, ensuite, ses options et, enfin, quelle stratégie adopter.

'Nom, prénom, date et lieu de naissance, et profession,' ordonne Chapeau Marron d'un ton sec.

'Bedos, Charles. 15 avril 1903, Naples, Italie. Avocat,' répond Charles avec aplomb.

Chapeau Marron remplit le formulaire devant lui, puis se lève : 'Charles Bedos, vous êtes en état d'arrestation.'

'Et puis-je savoir pour quels motifs ?' demande Charles d'un ton poli, froid et confiant.

Chapeau Marron ne daigne même pas lui répondre. Le SS se tenant à sa droite, un stéréotype du parfait allemand blond aux yeux bleus, sort un document de sa serviette et se met à lire :

*'Qu'est devenue la France, si elle tourne les Français contre les Français pour satisfaire les besoins de la collaboration, et donc les besoins des Allemands.'* Le Nazi pur blond arrête sa lecture et lève un sourcil en regardant Charles.

'Enlevez votre robe,' ordonne Chapeau Noir à Charles d'une voix fluette et aigue, presque comique. Avec dignité, la mâchoire serrée, Charles s'exécute. Il plie sa robe soigneusement et la tend à Chapeau Noir. Celui-ci la jette avec dédain sur une chaise dans un coin de la pièce.

*'Ce sont de jeunes Français fiers, qui aiment leur pays et qui refusent la présence des Allemands sur notre sol et leur contrôle sur notre Gouvernement. Peut-être à juste titre, qui plus est...'* Le Nazi pur blond a repris sa lecture. Charles s'étonne de la qualité de son Français, à peine voilé d'un accent teuton.

'Je demande à voir un avocat,' Charles sort son premier atout. Il demandera George, ou Maurice, à moins qu'il n'aille directement au top et demande Paul Creyssel. Personne ne réagit à sa requête. Le Nazi pur blond continue de citer sa plaidoirie en ignorant son intervention : *'appliquer cette loi à la lettre et les condamner sans humanité ne bénéficie pas à la France.'*

'Je demande à parler à mon avocat,' répète Charles.

*'Non, elle bénéficie aux Allemands,'* fini le Nazi pur blond.

'Vous n'avez pas besoin d'un avocat,' annonce Chapeau Marron, 'il n'y aura pas de procès.'

Charles tressailli. Chapeau Noir a un sourire

sardonique. Chapeau Marron explique : 'Nous vous laissons entre les mains de nos amis allemands. Vous partez dès maintenant avec eux. Vous ne reviendrez pas.'

Chapeau Marron tamponne le document sur le bureau, ferme le dossier, et le tend au Nazi pur blond qui le range dans sa serviette. Charles est stupéfait.

'Vous ne pouvez m'arrêter sans chef d'accusation. Ni me garder sans procès,' Charles proteste. Chapeau Marron et Chapeau Noir prennent un air suffisant et ne lui donnent aucune réponse. Les deux Nazis poussent Charles hors du bureau et l'amènent dans une cellule. Charles marche la tête haute, déterminé à ne pas leur montrer qu'il a peur. En cas d'arrestation, il a toujours envisagé un procès, face auquel il a les relations et l'éloquence pour s'en sortir. Même dans cet Etat corrompu, il y a un système judiciaire en place qu'il peut et sait utiliser. Mais sans procès, que faire ? Et dans l'immédiat, où les Allemands l'emmènent-ils ? Charles comprend que son arrestation est illégale. Ils n'ont pas de chefs d'accusation, seul un motif : éliminer une personne gênante. De plus, un procès eut fait trop de bruit, les journalistes s'en seraient mêlés, et cela aurait fait mauvaise presse pour le régime de Vichy. Les policiers en civil, la discrétion… La disparition de Charles doit être confidentielle et rapide. D'ailleurs, Charles ne se morfond pas dans sa cellule plus d'une heure avant que le Nazi pur blond et son collègue ne réapparaissent. Au moins, ils acceptent de l'emmener aux toilettes. Puis, toujours par la petite porte, ils le conduisent à un camion. Celui-ci est déjà plein d'autres prisonniers. Des soldats allemands le poussent à l'intérieur. Charles

113

leur jette un regard qui les arrête et, avec assurance, il grimpe sans y être contraint. Les soldats montent derrière lui. Alors que le camion démarre, Charles remarque que les deux SS sont déjà partis.

'Savez-vous où nous allons ?' demande Charles à la personne sur sa gauche. Celui-ci indique non par un signe de tête.

L'arrière du camion est ouvert et Charles a soudain envie de sauter, de fuir. La voie ouverte l'appelle. Il ne le fait pas, bien sûr : il serait à découvert et les soldats allemands tireraient sans hésitation. Il reconnait la route principale pour sortir de la ville. Charles est aux abois et aux aguets. Il regarde avidement dehors dans l'espoir de reconnaitre quelqu'un et d'être vu. Alors peut-être pourra-t-il passer un message pour qu'on l'aide ! Il faut qu'il informe Alix. Elle doit être rentrée de chez ses parents maintenant. Elle va s'inquiéter.

Le camion s'arrête. Aux bruits de moteurs venant de l'avant, il comprend que le conducteur laisse passer un convoi. A cet instant il voit un homme. Il le reconnait : c'est le mari d'une amie d'Alix. Il arrive d'une rue perpendiculaire et marche dans la même direction que celle du camion, là, juste à côté. L'homme lève la tête, voit Charles dans le camion, et ses yeux s'écarquillent. Rapidement, Charles se penche comme s'il parlait au prisonnier assis en face de lui et parle d'une voix tonnante.

'J'ai été arrêté et pris par les Allemands. Pas de procès. Informez ma femme, je vous en…,' il n'a pas le temps de finir. Le soldat proche de lui le repousse au fond de son siège et le menace de son fusil, un signe clair de se taire. Charles regarde discrètement dans la rue. L'homme a baissé les yeux et a repris sa marche de plus belle. Le camion redémarre et Charles a une lueur d'espoir : l'homme a changé de trajet et presse le pas vers le centre-ville. Vers Alix ?

Le camion roule pendant bien deux heures. Le ciel commence déjà à s'assombrir quand il s'arrête. Charles ne reconnait pas les lieux, une petite gare dont le nom est illisible. Les soldats allemands insultent et poussent les prisonniers, hommes et femmes, jusqu'à ce qu'ils forment une file silencieuse. Ils font l'appel. Charles ne reconnait aucun nom, mais tous sonnent Français et le plus souvent de la région. Ensuite, les soldats allemands poussent à nouveau leurs prisonniers, cette fois dans les wagons d'un train de marchandise à quai.

'Comme du bétail,' pense Charles alors que le flot de gens entrant dans le wagon après lui le plaque contre la paroi sur le côté. Il y est bloqué sous une fente servant de fenêtre et qui lui offre un peu d'air. Charles regarde autour de lui : ce wagon est impossiblement plein. Le train tremble. Ils sont en route, mais vers où ? Le train est silencieux, les prisonniers étrangement calmes. Seuls des murmures s'élèvent de temps en temps, à peine audible. Charles se penche vers ses voisins et pose quelques questions sur les autres occupants. Mis à part une douzaine de résistants nîmois, il apprend que la plupart viennent de petits villages de la région, soit pris dans les rafles allemandes, soit membres du maquis que les polices française ou allemande ont capturé. Personne n'est passé devant un juge ou ne sait ce que le sort leur destine. Les résistants du maquis parlent déjà de s'échapper. Quelques-uns y arriveront.

Charles réfléchit tout en essayant de rester positif.

Il évite de se lancer dans les conjectures, d'analyser ses peurs. Il organise ses pensées sur ce qu'il doit faire une fois sorti de ce train. D'abord, déterminer où il se trouve. Ensuite, contacter Alix et ses amis avec connections. Il n'a aucune illusion que sa situation est grave, et pourtant ce qui l'inquiète le plus, c'est le sort d'Alix. Il espère que le piéton lui a bien transmis le message. Et il espère qu'au prochain arrêt, il sera appelé et libéré par l'intervention d'un de ses amis. Mais Charles s'arrête dès que ses pensées commencent à déraper. S'il s'appesantit sur ses peurs, il risque de se laisser prendre par les émotions. Or son esprit, c'est sa principale force dans ce train. Il faut la préserver et l'utiliser à bon escient. Ce n'est pas tout : l'intelligence est nécessaire pour faire face à l'adversité, mais elle est insuffisante sans ingéniosité.

'Oui,' se dit-il, 'Je dois fortifier mes pensées. Et les garder claires et flexibles pour faire face à ce qui est à venir. Quoi que ce soit.'

Il ne le sait pas encore, mais cette résilience mentale, cet esprit de fortitude, c'est ce qui le sauvera.

## Alix

Alix ressent les effets d'une nuit sans sommeil alors qu'elle roule à bicyclette vers chez elle. A la fatigue générale de l'allaitement coupant ses nuits s'est ajouté le stress de ce départ précipité. Elle vérifie d'un coup d'œil vers l'arrière que Geneviève soit bien enveloppée dans le panier. Cinq minutes plus tard, elle est arrivée.

'Charles est sans doute déjà à la maison prêt à partir,' pense-t-elle. Alix se mordille les lèvres : elle a la fâcheuse tendance d'être toujours un peu en retard. Aujourd'hui ce fut l'émotion de ses parents quand ils apprirent son départ. Et la sienne. Elle est d'abord passé voir son père à la gare, puis sa mère. Les larmes lui en montent à nouveau à l'œil quand elle repense à leurs adieux. Quand va-t-elle les revoir ? Elle pousse la porte cochère, prend le courrier qui déborde de la boîte aux lettres et le glisse dans son sac. Elle cache la bicyclette dans la cave pour la protéger pendant leur absence. Une fois chez elle à l'étage, Alix met Geneviève dans son berceau pendant qu'elle ajoute quelques affaires dans les bagages. Tout est prêt.

'Charles met bien longtemps,' se dit-elle. Pour s'occuper et ne pas trop réfléchir, Alix vérifie mentalement qu'elle n'a rien oublié et inspecte le contenu de son sac à main. Elle y trouve le courrier. Debout dans le couloir, Alix fait le tri machinalement et, à sa surprise, découvre une lettre déposée en main propre qui lui est adressée. Alix l'ouvre et lit le court message :

'*Madame, 14 heures. Je suis un ami de votre mari. Je*

*viens de le voir, alors qu'il partait avec d'autres otages pour une destination inconnue ; il était en camion et m'a prié de vous avertir qu'il quittait Nîmes.'*

Alix sent le monde se dérober sous ses pieds. Elle s'appuie contre le mur et d'un bras atteint avec difficulté une chaise proche. Sa tête vacille, son cœur cesse de battre, et l'air n'atteint plus ses poumons. Alix ne voit plus rien, elle ne sait plus où elle est. Une voix l'appelle : 'Alix... Alix... Alix !'. Sa petite voix intérieure essaie de la recentrer, de la ramener à la réalité. Alix respire profondément une, deux, trois fois. Elle sent à nouveau son cœur battre dans sa poitrine. Il bat trop fort. C'est assourdissant. Elle respire lentement, les yeux fermés, puis reprend la lettre et la relit. Alix vérifie sa montre : Il est à peine 14.30. Elle doit agir vite. La police est peut-être déjà en chemin. Elle se rend dans le bureau de Charles et décroche le téléphone, puis demande à l'opératrice de la mettre en contact avec le cabinet de George.

'George, c'est Alix. Charles a été arrêté,' lui annonce-t-elle dès qu'il prend l'appel.

'Non !' George s'écrie. 'Quand ?'

'Il était dans un camion allemand avec d'autres otages à 14 heures, quittant la ville.'

'J'appelle tout de suite mon contact au commissariat. Je reviens vers vous au plus vite. Non, je viens chez vous après.'

'Je vous remercie, George.'

Après avoir raccroché, Alix ouvre le grand coffre de banque dont Charles est si fier, placé au bas de la bibliothèque du bureau. Elle y récupère de l'argent, une bourse pleine de pièces en or, et des papiers confidentiels. Dans la salle-à-manger, elle glisse les documents entre les panneaux d'extension de la table, situés sous celle-ci. Puis, dans le couloir, elle s'aplatit sur le sol et déloge avec difficulté une des dalles sous la commode. C'est sa cachette secrète. Elle l'a trouvée par accident il a quatre mois lorsqu'un de ses colliers en perle s'est cassé. Une perle a roulé et s'est glissée dans le coin fendu de la dalle. En l'y délogeant, Alix nota que la dalle était facilement amovible et cachait un trou dans le sol. Aujourd'hui, Alix ajoute la bourse d'or et l'argent à deux autres bourses et des bijoux. Après un moment d'hésitation, Alix retourne dans le bureau, prend la pile de dossiers clos d'un des tiroirs, et les met dans le coffre. Si on le lui demande, Alix dira qu'elle ne connait pas le code, mais il vaut mieux qu'il ne soit pas vide pour que ce soit moins suspect si la police le force. Puis Alix décroche à nouveau le téléphone pour appeler son père. Avant qu'ils ne puissent dire un mot, elle les invite à prendre le thé, le ton de sa voix faussement calme. Il accepte tout de suite. Alix sait qu'il a compris que la situation est grave : Charles et elle auraient déjà dû être à la gare. Elle va avoir besoin du support de ses parents et il est important qu'elle ne soit pas seule avec Geneviève, si 'on'- la police française ou la Gestapo - vient la prendre pour l'interroger. Alors qu'elle s'apprête à demander d'être mise en communication avec Maurice, la sonnette de la porte retentit. Alix se fige : son père, si vite ? George ?

Deux officiers SS allemands se tiennent rigides devant elle. Une main crispée tenant la porte ouverte, Alix ne sait que dire ou penser, alors elle reste muette. Un des SS, le Nazi pur blond, lui demande dans un français quasi parfait de confirmer ses nom, prénom, et date de naissance. Alix, la gorge nouée, s'inquiète qu'ils soient là pour l'arrêter, elle aussi. Elle pense à Geneviève dans son berceau dans la petite chambre du fond.

'Alix Bedos, née Jean, le 4 novembre 1919.'

'Madame, nous venons vous informer que votre mari a été arrêté.'

Alix feint la surprise, mais le choc est réel. Elle gardait le vain espoir que le message manuscrit était erroné et que Charles arriverait sous peu.

'Où est-il ? Je veux le voir,' dit-elle avec détermination.

'Madame, vous ne pouvez pas le voir. Il n'est plus à Nîmes.'

La colère monte chez Alix, visible bien qu'elle fournisse un grand effort pour la contenir.

'Vous êtes en colère contre nous,' lui dit le Nazi pur blond calmement, 'mais si un bon Français ne nous avait pas écrit pour se plaindre de votre mari, nous ne l'aurions pas arrêté.'

Alix marque le coup. Charles a été dénoncé. Dénoncé ! Elle resserre sa poigne sur le montant de la porte pour garder l'équilibre. Elle ne veut pas leur montrer qu'elle est ébranlée. Sa tête fourmille d'hypothèses. Elle sait qu'une simple lettre d'un inconnu ne serait pas suffisante pour l'arrestation de Charles, il a trop de connections. Il faut qu'elle vienne de quelqu'un qui le connait. Quelqu'un dans leur cercle social ? Mais qui ? Et pourquoi ? Alix sent monter en elle sa colère envers le régime de Vichy, un Etat lâche qui en appelle à la délation entre Français, et pour un bonne collaboration avec les Allemands en plus. Ces pensées ne durent qu'une seconde avant que son angoisse pour Charles ne prenne le dessus.

'Puis-je aller le voir là où il est emprisonné ?'

Le Nazi pur blond hésite avant de fournir une réponse laconique qui n'aide en rien.

'Non,' puis il ajoute, 'Madame, vous ne le reverrez jamais.'

Leur message transmis, les deux officiers SS la saluent et font demi-tour. Alix referme lentement la porte derrière eux, cependant le dernier commentaire du Nazi pur blond l'a rendu déterminée. S'ils croient qu'elle va accepter la situation sans agir, ils se trompent.

Les cris de Geneviève ramènent Alix aux réalités quotidiennes qu'aucun drame n'arrête jamais : il est l'heure de nourrir sa fille.

Les parents d'Alix arrivent une heure plus tard avec deux petites valises, prêts à rester auprès d'Alix pour quelques jours si nécessaires. George sonne à la porte en fin d'après-midi. Il a une petite mine et n'est pas porteur de bonnes nouvelles : le dossier 'Charles Bedos' n'existe pas auprès de la police française, ou plutôt, il n'existe plus. Le dossier a été transféré aux Allemands, comme si la police française s'en lavait à présent les mains.

'Je n'ai obtenu aucune information ! Rien ! Personne ne semble savoir quoi que ce soit dans nos bureaux !' il râle. Son visage est marqué et inquiet.

'Bon, j'ai ameuté tout le monde,' il se reprend avec plus d'optimisme, 'j'ai espoir d'en apprendre davantage demain. Tenez bon, Alix.'

Alix hoche la tête. Elle a aussi des plans pour le lendemain.

'Rien que ce matin, je disais à Charles que vous devriez partir. Si j'avais su !'

'Nous devions prendre le train de 15 heures pour Monaco …'

'A si peu près…,' dit George pensif, 'Ne m'en veuillez pas, mais je dois vous laisser. Je veux être à la maison au cas où je recevrais un appel pour Charles.'

'Je comprends, George, et je vous en remercie,' lui dit Alix.

Lorsque George part dans les minutes qui suivent, son pas est lourd.

Cette nuit-là, contrairement à ses attentes, Alix s'effondre et dort profondément. Elle est tellement épuisée physiquement et mentalement. A son réveil, elle ne perd pas de temps : habillée élégamment et sobrement, elle quitte la maison tôt avec Geneviève dans ses bras et son père à ses côtés. Herminie reste à la maison pour prendre tout appel au sujet de Charles. Alix se rend directement au siège de la Gestapo, éliminant d'office l'hôtel de police. George s'occupe d'approcher les Français, et elle va se concentrer sur le côté allemand.

L'homme à la réception regarde Alix avec désintérêt lorsqu'elle lui indique les raisons de sa visite : l'arrestation de son mari et la nécessité de récupérer les clés de la maison. Il jette un coup d'œil indifférent au bébé dans les bras d'Alix et lui indique la portion de la salle avec quelques chaises pour les visiteurs. Alix et son père s'y installent. Une heure après, ils n'ont pas bougé et personne n'est venu les voir. N'y tenant plus, Alix retourne vers le réceptionniste.

'Je vous prie de m'excuser, mais quand pensez-vous que nous serons reçus ?'

'Je ne sais pas,' lui répond-il avec un fort accent allemand. Geneviève, sentant la tension de sa mère, commence à pleurer. Alix la berce en retournant vers sa chaise et le bébé se calme pendant quelques minutes, avant de reprendre de plus belle. Alix remarque que les cris de sa fille agacent le réceptionniste. Plusieurs autres Allemands jettent également des regards pleins d'irritation. Alix décide d'utiliser ses pleurs et feint un désintéressement envers les sanglots de sa fille. Le réceptionniste sort de derrière son bureau et lui demande de calmer son bébé.

'Je suis certaine qu'elle se calmera quand nous retournerons à la maison. Le plus tôt nous serons reçus, le plus vite nous quitterons les lieux,' répond-elle, 'A moins que…'

'Oui ?' Le visage du réceptionniste s'illumine d'une lueur d'espoir.

'A moins que vous ne vouliez que je la nourrisse ici ? Je l'allaite en public ?'

L'espoir du réceptionniste tourne à l'horreur.

'Non, non,' bafouille-t-il et rebrousse chemin.

Geneviève continue d'hurler et Albert s'inquiète.

'Tu ne l'as pas nourri avant de partir ?' lui demande-t-il.

'Non. Exprès.'

Cinq minutes plus tard, deux agents allemands dont le Nazi pur blond s'approchent d'eux.

'Madame, vous ne devriez pas être ici. Ce n'est pas un endroit sûr pour vous et votre enfant,' lui dit le Nazi pur blond avec un air de reproche.

'Je suis venue chercher le trousseau de clés de mon

mari. J'en ai besoin,' lui répond Alix avec un ton déterminé. Sans en avoir conscience, elle caresse avec tendresse les joues de Geneviève pour la calmer. Le Nazi pur blond la regarde, regarde son collègue qui parait attendri par la scène, et lui dit qu'ils viendront chez elle dans la soirée lui remettre ses clés.

'Maintenant, Madame, et vous aussi Monsieur, vous devez partir,' ordonne-t-il.

Alix hésite. Est-ce une promesse vide pour lui faire quitter les lieux, ou vont-ils tenir parole ? Elle peut toujours revenir demain s'ils ne viennent pas ce soir. Elle se lève.

De retour chez elle, sa mère l'informe que les seuls appels reçus sont ceux d'amis ayant appris l'arrestation de Charles pour lui exprimer leur soutien. Pas encore de nouvelles de George. Alix s'occupe de sa fille et, lasse, défait les bagages.

Maurice arrive accompagné de trois agents SS portant des cartons.

'Ils viennent fermer le cabinet et veulent prendre tous les dossiers de Charles, notamment les cas dans lesquels il a exprimé ses positions contre la collaboration et contre les Allemands.'

Les agents SS mettent tous les dossiers de Charles dans leurs cartons sans faire de tri, malgré les tentatives de Maurice de garder un certain ordre. Une fois les tiroirs vidés, ils demandent à avoir accès au coffre.

'Je n'en ai pas le code,' leur répond Maurice, 'ni la secrétaire, ni moi n'y avons accès. Ce coffre doit être pour ses affaires personnelles.'

Les Allemands se tournent vers Alix et répète leur demande.

'Moi non plus, je n'ai pas le code,' ment-elle, 'Charles ne me l'a jamais donné. Je ne suis même pas certaine qu'il l'utilise. Ce coffre était à son père. C'est probablement plus un souvenir qu'autre chose.'

Le coffre est imposant, c'est un vieux et lourd coffre de banque que Charles a récupéré dans sa trentaine grâce à un ami. Il en a toujours eu une certaine fierté. Les Allemands ne pourront pas le déplacer à trois seulement. Il leur faudrait être au moins cinq pour le bouger. Bien sûr, les SS ne croient pas Alix et partent en annonçant qu'ils retourneront dans une heure. Avant leur retour, Alix en retire tous les dossiers et les donnent à Maurice. Quand les agents de la Gestapo reviennent, elle leur dit avec un sourire innocent que la mère de Charles lui a donné le code, mais lorsqu'ils l'ouvrent, le coffre est vide. Les Allemands repartent cette fois les bras vides.

Dans l'heure qui suit, elle écrit des lettres aux journaux locaux pour leur annoncer l'arrestation de Charles. Elle espère causer assez remous pour obliger quelqu'un à réagir et à répondre aux questions concernant sa disparition. Elle est seule à la maison, ses parents sont sortis avec Geneviève et le cabinet est fermé jusqu'à dernières nouvelles. La sonnette retentit.

Alix ne connait pas personnellement son visiteur, mais elle le reconnait : Marcel Maragne, le président de plusieurs comités de collaboration, les plus importants dans la régions. C'est d'ailleurs ainsi qu'il se présente, sèchement, avant d'entrer dans la maison sans y être invité. Alix ne peut l'empêcher de faire le tour de l'appartement, s'arrêtant devant un tableau ici, un ornement là, les livres de la bibliothèque et le piano. Il prend des notes. Alix reste silencieuse, mal-à-l'aise. Elle attend de savoir ce qu'il veut, espérant malgré elle qu'il soit là pour lui apporter de l'aide. De retour dans l'entrée, il se tourne vers elle et lui déclare, sûr de son bon droit : 'Trois millions. Si vous me donnez trois millions dans les deux jours, je ferai libérer votre mari.'

Alix aimerait effacer son air satisfait d'une belle gifle, mais son bon sens et son éducation le lui empêche. En tant de guerre, il est toujours préférable de ne pas se faire un ennemi supplémentaire.

'Je vous remercie de votre offre, mais cela m'est impossible,' lui répond Alix avec une fausse politesse, 'au revoir, Monsieur.'

Alix tient la porte grande ouverte, l'invitant à partir. Il s'exécute. Elle referme la porte le plus doucement possible derrière lui. Cela demande un réel effort de ne pas la claquer dans sa figure.

Une fois seule, Alix contient toujours sa rage. Elle ne sait pas comment laisser exploser sa haine, sa peur et sa frustration. Et puis, Geneviève dort. Il faut qu'elle pense à son bébé, elle ne doit pas s'énerver.

Quand George téléphone en fin d'après-midi, elle lui raconte la visite.

'George, non seulement je n'ai pas une telle somme, mais je ne fais pas confiance à cet homme. C'est de l'extorsion pure et simple. En plus, ses promesses ne sont que du vent.'

'Oubliez Maragne. Il ne peut pas faire plus que moi et je fais tout ce qui est en mon pouvoir. Mais Charles est bel et bien entre les mains des Allemands... Il s'est fait des ennemis dans le régime qui ont travaillé dur pour le faire disparaître. Je ne l'ai pas encore trouvé,

Alix, mais je continue à chercher. Je suis désolé.'

'Merci, George. Je sais que vous faîtes de votre mieux.'

Le Nazi pur blond arrive après diner, seul, une heure tardive alors qu'Alix ne l'attendait plus. Elle n'a pratiquement pas mangé : rien ne passait. Ses parents et elle sont dans le salon lorsque la sonnette retentit.

'Madame, je suis venu vous remettre les clés,' dit-il à voix basse en lui tendant le trousseau alors qu'elle tient la porte entr'ouverte. Il semble mal à l'aise et tend l'oreille pour s'assurer que personne ne les entend dans la cage d'escalier.

'Entrez, je vous prie,' lui dit alors Alix. Il entre avec hésitation. Son père indique sa présence au Nazi pur blond en apparaissant à la porte du salon. Après tout, il ne connait pas les intentions de cet Allemand envers sa fille.

'Monsieur, je vous en prie, dîtes-moi où est mon mari,' demande Alix avec douceur et humilité, mais sans supplier.

'Madame, cette information est confidentielle,' dit le Nazi pur blond après un coup d'œil vers Albert.

'Mon père,' lui dit Alix pour le rassurer. Ce dernier s'éclipse à nouveau et attend dans le salon.

'Je suis venu seul pour pouvoir vous parler librement,' commence alors le Nazi pur blond, 'Laissez-moi vous expliquer : je ne suis pas Allemand d'origine mais Russe. Mes parents se sont installés à Berlin à ma naissance pour me donner de meilleures chances dans la vie. Comme votre mari, je suis avocat, ou du moins, je l'étais avant la guerre. En 1936, La confrérie des avocats a mis de fortes pressions pour que je joigne le parti social-démocrate, ce qui m'a conduit ici avec la guerre. Bien que je ne puisse approuver les positions politiques de votre mari, j'apprécie et admire son intégrité et son professionnalisme.'

Alix l'écoute, patiente et même intriguée. Cet homme va à l'encontre de l'image qu'elle se fait des agents de la Gestapo, celle de personnes sans cœur qui portent une adoration illimitées à Hitler.

'C'est par esprit de confraternité que je suis ici,' reprend le Nazi pur blond, 'et vous ne devez parler à personne de ma visite, ni chercher à me revoir. Jamais. Vous me comprenez ?'

'Oui, je comprends,' répond Alix le cœur battant. Va-t-elle enfin avoir des réponses ?

'Votre mari est au camp de Royallieu-Compiègne. N'y allez pas toute de suite. C'est important ! Il faut que vous attendiez une quinzaine de jours puis vous leur direz que vous avez fait le tour de tous les lieux d'internement avant d'arriver dans ce camp, où votre mari Charles Bedos est donc forcément interné.'

Alix porte la main à sa poitrine, le cœur battant. Enfin, elle sait où est Charles ! Elle n'a jamais entendu parler de ce camp, mais ça n'a pas d'importance. Elle le trouvera.

'Merci,' murmure-t-elle au Nazi pur blond qui hoche la tête et ouvre la porte pour partir.

'Monsieur,' Alix interrompt son départ, 'Charles, savez-vous s'il va bien ?'

Le Nazi pur blond hésite. Il regarde Alix avec tristesse et lui dit à voix basse : 'En ma présence, il n'a pas été maltraité. Pas encore.'

Alix se promet de garder le secret et de n'en parler

qu'avec ses parents dans la pièce à côté. De toute façon, ils avaient l'oreille collée à la porte seulement à demi fermée pour tout entendre. Albert annonce tout de suite à Alix qu'il fera le voyage avec elle, ce qui la soulage. Herminie s'occupera de Geneviève.

Alix a quinze jours pour préparer le voyage. Entre-temps, peut-être que George obtiendra des informations…

## Et en attendant ...

Albert et Herminie parlent tard cette nuit-là. Ils décident de s'installer chez leur fille jusqu'à son départ pour le camp de Royallieu-Compiègne, puis Herminie y restera avec la petite Geneviève. Le lendemain, Albert répète à sa fille sur un ton ne laissant aucune place à négociation qu'il se rendra au camp de Royallieu-Compiègne avec elle. Sa fille est soulagée : c'est un long voyage et le soutien paternel est le bienvenu. Elle s'efforce d'être forte, il le voit bien, mais dans les jours qui suivent, Albert note qu'elle perd du poids. Herminie lui révèle même qu'Alix ne peut plus allaiter son bébé, faute de lait. Le choc et le stress de la disparition de Charles affecte gravement sa fille sur le plan physique et psychologique.

En arrivant à son bureau, Albert rumine encore plus que d'habitude contre les Allemands et les Français qu'il considèrent à présent comme travaillant pour eux. Il apprécie son gendre et se soucie de son arrestation et disparition. Poussant la porte des bureaux de l'administration ferroviaire, Albert serre les poings à la vue du nouvel agencement des bureaux. Deux agents allemands se sont installés dans les lieux et supervisent les activités des troupes allemandes dans la région.

'Et gardent un œil sur nous,' se dit Albert avec amertume. Il s'efforce de ne pas jeter un autre regard vers les eux et entre dans son bureau dont il ferme calmement la porte derrière lui. Il s'assoit et pose ses mains à plat sur table de bureau.

'Merde !' maugrée-t-il.

Puis il s'attèle à la tâche : établir le meilleur trajet pour Royallieu-Compiègne, organiser les billets pour Alix et lui, gratuitement grâce à sa profession, et obtenir les saufconduits du voyage, si nécessaire. Une fois fait, il appelle Paul dans son bureau, prenant soin de laisser la porte ouverte.

'Paul, je dois partir en voyage dans deux semaines et il me reste quelques détails à organiser,' explique Albert, 'Je vais le combiner avec une visite au siège à Paris. Pourriez-vous me rendre service et organiser ces rendez-vous pour moi ?'

Il tend à Paul l'itinéraire qu'il a préparé avec les noms des personnes qu'il veut rencontrer. Ce n'est pas le rôle de Paul de jouer au secrétaire, mais il accepte avec alacrité. Les deux hommes sont conscients qu'ils se donnent une opportunité de coordonner des actions de la Résistance-Fer. Paul espérait pouvoir voir Albert seul aujourd'hui et lui montre la paume de sa main gauche. Il y a écrit des informations dont il a besoin et auxquelles seul Albert a accès. Ce dernier hoche la tête et Paul discrètement se mouille un doigt et estompe l'encre dans sa paume. Albert retourne à son bureau. Paul est parti et la porte entrouverte lui permet de voir un des Allemands. Cette vue le motive encore davantage à se pencher vers le coffre pour en retirer les informations pour Paul.

Plus tard dans la journée, Paul revient avec les papiers et les premières confirmations qu'Albert lui a demandé. Après un coup d'œil sur son trajet, Albert s'étonne que Paul n'ait pas suivi son programme à la lettre.

'Ce n'est pas le train que je vous avais demandé,' il dit à son collègue.

'Celui-là est plus approprié,' lui répond Paul, 'et vous trouverez la conversation du conducteur des plus intéressantes.'

Albert s'incline. Il lit son programme dans les détails et note plusieurs changements et plusieurs rencontres non-prévues.

'Et bien soit,' dit-il. Il écrit deux horaires dans la marge avant d'ajouter, 'Je vous saurai gré de confirmer tout cela pendant les prochains jours.'

Paul acquiesce, lit les notes d'Albert, et sourit. Les échanges avec son cadre supérieur sont certainement productifs ces derniers temps.

Varade est choqué par l'arrestation de Charles, en tant qu'ami et pour la Résistance. Son support inébranlable au Palais est aussi un grand soutien moral pour les accusés. Au sein du réseau aussi, son absence va se faire sentir et avec la perte de l'accès à ses connections haut-placées. Mais surtout, surtout, Varade s'inquiète pour lui. Son arrestation l'oblige aussi à revoir sa propre situation : Charles connait son rôle dans le réseau et son aide envers les Juifs. Il pourrait être arrêté dans les heures qui viennent. Il ne craint pas pour lui mais pour ceux qu'il protège. Il pense à David Stein. Sa situation l'inquiétait déjà ces dernières semaines, à présent elle est insoutenable.

Varade attend alors avec impatience l'arrivée de Monsieur Antoine pour sa 'confession'. Il lui a fait passer un message le matin même qu'il est temps de se repentir. Quand le proxénète fait son entrée dans l'Eglise, toujours aussi impeccable et emplit d'une humble assurance, il trouve le chanoine agité.

'Mon fils...,' commence-t-il.

'Mon père, je vous écoute,' dit Monsieur Antoine avec une note d'humour qui n'échappe pas à Varade.

'Mon fils, j'ai besoin de votre aide,' reprend le Chanoine, 'j'abrite au sein de cette Eglise un enfant que je ne peux plus garder. Il a besoin d'un autre hôte généreux.'

'Mon père, vous m'étonnez,' répond Monsieur Antoine, 'je ne suis pas la personne la plus adéquate parmi vos paroissiens pour loger un enfant.'

'Mon fils. Vous connaissez certainement de réputation Maître Bedos ...'

'Oui, bien sûr,' lui dit Monsieur Antoine, 'un homme admirable et envers qui je suis reconnaissant pour son soutien au Palais de Justice, plus qu'il ne le saura jamais.'

'Et bien, Charles nous aidait aussi... Ici et là... Vous comprenez... Et il vient d'être arrêté. Il a été emmené, personne ne sait où, et personne ne sait dans quelles conditions ni pourquoi. Or je suis son contact pour ces... *ici et là.*'

'Charles Bedos, arrêté ?!' Monsieur Antoine est outré. Encore un de pris ! Qui va défendre l'avocat de la Résistance à la Cour, quand c'est lui qui se porte toujours volontaire d'ordinaire ? Et... Qui les défendra eux maintenant ?

'Je ne sais pas si ma situation est corrompue ou non, le risque est grand. Je crains pour David, l'enfant que j'abrite - que je cache. Il est Juif. Il a échappé à une rafle qui a emmené ses parents. Il n'a que moi.'

Monsieur Antoine reste silencieux. Il réfléchit. C'est prendre un risque supplémentaire dont il pourrait vraiment se passer, mais il s'agit d'un enfant.

'De plus,' continue le Chanoine, 'les autres enfants commence à lui poser des questions sur sa famille. Ils s'entendent tous bien et pour l'instant je ne pense pas que les jeunes se doutent de quelque chose, nous sommes prudents et David est intelligent. Mais cette situation est instable. Trop instable. Si les enfants apprennent quelque chose et en parlent à leurs parents…'

Monsieur Antoine sait qu'il va accepter d'aider ce David, pour l'enfant et pour Varade. Le Chanoine est un homme bien et il les aide beaucoup.

'Très bien. Je vais voir ce que je peux faire. Je reviens vers vous au plus vite avec une solution.'

Varade est soulagé lorsqu'il retourne dans son bureau. Il y trouve David lisant la Bible.

'Que fais-tu ?' lui demande-t-il intrigué.

'J'apprends mes lignes,' répond l'enfant, 'il faut que je joue au Catholique. Je vis comme un acteur, non ? Alors j'apprends mon texte.'

Le Chanoine lui sourit. Cet enfant est si vif. Un battant.

Maragne savoure un verre de whisky avec contentement. Il jette un dernier coup d'œil au dossier 'Charles Bedos' sur son bureau.

'Dossier clos,' dit-il, satisfait, en refermant la couverture sur un document en Allemand. Il prend une nouvelle gorgée puis décroche le téléphone pour appeler sa secrétaire.

'Appelez le commissariat et la préfecture pour avoir confirmation qu'il n'y a pas de traces de l'arrestation de Charles Bedos. Je ne veux pas qu'il y ait de dossier sur lui,' demande-t-il.

'Je veux avoir la seule copie,' murmure-t-il à lui-même après avoir raccroché. Il déverrouille un tiroir et y glisse le dossier sur Charles avant de le fermer à nouveau à clé. Il ouvre un autre tiroir et y prend un autre document, ses notes de sa visite chez les Bedos. Maragne les relit lentement, son verre de whisky à la main. Il souligne certains éléments, un meuble ici, un tableau là, et le chandelier de la salle-à-manger. Il aime beaucoup le grand vase de l'entrée aussi.

George fait irruption dans le bureau, à la surprise de Maragne. Le visiteur non-attendu regarde Maragne et lève un sourcil, puis se dirige vers le coin où Maragne garde sa bouteille de whisky. Il s'en sert un verre et vient s'assoir dans le fauteuil en face du bureau de Maragne. Les deux hommes se regardent en silence.

'George, c'est gentil de me rendre visite à l'improviste,' dit Maragne.

'Malheureusement, ma visite n'est pas désintéressée,' dit George.

'Ah... Quel dommage,' répond Maragne tout en replaçant distraitement ses notes entre deux dossiers.

'Je suppose que vous êtes déjà au courant de l'arrestation de Charles ?' lui demande George.

'Oui, c'était inévitable,' répond Maragne, qui se laisse même aller à sourire.

'Je ne vois pas en quoi le balancer aux Allemands était inévitable,' rétorque George. Il prend une gorgée de whisky pour maintenir son apparence calme, 'il existe encore une police et une justice françaises.'

Maragne le regarde et ressent un peu de pitié pour cet homme. 'En fait,' se dit-il, 'George est un faible.

Son amitié pour Charles n'est qu'un attachement à sa vie d'étudiant, idéalisée bien sûr.' Sa pitié se mélange avec du mépris. Il a perdu beaucoup de respect pour George, bien qu'il soit aussi haut placé que lui dans les cercles d'influence. Cette amitié stupide avec Charles Bedos ne cesse de le surprendre. Il pourrait tirer tellement plus de sa position.

'Alix Bedos, sa femme, est dans l'ignorance totale où se trouve son mari. Elle a le droit de savoir,' continue George.

'Ah ? Il existe un droit de savoir ? Je ne le savais pas. C'est quel article de loi... ?' répond Maragne avec une curiosité feinte.

George quitte la pièce dans les minutes qui suivent en claquant la porte. Maragne a réussi à lui faire perdre son sang-froid, et ce dernier y trouve une petite victoire personnelle. Lorsque Philippe s'énervera aussi le lendemain, Maragne n'en tirera aucune satisfaction. Il n'a jamais eu beaucoup d'estime pour lui, avec son manque de caractère ferme. Au moins, George a du mordant.

Philippe est d'autant plus furieux que George lui a coupé l'herbe sous les pieds. Philippe s'est rendu chez Maurice dans la matinée pour lui offrir un poste dans son cabinet, pour qu'il finisse sa formation, mais George l'a déjà pris sous son aile. Avec Maurice, George récupère les clients payants de Charles. C'était la solution prévue par Charles si ses 'vacances' devaient se prolonger et Maurice a simplement suivi ses instructions. Philippe est à la fois meurtri de ne pas avoir été pris en compte dans ces arrangements, et envieux de George dont le cabinet marche bien alors que lui a bien plus besoin de nouveaux clients. Son visage se ferme en entendant la nouvelle et il proteste, mais Philippe ne sait pas affirmer sa place. Il est mal à l'aise. La situation renforce encore son amertume face à son sentiment d'être insignifiant.

Maurice est un peu mal-à-l'aise en expliquant la situation à Philippe, mais il n'a pas vraiment le choix. Bien qu'il n'approuve pas les positions de George et regrette de ne plus pouvoir continuer le travail de Charles sur les cas pro-bono, il veut respecter les choix de son mentor. Il pense aussi que la situation est temporaire. Le fameux Maître Bedos sera de nouveau parmi eux, il en est certain. Il a juste été écarté pour quelques temps pour lui donner une leçon, puis il reviendra. D'ici quelques jours, Alix recevra certainement un appel, une lettre, des informations. Tout va s'arranger, surement.

Madicci veut être aussi optimiste que Maurice, mais trop de détails sont de mauvais augure. Il a fait le tour des départements de la Préfecture pour obtenir une copie du dossier de Charles… Sans résultats. Même ses contacts auprès de le police n'ont rien pu lui fournir. C'est anormal. Il n'y a de traces de l'arrestation de Charles nulle part, ni de son départ avec les Allemands. Comme si rien n'était arrivé à Charles.

# 5.

## Charles

Charles découvre son premier camp d'internement après trois jours de voyage dans un train de marchandises aux wagons bondés de femmes et d'hommes, comme lui dans l'ignorance de leur destination.

Royallieu-Compiègne.

Les barraques militaires qui les accueillent ont été grossièrement transformées par les Allemands pour leurs prisonniers. Charles constate très vite, à son grand désarroi et désespoir, que toutes les personnes en charge du camp appartiennent soit à la Gestapo, soit à l'armée allemande. Sauf à l'infirmerie, les seuls Français dans les lieux sont les prisonniers. Dès son arrivée, la priorité de Charles est de contacter Alix. Toutes ses tentatives de contact avec l'extérieur sont sans succès. Charles parvient à récupérer du papier et écrit une longue lettre à Alix, mais personne n'accepte de la faire sortir. Il y a quelques semaines à peine, les infirmières aidaient parfois les prisonniers à communiquer avec leur famille et les Allemands fermaient les yeux. C'est fini : depuis septembre 1943, elles ont reçu l'ordre strict de ne rien faire passer au nom des prisonniers et elles obéissent par crainte des mesures de répression allemandes. Cette absence de communication vers l'extérieur est une forme de torture : bien qu'il soit impossible d'y répondre, les prisonniers sont autorisés de recevoir du courrier de leur famille, mais comme peu de proches savent qu'ils sont là, faute d'information ou de réponse, rares sont les prisonniers appelés pour une lettre.

Charles explore les lieux avec consternation. Il a visité de nombreuses prisons pour ses clients, et aucune ne fut comme celle-ci. Les inscriptions sur les murs et les autres prisonniers internés confirment être toujours en France. Charles apprend ainsi que, contrairement aux autres camps d'internement sur le sol français, Royallieu-Compiègne est sous contrôle complet des Nazis. En juin 1940, après l'armistice, la Wehrmacht a confisqué ce site au nord de Paris pour y enfermer les prisonniers de guerre français et anglais. La Gestapo a pris le relais un an plus tard pour le transformer en camp de déportation vers l'Est. La loi française ne s'y applique plus depuis 1941. Par contre, aucun des internés ne sait que ce camp est le seul de son genre en territoire français, dans lequel 45 000 personnes seront emprisonnés entre 1941 et 1944. Mais ils savent que leurs présences ici est temporaire, une transition avant de quitter la France. Cette dernière information est un coup pour Charles, qui n'a de pensées que pour Alix et leur fille.

Charles comprend vite pourquoi les Allemands veulent couper leurs prisonniers de l'extérieur : si les conditions de vie dans ce camp étaient connues en France, cela leur ferait une bien mauvaise publicité. Ils y appliquent déjà les méthodes de leurs camps de concentration de l'Est à peine modérées: un rationnement choquant en nourriture, et deux longs appels quotidiens épuisants pendant lesquels les gardes se laissent facilement aller à la brutalité. Et pourtant, Charles regrettera bientôt leur temps libre une fois les appels terminés. Les prisonniers peuvent agir à leur guise, sauf s'échapper bien sûr : toute tentative est punie par le peloton d'exécution. Les prisonniers s'ajustent tant bien que mal à leurs vies au sein du camp, leurs droits bafoués par la justice. Charles, toujours observateur, note que le camp offre un échantillon représentatif de toute la France : communistes et royalistes, vieilles familles françaises et immigrés, religieux et athéistes, intellectuels et paysans, artistes et comptables… Leur seul point commun est une opposition à la main mise allemande sur leur pays.

'Et c'est pour cela que le Troisième Reich a décidé de nous éliminer,' se dit-il.

'En général, nous sommes envoyés ailleurs dans les trois ou quatre mois,' lui dit André en s'asseyant à côté de lui. Il se présente en tant que rédacteur au journal l'Humanité. 'Enfin, avant mon arrestation. Et après, qui sait…' ajoute le journaliste.

'Ailleurs… Savez-vous où ?' demande Charles.

'Non. Pas en France en tout cas. Nous n'y sommes déjà plus à leurs yeux.'

Ils sont assis contre une des barraques, à l'abri du vent froid de l'hiver. Après une brève conversation, les deux hommes se taisent et contemplent autour d'eux le camp surpeuplé. La nuit, les barraques ne peuvent accueillir tous les prisonniers et ces derniers doivent se serrer sur des lits en bois superposés. La promiscuité, les soins médicaux minimaux, et la sous-alimentation causent une prolifération de parasites et de maladies. Charles a faim, il a froid, et il se bat pour contrôler ses peurs. Il se concentre pour garder espoir et travaille sa fortitude : il se dit qu'il supportera tout. Il le faut. Tout ce qu'il veut, c'est parvenir à contacter Alix, et il en parle avec André le journaliste.

'On essaie tous de contacter l'extérieur, mais rien ne passe,' l'informe André, 'Il faut persévérer. Et il faut aussi s'occuper, corps et esprit. Sinon, on va devenir fou !'

Charles hoche la tête. Il est d'accord. Il a déjà commencé à s'évader mentalement en revisitant ses grands classiques littéraires préférés.

'Nous sommes tous dans le même bateau et il faut nous entraider,' continue André, 'tu joues au football ?'

'Non.'

'Et bien, c'est l'opportunité d'apprendre. Aujourd'hui est un bon jour, les rations étaient un peu plus généreuses que celles d'hier. Tu vois, pour ménager nos énergie, nous ne jouons pas longtemps et seulement si on a eu un peu plus à manger. Mais c'est bon pour le moral.'

Charles regarde cet André avec intérêt. Il a gardé une ferveur pour la vie bien que dans ce camp depuis deux mois déjà. Son entrain est contagieux, alors Charles accepte son défi et joint l'équipe de football. Il n'y démontre aucun talent et prouve au contraire qu'il est un intellectuel endurci avec deux pieds gauches sur le terrain. En revanche, il apprécie l'esprit de camaraderie et s'empresse de participer à d'autres activités. Ses préférées sont liées au 'club culturel' avec ses classes de philosophie, de droit, de science, d'histoire et... Il crée même une classe d'Italien dont il devient le professeur.

'C'est une bonne pratique pour le futur, Charles,'

lui dit André avec une tape amicale dans le dos, 'pour l'enseigner à ta petite Geneviève quand nous rentrerons tous chez nous.'

Charles lui sourit. Ils veulent tous y croire parce que, certes les conditions de vie sont dures, mais c'est encore la guerre et les Allemands peuvent la perdre. Et puis, ils sont de facto des prisonniers politiques, et il y en a toujours eu pendant les guerres. Ce dont il souffre le plus c'est de ne pas avoir de nouvelles de l'extérieur, de ses proches. Pour le reste, il refuse de se voir comme une victime : il savait qu'il prenait des risques en exprimant ses positions en public et à la Cour dans ses plaidoiries. Il pensait qu'il aurait un droit de défense, qu'il était suffisamment protégé... Il se trompait. Maintenant il doit garder un mental fort. Charles est un réaliste positif : il n'a pas d'attente, mais il garde espoir.

Deux semaines plus tard, à la fin de l'appel, un garde hurle son nom. Charles est inquiet, ce n'est pas bon signe d'être singularisé dans un appel. Il avance sans un mot vers le bâtiment principal, le garde le pressant derrière lui.

## Alix

Alix pousse la porte de la chambre d'hôtel et pose sa valise sur le lit. Elle vérifie dans la glace que ses cheveux soient toujours en place. Elle est allée exprès chez le coiffeur hier après-midi à Paris et s'est pomponnée ce matin avant de prendre le train pour Compiègne. Elle a hâte de voir Charles et veut être belle pour lui. Sans perdre davantage de temps, elle frappe à la porte de la chambre de son père.

'Papa, tu es prêt ? Allons-y,' lui dit-elle.

'J'arrive,' lui répond-il. Il est aussi désireux de voir Charles et de s'assurer qu'il va bien. Ils ont quitté Nîmes l'avant-veille au matin et, après deux nuits sans sommeils bloqués à Paris, ils ont enfin atteint leur destination.

Albert se renseigne auprès de la réception sur la direction à prendre pour le camp de Royallieu-Compiègne. La réceptionniste ne fait aucun commentaire et leur donne les instructions, mais les yeux de cette femme sont plein de tristesse alors qu'elle regarde partir père et fille. Alix est excitée au contraire. Aujourd'hui, elle va revoir Charles, elle va lui parler et lui, il va lui dire quoi faire pour l'aider. Elle quitte l'hôtel d'un pas motivé. Albert est plus réticent : il redoute un refus des Allemands et le coup que cela portera au moral d'Alix. Et puis, il s'inquiète pour la santé de sa fille. Alix est pale et amaigrie dans le miroir. Alix sait tout cela et elle prend le bras de son père avec affection. Ils marchent rapidement vers l'arrêt de bus.

La queue des visiteurs est longue à l'entrée du bâtiment administratif. Dès qu'elle la voit, Alix fait un quart de tour et se dirige vers la grande porte du camp par lequel un camion vient de rentrer. Son père ne pose pas de question et la suit.

'Pardon Monsieur,' demande-t-elle à l'un des gardes de la grande porte, 'je désire parler à la personne en charge du camp.'

Le soldat ne lui répond pas, indiquant seulement du doigt le bâtiment administratif qu'elle a sciemment ignoré.

'Je vous remercie, mais pourriez-vous me donner le nom de la personne en charge ?'

Le soldat a un moment d'hésitation puis, impressionné par l'aplomb d'Alix, il lui répond avec un semblant de sourire.

'Aujourd'hui, Capitaine Svoboda.'

'Merci,' dit Alix, qui retourne sans plus attendre vers le bâtiment administratif. Elle passe devant tout le monde, arrive devant la porte, et annonce au garde qui la regarde avec surprise : 'Je viens voir le Capitaine Svoboda. C'est urgent.'

Le garde se met de côté et laisse entrer père et fille. A la réception, Alix répète la même phrase. Elle remplit quelques papiers indiquant son identité pendant que son père trouve deux chaises, et ils se préparent à attendre. Moins d'une heure plus tard, le Capitaine Svoboda la fait appeler. Albert doit rester dans la salle d'attente et Alix entre seule dans le bureau du Capitaine.

Svoboda se lève pour la recevoir. Son secrétaire est assis derrière une table dans un coin près de la porte et ne prête aucune attention à elle. Svoboda l'invite à s'asseoir et Alix s'installe dans le fauteuil en face du bureau, pleine d'assurance et d'anticipation.

'Monsieur, je vous remercie de me recevoir aussi vite,' dit Alix avec calme. Elle a longtemps réfléchi sur ses mots. 'J'ai fait le tour de tous les camps d'internement dans lesquels pouvaient être mon mari. Royallieu-Compiègne est le dernier que je visite. J'en conclue qu'il doit être ici.'

Alix a belle allure dans son élégant tailleur, coiffée à la dernière mode et sans le moindre maquillage. Elle joue innocemment de son charme avec Svoboda : elle ne cherche pas à le séduire - ce n'est ni dans sa nature, ni dans sa religion - mais elle sait qu'une femme souriante flatte toujours un homme qui reçoit ce sourire. De toute façon, c'est dans la nature humaine de se montrer plus conciliant envers les personnes avenantes et aimables.

'Pourriez-vous confirmer le nom de votre mari ?' demande le Capitaine Svoboda d'un ton formel.

'Charles Bedos, né le 15 avril 1903 à Naples, en Italie,' répond Alix par automatisme. Comme toujours, elle s'étonne de la qualité du Français que parlent les Allemands. Celui-ci n'a presque pas d'accent. Il se tourne vers son secrétaire et ils échangent quelques mots en Allemand. Le secrétaire sort de la pièce et revient à peine deux minutes plus tard avec un dossier en main. Il le donne au Capitaine avant de se rasseoir.

'Oui, votre mari est bien ici,' dit-il en consultant les premières pages du dossier.

Alix prend une profonde respiration avant de demander, toujours avec le sourire : 'Puis-je le voir ?'

Son cœur bat à la chamade. Charles est seulement à quelques mètres. Il est là, si près, et bientôt elle va pouvoir lui parler. Il lui manque tellement, tellement ! Elle a tant besoin de lui, et de ses conseils pour l'aider.

'Ces Françaises, elles arrivent la bouche en cœur et vous disent en souriant qu'elles veulent voir leur mari,' dit le Capitaine Svoboda avec un sourire sarcastique, 'Et bien moi, je vous réponds en souriant que vous ne verrez pas votre mari.'

Son ton ferme et sans appel ont l'effet d'une gifle sur Alix. Le souffle coupé, elle est en état de choc pendant quelques secondes, puis, d'épuisement et d'émotions trop contenues, Alix craque. Une boule dans sa gorge l'étrangle, et elle éclate en sanglot. Désespérée de perdre ainsi le contrôle d'elle-même, devant un *Boche* en plus, elle essaie en vain de reprendre son souffle, mais chaque bouffée d'air qu'elle tente de prendre est remplie de sanglots. D'une main elle attrape son sac et en sort un mouchoir, de l'autre, elle cache son visage. Non, elle ne veut pas que cet homme la voie ainsi. Elle ne veut montrer aucune faiblesse à ce Capitaine, ou à quiconque, seulement de la dignité. Svoboda la regarde surpris, voire inquiet. Il ordonne à son secrétaire d'apporter un verre d'eau. Alix commence à se retrouver son calme. Avec le plus de maintien possible, les larmes roulant toujours sur ses joues, elle se lève avant que le secrétaire ne revienne.

'Madame…,' commence Svoboda. Son visage a changé et est à présent empli de compassion. Il est conscient d'être le témoin d'une rare scène de vulnérabilité chez une femme forte et fière. Il est ému par cette détresse bien réelle.

'Monsieur, je suis juste un peu fatiguée,' Alix l'interrompt, furieuse de son relâchement devant l'ennemi, 'J'ai un bébé de quelques semaines et l'absence de mon mari est un grand souci... Mes nuits furent trop courtes récemment, c'est tout. Merci de m'avoir reçu.'

Elle se tourne pour quitter la pièce, mais Svoboda l'arrête.

'Vous savez, nous avons mauvaise presse auprès de vous, les Français, mais... Je ne fais que mon travail. Je n'y prends pas de plaisir, surtout quand je vous vois souffrir ainsi.'

Il invite Alix à se rassoir. Trop lasse pour refuser avec aplomb et sentant un changement d'atmosphère, elle reprend son siège. Svoboda lui raconte son histoire. Etrangement, Svoboda semble soulagé de pouvoir enfin parler et s'expliquer. Lorsque le secrétaire réapparait, il le renvoie chercher un autre dossier. Alix écoute avec intérêt, autant utiliser ce temps pour retrouver un contrôle d'elle-même que par espoir qu'il lui fournira quelques informations sur Charles. Le Capitaine Svoboda n'est pas Allemand et n'est même pas membre des SS : il est Tchèque, enrôlé de force dans l'armée du Troisième Reich lorsque cette dernière conquit son pays. Svoboda et Alix commencent à discuter de la guerre, de leur famille, et de leurs villes natales. Alix évite d'aborder à nouveau le sujet de Charles, bien que cela la démange. Son instinct lui dit d'être patiente, ce qui est d'autant plus difficile que la patience n'est pas une de ses qualités. Sans transition, le Capitaine lui annonce qu'il va parler au Colonel du camp : 'Revenez dans deux heures. Je vais voir ce que je peux faire.'

'Oh je vous en prie, faites tout ce qui est possible…' commence-t-elle.

'Je ne vais pas faire mon possible,' répond-il, 'je vais faire l'impossible pour l'obtenir.'

Avec à nouveau les larmes aux yeux, Alix murmure un merci qui s'étrangle dans sa gorge. Tous les deux se lèvent. Il hoche la tête avant de se rasseoir et de se concentrer sur ses dossiers, permettant à Alix de quitter la pièce en silence et de retenir ses larmes.

A l'heure indiquée, Albert et Alix se présentent à la réception. Ce dernier l'amène immédiatement dans le bureau de Svoboda. Il est seul.

'Madame, les visites ne sont pas permises dans ce camp. Cependant, je vous ai obtenu quinze minutes. Vous ne devez en parler à personne. Cela me nuirait, vous nuirait, et nuirait - beaucoup ! - à votre mari. Dites-lui aussi de garder le silence sur cette visite, dans notre intérêt à tous. Est-ce que vous me comprenez ?'

Alix promet de garder le secret, se forçant à rester sérieuse alors que la joie et l'excitation de revoir Charles l'envahissent. Svoboda l'amène dans une petite salle voisine et lui dit d'attendre dans la pièce vide. A peine cinq minute se sont écoulées que la porte s'ouvre sur Charles.

'Quinze minutes,' dit Svoboda. Il tire la porte derrière lui et la laisse entr'ouverte.

Le regard de Charles passe de sa femme à la porte, stupéfait pendant un instant. Alix se lance dans ses bras et ils s'embrassent tendrement.

'Mon amour, mais comment as-tu fait … ? Les visites ne sont pas… !' demande Charles, ahuri et fier.

'J'ai demandé,' répond Alix en se serrant dans les bras de son mari.

'Ah ! Parce que tu crois qu'il suffit de demander ?' s'exclame Charles encore plus étonné.

'Eh bien, la preuve !' rétorque-t-elle en riant.

Leur temps est limité et ils ont beaucoup à se dire : sans perdre une seconde de plus, ils s'assoient côte à côte. Charles se lance dans une brève description du camp en tant que camp de déportation, et comment agir au plus vite et au plus direct pour avoir une chance de l'en sortir. Alix n'a pas le droit de prendre des notes, alors elle s'efforce de mémoriser chaque détail. Au bout de dix minutes, le Capitaine Svoboda pousse la porte. Il s'adresse seulement à Alix. Il se protège, pense l'avocat, en évitant de créer un lien émotionnel avec un de ses prisonniers.

'Madame, vous avez jusqu'à six heures avec votre mari,' leur annonce-t-il avant de repartir, laissant à nouveau la porte entr'ouverte.

Alix regarde sa montre : ils ont deux heures devant eux.

'Mais comment… ?' commence Charles.

'Il est Tchèque et non Allemand,' lui dit Alix, comme si cela expliquait tout.

Charles prend Alix dans ses bras. Il chérit ce moment. Elle lui a tellement manqué ! Alix est heureuse. Pour un instant, elle oublie les circonstances de l'entrevue et ne ressent que du bonheur. Puis Charles redevient sérieux. Deux heures, c'est beaucoup et ce n'est rien : les minutes vont passer si vite alors qu'ils ont tant à se dire. Alix écoute Charles lui donner le plus d'informations possible sur le camp et les noms des Nîmois qui y sont incarcérés. Puis il se concentre sur elle et détaille les personnes dont Alix doit se méfier à Nîmes et celles qui peuvent l'aider. Il explique aussi les mesures de précaution qu'il a prises et les sacs d'or cachés pour les cas d'urgences, avec des conseils pour vendre les pièces d'or sur le marché noir. Enfin, il la rassure sur ses talents pour la gestion de sa propriété viticole, et lui rappelle les dessous de table nécessaires. Alix se concentre pour tout absorber. Un bref instant, ils envisagent de s'échapper, mais c'est impossible. Un garde derrière la porte leur bloquerait immédiatement le chemin. Et puis il y a son père dans la salle d'attente, otage malgré lui. Surtout, Charles ne veut faire courir aucun risque à Alix.

'Mon amour, réalises-tu le danger que tu as pris en venant ici ? En demandant à me voir ?' dit Charles avec émotion, 'Les *Boches* n'hésitent pas à arrêter ceux qui font trop de bruit autour de l'arrestation de leur mari, enfant, frère, parent... C'était de l'inconscience et de la naïveté de venir.'

Charles parle avec émotion, les yeux sur elle et emplis d'amour.

'Je t'en remercie,' continue-t-il, 'ce sont deux de tes belles qualités. Mais promet-moi qu'en mon absence, tu ne prendras pas de risques. Tu te feras invisible en ville. Je ne veux pas qu'il t'arrive quelque chose. S'il te plaît... A mon retour, je veux vous retrouver Geneviève et toi à la maison, saines et sauves. Tu me le promets ?'

'Oui Charles, je te le promets,' lui dit-elle en l'embrassant.

Charles la fait aussi parler d'elle et de Geneviève, des dernières nouvelles de la Radio France Libre de

Londres et des dernières victoires des Alliés. Il a besoin de se gonfler d'espoir et de savoir que la guerre avance à l'encontre du Troisième Reich. Il espère qu'Alix réussira à le faire sortir, mais sinon… Sinon il lui faudra tenir bon.

Alix sent ses peurs et le rassure : elle va se battre. Elle est déjà parvenue à le voir !

'Tu es extraordinaire,' lui dit-il en lui prenant la main, 'Il faut rectifier l'expression que *derrière tout grand homme se cache une grande femme*. Cela ne te convient pas, non, tu ne dois pas être dans l'ombre. Disons alors *Au côté de tout grand homme se tient une grande femme*.'

'Quel bonheur ! Quel bonheur de te voir, de te toucher, de t'aimer !' lui répond Alix, les yeux perdus dans les siens.

Lorsque Svoboda revient, il trouve Alix dans les bras de Charles, la tête sur son épaule. Il lui parle à l'oreille des mots d'amour et d'espoir. Le Capitaine leur annonce qu'il est l'heure de se quitter et le couple s'embrasse. La séparation est difficile mais pleine d'espoir.

L'intelligentsia des avocats est un réseau serré en France ; ils sont encore peu nombreux dans le pays, surtout de haut niveau. Cette fraternité est fondée sur un respect professionnel et, le plus souvent, sur une véritable amitié allant au-delà des divergences politiques. Il en est ainsi entre Charles et George, de même qu'entre Charles et Paul Creyssel, bâtonnier à la Cour de Justice de Lyon et Secrétaire Général à la Propagande dans le Gouvernement de Vichy.

Alix suit sans attendre les recommandations de

Charles. Elle place un appel dès son retour à l'hôtel et demande à l'opératrice de la mettre en communication avec Maître Creyssel à Lyon. Elle lui demande de la recevoir dans les jours qui viennent, sans même lui indiquer l'objet de sa visite par crainte que les lignes soient sur écoute. La requête est inhabituelle et le ton d'Alix Bedos des plus pressants, aussi Maître Creyssel accepte tout de suite. Il la recevra dans son bureau ministériel à Vichy.

Alix et Albert se présentent au ministère le surlendemain. La secrétaire de Maître Creyssel fait entrer Alix dans son bureau sans délais. Une fois encore, Albert attend dans la salle d'attente alors qu'Alix entre seule dans le bureau moderne de l'avocat et Secrétaire d'Etat. Celui-ci vient à sa encontre plein d'attention et soucieux.

'Madame Bedos, bonjour. Je vous en prie, veuillez-vous asseoir,' lui dit-il en l'accompagnant au siège face à son bureau.

'Bonjour Maître. Je vous remercie de me recevoir si vite.'

'C'est avec plaisir. Dites-moi, que puis-je faire pour vous ?' continue Maître Creyssel en allant droit au but.

'Voilà : Charles a été arrêté et il est détenu au camp de Royallieu-Compiègne,' commence Alix sans détour, 'son arrestation est douteuse : il n'y a aucun chef d'accusation précis, mis à part son opposition à l'occupation allemande dans ses plaidoiries. Pas de procès. Rien. Je ne sais plus que faire pour obtenir justice, pour le libérer. Au moins, qu'il ait le droit de se défendre ! Et puis, j'ai entendu dire que Royallieu-Compiègne est aussi un centre de transit, et que le temps presse pour toute action…'

Son interlocuteur pâlit au fur et à mesure qu'Alix avance dans son explication en même temps que son humeur s'assombrit. Maître Creyssel croit fermement que Vichy fait de son mieux pour la France et que la collaboration avec les Allemands permet d'éviter une guerre terrible pour son pays. Paul Creyssel et Charles en ont souvent débattu par le passé. Mais aujourd'hui, il décide de mettre de côté ses choix politiques au nom de son amitié et de son estime pour Charles.

'Madame, je m'en occupe tout de suite,' dit-il à Alix, 'Je vous en prie, restez avec moi pendant que je passe quelques coups de téléphone.'

En sa présence, il décroche son téléphone et demande à son assistante de le mettre en communication avec le Premier Ministre Laval. Après de brèves salutations, il lui explique que l'épouse d'un ami est assise devant lui, là dans son bureau, à la recherche d'informations sur son mari qu'elle n'a pas vu depuis une quinzaine de jours. Alix a gardé pour elle sa rencontre avec Charles lors de la visite au camp de Royallieu-Compiègne, comme promis. Elle joue le jeu de la femme naïve et de l'épouse désespérée sans information. Ce qui lui importe c'est d'agir vite. De toute évidence, Creyssel et Laval partagent son point de vue, car après un quart d'heure à peine Creyssel reçoit un appel. Sa posture rigide et son ton formel lui indique que son interlocuteur est une haute-autorité.

'C'était Hugo Geissler, le *Kommandeur* Geissler, Chef de la Police et de la Sécurité Allemande pour la zone Sud,' lui précise Creyssel une fois le téléphone raccroché, 'Il vous attend dans quinze minutes dans son bureau privé, chez lui à Vichy. Mon chauffeur va vous y conduire immédiatement.'

Alix a du mal à déglutir. En France, le Commandant Geissler représente la Gestapo dans toute son horreur. Son nom est suffisant pour inspirer la crainte chez Français et Allemands confondus, qui qu'ils soient. Le sang d'Alix se glace à l'idée d'un tête-à-tête avec lui, mais elle se lève. S'il faut faire face au *Kommandeur* pour faire libérer Charles, et bien soit! Si quelqu'un peut le faire, c'est bien lui.

Albert frémit quand sa fille le rejoint et lui indique leur prochaine destination.

'Il te faudra rester dans la voiture, Papa,' ajoute-t-elle, 'Je suis désolée, il ne recevra que moi.'

'Je n'aime pas ça. Je n'aime pas ça du tout. C'est trop dangereux. Je croyais que tu avais promis à Charles de ne courir aucun risque ?!'

'Papa, je n'ai pas le choix ! Le Premier Ministre Laval a arrangé le rendez-vous pour moi. Comment veux-tu que je refuse ? En plus, seul un Allemand peut faire libérer Charles, c'est bien clair maintenant. Et puis tu seras dans la voiture, et Laval et Creyssel savent où je suis.'

Alix observe le visage de son père se renfrogner. Il se tait, inquiet mais sachant que sa fille a raison. Elle n'en appréhende pas moins la visite. Le trajet s'effectue dans un silence pesant. La voiture avance le long de l'Allier. La rivière est belle avec des reflets ocres et tes tâches de soleil dansant sur l'eau. Même anxieuse, Alix se prend à penser que c'est une belle journée d'automne. Elle se met à prier et est surprise quand ils arrivent déjà à la villa de Geissler. Alors qu'elle monte les marches menant à la porte d'entrée, deux *Feldgendarmen* – la police militaire allemande –

apparaissent de nulle part et se placent à ses côtés. Si Alix a l'habitude de les voir en ville, mitraillette au bras, elle est moins accoutumée de voir leurs armes pointées vers elle. Ils lui demandent son nom et vérifient le contenu de son sac avant de lui ouvrir la porte, qu'ils verrouillent de nouveau derrière elle. Alix se sent prise au piège et oppressée. Deux autres *Feldgendarmen* prennent le relais dans le hall d'entrée et la conduisent à une porte sur la droite. Alix se sent comme un animal sans défense. Elle prend une grande inspiration et lutte contre ses peurs. Elle se concentre sur sa mission et se force à marcher la tête haute avec une confiance feinte. Une fois à l'intérieur de la pièce, les deux *Feldgendarmen* la mènent à un bureau derrière lequel un greffier estampille des documents. D'une voix dépourvue d'émotions, il lui demande ses papiers d'identité, puis il remplit soigneusement un formulaire d'identification.

'Noms, dates et lieux de naissance de vos parents et grands-parents ?' demande le greffier d'un ton sec.

Alix est déstabilisée. Elle balbutie les informations sur ses parents, mais doit admettre qu'elle ne se souvient ni du lieu de naissance de tous ses grands-parents, ni des années. Le greffier fronce les sourcils, sa première trace d'émotion face à de telles lacunes aux devoirs filiaux d'Alix. Il sort un nouveau document, un télex, qu'il remplit avant d'appuyer sur un bouton de son téléphone. Quelques secondes plus tard, un jeune homme vient prendre le télex sans un mot. Il suffit de quelques minutes dans un silence inconfortable pour que ce jeune homme revienne avec un nouveau document. Le greffier semble satisfait, si Alix en croit la trace éphémère d'un sourire : il a obtenu les informations manquantes qu'Alix ne pouvait pas fournir. Son identité et ses origines à présent vérifiées, elle est autorisée à rencontrer le *Kommandeur*.

Alix a la gorge sèche et l'estomac noué. Geissler a le futur de Charles entre ses mains, alors elle doit être calme, charmante et convaincante, même si elle l'abhorre et le craint. Les deux *Feldgendarmen* l'encadrent à nouveau pour traverser la villa. Dans le hall, les talons d'Alix cliquettent sur les dalles en pierre. Ce bruit est pour elle étrangement apaisant dans sa familiarité. Il lui rappelle les escaliers de la maison de Nîmes. Alix se concentre pour trouver les phrases justes pour sauver son mari, alors que son escorte pousse la double porte du grand bureau de Geissler. Il est là, devant elle, assis à son bureau. Alix force un sourire poli.

'Madame,' dit le Commandant Geissler avec un sourire courtois. Il se lève et indique une des deux chaises devant lui, de l'autre côté de son bureau. Avant même qu'Alix ait eu le temps de s'asseoir, il se lance dans une leçon sur la collaboration,

'Quand vous êtes malade, vous ne faites pas appel à vos connaissances à l'autre bout de la ville, vous appelez vos voisins de palier. Eh bien, nous,' lui affirme-t-il, 'nous sommes vos voisins de palier. Les Anglais sont ceux qui habitent au loin.'

Le Commandant Geissler ne laisse pas le temps à Alix de faire un commentaire, non pas qu'elle en eut l'intention. Elle ne risquerait pas d'interrompre le flot de parole de cet homme imposant. Il continue son monologue sans pause pendant une bonne demi-heure, et dans un français impeccable bien sûr. Le

*Kommandeur* développent toutes les raisons pour lesquelles les Allemands sont ceux qui aident la France, et les seuls qui le puissent. Alix est figée tel une statue : elle n'ose ni parler, ni bouger, et se demande si elle peut même respirer. La sonnerie du téléphone interrompt la tirade de Geissler.

'Enfin !' se dit Alix, qui en profite pour prendre une profonde inspiration.

Le *Kommandeur* prend l'appel nonchalamment comme si Alix n'était pas là, devant lui. A la surprise de cette dernière, il répond à son interlocuteur en français en la regardant, sourire aux lèvres : "Non, Monsieur le Premier Ministre, elle n'est pas arrêtée. Elle est devant moi. Nous parlons.'

Cette interruption a brisé le monologue du Commandant. Une fois le téléphone raccroché, il ouvre le dossier devant lui sur le bureau, dont Alix lit l'étiquette à l'envers : Charles Bedos. Il y jette à peine un coup d'œil et le referme avant de pousser négligemment le dossier sur le côté.

'Madame, votre mari est marqué *Nacht & Nebel*,' dit-il sur un ton froid et sec, 'vous ne le reverrez jamais vivant.'

Alix n'a toujours pas dit un mot et la remarque du *Kommandeur* ne laisse à présent aucune place à la discussion. Le regard qu'elle lui jette est glacial. La réunion est terminée. Alix serre la mâchoire, se lève et se dirige vers la porte. Là, elle prononce avec difficulté trois mots de politesse : 'Au revoir, Commandant'. Elle n'a qu'un désir : partir. Quitter cet endroit sinistre au plus vite. Malheureusement, Geissler est courtois et la rejoint à la porte qu'il ouvre pour elle. Il lui annonce qu'il va l'accompagner jusqu'à la porte d'entrée. Alix s'en serait bien passé. La présence du *Kommandeur* à ses côtés l'indispose. Sa mâchoire lui fait mal tant elle est crispée. Cela s'empire quand ils atteignent le hall principal où attendent une trentaine d'officiers allemands. Leurs uniformes austères et leurs visages sérieux rendent les lieux encore plus inhospitaliers. A la vue du Commandant Geissler, ils s'alignent contre les murs pour les laisser passer, faisant à l'unisson le salut nazi. Alix a la nausée. Leur présence la remplit d'effroi tout comme leur salut. Bien que se sentant mal, elle essaie de contrôler ses traits pour ne pas montrer sa répulsion et sa colère.

Quand elle remonte dans la voiture, Alix est dans un état de choc. Elle ne connaît ni la signification des mots *Nacht & Nebel*, ni ce qu'ils impliquent, mais la façon dont Geissler les a prononcé a suscité un sentiment de terreur en elle. Le chauffeur les ramène au bureau de Paul Creyssel. Il est contrarié par ce qu'elle lui raconte et lui assure qu'il poursuivra la demande de libérer Charles. Albert et Alix sont très reconnaissants de son soutien. Il invite père et fille à dîner, mais Alix n'en a pas le courage. Elle serait de trop mauvaise compagnie. Elle sait que dès qu'elle sera seule dans sa chambre d'hôtel, elle ne pourra plus retenir ses larmes.

De retour à Nîmes, Alix se sent battue pour la première fois. Elle a joué les meilleures cartes du jeu de Charles. Ses dernières cartes. Et maintenant ? Maintenant, elle est sans atouts. Pire, elle a les mains vide. Le découragement la gagne et elle tombe dans la dépression bien que ses parents l'entourent avec amour. Même Herminie fait un effort pour ne pas critiquer Charles ou lui dire qu'elle l'avait prévenu que l'homme n'était pas convenable. Elle voit la souffrance de sa fille et se tait. Alix apprécie leur compagnie et leur présence. Ils disent qu'ils veulent rester quelques semaines pour qu'elle ne soit pas seule. Pour la protéger, aussi, au cas où elle aurait trop attiré l'attention sur elle. Alix en sait trop, même si Alix a été prudente et n'a parlé à personne de son voyage, encore moins de sa rencontre avec son mari. Alix sait bien qu'ils veulent surtout la soutenir dans sa détresse et l'aider avec Geneviève.

Alix dépérit à vue d'œil et son lait tarit complètement. Elle ne peut plus nourrir Geneviève, ce qui l'affecte encore plus psychologiquement. Sa mère essaie de lui préparer ses plats préférés, une tâche difficile avec le rationnement des ingrédients. Alix essaie de manger, mais...

'Ça ne passe pas', répète-t-elle.

Cela dure trois mois. Trois mois pendant lesquels Alix se terre chez elle, l'ombre d'elle-même. Trois mois, avant que la sonnette de la porte d'entrée ne retentisse au milieu de la nuit. Alix a le sommeil léger et se lève. Elle va réveiller son père avant d'ouvrir la porte, un acte de prudence rare chez elle. Un soldat allemand se tient devant elle, nerveux et mal-à-l'aise. Dans un français correct, il lui demande de confirmer son nom. Elle lui répond sèchement. Alix est lasse et de mauvaise humeur car il a réveillé Geneviève en sonnant.

'J'arrive du camp de Royallieu-Compiègne et j'apporte des nouvelles de votre mari,' annonce-t-il.

Radoucie à son égard et excitée d'en savoir plus, Alix lui propose quelque chose à boire. Le soldat hésite, puis refuse. Il semble nerveux.

'Pourquoi est-il aussi agité ?' se demande-t-elle. Son père arrive avec un verre d'eau que le soldat regarde avec soupçon. Alix comprend qu'il craint d'être empoisonné : sa visite sort de l'ordinaire. Alix prend alors une gorgée dans le verre avant de le lui offrir à nouveau. Cette fois-ci, il prend le verre et le vide d'un trait.

'Madame, votre mari a été transféré,' dit-il les yeux baissés, 'il n'est plus en France mais dans un camp allemand.'

Alix porte la main au niveau de son cœur. Les mots de Geissler résonnent en elle : *'Vous ne le reverrez jamais vivant'*. Sa tête tourne. Sa poitrine la serre. Elle étouffe. Le soldat allemand ajoute qu'il a un autre message, directement de Charles et transmis par l'intermédiaire du Capitaine Svoboda.

'Votre mari vous demande de croire en lui, de ne jamais perdre espoir qu'il reviendra,' récite-t-il avec soins. Il a appris les mots de Charles par cœur pour qu'il n'y ait aucune trace écrite, 'Il vous aime.'

La visite du soldat allemand agit sur Alix comme une douche froide. Alors qu'elle ferme la porte derrière lui, Albert pose sa main sur son épaule.

'Alix ...' murmure-t-il. Sa fille a tant traversé, il souhaite pouvoir trouver les mots pour soulager ses peines. Herminie et lui n'ont jamais été du genre à afficher, voire exprimer, leur affection. Et maintenant qu'Alix en a le plus besoin, ils se sentent impuissants et ne savent pas comment s'y prendre.

'Je vais bien, Papa,' lui dit Alix tendrement mais fermement.

Alix se tourne vers lui. Son visage est pâle, ses yeux

sont rouges, ses lèvres forment une ligne trop fine tant elles sont pincées. Cependant, son regard est brûlant et sa mâchoire révèle une détermination qu'il ne connaît que trop bien.

'Charles reviendra, Papa. J'ai douté et j'ai eu tort. Ça n'arrivera plus.' Alix arrive même à sourire, 'Tu as entendu le message de Charles. Je le crois. J'ai foi en lui.'

Alix fait une longue pause, le regard perdu dans le vide du couloir sombre, avant de reprendre : 'Et puis, Papa, perdre espoir, c'est mourir à petit feu de l'intérieur. Charles ne laissera jamais cela se produire. Et moi non plus.'

Albert regarde sa fille. Son cœur veut pleurer et pourtant il est fier, tellement fier de son Alix.

'Charles m'a appris que de croire en la vie, c'est défier l'impossible. Or ici, il n'y a rien d'impossible ! Il est en déportation. Prisonnier de guerre. Une horrible, cruelle prison, mais quand la guerre finira, il reviendra quoi qu'en dise Geissler. Ce Nazi voulait juste me faire peur, c'est tout ! Et dire que je l'ai laissé ébranler ma foi. Plus jamais !'

Alix se dresse sur la pointe des pieds et donne un baiser sur la joue de son père. Elle lui souhaite bonne nuit et se dirige vers sa chambre. Herminie est près de la porte et a tout entendu. Elle sourit, un sourire fatigué et triste. Alix l'embrasse au passage en la prenant dans ses bras, un geste spontané. Elle pousse la petite porte de la chambre de sa fille. Un clair de lune illumine assez la pièce pour qu'Alix puisse voir Geneviève qui s'est rendormie. La jeune mère regarde son enfant en souriant, des larmes silencieuses courant le long de ses joues. Elle veut et va continuer à croire, et à se battre pour son mari et son enfant.

Ce soir-là, Alix prend aussi la résolution de chercher le nom de celui qui a trahi son mari, comme le SS Nazi pur blond le lui a appris. C'est peut-être Maragne, mais son instinct lui dit qu'il y a quelqu'un d'autre. Une personne a dénoncé Charles pour donner à la police une raison de l'embarquer. Elle sait qu'il y a peu de chance qu'elle le trouve, mais qu'importe ! Elle sera tenace dans sa chasse.

## Et entre temps...

Albert attend impatiemment dans la voiture du Secrétaire d'Etat le retour d'Alix. Cela doit faire plus de trois-quarts d'heure qu'elle est entrée dans cette villa forteresse. Peut-être même une heure !

'Ce n'est pas normal,' se dit-il avec angoisse. Il commence à craindre le pire : que sa fille disparaisse comme son gendre, là, sous son nez.

'Excusez-moi ?' demande-t-il en s'adressant au chauffeur, 'sauriez-vous où je pourrai trouver un téléphone ?'

Le chauffeur lui indique une auberge-restaurant à cinq minutes de marche. Albert n'y tient plus et lui demande de rester garé devant l'entrée pour ne pas rater Alix si elle sort, puis il sort de la voiture. Son inquiétude a pris le dessus. Craignant que la détermination d'Alix ne l'ait rendue insouciante, il appelle Maître Creyssel de l'auberge et lui explique qu'Alix n'est toujours pas réapparue de chez le *Kommandeur*. Or cet homme est un des leaders nazis les plus importants, les plus occupés et les plus impitoyables de France, c'est anormal qu'il prenne une heure pour Alix. Il ne sait pas que la moitié de ce temps fut passé dans les vérifications d'identité et dans la salle d'attente. Creyssel contacte alors Laval, et ce dernier appelle Geissler qui répond au téléphone devant Alix, mettant fin à son monologue.

Alix raconte la scène à son père le soir-même.

Elle ne lui cache rien. Lui n'en fait pas de même. Albert voit le désespoir et la colère de sa fille, ainsi que son anxiété pour son Charles. Il ne veut pas en rajouter avec de l'inquiétude pour lui. Aussi, il ne lui révèle pas que certains de ses rendez-vous de travail ou ses discussions avec les cheminots pendant ce voyage étaient dans le cadre d'actions de Résistance. Il s'implique tous les jours un peu davantage. Son rôle est purement administratif. Si simple vraiment, de laisser glisser une information ici et là, mais il ne se leurre pas : au yeux de l'Etat, il est gravement coupable. Parfois il se demande pourquoi il prend ce risque, mais les dés sont jetés. Il ne veut, ni ne peut faire autrement que s'opposer à la présence odieuse des Allemands dans sa gare, dans sa ville, dans son pays. Et l'arrestation de Charles a ancré sa détermination. Il doit agir dans l'illégalité contre l'Etat. Pardon, Pétain.

Et puis, après une petite confession, il aura le pardon de Dieu, alors au moins tout sera dans l'ordre avec cette haute-autorité là.

Albert décide d'aller se confesser après le travail quelques jours après leur retour de Vichy. Il est surpris de reconnaître Maurice sortir discrètement de l'Eglise sous couvert de la nuit tombée.

'Mais que fait-il à l'Eglise, celui-là,' se demande Albert. Il sait que Maurice, comme Charles, est de religion protestant, alors sa présence en ces lieux l'intrigue.

Maurice marche rapidement, sa lourde sacoche de travail le déséquilibrant légèrement vers la gauche. Il s'arrête à une boîte aux lettres et y glisse furtivement une large enveloppe qu'il cachait dans la poche intérieure de son manteau. Il jette un coup d'œil autour de lui, bien qu'il sache que c'est un acte plus suspect qu'anodin, puis relit le nom du journal sur la plaque de la porte.

'Vont-ils oser ?' se demande-t-il.

Il reprend sa marche, soulagé malgré le doute. Aujourd'hui il a enfin eu le sentiment de faire quelque chose de constructif. D'abord sa rencontre avec Varade pour lui remettre les faux papiers d'identité pour David, trouvés parmi les documents gardé dans le coffre de Charles. Il a tout de suite fait le lien avec l'enfant Stein et avec Varade. Il se souvient que les Stein sont venus vers Charles grâce à lui, mais est-il toujours en contact avec eux ? Maurice fait de son mieux pour se racheter de n'avoir pas pu aider Charles et de ne plus aider les Résistants à la Cour. Aussi, de s'en être sorti alors que Charles... Tristement, il a glissé dans la conversation qu'il regrette de ne pas pouvoir plaidoyer avant plusieurs mois, faute de licence, mais qu'il peut au moins prodiguer des conseils informels et aider les cas légaux officieusement dans ses heures libres. Il espère que le message passera à bon entendeur.

Monsieur Antoine reçoit le message du Chanoine par l'intermédiaire de Nadine, sans doute une ses ouailles des plus dévouées. Tôt le lendemain matin, il se rend à l'Eglise avec un sac de vêtement pour les gens dans le besoin et rencontre Varade.

'Maurice Ladon, un avocat en apprentissage chez Maître Bedos avant que... Bref, Maurice est passé me voir hier. Il m'a remis ceci,' dit Varade et il tend les faux papiers pour David. Monsieur Antoine les prend et les étudie pendant une minute.

'Ils sont excellents. Comme s'ils venaient

directement de la Préfecture,' commente Monsieur Antoine, 'Savez-vous comment Bedos les a obtenu ?'

'Non,' répond Varade, 'Et si je le savais je ne pourrais pas vous le dire, n'est-ce pas ? ... Mais là, non.'

'Dommage...' dit Monsieur Antoine le visage fermé, 'Bon, pour David, c'est arrangé, Madame Odette va le garder dans la Maison. Si on nous pose des questions, il est le fils bâtard d'une des filles. Maintenant avec des papiers en règle, plus de soucis.'

'C'est un garçon intelligent. Il passe beaucoup de temps à lire et à observer. Il ne vous créera pas de problèmes. Vous avez une bonne bibliothèque ?'

'Oui, ça oui,' dit Monsieur Antoine.

'Parfait,' répond Varade, et d'ajouter, 'j'ai aussi un nouveau contact potentiel.'

'Qui ça ?'

'Je ne peux pas vous donner de nom pour l'instant, je le tire d'une confession. Mais, ce serait un lien entre votre réseau du maquis et celui des cheminots.'

'Intéressant !' lui répond sans détour Monsieur Antoine.

'Je tâte le terrain et je vous tiens au courant,' dit Varade.

Quand Monsieur Antoine sort de l'Eglise, il achète le journal du jour et s'installe pour le lire dans un café. Il remarque Maragne qui sort d'un magasin d'antiquité avant de se plonger dans la lecture. En voilà un à qui il espère pouvoir demander des comptes d'ici peu !

Maragne est satisfait de ce début de journée. Un petit tour chez son ami antiquaire lui a permis d'obtenir une estimation grossière de la valeur des objets qu'il veut chez les Bedos. Ils ont du goût ! Il sait déjà ce qu'il prendra chez lui et ce qu'il gardera de côté comme investissement. Maragne se voit bien en collectionneur. Il en parlera avec Pauline aussi. Il aurait aimé pouvoir récupérer un bijou pour pouvoir le lui offrir, mais c'est plus délicat à trouver. Un tableau alors. Ou un miroir.

'Est-ce un compliment, d'offrir un miroir à une femme ?' se demande-t-il en marchant vers son bureau, 'il faudra que je me renseigne.'

Une fois à son bureau, Maragne ouvre le journal que sa secrétaire a laissé à son attention. Un quart d'heure plus tard, il explose.

'Qu'est-ce que c'est que cette merde !' s'écrie-t-il en lisant un article qui décrit l'absence soudaine de Charles et qui rappelle l'inimitié entre Maître Bedos et Maragne. Le sous-entendu que Maragne et la police peuvent être liés à la disparition fortuite d'un opposant politique est insultante. Et bien trop proche de la vérité pour ne pas être irritante ! Maragne décroche son téléphone et ordonne à sa secrétaire de venir. Il lui hurle ses ordres quand elle entre.

'Contactez-moi le directeur du journal !' dit-il en secouant le journal devant le visage de la pauvre femme, 'Je veux un démenti ! Je veux la peau de ce journaliste ! Passez-moi tout de suite le rédacteur en chef ! Mais qu'attendez-vous ? Sortez !'

Il jette le journal dans la corbeille et se lève pour se verser un verre de whisky. Et dire que sa journée commençait si bien.

Le Capitaine von Burg boit lentement son café. Ce

dernier manque de goût pour un produit de luxe, mais il y a des habitudes dont il est difficile de se défaire. Il en a fini avec les journaux allemands et s'est mis à ceux français. Il lit avec attention l'article sur un certain avocat Bedos, décrit comme un personnage surprenant. Intrigué, le Capitaine appelle son aide de camp et lui demande de lui fournir une copie du dossier Charles Bedos, si tel dossier il y a dans les archives allemandes.

En rentrant de déjeuner, le Capitaine von Burgh trouve le dossier sur son bureau. Il le parcoure avec intérêt. Sur une des photos, il reconnait la jeune femme qu'il voit régulièrement à la messe. L'épouse catholique d'un grand avocat protestant. Maintenant il comprend pourquoi elle a l'air si malade ces derniers temps sur les bancs de l'Eglise.

'Quel gâchis,' se dit-il, 'Pour lui et pour elle.'

George, Philippe et Madicci se retrouvent pour une partie de poker. L'absence de Charles les a longtemps fait hésiter à reprendre leurs parties, mais ce dernier ne voudrait pas qu'ils se morfondent. En fait, cela l'énerverait. Alors ils ont repris le jeu et auditionne un quatrième joueur temporaire.

Les relations sont encore tendues entre George et Philippe. Ou plutôt, Philippe est encore amer de n'avoir récupérer aucun des clients du cabinet de Charles. Quant à lui, George ignore sa mauvaise humeur. Il veut l'absence de Charles temporaire et prie pour qu'il reprenne bientôt ses affaires.

'D'ici peu les prisons allemandes seront pleines, alors ils nous les renverront, tous ces prisonniers politiques,' dit-il, en voulant y croire.

'Il n'empêche que s'il n'avait pas encore et encore affiché ses opinions sur la place publique, on n'en serait pas là,' dit alors Philippe.

'On se passera de ce genre de commentaire, merci !' dit Madicci énervé, 'qu'il ait eu raison ou tort, il me manque, Charles. Et puis... C'est ton pote Maragne qui est derrière tout ça, non, George ? Tu avais dit que tu le protègerais.'

'J'ai fait ce que j'ai pu. Tu ne sais pas ce que c'est, toi, d'être pris entre l'enclume et le marteau. Maragne a lancé une vendetta contre Charles, va savoir pourquoi. C'est la faute de Maragne, pas la mienne !'

Le nouveau quatrième joueur se fait tout petit. Il espère vraiment qu'il ne passera pas cette audition pour remplacer Charles, temporairement ou non.

# 6.

## Charles
### *-De sa main-*

*C'est au cours des transports de France en Allemagne que nous avons commencé à connaître les méthodes des SS. En effet, l'expérience nous a révélé que des camps comme Compiègne ou Drancy, qui cependant nous étaient apparus odieux, étaient des paradis comparativement à ce qui nous attendait.*

*La norme était l'entassement, dans les wagons de marchandises classiques : 8 chevaux en long pour 40 hommes à raison de 100 à 120 par wagon, plus la tinette. Le wagon était verrouillé de l'extérieur. On était contraint de demeurer debout, en organisant un tour de rôle pour permettre à quelques-uns de s'asseoir. Pas d'air, chaleur étouffante, atmosphère empuantie. Le voyage durait de quatre à huit jours en raison de la destruction ou de l'encombrement des lignes.*

*Pas de nourriture, pas d'eau.*

*Je renonce à vous décrire les scènes d'angoisse engendrées par la fatigue, la faim, l'asphyxie, la soif surtout. Ce n'étaient que cris, appels, sanglots, délires. On a vu des malheureux lécher les parois humides du wagon, d'autres boire leur urine, d'autres gagnés par la folie frapper leur voisin à coup de canif ou chercher à leur crever les yeux. Et je suis fort loin d'avoir tout enregistré. C'étaient des loques humaines ivres de lassitude et hagardes qu'à l'arrivée, les SS tiraient des wagons, avec les cadavres de ceux qui étaient morts pendant le voyage. On ne saura jamais le chiffre exact de ces morts comme de ceux qui, atteints durant le voyage, ont succombé peu après.*

*Mais je ne viens de décrire que les transports ordinaires. Il y avait d'horribles variantes.*

*Mon convoi : Le 22 mars 1944, dans le convoi parti de Compiègne à destination de Mauthausen – convois dont, avec des otages nîmois, j'avais l'honneur de faire partie – certaines évasions et tentatives d'évasion avaient eu lieu, malgré la surveillance des SS d'escorte. Ceux-ci en devinrent furieux et déchaînés : ils parlèrent d'abord de fusiller un certain nombre d'otages par wagon, puis trouvèrent mieux. Arrivés à la petite gare de Novéan, faubourg de Metz, ils nous firent descendre, wagon par wagon, sur le quai, à coups de trique, bien entendu, et c'est là que j'ai reçu mes premiers coups de nerf de bœuf. Ils nous contraignirent à nous dévêtir de pied en cap, en abandonnant pêle-mêle nos vêtements.*

*Dans les wagons où les évasions n'avaient été que des tentatives, ils nous firent remonter nus, en même nombre, c'est à dire 100 à 110. Mais pour les wagons où quelques évasions avaient réussi, ils nous contraignirent à nous entasser à raison de deux wagons dans un, c'est-à-dire 220 plus la tinette. Nul n'aurait jamais cru à une telle possibilité de compression des corps humains. 220 hommes, collés debout, incapables de faire un mouvement, incapables même de tomber, urinant sur eux, criant, hurlant, râlant, soutenant des cadavres.*

*Ce n'est pas tout.*

*Les voyageurs de ces deux wagons – ou plus exactement ceux qui en survivaient – furent obligés, à coups de bottes et à coup de crosse, de gravir tout nus, chancelants, à pied et dans la neige, les cinq kilomètres de côte qui séparaient la gare de la forteresse.*

*Qui dira leur martyr et leur héroïsme ? Mais qui dira aussi le nombre des camarades, tous Français, que nous avons perdus dans cette épopée ?*

*(...) On vous donne à imaginer ce qu'a pu être la vie de ces êtres contraints de rester de trois à huit jours dans l'atmosphère la plus infecte, terrassés par la chaleur, la soif, la faim et peu à peu gagnés par la démence. Mais nul ne pourra vous faire revivre ces scènes d'hallucination où les visages suaient l'angoisse et la souffrance, les vains appels au secours, les sanglots et les cris, l'agonie et les râles des mourants debout, les « maman ! », les rires et le délire de la folie, certains malheureux tentant d'étrangler leurs voisins ou de leur crever les yeux (...)*

*N'avez-vous pas entendu parler de convois de la mort ?*
*Le 2 juillet 1944, un convoi partait de Compiègne pour Dachau. En raison des destructions ferroviaires, il mit huit jours pour arriver à destination. 8 jours dans la plus étouffante des chaleurs. 8 jours sans manger et surtout sans boire ! Quand on ouvrit les wagons, on retira, sur deux mille transportés, mille cadavres. Dans un de ces wagons, trois hommes seuls avaient survécu au milieu de 97 cadavres. On les fit descendre : ils étaient tous les trois devenus fous ! Et encore, ne nous lamentons pas trop, en pensant qu'une couche de chaux vive était souvent répandue sur le parquet des wagons qui emportaient les Juifs de Drancy !*

## Alix

Alix toise avec froideur les deux agents SS se tenant fiers et droits devant elle. Elle demande à voir l'ordre de réquisition et l'un d'eux lui tend le document. Alix n'y jette qu'un bref regard, juste suffisant pour s'assurer que leur demande soit fondée, même si elle n'en doute pas. L'ordre vient de la Préfecture : comme toujours, la Gestapo est passée par les services français.

'La Lincoln de mon mari n'est pas ici,' leur répond-elle sèchement, 'elle est dans un garage en dehors de la ville. La voiture est hors de circulation depuis plus d'un an, elle n'est pas en état de marche. Et de toute façon, je n'ai pas de bon pour l'essence.'

'Le véhicule est enregistré dans votre garage ici, donc c'est à vous de la récupérer puisque nous vous la réquisitionnons,' répond le SS.

'Je ne peux pas sans permis de circuler et sans essence,' persiste Alix.

'Obtenez-les et allez la chercher aujourd'hui. Cet ordre vous le permettra. Nous repasserons demain matin.'

Après un bref salut de la tête, ils font demi-tour. Leurs talons claquent bruyamment sur les marches des escaliers en repartant. La porte d'Alix claque aussi tant elle est furieuse. Alix s'est fait une promesse : Charles retrouvera à son retour tout ce qu'il aime tel qu'il l'a laissé. Et il n'est pas question de leur donner sa voiture ! Il y tient, à son américaine.

Alix retient des larmes de frustration. De peine aussi, Charles lui manque terriblement. Son absence est partout, en elle, à la maison, dans la rue, et dans le regard des autres aussi. Certaines personnes dans son cercle social lui ont tourné le dos, comme si sa disparition pouvait être contagieuse. Alix ne réagit pas vis-à-vis d'eux. Elle observe et garde la tête haute. D'autres lui ont ouvert les bras et offert leur soutien. Elle n'oubliera ni les premiers, ni les seconds. Dans la journée, Alix essaie d'accepter l'absence de Charles et de ne pas s'appesantir dessus, sinon le vide deviendrait insupportable. Seul le soir, pendant quelques minutes, elle se laisse aller : à genou au chevet du lit avant de se coucher, elle prie pour Charles et pour qu'il lui revienne sain et sauf. Elle sait que son état d'esprit pour y faire face à l'absence de Charles et à ses craintes ne dépend que d'elle. C'est à elle de choisir, et le choisir négatif est hors de question.

Aussi après le départ des agents SS, Alix sort déterminée avec Geneviève dans ses bras. Dix minutes plus tard, elle entre au siège de l'armée allemande à Nîmes. Là, elle demande un rendez-vous avec le Capitaine von Burg, un homme qu'elle n'a jamais rencontré. Elle a appris son nom des lèvres de Charles pendant la visite au camp de Royallieu-Compiègne. Il lui a dit de l'approcher si elle se trouve en difficulté avec la Gestapo, que l'homme est amène. Comment le sait-il ? Que veut-il dire par *amène* ? Tout ce que sait Alix, c'est que ça ne sert à rien d'aller voir des Français à la Préfecture. Pour contrer cette réquisition, elle doit passer par les Allemands. Il y a peu de chance que cet inconnu lui vienne en aide, mais cela vaut la peine d'essayer pour Charles.

Le Capitaine von Burg la reçoit une heure plus tard, quelque peu surpris de voir entrer dans son bureau cette jeune femme portant un bébé dans les bras.

'Madame, vous avez demandé à me voir ?' demande-t-il avec un léger accent teuton. Il l'observe discrètement.

'Bonjour Monsieur. Oui, et je vous remercie de me recevoir si vite,' Alix commence poliment, 'le but de ma visite va surement vous surprendre. Alors voilà… Deux agents de la Police Secrète Allemande sont passés me voir ce matin avec un ordre de réquisition de la voiture de mon mari, une Lincoln américaine, et ils exigent que je la leur remette demain. Mon mari a été arrêté il y a quelques mois et j'ai promis de garder la maison en ordre en son absence. Je souhaite garder ma promesse.'

Alix remarque l'alliance au doigt du Capitaine et décide de jouer dessus.

'C'est mon devoir d'épouse,' elle ajoute, la tête baissée vers Geneviève.

'Madame, je suis de l'armée allemande, pas de la police secrète,' lui répond le Capitaine von Burg.

'C'est pourquoi j'ai espoir que vous pourrez m'aider. L'ordre de réquisition vient de la Préfecture, soit une administration française et non allemande,' Alix réplique.

Alix et le Capitaine se regardent pendant quelques instants, lui avec une lueur d'amusement dans les yeux, elle avec un sourire et une douceur polie masquant mal sa forte détermination. Puis Alix baisse à nouveau les yeux vers sa fille et change la position du bébé sur ses genoux.

'Et puis-je vous demander pourquoi vous êtes venue me voir moi, en particulier ?' Le Capitaine croise les doigts sur la table devant lui.

'L'aurait-elle remarquée à l'Eglise ? Se serait-elle renseignée ?' se demande-t-il, sa curiosité piquée.

'Mon mari m'a indiqué votre nom en cas de besoin, avant d'être arrêté,' lui répond Alix en restant vague. Le moins elle dit, le moins elle s'expose à des dangers encore inconnus.

'Ah oui ?' l'étonnement est à peine perceptible dans la voix du Capitaine. Il a un bon contrôle de lui-même, 'pourtant, je n'ai jamais rencontré votre mari, Maître Bedos.'

Alix note que le Capitaine s'est donc renseigné avant de la recevoir. Elle n'a jamais mentionné la profession de Charles. Le Capitaine jette un regard furtif vers un dossier au-dessus d'une pile de documents sur le bord du bureau.

'Le dossier sur Charles ?' s'interroge Alix, 'que contient-il ? Révèle-t-il qui l'a trahi ?'

Alix se tend. Obtenir cette information, c'est l'autre mission qu'elle a choisi au nom de Charles. Si seulement le Capitaine pouvait sortir quelques minutes et la laisser seule...

'Je ne sais que vous dire ... car, néanmoins, il vous a recommandé,' lui répond-elle.

Le Capitaine regarde Alix, mais son esprit est ailleurs. Il réfléchit. Cela ne dure qu'une dizaine de secondes à peine, puis il ouvre un des tiroirs de son bureau et en sort une liasse de papier. Il en tire un document et y inscrit quelques lignes. Il le signe, le tamponne, et le donne à Alix. Le document est en allemand, alors Alix l'interroge du regard.

'Ce bon vous autorise à garder votre voiture,' lui dit-il avec un petit sourire, 's'ils reviennent ou insistent, venez me voir.'

'Merci,' répond Alix. Le soulagement est palpable dans sa voix et dans son attitude. Sa formalité disparait juste un instant, avant de se reprendre. Elle est face à un Allemand, quand même. Être polie, oui ; être amicale, non.

'J'apprécie votre aide. Mon mari sera tellement heureux,' elle ajoute.

Le Capitaine ne fait aucun commentaire. Il se lève pour ouvrir la porte à la jeune femme encombrée de ce nourrisson qui commence à s'agiter.

'De toute façon,' il commente, 'un Allemand ne devrait pas conduire une voiture américaine ces temps-ci, vous ne pensez pas ?'

Les yeux malicieux, il retient un sourire. Alix ne peut contenir le sien, avant de se reprendre à nouveau pour afficher un visage neutre.

Alix rentre chez elle soulagée. Elle a du mal à y croire.

'C'est étrange, cette situation,' se dit Alix, 'dire que j'en suis arrivée à demander de l'aide à un Allemand, au désavantage d'autres Allemands, pour contrer des ordres français. Vraiment, l'Occupation brouille tout.'

'Oui, dans cette guerre, cela devient impossible de savoir sur qui compter,' murmure-t-elle, 'des nations divisées, des familles, aussi. Où tout cela finira-t-il ? Et quand ?!' Les pensées d'Alix se tournent vers le dossier de Charles sur le bureau du Capitaine. Ce dossier, elle voudrait vraiment en obtenir une copie, mais comment ?

Le lendemain, les deux agents SS prennent leur temps pour vérifier le simple document qu'Alix leur a tendu en silence. Ils le lisent l'un après l'autre. Alix les regarde le visage dénué d'expression. Elle ne veut montrer ni victoire, ni satisfaction, ni colère vis-à-vis d'eux. Tout ce qu'elle veut, c'est qu'ils partent, qu'ils s'en aillent loin de chez elle, loin d'ici, hors de sa vie. Les agents claquent leurs talons, puis l'un ajoute dans son français teinté d'un fort accent allemand : « Au revoir, Madame ». Alix prend sur elle-même de ne pas claquer la porte cette fois. Elle a regretté son geste la veille : se comporter avec dignité et décence est important même maintenant. Surtout maintenant, dans une période difficile.

Ses dernières semaines, Alix a fait des coupes drastiques dans ses dépenses et son train de vie. Ses revenus ont fortement diminué en l'absence de Charles, avec la fermeture de son cabinet. Tous les matins, elle se met à son bureau et travaille : budget privé, budget et suivi de la propriété viticole, et lecture de livres sur la gestion agricole. La propriété fait rentrer une somme modeste mensuellement, ainsi que quelques bouteilles de vin qu'elle peut vendre ou échanger au marché noir. Si la situation devient grave, il restera les pièces d'or. Son père lui a donné le sac que Charles lui a confié. Cependant, Charles et son père ont insisté que l'or est à garder pour les cas d'urgence. Vichy puni sévèrement la vente d'or en dehors de son contrôle. De plus, Charles lui a dit que l'or sera aussi nécessaire au sortir de la guerre. Il faudra alors tout reconstruire. Alors Alix réorganise sa vie avec un budget strict, et elle arrive même à se créer un petit fond d'épargne pour les bonnes aubaines au marché noir. Et de l'épargne il en faut ! Le rationnement de l'Etat s'aggrave tous les mois, et les bons d'allocation mensuelle distribués permettent à peine de survivre. Donc, tout le monde se tourne vers le marché noir où les prix sont exorbitants. Les polices allemandes et françaises sont très strictes : les ventes ou les achats illégaux sont sanctionnés par la confiscation des biens vendus ou achetés, et une lourde amende pour les deux parties. En outre, il peut y avoir des contrôles dans la rue : tout bien alimentaire doit être justifié avec une preuve d'achat. Les marchands sont de plus en plus prudents et ne vendent qu'à ceux qu'ils connaissent de longue date et en qui ils ont confiance.

Alix se construit lentement une routine, mais elle ne perd pas de vue les missions qu'elle s'est données. Ce soir-là, Alix pose sur la table une assiette de jambon grillé servie avec des topinambours.

'Tu as laissé partir la femme de chambre, en plus de la cuisinière ?' lui demande sa mère en notant le désordre sur le guéridon.

'Je ne peux plus me permettre quelqu'un à plein temps. Elle ne viendra plus que quelques heures par semaine pour le ménage, c'est tout. Je lui ai trouvé un autre poste chez une amie pour compléter la perte de salaire.'

Son père regarde son assiette en fronçant les sourcils.

'Alix, d'où vient ce jambon ?' demande-t-il.

'Je suis allée voir des cousins de Charles à bicyclette. Ils ont une petite ferme à la campagne. Je leur ai acheté un gros jambonneau à un bon prix.'

'Mais tu es folle ?! Et si tu t'étais fait prendre !' s'exclame Albert.

'J'y avais déjà pensé. Je me suis habillée avec un de mes robes de grossesse et j'ai mis une boule de tissus dessous pour remplacer un gros ventre. Au retour, à la place, j'ai caché le jambonneau. C'était à s'y m'éprendre.'

Albert soupire, et Alix sait qu'il la pense inconsciente des dangers et trop intrépide. Pour Alix, le marché noir, les visites du camp de Royallieu-Compiègne, le rendez-vous avec le Commandant Geissler... Ce sont les seules options pour obtenir ce qu'elle veut à court ou à long terme. Si ces actions sont justes, bien qu'illégales, elles sont donc justifiées. Cette fixation sur ses objectifs est si forte que c'est vrai, peut-être qu'elle ne se rend pas toujours compte du danger, mais elle applique les instructions de Charles avec soin. Elle ne négocie qu'avec ceux qui perdraient encore plus qu'elle si l'un d'eux se faisait prendre. Elle ne vend ou n'achète pas des quantités qui attireraient l'attention. Et elle utilise le strict minimum de ses ressources pour les faire durer le plus longtemps possible, car les temps à venir sont inconnus et instables. Elle est devenue très créative au quotidien pour tout faire ou acheter au moindre coût et le plus discrètement.

'Peut-être que nous devrions revenir rester chez toi encore pour quelques temps,' reprend Albert, 'L'appartement est trop grand pour une jeune mère seule et son bébé. En plus, si nous l'occupons aussi, cela réduirait les chances de réquisition par les Allemands.'

'Je ne laisserais jamais les Allemands prendre l'appartement ! Jamais !' Le visage d'Alix se ferme avec son expression la plus têtue, comme quand elle était gamine au début d'un caprice.

'Tu n'auras pas toujours de la chance, comme avec ce capitaine allemand,' répond Albert.

'Et tu ne dois plus le contacter, celui-là !' intervient Herminie, 'tu dois arrêter de te mettre dans tes situations impossibles ! S'ils veulent la voiture, donne-leur la voiture. D'abord et avant tout, tu as promis à ton mari de garder un profil bas. Tu n'es pas qu'une épouse, tu es aussi une maman.'

Alix maugrée. Elle sait que ses parents ont raison, mais elle ne peut pas l'accepter.

'Et puis, il faut aussi que tu arrêtes de chercher des informations sur son arrestation et sur la personne qui l'a dénoncé ! C'est trop dangereux !' continue sa mère.

Alix garde le silence, mais son regard déterminé révèle qu'elle n'en fera qu'à sa tête.

'Une tête de mule…', se dit Albert, non pour la première fois.

Elle ne veut pas inquiéter ses parents, alors elle décide de les rassurer en leur parlant d'un autre projet, d'une action positive.

'Je fais autre chose maintenant. Quelque chose dont j'ai discuté avec Charles. Il me l'a demandé.'

Quelques jours plus tard, en milieu d'après-midi, Alix descend de sa bicyclette dans une rue au nord de Nîmes. Discrètement, elle regarde à l'intérieur de l'épicerie de l'autre côté de la rue. Celle-ci semble vide mais comme elle ne connait pas le magasin, elle ne peut en être certaine. Elle décide d'entrer avec

Geneviève. S'il y a un client, elle attendra en parcourant les étagères son panier à la main. Elle a gardé des tickets de rationnement exprès pour aujourd'hui. A l'intérieur, une cliente est en train de parler avec la femme qui tient la caisse. Quand Alix entre, les deux se taisent et finissent leur transaction en silence. Une fois la cliente partie, Alix s'approche de la vendeuse.

'Bonjour Madame. Je désire parler à Zaza, s'il vous plait ?' demande Alix.

'Que lui voulez-vous ?' demande la femme sur un ton un peu défensif.

'C'est confidentiel... C'est à propos de son compagnon,' répond Alix de manière élusive.

Pendant sa visite auprès de Charles, Alix a mémorisé les noms des personnes de la région internés avec lui et les a noté dans les mots croisés du journal en place des réponses pendant le trajet en train vers Vichy. Depuis, Alix se renseigne discrètement pour retrouver leurs familles. Elle a approché Varade pour l'aider et, sans poser de questions, il utilise le réseau des paroisses catholiques et protestantes pour obtenir des adresses. Maintenant, Alix commence à parcourir les différents quartiers de la ville pour leur rendre visite à l'improviste. Suivant les conseils de Varade, elle commence par l'épicerie de Zaza. Alix sait qu'elle ne peut leur révéler que le minimum et que les nouvelles ne sont pas bonnes, mais le silence est encore pire. Au moins, les familles sauront que leur disparu ne git pas dans un fossé, tué d'une balle allemande, et qu'il reviendra. Pour Alix, il est important de les aider à garder espoir.

'C'est moi. Je suis Zaza,' répond la femme derrière

la caisse, la propriétaire. Zaza est une femme d'une trentaine d'année aux jolis traits. Son partenaire est un joueur de rugby connu à Nîmes. Zaza et Didier ne sont pas mariés et il fut un temps où Alix-la-Catholique aurait désapprouvé leur relation. Aujourd'hui, elle n'y prête aucune importance.

'J'ai des nouvelles de lui. Votre compagnon, Didier, a été arrêté il y a 5 mois sur accusation d'actes de Résistance et envoyé dans un camp de déportation.'

Zaza a un hoquet de surprise mais, toujours méfiante, elle ne dit rien. Alors Alix se présente.

'Mon nom est Alix Bedos. Mon mari a été arrêté le même jour. Je ne peux pas vous dire comment j'ai obtenu ces informations, juste que tous les deux sont passés dans le même camp, dans lequel toute communication avec l'extérieur est interdite. Et moi, j'essaie de trouver tous ceux et celles qui sont dans le noir comme vous, et comme moi il n'y a pas si longtemps. Cela aide de savoir, même si c'est si peu.'

Les mains de Zaza commencent à trembler et elle regarde Alix éberluée. Sans nouvelles depuis des mois... Et voici que cette jeune femme élégante entre et lui offre enfin des informations. L'arrivée d'une nouvelle cliente calme Zaza instantanément. Alix ne perd pas une seconde et sort sa carte de rationnement de son sac et demande du lait, seulement du lait.

'Tu n'as pas besoin de quelque chose d'autre ?' demande Zaza après une hésitation.

'Le lait est ce dont j'ai le plus besoin,' répond Alix, 'c'est même un souci constant.'

Alix part avec les deux bouteilles de lait que le ticket l'autorise à acheter, annonçant à Zaza qu'elle repassera pour en avoir davantage le surlendemain.

Zaza hoche la tête.

Alix retourne à la boutique deux jours plus tard pour continuer leur conversation, bien qu'elle n'ait pas d'autres informations. Cette fois-ci, Alix emmène Geneviève avec elle et Zaza comprend que le lait est pour le bébé. Elle regarde la jeune mère surprise, se demandant pourquoi elle n'allaite pas son enfant. Zaza ne peux s'empêcher de jeter un coup d'œil vers la poitrine d'Alix, ce qui trahit ses pensées. Il n'est pas dans la nature d'Alix de partager des informations privées, mais certains sujets sont facile entre femmes.

'Après le choc de l'arrestation de Charles, mon mari, j'ai cessé de produire du lait,' dit Alix en regardant Geneviève pleine de tendresse et tristesse, 'j'ai réussi à obtenir des bons de lait grâce au docteur, mais... les bons ne couvrent que le minimum quotidien dont un bébé a besoin pour vingt-cinq jours. Vingt-cinq jours par mois ! L'administration lit mal son calendrier... Je dois diminuer toutes les rations pour couvrir le mois et ma fille a toujours faim.'

Alix continue avec une émotion dans la voix à peine contenue : 'Elle ne devrait pas être si petite !' Elle caresse le visage du nourrisson qui dort dans ses bras. Oui, elle est si petite, sa Geneviève.

'Et puis, j'ai eu de mauvaises expériences chez certains commerçants. A l'occasion, j'ai eu du lait coupé, et c'est Geneviève qui en souffre. Votre établissement jouit d'une excellente réputation, je me suis renseignée. Ici, j'ai confiance que le lait soit pur. C'est réconfortant.'

Zaza hoche la tête, désolée pour la jeune mère et le bébé. Une solidarité féminine s'établit à cet instant entre les deux femmes. Dès ce jour, Alix prend l'habitude de venir plusieurs fois par semaine à l'épicerie de Zaza, bien qu'elle soit au bout de la ville. Elle se sent en confiance pour y utiliser ses coupons de lait, et sait qu'elle apporte aussi du soutien à cette femme seule.

'Si vous voulez,' lui dit très vite Zaza un jour quand le magasin n'a pas d'autres clients, 'je peux vous obtenir plus de lait. Au noir.'

Zaza prend un risque énorme : si elle se fait prendre, sa boutique sera fermée par la police. Alix est touchée et elle accepte avec gratitude. Zaza précise qu'elle ne prendra pas de commission, elle veut aider la petite Geneviève. Elle disparait dans la remise et revient avec cinq boîtes de lait en poudre qu'elle a déjà mises de côté.

'Du lait en poudre, c'est mieux pour ta situation. Comme ça, tu pourras faire toi-même les dosages selon les besoins, et ça se garde plus longtemps,' explique-t-elle. Alix approuve. Toutes les deux savent aussi que le lait frais est de moins en moins accessible. Alix achète à prix coutant cinq boîtes par mois qui lui permettent de couvrir les besoins croissants de Geneviève. C'est un grand soulagement pour mère et fille.

A la fin du mois, Alix arrive à l'épicerie de Zaza de bonne humeur. Il fait beau et elle sent le printemps dans l'air, prometteur de jours meilleurs. Alix a décidé de faire de sa visite une longue promenade. C'est aussi un choix pratique : elle pousse ainsi le landau de Geneviève, dans lequel elle a créé un double fond pour y cacher ses achats interdits. Lorsqu'elle entre dans le magasin, un homme élégant coiffé d'un chapeau se tient dans un coin, les mains dans les poches de sa veste. Son regard se pause tout de suite sur Alix et il l'observe, discret sans toutefois s'en cacher. Mal à l'aise, Alix dit à Zaza qu'elle repassera un peu plus tard. Elle ne veut pas effectuer une transaction clandestine et en espèces devant témoin, et encore moins un qui ne la lâche pas du regard. Zaza lui sourit.

'Vous n'avez rien à craindre. Vous pouvez parler librement. Je vous en donne ma parole.'

Hésitante, mais ne voulant pas blesser Zaza, Alix s'approche de la caisse. En cachant son geste de son corps, elle lui donne la somme habituelle pour le lait. Une autre cliente pousse la porte. Alix regarde Zaza puis le berceau. Elle ne pourra pas cacher les boîtes de lait en présence de la nouvelle venue.

'Revenez demain,' murmure Zaza.

Alix indique son accord d'un hochement. Alors qu'elle s'apprête à sortir, l'homme au chapeau incline la tête en signe de salut. Alix lui offre un petit sourire poli, mais elle reste sur ses gardes. La situation ne lui plaît pas. Le lendemain, elle arrive tôt au magasin dans l'espoir que l'épicerie sera vide. A son soulagement, elle est la seule cliente et l'homme au chapeau n'est pas là. Zaza sort de derrière son guichet, jette un regard dans la rue pour s'assurer qu'il n'y a pas de témoins, et verrouille la porte. Zaza retourne derrière son comptoir un grand sourire aux lèvres et y dépose les cinq boîtes de lait commandées. Puis à la surprise d'Alix, Zaza y ajoute cinq autres, puis cinq autres, et encore cinq autres. Alix les regarde sans comprendre, mais Zaza la surprend encore davantage avec maintenant cinq boîtes de sucre et une boîte de chocolat en poudre. Alix regarde cet amoncellement les yeux ébahis : du grand luxe !

'C'est pour vous !' lui dit Zaza, le regard brillant et le visage heureux.

'Moi ?! Mais Zaza, il doit y avoir une erreur. Je n'ai pas commandé tout ça. Je n'en ai pas les moyens. Jamais je ne pourrai...' Alix lui répond, jetant un regard désolé vers le chocolat. L'eau lui en vient à la bouche

'Si. C'est pour vous,' insiste Zaza, 'c'est un cadeau.'

'Un cadeau ?' Alix répète, étonnement et suspicion se mêlant dans le ton de sa question, 'comment ça, un cadeau ?'

Elle sait que Zaza compte aussi les dépenses. Les temps sont durs pour tout le monde. Enfin, presque tout le monde... Il y a toujours quelques profiteurs. Zaza ne fait pas partie de ces épiciers qui gagnent leur vie en chargeant des produits surévalués sur le marché noir au détriment des autres, ou en faussant la qualité des marchandises vendues. Ceux-là sont des escrocs.

'Vous vous souvenez de l'homme qui était ici hier ?' continue Zaza, 'C'est Monsieur Antoine. Il est ... Eh bien... Cela va vous surprendre, mais il est un souteneur, un de bonne renommée. Il est très respecté. C'est un homme bien, Monsieur Antoine.'

Alix est perplexe. L'homme au chapeau est un proxénète, *'très respecté'* de surcroit ?!

'Il dit que la femme de Maître Bedos ne manquera jamais de rien,' Zaza arrange la pile de boîtes avec satisfaction.

Alix est encore plus surprise. Elle n'a jamais entendu parler de sa vie de ce Monsieur Antoine - ce qui n'est guère surprenant compte tenu de ses occupations - mais comment *lui* connait-il Charles ? En y réfléchissant, il fait peut-être partie de ses clients. Résistants, communistes, juifs, pègre… alors pourquoi pas un souteneur aussi. Elle tend Geneviève à Zaza pour avoir les mains libres, et commence à ranger des boîtes de lait et sucre dans la cachette du landau.

'S'il vous plait Zaza, remerciez vivement ce Monsieur Antoine de ma part. C'est très généreux de sa part. Dites-lui que j'espère pouvoir le remercier en personne bientôt.'

Et dire que dans d'autres circonstances, sans cette maudite guerre, elle aurait jugé honteux une rencontre avec Monsieur Antoine, simplement par automatisme parce que les règles de son monde le lui ont inculquées, et sans même chercher à se faire sa propre opinion. Même après avoir fait fi de certaines règles avec sa demande de divorce et son mariage, elle l'aurait quand même jugé ! Aujourd'hui, cette générosité et solidarité en des temps si difficile lui redonne espoir sur la nature humaine, et lui donne une leçon d'humilité. Elle espère le rencontrer bientôt pour le remercier en personne.

## Et en même temps...

Monsieur Antoine espérait être présent lors de la visite d'Alix chez Zaza. Varade l'a informé de ses recherches et de ses conclusions : elle a obtenu des informations sur Charles et sur d'autres 'disparus' et veut les faire passer. Une femme bien, cette Alix Bedos. Digne de son mari. Une jolie femme aussi. En connaisseur, il constate qu'en plus d'être un homme admirable, Charles Bedos est un homme de goût. Lorsque Zaza lui a glissé l'information sur les problèmes d'Alix, il se devait d'agir. Il fera en sorte que tous les mois il y ait quelques choses pour Madame Bedos et sa fille. C'est le moins qu'il puisse faire pour l'homme qui a sauvé tant d'entre eux.

Trois semaines plus tard, Monsieur Antoine est en pleine discussion avec un commerçant de ses amis dans le centre-ville lorsqu'il observe Alix Bedos approcher en poussant le landau de sa fille. Malheureusement, elle le reconnaît aussi. Le visage de la jeune femme s'épanouit d'un grand sourire et elle accélère le pas dans sa direction.

'Elle ne doit pas m'aborder !' se dit Monsieur Antoine.

Sans perdre de temps, il met fin à sa conversation, tourne le dos à Alix, et part d'un pas pressé. En tournant au coin de la rue, il jette un regard dans sa direction : Alix est confuse et ne comprend pas sa réaction. Un jour il lui expliquera. Peut-être.

En attendant, il veut rappeler à Varade de se taire si Alix Bedos demande des renseignements sur lui. Mieux prévenir que guérir.

Lorsque Monsieur Antoine arrive dans les bureaux de Varade, ce dernier a déjà un visiteur.

'Mon père, je reviendrai plus tard,' lui dit Monsieur Antoine.

'N'en faites rien. Je vous en prie, entrez,' répond le Chanoine, 'laissez-moi vous présenter : Albert, je vous présente Antoine. Antoine, voici Albert. Vous partagez un intérêt commun pour les chemins de fer, je crois.'

Le lendemain, Albert essaie de mettre de l'ordre dans ses idées, assis à son bureau. Il ne prête aucune attention à son travail qu'il fait machinalement. Ce qu'il a en tête n'est une tâche facile. Il lui faut bien protéger ses arrières et celles de Paul et des cheminots impliqués. Comment s'y prendre ? Il se lève et ouvre la porte de son bureau.

'Paul,' il appelle, 'les chiffres pour le mois derniers ne sont pas clairs. Pourriez-vous venir quelques instants ? Merci.'

Il retourne s'asseoir derrière son bureau. Lorsque Paul arrive, il lui indique d'un geste de la tête de fermer la porte et d'un autre de prendre un siège.

'Paul, est-il déjà arrivé à un train de perdre un wagon en route ?' demande-t-il.

'Non, non, je ne crois pas…' répond Paul, incertain du sens de la question.

'Non ? Parce que vraiment…' continue Albert, 'je me demande si un wagon pourrait disparaître pendant un trajet. Sans que personne ne puisse être impliqué. Ce serait ennuyeux, n'est-ce pas, un wagon qui manque, comme par magie.'

'Et bien,' dit Paul avec un léger sourire, 'je ne sais pas. C'est un scénario improbable, mais intéressant. Un cas hypothétique à étudier, par curiosité ?'

'Oui, juste pour considérer l'hypothèse. Et comment y pallier bien sûr. '

'Bien sûr,' dit Paul, et d'ajouter dans un murmure, 'je vais tâter le terrain.'

Albert regarde Paul quitter le bureau. Il émane de lui un nouvel entrain. Il y reconnait un brin d'insouciance qui lui fait penser à sa fille, bien que Paul soit peut-être plus conscient du danger. Oui, il est bien présent, ce danger, et loin d'être seulement Allemand. Il faut se méfier de bien trop de Français aussi.

Maragne s'est réveillé avec une brillante idée en tête. Il ne perd pas de temps et se rend dans la matinée au cabinet de George. Il est plein, les affaires doivent être fructueuses. Il s'est renseigné et George est à la Cour jusque dans l'après-midi, donc il a le champ libre. Maragne demande à voir Maurice Ladon en privé, et quelques minutes plus tard ce dernier le rejoint dans un petit bureau vide.

'Monsieur Maragne, en quoi puis-je vous aider ?' demande Maurice en entrant, 'auriez-vous besoin de conseils juridiques ?'

'Non, j'ai besoin d'information que vous détenez,' répond Maragne.

Maurice se tend et Maragne se réjouit. L'ex-assistant de Charles va lui être utile.

'Je ne vois pas…,' commence Maurice.

'Les livres comptables de Charles Bedos, où sont-ils ?' l'interrompt Maragne.

'Pardon ? Mais, comment le saurais-je ?' répond Maurice sur la défensive.

'Parce que vous étiez le plus proche de lui dans son cabinet et l'aidiez en tout,' rétorque Maragne.

'En tout point légaux. Je ne suis pas comptable,' répond sèchement Maurice.

Maragne en a assez. Il n'a pas à prendre des gants avec ce petit jeune qu'il pourrait écraser sous son pouce s'il le voulait.

'Ecoutez Maurice, son comptable nous a donné les chiffres officiels. Mais nous savons tous les deux que Charles avait des clients de mauvaises renommée en plus des anarchistes. L'argent passait de la main à la main, c'est certain. Il devait tenir des comptes privés et ça vous le savez. C'est ridicule d'essayer de le protéger maintenant. C'est trop tard. C'est fini,' dit Maragne, sa voix adoucie vers la fin de la phrase comme pour rassurer un enfant qu'il ne sera pas puni.

'Alors si c'est fini, à quoi bon faire les comptes ?' dit Maurice sur un ton dont Charles eut été fier.

Maragne plisse les yeux et sent la colère monter. Il lui faut ces livres de compte, ces preuves pour détruire la réputation de Charles et confisquer ses biens pour fraude fiscale. Maurice sent qu'il lui faut faire marche arrière.

'De toute façon,' ajoute-t-il, 'je ne sais rien sur les comptes de Maître Bedos, ni sur l'existence de tels livres de compte officieux. Je ne pourrais pas vous aider même si je le voulais. Maintenant, je dois vous quitter. Le travail m'appelle.'

Maurice salue Maragne et se retire, le laissant seul dans ce bureau. Maragne regarde autour de lui, mécontent et pensif. Il se dit qu'il est possible que

Maurice ne sache rien. Il ne donnerait pas non plus ce genre d'information à ses sous-fifres. Mais qui d'autre pourrait avoir ces informations ? La police allemande a pris tous les dossiers de Charles et sur la liste des documents qu'ils ont fourni à la police, il n'y avait aucun des cas compromettants ni des livres des comptes. Maurice travaillait sur ces cas légaux. Donc il est possible et plausible qu'il ne sache rien, mais c'est improbable.

'Essayons de lui mettre une petite pression amicale,' se dit Maragne qui se lève et quitte la pièce.

Il se dirige vers la Cour et y croise Philippe et George séparément. Il tente de les faire parler sur les dossiers privés de Charles, mais les deux hommes affirment qu'ils ne savent rien. Ensuite il essaie de faire pression sur George pour que Maurice révèle ce qu'il cache quitte à perdre son emploi. George s'y oppose, arguant qu'il fait confiance en Maurice et qu'il ne sait rien. Quant à Philippe, sa réaction vis-à-vis de Maurice étonne Maragne. Il devient désagréable et hostile quand il aborde le sujet du cabinet Bedos et de son assistant. Pourtant, ça l'arrange de ne pas avoir la compétition de Charles.

'Et bien, il me reste encore une option,' se dit Maragne, 'ce n'est pas idéal, mais je pourrai prendre l'essentiel de ce que je veux.'

De retour à son bureau, il décroche le téléphone et demande à l'opératrice.

'Le Commandant Saint-Paul, de la Wehrmacht.'

Philippe rentre chez lui en maugréant. Il décide d'appeler George pour partager ses pensées. Il discute d'abord de leur rencontre avec Maragne et combien ce dernier semble avoir déclaré une guerre personnelle contre Charles. Philippe ne comprend pas pourquoi il continue à s'acharner alors qu'il a obtenu ce qu'il voulait. George pense que c'est de la jalousie destructive, jusqu'à ce qu'il n'y ait plus de traces de leur ami.

Philippe aborde ensuite, à nouveau, un point qui le laisse toujours amer : Maurice. Il demande encore à George de partager avec lui les clients de Charles, quitte à ce que Maurice finisse son apprentissage entre leurs deux cabinets.

'Pourquoi pas ?' dit-il à George, 'C'est toujours bénéfique d'avoir de l'expérience dans plusieurs cabinets.'

'Philippe, nous en avons déjà discuté. Je ne fais que suivre les recommandations de Charles, notamment pour protéger Maurice. Travailler pour moi après son dévouement dans les cas controversés de Charles a l'effet d'une réhabilitation aux yeux de tous, surtout auprès de la Cour.'

'Ah parce que mon cabinet n'a pas suffisamment bonne réputation, c'est ça ?' L'amour propre de Philippe est piqué, 'Je ne suis pas assez bon pour vous ?'

'Mais pas du tout, je n'ai jamais dit ça !' répond George sans avoir la chance de s'expliquer.

'Et bien soit, garde Maurice Ladon et les clients de Charles. Garde aussi les parties de poker pendant que tu y es. Tu profites bien de la situation, quand même,' continue Philippe avant de raccrocher.

Ce soir-là, Philippe se dispute aussi avec sa femme Juliette après avoir un peu trop bu.

Maurice se rend chez ses parents à pied après une journée difficile. La visite de Maragne l'a énervé. Le chemin le mène près de l'ancien cabinet de Charles et il croise Madicci dans la rue. Ce dernier s'arrête pour lui poser une question, comme sur un coup de tête.

'Monsieur Ladon, bonsoir. Je suis heureux de vous voir,' commence Madicci.

'Bonsoir. Moi aussi,' répond Ladon.

'Je voulais juste savoir si… Le petit a bien reçu ses papiers ?' demande Madicci à voix basse.

Il faut quelques secondes à Maurice pour comprendre et répondre.

'Je les ai fait suivre à son attention. J'espère qu'il les a bien reçus,' dit-il dans un murmure.

Les deux hommes se regardent un bref instant, se salue, et se séparent. Madicci a pris un risque calculé et il est heureux du résultat. Maurice semble bien dans leur camp. Maurice, lui, a découvert un allié potentiel si besoin est. A vérifier quand même, mais c'est une bonne nouvelle.

Après dîner chez ses parents, il s'éclipse quelques secondes à la cave. Là, il soulève une trappe cachée sous un meuble qu'il a eu de la peine à bouger, et descends plus profondément dans les sous-sols de Nîmes. Tous les dossiers sensibles de Charles sont là, y compris les livres de comptes des échanges en espèces. Maurice se demande s'il devrait les détruire, puis il se dit que Charles en aura peut-être besoin à son retour, alors il y ajoute ses propres notes avant de refermer la trappe. C'est important de garder les archives. Elles font partie de l'histoire.

# 7.

## Charles
### *-De sa main -*

*Toute une littérature a fleuri sur ces enfers. Des photos et des films ont été présentés au public. De nombreux et ardents conférenciers, d'autant plus émouvants qu'ils évoquaient leur propre calvaire, en ont instruit de vastes auditoires.*

*J'ai lu cette littérature.*

*J'ai vu les photos et les films.*

*J'ai religieusement écouté les orateurs qui, avec des talents divers, s'évertuaient à faire revivre les heures atroces qu'ils avaient vécues.*

*J'ai observé le respect, l'émotion et les réactions des lecteurs, spectateurs ou auditeurs que secouaient souvent des frissons d'horreur.*

*J'ai vu bien des yeux se remplir de larmes.*

*Eh bien, malgré ce, je proclame que nul – hormis ceux qui sont passés par là – ne peut se faire une idée, même lointaine, du régime de souffrances et de détresses, d'atrocités et de tueries, d'agonies et de mort qui régnait dans les camps maudits.*

*Quelles que soient en effet la précision et la fidélité de la photographie immobile ou filmée, (faite évidemment après la libération des camps donc étrangère à leur vie),*

*Quel que soit l'art descriptif de l'écrivain et sa puissance d'évocation, quels que soient le talent de l'orateur, la richesse des expressions, le coloris de ses images,*

*Il est des visions,*

*Il est des bruits,*

*Il est des couleurs et des odeurs,*

*Il est des sensations, des sentiments, des émotions,*

*Il est surtout des atmosphères, des climats faits précisément de ces bruits, de ces odeurs et de ces sensations qui échappent à toute reproduction.*

*Qui vous montrera, dans les camps, la longue cohorte de suppliciés au visage creusé, aux yeux hagards, marqués de tous les stigmates de la mort, flottant, tels des squelettes, dans leurs vêtements rayés de bagnards, soit contraints pendant de longues heures de l'interminable appel à une immobilité fatale du fait des intempéries, soit se rendant au travail, en rang et au pas cadencé, sous les injures, les coups de pied ou les coups de crosse des sentinelles accompagnées de molosses bondissant au moindre signe, soit assistant aux pendaisons ou défilant devant les pendus aux sons d'un orchestre dont les airs, choisis parmi les chansons gaies à la mode, jetaient des accents d'un tragique indéfinissable ?*

*Quelles photos, quels films sauront nous raconter les scènes de tueries et de famine, les bagnards dévorant de l'herbe et des feuilles, tandis que j'ai vu, moi qui vous parle, vu de mes propres yeux au camp d'Ebensee, une semaine avant l'arrivée des Américains, un cadavre dans la fosse sanglante auquel un large morceau de chair venait d'être découpé ? Et Dieu sait cependant s'il restait peu de chair sur ce squelette ! D'autres ont vu dévorer foie, poumon…*
*Et les luttes féroces entre certains détenus pour un morceau de pain ou un peu de soupe tombés à terre, alors que sous l'emprise de la faim, c'est la loi de la jungle qui animait les hommes ?*
*Et les infirmiers qui se précipitaient sur les morts, encore chauds, pour forcer les mâchoires crispées et arracher les dents en or à destination des SS ?*
*Oui, on vous a souvent parlé des méthodes de la Gestapo*

*et des violences dans les camps de concentration ...*

*Mais, ce que nous sommes impuissants à vous faire entendre, ce sont les hurlements qui s'échappaient des chambres de torture, ce sont les bruits mats des coups qui pleuvaient de façon incessante : coups de poing, coups de pied, coups de matraque, de barre de fer, de pelle, de pioche. Cris de douleurs et cris de folie. Hurlements des mères à qui les SS arrachaient leurs bébés pour leur fracasser la tête contre un mur ou, quelquefois, les précipiter vivants - entendez-vous ? - vivants, dans la gueule du four crématoire. Qui imitera les appels, les sanglots et les râles des agonisants ?*

*Au camp de Lublin des tracteurs, spécialement mis en marche, actionnaient leurs moteurs pour couvrir le bruit de la fusillade et les cris des fusillés. Le 3 novembre 1943, pour couvrir la fusillade de dix-huit mille prisonniers, une musique éclata dans le camp, sous forme de fox-trot et tangos assourdissants, s'échappant de plusieurs dizaines de haut-parleurs. La radio envoya la musique toute la matinée, tout l'après-midi, toute la soirée et toute la nuit. Qui évoquera à vos oreilles, l'horreur du vrombissement du tracteur ou de la musique des haut-parleurs ?*

*Les fours crématoires ! Peut-être vous les a-t-on montrés ou décrits ; comme architecture, rien de bien excitant ! Mais, vous imaginerez-vous jamais l'impression que peuvent faire cette colonne de fumée s'échappant des cheminées, d'abord par intermittence, ensuite continuellement lorsque l'extermination était devenue permanente, et les lueurs d'un rouge sanglant qui traversaient la nuit ?*

*Et plus atroce encore, l'odeur de viande grillée qui*

*planait sur le camp et obsédait nos narines. En vérité, nous n'y prenions plus garde à la fin. Et, puisque j'en suis au chapitre des odeurs, savez-vous qu'aux jours de grandes exterminations dans le camp de Majdanek, l'odeur qui se répandait du camp jusqu'aux environs de la ville obligeait les habitants de Lublin à se couvrir la figure de mouchoirs ?*

*Telles étaient les images, les bruits, les odeurs que nous percevions en permanence. Mais qui pourra illustrer les sentiments, les pensées douloureuses qui habitaient l'âme des suppliciés que nous étions ?*

*Les tortures morales s'ajoutaient aux souffrances physiques. Aucune nouvelle de notre famille ni de notre patrie, quand ce n'étaient pas de fausses nouvelles que nos tortionnaires faisaient propager pour ébouler ce qui pouvait nous rester d'espoir.*

*Parqués, alignés, conduits comme des animaux, nous portions un numéro qui, au camp d'Auschwitz notamment, était tatoué sur l'avant-bras gauche. Vêtus comme des forçats, ignominieusement nourris, soumis au droit de vie ou de mort raffinée, sans la moindre possibilité de révolte, nous étions une réserve dans laquelle les SS puisaient au hasard de leurs caprices, pour nous envoyer : soit à la mort rapide par les fusillades ou les chambres à gaz, soit à la mort lente par les travaux forcés accompagnés d'atrocités, soit à la mort nécessaire comme terrain d'expériences de vivisection ou de recherches physiologiques ou biologiques.*

*Concevez-vous la détresse de ceux qui se voyaient désignés pour les kommandos réputés mortels, de ceux qui allaient travailler dans l'usine souterraine de Dora d'où le plus souvent on revenait, – quand on revenait ! – aveugles ? Et le désespoir des Juifs d'Auschwitz-Birkenau parmi lesquels, tous les jours on effectuait des ponctions pour alimenter les chambres à gaz et les sept fours crématoires ?*

*Et, brochant sur le tout, l'inexprimable sensation de mort, silence de mort, odeur de mort qu'éclairaient seulement les cyniques sourires des SS, réjouis de leur besogne ?*

*Ainsi j'espère avoir fait comprendre la première raison qui interdit à l'esprit, même le plus pervers et le plus imaginatif, la réalisation de la vie dans les camps d'extermination. Mais il y a aussi une autre raison qui jaillit du plus profond du cœur de tout être civilisé : c'est l'invraisemblance des récits des rescapés.*
*Un poète l'a dit : « Le vrai peut quelquefois n'être pas vraisemblance. »*
*Des êtres humains ont inventé et appliqué des supplices, des méthodes de tuerie qui laissent loin derrière, sur le plan de la cruauté, les massacres de l'Antiquité, les supplices chinois ou les procédés de l'Inquisition. Surtout, il ne s'agit pas de faits isolés, produits de la haine sadique de tel ou tel commandant de camp, mais d'une méthode d'ensemble, diffusée par instructions précises et appliquées à tous les camps de troisième catégorie, dits KZ, que les Allemands ne craignaient pas d'appeler eux-mêmes « Vernichtungstager », ce qui veut dire : camps d'extermination.*

*Je veux vous raconter un certain nombre de scènes, prises entre mille semblables, qui sont, pour nous, déportés, l'écho de la vie que nous menions là-bas, tous les jours. Mais pour vous, je consens qu'elles soient peu croyables, car je le confesse, si quelqu'un les eut rapportées avant que je ne les vécusse, j'aurais considéré mon interlocuteur comme menteur ou halluciné et l'aurais écouté avec un scepticisme coloré de pitié.*
*Est-ce à dire que nous devons renoncer ? Certes non !*
*Car se taire serait un autre crime contre la civilisation et la conscience universelle.*

## Alix

Alix et Madicci papotent longuement quand ils se croisent dans la rue. Comme Charles, Alix a toujours apprécié cet homme, mais sans en connaitre l'appartenance au même réseau résistant. Elle s'est même adressée à lui avec espoir pour obtenir des informations sur le dossier de Charles auprès de la police et de la Préfecture et dans ses recherches pour trouver son traître. Madicci n'a rien trouvé et jure contre les Allemands et leur influence sur les institutions françaises. Ce n'était pas la première fois : il vit la présence allemande en France en maugréant.

'Au boulot, je fais le strict nécessaire pour accomplir les obligations de la collaboration, mais toujours en dilettante, en bon Corse,' dit-il à Alix un jour.

Aujourd'hui, l'ambiance entre eux est morne. La visite d'Alix dans ses bureaux n'est pas de courtoisie. Elle lui a apporté un ordre de réquisition qu'il relit sans enthousiasme avant d'annoncer qu'il va prendre davantage de renseignements auprès de ses contacts français et allemands. Elle fulmine intérieurement en repensant à la visite de deux agents de la Gestapo tôt dans la matinée. Ils lui ont apporté l'ordre de quitter son appartement dans les cinq jours.

'Chère Alix, vous savez que je n'ai aucune sympathie pour les Allemands, mais…,' lui dit Madicci au téléphone plus tard après s'être renseigné, 'Vraiment, là, je ne peux rien pour vous. Le Commandant Saint-Paul en personne veut votre appartement pour y habiter. Je suis désolé. Désolé et furieux !'

'Mais ils ne peuvent pas mettre à la porte une mère et un nourrisson !' s'exclame Alix.

'Ils sont bien renseignés : ils savent que vous avez des parents en ville et une propriété viticole. Non, je crains que personne d'autres que le Commandant ne puisse annuler cet ordre. Il faut vous préparer à partir,' lui répond Madicci assombri.

Le nœud dans l'estomac d'Alix se resserre. Avant de raccrocher, elle ne peut s'empêcher une autre question.

'Et... pour Charles, toujours pas de nouvelle ? Aucune information ?'

Madicci fait une moue. Il est impossible de récupérer le dossier de Charles auprès des Allemands, ni même d'y jeter un coup d'œil. Aucun Français n'y a accès. Quant au nom de celui qui l'aurait dénoncé pour soutenir une action de la police française, aucune chance.

'Alix, vous n'obtiendrez jamais cette information. Elle est scellée, inaccessible,' finit par lui dire Madicci.

Après l'avoir remercié, Alix marche en rond dans son salon, tentant de relativiser la situation. Elle ne manque pas d'options pour se loger ailleurs, chez ses parents et aussi chez des amis dans les Cévennes qui l'ont invité pour qu'elle garde leur propriété en leur absence.

'Bon,' se dit-elle, 'tant pis pour l'appartement. Quand les Allemands partiront – et ils partiront ! – Charles et moi le récupérerons. Mais je dois sauvegarder ses possessions les plus chères !' Alix s'arrête. Elle pense à la collection de livres anciens de Charles, à ses cartes anciennes, à son piano. Elle doit les protéger à tout prix !

Cela fait des mois qu'Alix évite d'entrer dans le bureau de son mari. C'est trop dur, le vide créé par son absence y est insupportable. Ce jour-là, Alix tourne la poignée et entre dans le royaume de Charles. Elle le retrouve dans les moindres détails de la pièce. La douleur sourde qu'elle a enfoui en elle pour faire face au quotidien se remet à saigner, telle une plaie réouverte et béante. Alix caresse les couvertures en cuir des vieux livres de la bibliothèque. La poussière s'est accumulée dessus. Elle fronce les sourcils sur cet acte de négligence de sa part. Elle fait le tour de la pièce, puis de l'appartement. Non, elle ne peut pas laisser ce Commandant Saint-Paul s'installer chez eux et s'approprier tous leurs biens. Ce qui est précieux pour Charles est devenue inestimable pour elle.

Sans perdre plus de temps, elle enfile son manteau et prépare Geneviève à sortir. Vingt minutes plus tard, elle est chez un des déménageurs les plus fiables de la ville pour organiser son déménagement. Elle écrit à la va-vite une liste d'objets, peu importe qu'ils soient de valeurs ou non, dont il lui briserait le cœur de les voir tomber dans des mains allemandes. Le déménageur refroidit vite l'entrain d'Alix. Encore une fois, elle fait face aux restrictions de l'occupation allemande.

'Je serais ravi de vous aider,' lui assure le propriétaire et gérant, 'autant parce que je n'aime pas ces règles allemandes que parce que l'argent ne rentre pas beaucoup ces temps-ci, mais je ne peux pas faire sortir un seul camion sans autorisation'.

C'est une impasse : aucune des connections d'Alix dans le système français ne peut lui obtenir une telle autorisation – c'est la prérogative des Allemands. Elle ne peut pas non plus en demander une auprès des Allemands sans par là-même les avertir de ses intentions, car l'ordre de réquisition précise que l'appartement doit être livré entièrement meublé et qu'elle ne peut emporter avec elle que ses effets personnels. Elle ne voit qu'une solution possible.

Alix masque mal son agitation alors que l'aide de camp du Capitaine von Burg ouvre la porte de ce dernier. Le Capitaine se lève.

'Madame Bedos, c'est un plaisir de vous recevoir,' dit-il en l'invitant à s'asseoir.

'Je vous remercie,' lui répond Alix alors que tous deux s'installent dans leurs chaises.

'En quoi puis-je vous aider aujourd'hui ? Sont-ils encore après votre voiture américaine ?' Le Capitaine la regarde avec une formalité polie et amicale.

'Pire. Ils sont après ma maison. Le Commandant Saint-Paul veut s'y installer.'

Le Capitaine von Burg pince les lèvres.

'Ah, Madame, j'ai bien peur de ne rien pouvoir faire pour vous,' lui dit-il d'un ton ferme.

'Je comprends, et ce n'est pas pour l'appartement que je suis venue vous voir.... Voilà, l'ordre de réquisition demande que je parte avec seulement mes affaires personnelles. Cependant, mon mari possède quelques objets dont je suis réticente de me séparer.'

'Pensez-vous donc qu'un Allemand ne saurait en prendre soin ?' demande Le Capitaine, une note sarcastique dans la voix.

'Au contraire,' réplique Alix sur le même ton, 'je suis inquiète qu'un Allemand y prenne tant soin qu'il s'y attache et ne puisse pas s'en défaire le moment venu. Surtout, mon mari possède une collection de livres anciens, dont des originaux du Code napoléonien…'

L'attention du Capitaine est piquée et il écoute, sévère, les explications d'Alix.

'J'ai déjà approché des déménageurs qui sont prêts à m'aider, seulement je ne peux pas les engager sans une autorisation spéciale pour leur camion. Or je doute, vu l'ordre de réquisition, que les services allemands me la donnent.'

Alix attend, nerveuse, la réaction du Capitaine von Burgh. Celui-ci reste silencieux pour ce qui semble durer une éternité :

'Quel est le nom de ce déménageur ?' demande-t-il enfin d'un ton ferme.

Alix le lui indique, hésitante, et espère qu'elle ne vient pas de mettre ce dernier dans l'embarras. Le Capitaine décroche son téléphone et a une longue conversation ponctuée de silence en Allemand. A l'oreille d'Alix, cette langue ne semble être qu'une langue dure et donneuse d'ordres. Elle est de plus en plus inquiète. A-t-elle commis une erreur en venant ?

Le Capitaine von Burg raccroche, ouvre un tiroir et en tire une feuille qu'il remplit avec soin.

'Des originaux du Code Napoléon,' commente-t-il en écrivant, 'c'est presque un trésor national. Votre mari est un homme de goût. Cela confirme ce que j'avais déjà pu constater en votre personne.'

Le Capitaine lui tend le papier. La main d'Alix tremble quand elle le prend.

'Ceci est votre autorisation de déménagement,' le Capitaine von Burg annonce, 'j'ai parlé à mon second qui a contacté l'entreprise pour les avertir de commencer à tout préparer. Je vous conseille de ne pas tarder à enlever ce que vous pouvez… Sans créer trop de vide apparent.'

Alix prend le papier. Ils se lèvent tous les deux et se font face, le soulagement d'Alix flagrant dans ses traits. Elle se retient d'exprimer sa reconnaissance avec trop d'enthousiasme et lui dit juste chaleureusement merci. Le Capitaine sourit, un vrai sourire, et Alix ne peux s'empêcher de le lui rendre. Pour elle, cet homme est un gentleman et elle en oublie pendant un instant qu'il est un ennemi. Tous les deux effacent de leurs visages cette connexion éphémère dès qu'il ouvre la porte et leurs traits redeviennent neutres.

Le surlendemain, jour du déménagement, le Capitaine envoie sa voiture officielle chez Alix, son aide-de camp est volant. Ce dernier lui explique qu'elle peut ainsi accompagner les camions de déménagement jusqu'à leur destination et être satisfaite que tout soit bien arrivé à bon port. Pour Alix, cela confirme les bonnes manières du Capitaine : Charles aurait fait de même. Le trajet n'est pas long, une heure tout au plus. Alix a accepté l'invitation d'une de ses amies de rester chez elle dans une grande bâtisse cévenole avec une grande pièce à sa disposition pour ses meubles. L'arrangement leur convient à toutes les deux : Alix a un endroit où vivre et où cacher ses meubles, et son amie évite de posséder une maison vide et non-entretenue alors qu'elle est bloquée à Paris.

Alix reste dans son appartement quelques nuit de

plus pour en profiter aussi longtemps possible. Elle est épuisée, la journée fut longue, et pourtant elle n'arrive pas à s'endormir. Elle a tardivement réalisé le danger de voyager dans une voiture de l'armée allemande, car les camions auraient pu être pris pour un convoi civil allemand. Si la Résistance les avait embusqué sur la route, ils seraient tous morts ! Alix n'a pas réfléchi. En plus, sa présence dans la voiture la fait paraître comme une collaboratrice.

'Quelle idiote !' se répète Alix en se tournant et retournant dans le lit. Elle s'en veut. Elle pensait avoir finalement appris à ne pas foncer tête baissée quand elle veut quelque chose, mais là…

'Oui, vraiment, quelle idiote !' se dit-elle en se levant pour se préparer une tisane.

Et puis, elle doit faire attention avec le Capitaine : gentleman, certes, mais c'est un Allemand et un homme. Il ne faut pas qu'il se méprenne. Elle ne pense pas que ce soit le cas, rien chez lui ne l'indique, mais il vaut mieux être prudente. Elle ne doit pas retourner le voir ! Ou pas avant longtemps. Même si… Même s'il est peut-être la seule personne pouvant lui dire le nom de celui qui a trahi Charles. Alix est toujours aussi déterminée de le découvrir, ce nom.

Elle est complètement réveillée à présent. La nuit sera courte.

Quelques matinées plus tard, l'appartement semble en deuil, triste et morne sans les meubles et d'objets tant aimés du couple Bedos. Alix n'a pourtant enlevé que le strict minimum. Elle le parcoure les larmes dans les yeux. Dans le bureau de Charles, elle arrange pour la énième fois les photos avec lesquelles elle a comblé l'absence des vieux livres sur les étagères. Ses parents l'appellent dans le couloir. Ils sont venus l'aider à quitter les lieux avec Geneviève et à porter ses derniers bagages.

'Tu devrais venir vivre à la maison avec nous,' lui reproche sa mère, 'pourquoi as-tu choisi la campagne ? Tu y seras trop seule.'

'Merci Maman,' répond Alix d'un ton las, 'mais c'est un échange de faveur. Mon amie m'aide en prenant les meubles, je l'aide en emménageant chez elle et en gardant un œil sur sa propriété.'

La sonnette de la porte retentit.

'Le postier…,' pense Alix, 'J'avais oublié… Il va falloir faire transférer le courrier. Provisoirement.'

Alix ouvre la porte et se trouve face à face avec une femme qu'elle ne connait pas. Elle indique qu'elle est secrétaire à la Préfecture. Avec un sourire, elle remet une enveloppe dans les mains d'Alix, la salue et descend les marches à grand pas. Alix la regarde étonnée, puis elle déchire l'enveloppe et en sort une lettre et un document en Allemand. Elle lit la lettre d'un trait et éclate de rire.

'Maman ! Papa !' s'écrie Alix en courant vers ses parents, 'Je garde l'appartement !'

Les yeux d'Alix pétillent de bonheur.

'Quoi ?! Mais… Comment est-ce possible ?' demande Albert.

'Est-ce ce Capitaine allemand ? Miséricorde, Alix, qu'as-tu fait ?!' s'écrie Herminie.

'Non, maman, ce n'est pas lui ! C'est Pierre Madicci, il travaille à la Préfecture,' lui répond une Alix euphorique.

Elle tend la note à ses parents. Alix ne s'est pas

senti aussi heureuse depuis sa visite auprès de Charles. Elle en pleure de joie.

A la lecture de la lettre, Albert est impressionné, Herminie est horrifiée. Alix est trop heureuse pour entrer dans le jeu de sa mère.

'C'est extraordinaire ! Quelle nouvelle !' dit Albert.

'Mais, ce Pierre Madicci, comment le connais-tu ? Pourquoi fait-il ça pour toi ?' commence Herminie.

'C'est un ami de Charles, Maman, tout simplement,' répond-elle rayonnante.

'Comment était-il au courant ?' demande aussi Albert. Il la regarde avec suspicion, 'tu es allée le voir, n'est-ce pas ?'

Alix ne répond pas et fait comme si elle n'avait pas entendu.

'Alix ?' répète son père.

'Oh… Tu sais, il travaille à la Préfecture, alors, c'est un voisin … On se croise…'

Albert connait sa fille et sait lire ses silences.

'Il faut que tu sois plus discrète. N'attire pas l'attention sur toi,' lui dit-il.

Alix grimace.

'C'est comme ce Capitaine von Berg…' ajoute sa mère.

'Von Burg,' corrige Alix.

'Peu importe. Tu ne dois plus lui rendre visite,' continue Herminie, 'même George : évite de trop le voir. Plus personne n'est sûr de nos jours ! Il faut que tu te rendes invisible et neutre.'

Alix fait la moue. Francette, la femme de George, l'a invité à venir prendre le thé le lendemain. Et puis, George l'a toujours aidé, contrairement à d'autres soi-disant amis.

'Je fais attention, Maman,' répond Alix d'un ton las. Elle ne veut pas jouer le jeu de sa mère aujourd'hui, elle est trop heureuse.

Trois jours plus tard, Alix reçoit un message du Capitaine von Burg, donné un main propre par son aide-de-camp. Il l'invite pour un rendez-vous dans son bureau dans la semaine, à sa convenance. Intriguée par l'invitation mais inconfortable, Alix ne peut cependant pas refuser. L'officier l'a trop aidé pour qu'elle l'ignore. Et puis, contrarier un Allemand reste dangereux. Alix se rend dans ses bureaux le lendemain. Le Capitaine la reçoit comme d'ordinaire avec sa formalité amicale.

'Alors, Madame, avez-vous besoin d'une nouvelle autorisation de déménagement, pour vous réinstaller chez vous ?' lui demande-t-il après les salutations d'usages.

Alix est un peu décontenancée. Maintenant, elle n'a même plus besoin de demander de l'aide ? Celle-ci est offerte d'avance ?

'Comment le savez-vous ?' lui échappe la question.

'J'aime rester informé,' lui répond le Capitaine, 'ainsi, je suis toujours prêt à intervenir.'

Sa réponse rend Alix mal-à-l'aise. Il commence à trop s'intéresser à elle. Elle le remercie et explique qu'elle va laisser ses biens chez son amie pour quelques temps.

'La menace d'une réquisition subsiste. De plus, mon amie compte sur moi à présent. J'ai décidé de vivre une partie de la semaine là-bas. Je ferai des allers-retours.'

Le Capitaine von Burg approuve d'un hochement

de tête. Un silence inhabituel s'installe entre eux. Pour la première fois, Alix se demande sérieusement s'il l'aide parce qu'il a un faible pour elle. Cela pourrait être un atout, mais ce n'est pas un jeu qu'Alix veut jouer. D'abord c'est trop dangereux, ensuite elle ne saurait pas s'y prendre. Elle sait être charmante, mais elle n'a pas la tournure d'esprit pour manipuler les hommes.

Rompant le silence, Alix décide de parler de Charles, de son amour pour lui, et de son admiration pour son intelligence et authenticité.

'En l'absence de Charles, votre aide m'a été inestimable. Je vous en remercie,' conclue-t-elle et d'ajouter, 'il me manque tant ! C'est un excellent mari en plus d'être un homme remarquable.'

'J'admire votre mari. Certes, vous êtes charmante et convaincante, mais je ne vous aurais pas aidé s'il fut un homme méprisable, quel que soit le motif de son arrestation.'

'Justement, pourquoi ? Je ne comprends pas : tous les Allemands que je rencontre semble avoir de l'estime pour Charles… Alors pourquoi ? Pourquoi a-t-il été arrêté ?' demande Alix avec une passion qu'elle ne peut contenir.

Sous l'impulsion du moment, Alix décide de tenter sa chance.

'En plus, la police s'est appuyé sur la dénonciation d'un Français pour agir, m'a-t-on dit. Dénoncé pour quoi ? Sur quelles preuves ? Cet homme est un lâche et je voudrais pouvoir le lui dire en face, mais son identité m'est inconnue. Tout m'est caché. Mais vous le savez, n'est-ce pas ? C'est dans le dossier de Charles.'

Alix parle avec véhémence, alors que le Capitaine von Burg garde le silence. Son visage ne trahit rien, mais il ne répond pas aux questions implicites d'Alix. Elle s'arrête soudain. Elle craint d'être allée trop loin et balbutie des excuses.

'Je vous prie de m'excuser. Vous avez toujours été très correct avec moi et j'apprécie votre aide. Oubliez ce que je viens de dire. C'est juste… Son absence est si dure ...'

Le Capitaine baisse les yeux avec un sourire attristé.

'J'ai aussi une famille en Allemagne qui me manque,' dit le Capitaine après une longue pause, les yeux baissé, 'Une femme, des enfants, des parents. Ils sont loin. Je ne les ai pas vus depuis plus d'un an, mais ils sont dans mon esprit tous les jours et je m'inquiète pour eux.'

Son regard se fixe à nouveau sur Alix et il continue : 'nous sommes tous affectés par cette guerre. Si nos rôles étaient inversés, j'espère que mes proches seraient traités avec respect et humanité. Comme je m'efforce de le faire avec vous.'

Alix est soulagée. En faisant référence à son attachement pour sa famille, le Capitaine a balayé avec subtilité toute trace d'intérêt pour elle. Mais il a aussi éconduit sa supplique d'informations sur le dossier de Charles.

Il est temps de partir et Alix se lève. Le Capitaine se dirige vers la porte pour la lui ouvrir. Avant de sortir, elle ne peut retenir une autre question.

'Monsieur… Mon mari… Pourquoi les agents de votre police secrète m'ont-ils répétés que je ne le reverrai plus jamais ?'

Le Capitaine la regarde avec une douceur mêlée de

tristesse.

'S'il vous plaît, faites attention à vous,' lui dit-il en guise de réponse.

Sur le chemin du retour, Alix est reconnaissante. Elle ressent profondément l'injustice de l'arrestation de Charles et son absence, mais elle reste reconnaissante. Elle a de la chance de recevoir tant de soutien, d'avoir réussi à rendre visite à Charles alors que d'autres femmes ne pouvaient pas, d'être approvisionnée en lait pour sa fille. Elle est dans une meilleure situation que la plupart et l'apprécie. Alors, il est temps qu'elle en fasse plus pour aider les autres.

## Et dans le voisinage …

Maragne ne comprend pas. Tout était en place. Le sort de l'appartement des Bedos était scellé : le Commandant Saint-Paul de la Wehrmacht devait s'installer le lendemain, et lui passerait dans la journée pour récupérer les quelques biens et œuvres qui lui avaient le plus tapés dans l'œil. Cela faisait des mois qu'il les miroitait ! Non, il ne comprend pas ce qui s'est passé.

Maragne se sert un autre verre de whisky dans son salon chez lui. Il regarde l'espace vide au mur. Il devra y raccrocher la peinture habituelle, et non la tapisserie des Bedos.

'Merde !' jure-t-il seul, 'Mais comment elle s'est débrouillée, la Bedos ! Ce n'est pas possible, elle doit coucher avec quelqu'un haut placé ! L'emplacement est idéal pour le travail et l'image de marque du Commandant. Il ne pouvait pas trouver mieux : belle avenue, un appartement entouré des sièges administratifs, policiers et militaires allemands et français. Il a lâché ça… ! Quel connard !'

Il vide son verre d'un trait et repense au coup de téléphone qu'il a reçu de son informateur lui annonçant le changement de plan du Commandant Saint-Paul. Aucune explication. Et ce dernier n'a même pas pris son appel.

'Un connard ingrat,' dit-il les dents serrés. Il ne comprend pas cette décision illogique. Il ne s'agit pas seulement de la perte de l'opportunité de mettre la main sur les biens convoités des Bedos. Il a beaucoup travaillé pour s'attirer les faveurs allemandes et il s'inquiète que ce retournement lui soit négatif.

Madicci est de très bonne humeur ses derniers jours. En plus d'être irrité par l'expulsion de la jeune femme et de son enfant, Madicci se refusait à accepter le Commandant de la Wehrmacht comme voisin de la Préfecture. Rien que d'imaginer tous les actes insupportables commis juste de l'autre côté de la rue, là devant son nez. Les voies officielles étant fermées, il ruminait depuis des jours sur les options possibles, et puis, il en trouva une. Elle était risquée, mais Madicci décida de tenter le coup.

Après renseignement, Madicci avait découvert un des points faibles du Commandant : le poker. Or Madicci y excelle, comme le savent tous ses partenaires de jeu, Charles y compris. Le directeur corse organisa par l'intermédiaire du préfet une partie chez lui avec le Commandant comme invité de marque. Il sorti ses meilleures bouteilles pour les convives, et usa d'un des plus vieux stratagème du monde : il les enivra pendant le dîner qui précéda la partie. Le Commandant Saint-Paul était un bon joueur, mais il ne fit pas le poids contre le Corse. Et comme mise de la partie finale, Madicci suggéra l'annulation de la réquisition. C'était un acte intrépide et dangereux. Une fois sobre, le Commandant allemand aurait pu se retourner contre Madicci. Bon perdant et homme d'honneur, il ne le fit pas.

'Après la guerre, quand je raconterai cette histoire, personne ne me croira,' se dit Madicci.

Il aurait voulu annoncer la nouvelle à Alix Bedos en personne, mais il préféra jouer la discrétion. Le Commandant pourrait changer d'avis si la rumeur courait que de telle décisions se jouaient au poker au sein de l'armée allemande. Et Madicci en souffrirait aussi. Non, il ne le racontera à Alix Bedos qu'en personne quand l'orage sera passé.

'Vu les enjeux pour elle et sa famille, elle saura tenir sa langue, je n'en ai aucun doute,' se dit-il en marchant ce soir-là pour rentrer chez lui. Il se demande ce que sa femme a préparé pour dîner. Il meurt de faim. Madicci rêve d'un gigot d'agneau et ne peut qu'espérer que son épouse a trouvé de la viande sur le marché noir.

C'est une bonne journée pour Zaza. Elle a vendu tous ses stocks officiels, et de nombreux non-officiels. Elle célèbrera ce soir avec un bon steak. Zaza est souvent seule ces jours-ci et le silence la pèse. Son homme lui manque.

'Nous aurions dû faire un enfant,' se dit-elle. Ils voulaient se marier avant la guerre. Ils ont trop tardé. Quand tout a commencé, son rugbyman a préféré attendre.

'Je suis résistant,' lui a-t-il dit pour se justifier, 's'il m'arrive quelque chose, on ne pourra pas toucher à ton épicerie parce qu'on n'est pas marié. C'est plus sûr.'

Elle aurait voulu lui dire que le plus sûr était de ne pas être résistant, mais ça, elle ne pouvait pas. Si Zaza ne devait pas passer tant de temps dans le magasin, elle aussi aurait joint la Résistance... Il lui disait toujours qu'il le faisait pour deux, et pour tous les deux.

'Non, Zaza, ne te mets pas à pleurer,' se murmure-t-elle en entrant dans sa petite cuisine, 'il va revenir. On se mariera et on fera un enfant. Ou deux. Trois !

J'en veux trois !'

Après une minute passée à retenir ses larmes, elle commence à peler les pommes de terre pour accompagner la viande. Zaza s'efforce de penser à autre chose, à quelque chose de positif. Ses pensées retournent à la visite d'Alix et à la bonne nouvelle de l'appartement. Elle est heureuse pour elle et se réjouit de ne pas perdre une cliente et surtout une nouvelle amie si elle était partie en Cévennes à plein temps. Zaza donne régulièrement à Monsieur Antoine des nouvelles sur la femme de l'avocat. Il approuve qu'Alix s'implique de plus en plus pour soutenir les familles des déportés de la région. Demain, Zaza doit lui parler business au nom d'Alix : elle a besoin de fonds. Le déménagement lui a couté cher et elle doit vendre de l'or sur le marché noir. Elle ne trouvera personne de plus fiable et efficace que Monsieur Antoine.

# 8.

## Charles
*-De sa main-*

*Avant d'aborder ces récits de détail, et pour mieux les illustrer, il faut qu'on sache l'esprit de la politique allemande d'extermination.*

*Avertissement.*
*Selon les lois de « Mein Kampf », le nazisme rêvait, sous la généreuse formule de la communauté européenne qu'avaient adoptée trop de misérables Français, d'asservir l'Europe, les nations dominées ne devant être désormais qu'une pépinière d'esclaves au service du plus grand Reich. Mais cela ne pouvait se faire, ou demeurer, qu'avec la disparition totale des éléments d'opposition ou de résistance dans les divers pays asservis. Ces éléments, ils étaient bien faciles à repérer.*

*Eléments d'opposition.*
*C'étaient d'abord les hommes politiques, ou les militants des mouvements qui avaient proclamé leur hostilité à toutes les formes du fascisme. C'étaient les patriotes qui s'étaient révélés par leur activité contre l'occupation. C'étaient les intellectuels, professions libérales, etc. dont l'esprit critique n'eût point approuvé le nouvel esclavage. C'étaient les Juifs hostiles, par prétérition, au régime national-socialiste. Et c'étaient tous ceux que la haine politique, la vengeance, la délation, la corruption signalaient à la Gestapo. La Gestapo, elle, n'avait qu'à lire son courrier, dépêcher ses agents, violer, piller et déporter.*

*Mais il y avait une catégorie d'individus – fort peu intéressants, et que je ne signale que pour être complet – à savoir des repris de justice, des trafiquants de marché noir, des souteneurs, des oisifs, etc., individus que les Allemands désignaient du nom d'asociaux. Ils les considéraient comme des révoltés, difficiles à soumettre et, partant, mauvais sujets pour la nazification.*

*Ce sont ces éléments, confondus sans distinction – et présentés comme « terroristes » aux yeux des rares Allemands qui auraient pu s'en émouvoir – qui, déportés de tous les pays occupés d'Europe, alimentaient les camps d'extermination. Notez par parenthèse que les Français n'étaient guère plus de 10%.*

*Nous étions donc voués à la mort, mais avant de nous faire disparaître, pourquoi ne pas nous utiliser ? Alors surtout que les guerres du Reich exigeaient plus d'ouvriers que de guerriers. D'où l'envoi des déportés dans les usines, dans les mines, dans les chantiers divers, où leur masse compensait leur compétence ou leur ardeur. Soit ! – m'objecterez-vous ; nous comprenons le principe de l'extermination et du travail ; mais pourquoi l'assortissaient-ils des horreurs de la famine ? Pourquoi ces atrocités savantes, voulues, coordonnées ?*

*Famine.*

*Trop facile est la réponse que permet une douloureuse expérience. Nourrir normalement des milliers de forçats est chose coûteuse pour un pays déjà contingenté malgré les pillages qui l'avaient provisoirement enrichi. L'agriculteur, qui utilise chevaux et bœufs pour son travail, les nourrit et les soigne car leur remplacement signifierait des efforts pécuniaires. Mais les nazis, eux, n'avaient guère à entretenir de tels soucis : ils avaient raflé et pouvaient encore rafler tant d'hommes que le remplacement des morts se faisait quasi-automatiquement.*

*Atrocités.*

*Quant aux atrocités, elles sont le produit de l'esprit nazi, méthodique, lâche et pervers, gonflé de mépris et de haine pour ses ennemis. Quelle joie de les avoir à merci pour les torturer lentement, savamment et savourer une cigarette en suivant les convulsions des victimes ! Et, répétons-le autant de fois qu'il le faudra, ce n'étaient point d'actes isolés dont il s'agissait, dus à plus ou moins de sadisme de tel chef de camp, mais d'une politique d'ensemble, aussi bien appliquée à Auschwitz, qu'à Bergen-Belsen, Buchenwald, Dachau, Flossembürg, Lublin, Mauthausen, Ravensbrück ou Neuengamme pour ne citer que les plus connus.*

*Quant à la crainte des réactions ou de l'indignation de la conscience universelle, nous pouvons en rire. Que peut-on craindre quand on est le maître du monde ? Et d'ailleurs, quelles traces et quelles preuves ? Les morts sont discrets, n'est-ce pas, Mr Himmler ? Vous avez failli gagner puisque 80 % des déportés ne parlent pas !*

*Tous les hommes transportés en Allemagne et étant en surnombre, eu égard aux besoins de la main-d'œuvre, étaient massacrés dès leur arrivée. Heureux ceux-là dont la mort n'a pas été précédée des affres de longs mois de souffrances ! C'est le camp d'Auschwitz-Birkenau qui constitue le type le plus atrocement éloquent à cet égard.*

*Par le gaz.*

*Quand un convoi y parvenait, transportant des déportés – et en grosse majorité des déportés raciaux – de tous les horizons d'Europe, tous les malheureux étaient alignés sur le quai, dès la descente du train. D'abord, – c'est presque inutile de le dire ! – ils étaient contraints à se dévêtir des pieds à la tête et entièrement dépouillés : valises, musettes, vêtements, et jusqu'aux alliances. Malheur à ceux qui laissaient entrevoir des dents en or ! Ensuite les SS passaient dans les rangs et en faisaient sortir ceux dont l'aspect physique révélait une meilleure aptitude au travail. Ceux-là iraient grossir la masse des esclaves. Quant aux autres, ils étaient conduits dans un groupe de bâtiments dont l'entrée portait l'inscription « Baden », ce qui veut dire « Bains » ou « Douches ». Là, les hommes dans une aile, les femmes et les bébés dans une autre, ils étaient poussés dans une salle – par deux à trois cents à la fois – dite de déshabillage où de nombreuses patères avec un numéro étaient fixées au mur ; et, dans les cas où les suppliciés y pénétraient vêtus, les SS poussaient la sinistre plaisanterie jusqu'à recommander qu'on n'oublie pas les numéros pour retrouver les vêtements après la douche.*

*De là, les suppliciés étaient poussés, sous les vociférations et les coups de schlague, dans la pièce voisine, grande salle traversée par des tuyaux et où, du plafond, descendaient de nombreuses pommes d'arrosoir. Les portes étaient hermétiquement fermées. Et ce n'est point de l'eau qui tombait des pommes mais le tristement célèbre gaz « cyclone » qui sortait des colonnes traversant la salle.*

*Je laisse parler un témoin.*

*« Les gens étaient nus, serrés les uns contre les autres et n'occupaient pas beaucoup de place. Sur les 40 m² du local, on parquait plus de 250 prisonniers. Une équipe spéciale munie de masques à gaz versait, par les tuyaux à l'intérieur du local, le « cyclone » contenu dans les boîtes rondes. Après avoir déversé le « cyclone » par les tuyaux, le SS qui commandait l'opération d'asphyxie tournait un commutateur et le local s'éclairait. De son poste d'observation, il pouvait, l'œil collé au judas, suivre l'asphyxie qui durait de deux à dix minutes. Il pouvait tout*

*voir à travers le judas, sans aucun danger pour lui : et les visages horribles des moribonds, et l'action graduelle des gaz ! Le judas était placé juste à hauteur de visage. Quand les victimes agonisaient, l'observateur n'avait pas besoin de les chercher à terre ; en mourant, les victimes ne tombaient pas, faute de place ; le local était tellement bondé que les morts continuaient à rester debout sans changer de pose. »*

*Après quoi, les cadavres étaient transportés au four crématoire et brûlés. Les cendres étaient dispersées dans les champs.*

*Prélèvements dans le camp.*

*Mais des convois de déportés n'arrivaient point tous les jours ; des semaines, et parfois des mois les séparaient. Et cependant, il ne fallait pas que l'extermination se ralentît. Alors, périodiquement, au cours des appels, les SS passaient dans les rangs et désignaient les détenus d'apparence plus fragile – appelés, je n'ai jamais su pourquoi, « les musulmans » – en vue d'un transport. Ces malheureux, qui connaissaient leur destin, étaient conduits, en rangs de 5, aux chambres à gaz.*

*C'est ainsi qu'au camp d'Auschwitz-Birkenau où sept fours crématoires ont fonctionné, sans discontinuer, nuit et jour pendant plus de 4 ans, de 1941 à fin 1944, on estime à plus de cinq millions le nombre de victimes, dont plus de trois millions et demi de Juifs de toutes nationalités. 98 % de déportés à Auschwitz y ont été assassinés ; 2 % ont eu la miraculeuse fortune d'en réchapper. Plus de trois millions de Juifs de toutes nationalités !*

*Par la fusillade.*

*Dans les camps où les chambres à gaz et crématoires n'étaient pas construits, l'extermination était faite par fusillade ou par pendaison en grande série. Le 3 novembre*

1943, dans cette seule journée, 18000 prisonniers, moitié hommes, moitié femmes et enfants, furent fusillés au camp de Lublin.

*Charniers :* Des fossés avaient été creusés, d'une largeur de deux mètres et d'une longueur de plusieurs centaines de mètres. Tous les déportés furent obligés de descendre nus dans ces

fosses : aussitôt, ils furent fusillés du haut du talus à coups de mitraillettes. On obligea alors une seconde rangée de suppliciés à se coucher sur les cadavres. Seconde fusillade. Troisième rangée de condamnés et ainsi de suite jusqu'à ce que le fossé fût comble. Alors, ceux qui étaient encore vivants recouvrirent le fossé de terre et passèrent à un autre fossé où ils furent fusillés à leur tour. Seuls les fusillés du dernier rang dans le dernier fossé furent enterrés par les SS.

Au début, en 1941, on brûlait les corps selon la méthode hindoue antique : un rang de bois, un rang de cadavres, etc. Dans les périodes d'intenses tueries, les fours s'avéraient insuffisants. On procédait alors à la crémation hors des camps. Sur des rails ou sur des châssis d'automobile, qui servaient de grilles, on mettait des planches et des cadavres dessus, puis encore des planches et encore des cadavres. C'est ainsi qu'on empilait sur le brasier de 500 à 1000 cadavres. On arrosait le tout avec du carburant et on y mettait le feu. Les brutes hitlériennes enfouissaient la cendre, dans des trous et fossés, l'épandaient sur la vaste étendue des potagers du camp avec le fumier et ils s'en servaient pour engraisser les champs.

On a trouvé au camp de Lublin, plus de 1350 $m^3$ de compost, constitué par le fumier et la cendre des cadavres brûlés et les petits ossements d'êtres humains. Les hitlériens faisaient moudre les menus ossements dans un moulin spécial. Sauf cependant au cours des dernières semaines qui ont précédé la Libération, lorsque, sentant l'approche des

Russes et des Américains, ils ont considérablement réduit, puis supprimé toute nourriture. Ils mouraient alors, d'épuisement accéléré, plus de quatre cents camarades par jour, et l'unique four crématoire d'Ebensee ne suffisait pas à les absorber. Les cadavres étaient alors jetés pêle-mêle dans une vaste fosse, mêlés à de la chaux vive.

Cela explique les photographies de charniers prises et publiées par les Américains.

Dans les tout derniers jours, on ne se donnait plus la peine de dévêtir et de transporter les morts qui gisaient ici, epars, là où ils étaient tombés, dans les postures les plus horriblement diverses. C'était à la fin d'avril dernier, en pleine famine, tandis que les uns dévoraient de l'herbe, – celui qui vous parle se nourrissait de bourgeons de sapin – et que les plus affamés revenus à l'état de bêtes, se livraient à l'anthropophagie. D'ailleurs, nos camarades médecins nous prévenaient que les plus vaillants d'entre nous n'en avaient guère pour plus de trois semaines.

Je vous laisse donc deviner l'accueil de nos libérateurs.

## Alix

Alix l'a promis à Charles et elle tient sa promesse : elle ne prend pas de risques inutiles. Enfin, pas trop. Elle n'a pas l'intention de se mettre en danger, mais l'inaction lui est impossible. Sa rencontre avec Zaza fut une des premières avec les proches de déportés. Dans les mois qui suivent, Alix continue la mission qu'elle s'est donné et fait le tour de Nîmes et de ses alentours pour contacter les familles dont Charles lui a parlé. Retrouver et rencontrer des dizaines de personne tout en restant discrète prend du temps. Alix persiste : elle voit le réconfort qu'elle apporte à ses familles laissées dans le noir quant à la disparition de ceux qu'ils aiment. Ce réconfort tourne vite au soutien moral. Alix est consciente d'être une exception au sein de ces familles de déportés. Avec Zaza, elles ont les moyens de survivre seule sans le revenu d'un mari. Trop souvent dans les yeux des autres épouses, elle lit le désespoir et la faim. La plupart ont été laissées sans information, sans source de revenus suffisants, et avec des enfants à leur charge. Certaines n'ont même jamais travaillé.

Assise à son bureau, Alix est perdue dans ses pensées sur ces pauvres gens et leurs enfants qui ont faim, oubliant une lettre qu'elle a commencé à écrire pour une amie. La sonnerie de la porte la fait sursauter. Elle n'attend personne. L'angoisse l'étreint. Oui, cette peur latente est toujours là, se terrant dans les recoins de l'esprit et du corps. Tel un virus, elle a infecté les Français. Tous, à divers degrés. Alix se lève pour ouvrir, tendue. Une jeune femme inconnue se tient devant elle, nerveuse et d'apparence un peu paumée.

'Madame Bedos ?' demande la jeune inconnue.

'Oui ?' répond Alix d'un ton neutre.

'Bonjour Je... Je m'appelle Marie Baule,' la femme parle le regard baissé, gênée de venir à l'improviste, 'Je suis désolée de vous déranger… Mon mari a été arrêté… La semaine dernière… Je suis sans nouvelle. Une amie m'a conseillé de venir vous voir.'

Alix comprend la situation. Marie Baule est maigre, avec les yeux rouges et gonflés d'avoir trop pleuré. L'effort pour venir chez Alix sans la connaître et sans savoir quel sera son accueil explique son malaise. Ses peurs s'y ajoutent. Marie Baule serre ses bras autour de son corps pour se protéger autant que pour s'empêcher de trembler, peut-être même de s'effondrer. Alix est émue. Elle connaît cette femme : elle en porte une identique en elle, une dont elle prend soin d'apaiser les angoisses tous les jours. Alors Alix pose une main sur l'épaule de la jeune Marie. Elle n'a pas l'air d'avoir plus de 20 ans.

'Venez, entrez,' Alix ouvre en grand la porte, 'j'allais me préparer une chicorée. Avez-vous le temps d'en prendre une avec moi ?'

Le visage de Marie Baule s'illumine. Alix est à peine plus âgée, et pourtant elle voit cette femme comme une enfant perdue. Elle veut lui offrir, en plus d'une chicorée, du soulagement et d'empathie.

Dans les jours qui suivent, une autre femme vient rendre visite à Alix, puis une autre, et une autre, et encore une autre ... Et un jour Alix ouvre la porte à un homme tenant un bébé dans le bras et un petit garçon par la main.

'Madame, je suis désolé de vous déranger. C'est juste ... Ma femme a été emmenée il y a quelques jours... pour actes de Résistance... On m'a dit de venir vous voir. Je ... Je ne sais pas comment m'occuper des enfants tout seul. Je travaille... Et le bébé, comment... Elle me manque.' Ce père a les larmes aux yeux. Alix l'invite à rentrer.

C'est le nom de son mari, le grand avocat plaidant pour une justice plus juste, ainsi que sa réputation d'accueil chaleureux, qui attirent des familles entières chez elle en un mois à peine. Alix devient le lien qui les uni et qui les aide à briser un sentiment d'isolement et d'aliénation du reste de la société. Dans les coulisses, Alix a formé de facto un groupe de soutien, sans s'en rendre compte.

Aujourd'hui, en voyant cet homme et ses enfants sur son palier lui dévoilant sa vulnérabilité, Alix comprend qu'elle doit prendre les choses en mains plus sérieusement. A partir de ce jour, elle invite chaque visiteur à revenir pour une réunion plus formelle et leur fixe une date. Elle leur suggère de passer le mot du jour et de l'heure à toute personne concernée et digne de confiance. Elle explique son souhait de créer une communauté pour les familles de déportés tel un groupe de soutien moral et d'entraide. Pour préparer cette réunion, elle s'informe sur les aides disponibles auprès d'associations caritatives et de la Mairie pour les gens dans le besoin. La Croix-Rouge mène une action remarquable. Cette dernière envoie notamment des colis bénévoles aux prisonniers de guerre, y compris à ceux de la prison de Royallieu-Compiègne. L'idée de préparer de tels colis plaît à Alix. Ce serait un projet bénéfique au groupe pour les sortir de la passivité et pour les rapprocher des leurs.

Pendant un dîner chez ses parents, elle mentionne la réunion à venir. Sa mère, bien sûr, ne prend pas bien la nouvelle.

'Tu as promis à Charles!' s'énerve sa mère.

'Maman, je dois les aider ! Tu sais, j'ai tellement de chance, moi j'ai le vignoble,' dit Alix d'une voix calme et forte, 'Beaucoup parmi eux n'ont rien. Rien ! La majorité de ces femmes vivaient essentiellement sur le salaire de leur mari. Beaucoup se retrouvent dans une détresse inimaginable. Et dans une grande solitude… De toute façon, c'est fait maintenant. La réunion se tient ce weekend.'

'Est-ce légal ?' demande son père.

'Ce n'est pas illégal ...' répond Alix avec prudence.

Albert prend une profonde inspiration et ferme les yeux. Herminie se lance dans une tirade négative et pessimiste. Alix l'ignore. Elle pense au projet 'colis Croix-Rouge'. Elle y croit à cette action positive pour remonter le moral des 'troupes' et combattre leur constant sentiment d'impuissance. Il y a juste un problème : ces femmes – et cet homme – ont déjà du mal à nourrir les leurs, alors que pourraient-ils mettre dans des colis de nourriture ?

Entourée d'une vingtaine de femmes et d'un homme attentifs dans son salon, leurs quelques enfants jouant dans la pièce d'à côté, Alix explique le but et le fonctionnement de leur association informelle. Zaza et Marie Baule l'écoutent avec affection.

'Je suggère donc que nous nous rencontrions tous les mois pour discuter de nos problèmes réciproques et essayer de trouver ensemble des solutions,' conclut Alix, 'de ce fait, nous créons un réseau et partageons les opportunités de travail, de garde d'enfants, de logement ... En plus, notre situation peut parfois nous faire sentir comme aliénés, mais regardez nous rassemblés ici, nous ne le sommes pas. Nous sommes tous dans le même bateau, épouses de prisonniers de guerre et déportés – et époux. Soutenons-nous. Et pour ces réunions, je serai ravie de vous accueillir chez moi.'

'Madame Bedos,' commence Marie Baule.

'Vraiment, appelez-moi Alix. S'il vous plait.'

'Alix,' continue Marie Baule le sourire aux lèvres, 'merci pour tout ce que vous faites. Nous savons que vous n'y êtes pas obligée.'

'Si, parce que je me sens souvent seule, moi aussi …,' admet Alix.

Le projet 'Colis Croix Rouge' leur plaît. Alix a trouvé une solution grâce à quelques-unes de ses amies les plus aisées au grand cœur qui souhaitent y contribuer anonymement. Alix et elles achètent de la viande au marché noir et la font cuire dans des bocaux hermétiques. Les autres contribuent aux articles les moins chers avec ce qu'ils peuvent épargner, ne serait-ce qu'une portion de pain. Chaque colis est rempli à l'identique et est envoyé aux prisonniers par l'intermédiaire de la Croix Rouge, sans distinction de nom. Les familles sont touchées par la générosité de ces femmes inconnues. Elles le sont encore plus la première fois qu'elles – et lui - se réunissent pour préparer les colis ensemble dans un mélange de joie et de craintes.

'Et s'ils nous attrapent avec ses colis ?' demande Zaza.

'Je les ai déjà enregistrés auprès de la Croix-Rouge. Les papiers sont en ordre. Ne vous en faites-pas,' lui répond Alix.

Marie sanglote. Elle s'approche d'Alix et la serre dans ses bras.

'Je sais que ça n'ira peut-être pas à nos gars,' dit Zaza d'une voix tremblante, 'mais ça atteindra quelqu'un tout comme eux. Ça fait du bien de faire quelque chose, n'importe quoi, mais quelque chose. Du constructif.'

Alix ressent la même chose.

Le groupe devient sont quotidien, tous en quête perpétuelle d'opportunités pour s'aider. Plusieurs se lancent dans la couture. Leurs actions rencontrent un certain succès, mais Alix désespère que ce ne soit jamais assez : de plus en plus de femmes dans le besoin viennent gonfler les rangs de leur groupe.

Ils se retrouvent deux fois par mois chez Alix, avenue Feuchères, toujours dans la clandestinité. Même si leurs réunions sont apolitiques, les autorités craignent ce type de rassemblements, d'autant plus que les membres sont tous liés à un ou plusieurs opposants au régime. Il est préférable de rester dans l'ombre. Après quelques mois, certaines membres avancent l'idée de créer une réelle structure associative et de former un comité, même à titre officieux. A l'unanimité, le groupe demande alors à Alix d'en prendre la présidence.

'Quelle responsabilité ! Je vous remercie, mais non merci,' leur répond Alix.

'Mais vous l'êtes déjà en pratique !' insiste Zaza.

'C'est vrai. Vous nous recevez chez vous, vous supervisez tout…' poursuit une autre femme.

'C'est vous qui l'avez créé, cette association !' s'exclame Marie Baule.

Tous insistent jusqu'à ce qu'Alix cède. Au quotidien, rien ne change. En revanche, les communications avec les associations caritatives comme la Croix Rouge en deviennent plus faciles. La solidarité et l'entr'aide mutuelle se développent tous les jours davantage. Tous tentent d'obtenir des informations et des opportunités de travail liées aux compétences des autres à travers leurs propres réseaux. Tous partagent le même chagrin et les mêmes peurs, mais la volonté d'Alix et son esprit positif tenace les inspirent. La Présidente manque parfois de la pondération qu'apportent les ans, mais elle a une force et résilience au-delà de son âge.

Les réunions restent discrètes, bien que le comité ne cache pas son existence. Alix s'attache à développer des relations avec les œuvres caritatives. Elles sont aussi une source d'information sur les nouvelles du front grâce à leur réseau international. Alix et les membres du Comité préfèrent ne pas trop en parler autour d'eux : il y a toujours des chances que quelqu'un les accuse d'activités soupçonneuses. Elle pense à Maragne, ce serait bien son style. Aussi, Alix soupire en voyant par la fenêtre l'homme qui s'appuie contre un arbre, de l'autre côté de la rue. Elle l'observe depuis quelques jours de derrière les rideaux. Il n'y a plus de doute. Il surveille la maison les jours où elle est en ville. La police de Vichy ou la police allemande ? Elle mise pour un Français. De toute façon, c'est du pareil au même du côté des conséquences. Il faut prendre encore plus de précautions qu'avant, surtout avec certains colis. Elle doit le dire à Zaza.

Marie entre dans le salon et interrompt Alix dans ses réflexions.

'Le camion de la Croix-Rouge est-il déjà là ?' demande cette dernière.

'Pas encore... Alix, je dois vous parler. Ces colis, le contenu ... Ils sont pleins aujourd'hui, mais nous n'en avions pas tant de nourriture hier. Comment ... ?' s'étonne Marie Baule.

'Ah Marie... Nous avons un généreux mécène. Une personne que j'ai rencontré dans l'épicerie de Zaza, un jour. Il y a longtemps. Zaza lui a glissé quelques mots sur le comité de ma part. C'est tout,' répond Alix en balayant le sujet.

'C'est juste que, je me demandais,' Marie Baule ne lâche pas prise même si elle avance avec hésitation, 'un wagon de ravitaillement a disparu en route il y a deux jours. Vous pensez que ... ?'

'Marie, ne posez donc pas de telles questions, c'est toujours préférable. Et espérons que le camion ne va pas tarder,' l'interrompt Alix, et d'ajouter, 'Il y a encore beaucoup dans la cuisine. Préparons d'autres pots à distribuer aux familles pendant la réunion de demain.'

Alix regarde à nouveau par la fenêtre. Ce petit espion est toujours là. Elle soupire. Mais quand tout cela finira-t-il ?! Elle voit le camion de la Croix-Rouge entrer dans l'avenue et elle est soulagée. Temporairement, car la guerre entre à Nîmes aussi et chacun retient son souffle.

Au début du mois d'août 1944, les combats font rage sur la côte méditerranéenne française entre les forces alliées et l'armée allemande. Alix se veut pleine d'espoir, mais plus le champ de bataille se rapproche de Nîmes, plus la situation en ville devient précaire : les bombardements anglo-américains ne discernent pas entre Allemands et Nîmois. Les journaux indiquent que des centaines de civils sont morts, en particulier de l'autre côté de la gare. Les bombes ont raté l'avenue et ses sièges administratifs.

Alix persiste à venir y passer deux jours par semaine. Elle laisse Geneviève chez des voisins en Cévennes, où elle reste la majeure partie du temps. Alix vient à Nîmes pour les activités du Comité, rendre visite à ses parents et vérifier l'état de son appartement, car les Allemands pillent tout ce qu'ils peuvent emporter en préparant leur départ. Alix s'inquiète pour Albert et Herminie. Ils n'ont pas voulu venir s'installer avec elle où ils seraient plus en sécurité.

Le trajet vers et de Nîmes est dangereux et attristant. Des chevaux morts bordent la route et, trop souvent, des corps aussi. Elle essaie de ne pas regarder, mais elle ne peut pas s'empêcher de penser aux nouvelles familles détruites et meurtries. Que de douleur !

Une membre du comité est à présent la gardienne de l'immeuble et sa famille occupent le rez-de-chaussée. Le lendemain d'un bombardement particulièrement destructif, la gardienne lui annonce à son arrivée qu'un soldat allemand est passé pour la voir. Il reviendra dans l'après-midi. Immédiatement,

Alix appelle son père pour qu'il soit présent. C'est un accord entre eux pour toutes situations incertaines. Quand le soldat allemand sonne, Alix le reconnait tout de suite et respire un peu mieux. C'est l'aide de camp du Capitaine von Burg. Il sert de messager pour l'informer que son capitaine veut la voir. Alix se rend le lendemain avec appréhension au quartier général de la Wehrmacht. Les temps n'ont jamais été plus dangereux : les Allemands sont aux abois. Que lui veut le Capitaine ?

Quand Alix entre dans le bâtiment, le fourmillement y est chaotique. Des hommes détruisent ou emballent des fichiers avec frénésie. Partout, ils courent et hurlent des ordres aux uns et aux autres en allemand. Les téléphones sonnent sans cesse. Elle annonce sa présence au réceptionniste surmené et stressé, et s'installe sur une chaise prête à attendre. Le capitaine la reçoit dans les minutes qui suivent et Alix note immédiatement sa nervosité et ses manières tendues. Pour la première fois, il semble mal à l'aise.

'Merci d'être venue,' dit le Capitaine. Il hésite un instant avant de continuer, 'voilà, j'aurais un service à vous demander.'

Alix retient sa surprise et ne lui montre qu'un sourire inquisiteur.

'Je suis d'une vieille lignée de Bavière,' continue le Capitaine von Burg, 'cependant, je viens d'être informé que le château de famille a été bombardé. Il n'en reste rien.'

Le Capitaine s'arrête et baisse les yeux. Ce n'est pas du malaise qu'elle a perçu, c'est de la douleur.

'Mes parents sont morts, ma femme est morte, mes trois enfants sont morts. Je suis seul au monde, déraciné,' reprend-il, la mince ligne que forme sa bouche trahissant sa souffrance, 'compte tenu du développement de la guerre et de mes convictions différant de celles d'Hitler, j'ai décidé de me déclarer prisonnier.'

Le Capitaine s'arrête à nouveau et prend une profonde respiration. Alix n'ose rien dire ou faire. Il vient de lui faire une confession proche de la trahison, mais surtout, ce qu'elle voit là devant elle, c'est un homme brisé.

'Je n'ai pour toute possession qu'une malle et son contenu. Pour le sauver, garderiez-vous ce coffre pour moi jusqu'à ce que je puisse revenir le récupérer ?'

Alix est prise de court. C'est une faveur dangereuse, et il le sait. L'aider est collaborer avec un Allemand, un ennemi. Elle réfléchit vite, mais son instinct lui a déjà murmuré la réponse. Bien qu'opposée à l'occupation allemande et à la collaboration, enragée que les Allemands aient pris son mari, elle ne peut oublier que le Capitaine von Burg l'a aidé alors que les Français ne le pouvaient - ou ne le voulaient - pas. Pour Alix, son attitude et ses valeurs transcendent les nationalités. Elle est reconnaissante et se doit d'accepter, même si la situation est différente : il aidait une locale et n'avait pas à s'en cacher, alors qu'elle rend un service à l'ennemi. Le danger est réel. Pour certains, une telle action de sa part est considérée une trahison qui entraine la mort.

'Monsieur, comment pourrais-je vous refuser ce service, vous qui m'avez aidé pour sauvegarder *mes* possessions quand je vous l'ai demandé ? Je vous prie juste d'agir avec discrétion pour préserver ma sécurité.'

'Madame, je ne saurai faire autrement,' lui répond-il.

Ce soir-là, Alix observe la rue de derrière les rideaux de sa chambre. Elle voit 'son' espion s'esquiver alors que deux soldats allemands approchent. Ils continuent leur chemin et le Capitaine von Burg apparaît derrière eux. Elle le devine à peine dans la pénombre. Il se glisse dans la maison portant un lourd fardeau à bras le corps. La porte d'entrée, déverrouillée pour l'occasion, ne fait aucun bruit. Alix l'imagine descendant dans la cave et y trouvant la pelle. Elle s'éloigne de la fenêtre et va se coucher, sachant déjà que la nuit sera courte et le sommeil léger.

**Et sous couvert de la nuit ...**

Le Capitaine parvient enfin à déloger une des larges pierres qui dallent le sol de la cave. Débloquer les trois autres lui est alors bien plus facile. Il ne sait pas depuis combien de temps il est là, mais cela lui semble proche d'une éternité. Il creuse ensuite le plus silencieusement possible un trou assez large et y enterre sa malle, protégée d'une toile imperméable contre l'humidité. Il prend le temps de bien la recouvrir avec les lourdes pierres et de disperser de la poussière sur ces dernières pour effacer toute trace de sa visite. Il secoue aussi ses vêtements et chaussures, puis quitte la cave en laissant la pelle là où elle était à son arrivée. Avant de sortir, il glisse un remerciement dans la boîte aux lettres d'Alix. Il prend soin de bien fermer la porte derrière lui, toujours dans le silence. Sur le chemin vers sa demeure, il s'efforce de ne pas penser aux jours et aux mois à venir, ni au passé et à sa famille. Il se concentre sur le lendemain, sur sa décision. Ses décisions. Soudain, il s'arrête. Il a un doute. Était-ce une bonne idée de laisser ce message à Alix ? Il repart. C'est trop tard maintenant. C'est fait.

Monsieur Antoine fait passer une lettre à Varade : il doit rencontrer Albert au plus vite suite aux informations que celui-ci lui a fait parvenir sur un des trains en partance pour l'Allemagne. Il faut absolument l'empêcher de quitter le sol Français avec les antiquités volées dans Nîmes. Il fait déjà sombre quand les deux hommes se retrouvent dans la rue.

'Albert nous a invité à dîner. C'était le seul moyen de se retrouver au plus vite et sans risque,' lui dit Varade.

'Ma présence chez lui est risquée... Sa femme sait-elle que... ?' demande Monsieur Antoine.

'Heureusement que non !' répond le chanoine, 'Pour elle, vous tenez un hôtel en ville.'

'Hôtelier ? Ça me plaît ... Ce n'est pas loin de la vérité. Je loue juste les chambres à l'heure. Avec quelques services en plus,' dit Monsieur Antoine un sourire aux lèvres.

'Mon fils, elle n'a pas ce genre d'humour,' dit Varade en souriant lui aussi.

'Compris,' répond Monsieur Antoine alors que Varade tape discrètement à la porte de la maison d'Albert.

Après un dîner agréable, Herminie ayant trouvé Monsieur Antoine un convive des plus charmants, les trois hommes se retrouvent dans le salon. Il s'agit de discuter d'une stratégie pour soit dérouter un wagon comme ils l'ont déjà fait avec succès, soit dérouter le train entier. Cela implique une synchronisation entre cheminots, chefs de gare et réseaux résistants, le tout dans le plus grand secret. Albert pense que le moment est propice dans le chaos actuel. Les Allemands sont plus désorganisés que d'ordinaire et ils ont peur. Il faut en profiter, mais il faut agir vite.

'Si on déroute un train entier, pourrait-on y raccrocher encore un wagon de ravitaillement ?' demande Monsieur Antoine.

'Ce n'était déjà pas simple, mais là vous nous compliquez considérablement la tâche, 'lui répond Albert.

'Je sais, je sais. C'est juste que le maquis a faim, et des familles démunis aussi,' lui dit Monsieur Antoine.

'J'en ai conscience. Un membre de ma famille a monté une association afin de les aider, autant que possible,' répond Albert.

Monsieur Antoine ne fait aucun commentaire. Il sait tout des activités d'Alix. Zaza le tient informé et, à travers l'épicière, il fait passer plusieurs cartons de nourritures pour les familles de déportés, et parfois bien plus.

'Bon, je vais voir ce que je peux faire, mais la priorité, c'est de bloquer ce vol pur et simple de nos musées,' continue Albert, 'C'est une honte !'.

Maragne est sur les nerfs. La situation en ville est tendue vis-à-vis des collaborateurs et il a commencé à recevoir des menaces en public.

'C'est une honte !' s'écrie-t-il devant Pauline. Sa femme essaie de le calmer.

'Ce sont des terroristes, des hors-la-loi,' lui dit-elle, 'Toi, tu n'as rien fait de mal. Tu appliquais les directives du Gouvernement en toute légalité.'

Maragne ne répond rien. Le vent tourne et il risque de les envoyer sur des écueils. Maragne se dit qu'il va prendre du recul et se faire plus petit dans les semaines à venir. Il lui faut mettre ses papiers en place et essayer de se replacer pour la prochaine scène politique.

Ni Pauline, ni lui n'en parlent, mais ils ont peur bien qu'ils puissent tout perdre. Ils recommencent à manger en silence, inquiets tous les deux mais au fond, ils se croient encore intouchables.

George s'offre un cigare, assis dans le noir derrière son bureau. Le couvre-feu impose que les lumières soient éteintes à cause des bombardements. Il réfléchit sur sa situation. Une partie de lui se réjouit de la Libération et de voir la ville sans l'occupant Allemand. Il n'apprécie pas leur présence même s'il faisait avec pour le bien de la France. Maintenant, il est temps qu'ils partent. Les temps changent, les Nazis sont en déroute. Cependant, une autre partie entrevoit les problèmes des jugements d'après-guerre. Une note glissée sous sa porte le condamne déjà. Doit-il partir avec sa famille ? Un tel acte ne serait-il pas une admission de culpabilité ? Mais de quoi est-il coupable, d'après eux ? Il a toujours agi en accordance avec sa conscience et pour ce qu'il croyait être le mieux pour la France. Il n'a jamais cherché à s'enrichir. L'écoutera-t-on ?

Philippe a du mal à se remettre de la scène dont il a été le témoin ce soir. Il hésite même à en parler à Juliette. Il marchait à pas rapide vers la maison et il faisait encore bien jour, quand un homme le dépassa en courant. Il était poursuivi de deux hommes qui hurlaient 'Collabo ! Collabo ! On aura ta peau !', des couteaux en main. Il en est si secoué que sa femme fini par l'interroger.

'Ma chérie, ça sent le chaos,' lui dit-il, 'Les Allemands sont sur le départ, mais après, quoi ? Qui va prendre les rênes ? Je crains le pire. Si les gens de la rue décident de rendre leur propre justice, où va-t-on ? Sur quelle preuves ? Oui, je crains le pire.'

Juliette se serre dans ses bras.

'Je vais mettre mes papiers en ordre,' ajoute-t-il, 'il

vaut mieux détruire tout ce qui pourrait être mal interprété, juste au cas où…'

Juliette lève le visage et hoche la tête, regard sérieux. Elle a compris.

Maurice Ladon sort du bureau tard ce soir. Il a attendu que tout le monde soit parti d'abord. Il a mis de côté trop de documents et ce serait impossible de les faire sortir sans se faire prendre s'il y a des témoins. Comme prévu, il fait un petit détour et s'arrête chez ses parents pour s'assurer qu'ils vont bien. Il en a pris l'habitude ces dernières semaines. Il en profite pour se rendre à la cave et y cacher les dossiers de George les plus compromettants comme les plus favorables, bref, les plus importants. Ils rejoignent ceux de Charles. Il n'approuve pas les choix politiques de Georges, mais c'est un homme bien qui n'a pas profité de sa situation.

'Pas comme cette merde de Maragne !' se dit-il en grinçant les dents. Celui-là, il espère qu'il aura ce qu'il mérite.

Il pense à Charles pratiquement tous les jours. Le grand homme, son mentor et ami, lui manque toujours autant. Il prie pour qu'il leur revienne bientôt auprès de sa femme, de sa famille, de ses amis et de ses collègues. Pour qu'il revienne vite et vivant.

## 9.

## Charles
### *-De sa main-*

*A côté des exécutions en masse par le gaz, les fusillades ou les pendaisons en série, à côté de la mort lente résultant du régime et des méthodes que je vous ai décrites, il y avait ce que j'appellerai les massacres individuels.*

*C'est ici que nous avons dépassé les limites de l'horreur ; et pourtant, concernant les limites du croyable, c'est ici que nous allons juger du degré de perversité barbare, mais organisée, de l'âme nazie.*

*Je vous ai dit et peut-être expliqué que SS, chefs de block et kapos avaient, sur nous, droit de vie ou de mort, que les chefs de block étaient des détenus, comme nous, qui étaient chargés, sous le contrôle des SS, d'assurer propreté et discipline dans les baraques, de distribuer les rations de nourriture, que les kapos, eux, avaient mission de nous commander au cours du travail, de soutenir notre zèle, d'y assurer la discipline. Pour ce faire, ils avaient reçu, les uns et les autres, les pouvoirs absolus. En contrepartie d'une telle délégation de pouvoir, kapos et chefs de block avaient de grands privilèges matériels : dispense de travail, nourriture spéciale, possibilité non dissimulée de prélever sur nos rations, droit de s'habiller à leur guise, et je passe sur d'autres avantages, point négligeables cependant. Mais ils n'avaient – ou ne conservaient – ces avantages que pour autant qu'ils se montraient des collaborateurs dévoués, c'est-à-dire dignes valets des SS. C'est pourquoi la plupart d'entre eux, pour démontrer leur zèle, se montraient plus royalistes que le roi, je veux dire plus SS que les SS, dans le nombre des assassinats et la façon d'assassiner.*

*Au point, nous le savions tous, que dans certains camps, certains chefs de block et kapos avaient, à la plus grande satisfaction des « boches », ouvert entre eux un concours hebdomadaire, pour honorer celui qui compterait le plus de victimes ou le massacre le plus original.*

*Mais quels étaient donc ces monstres qui pouvaient avoir l'ignominie de servir de tueurs ?*
*C'est là qu'apparaît la sinistre intervention des Allemands nazis, sans précédent – du moins à ma connaissance – dans l'Histoire. Il n'y a pas en Allemagne de bagnes comparables aux nôtres où s'accomplissent les peines de travaux forcés. Les grands criminels sont condamnés à de longues peines de réclusion (10, 20, 30 ans ou à perpétuité) qu'ils purgent dans des forteresses assimilables à nos Maisons Centrales, mais sous un régime plus rigoureux. Or, les nazis ont eu la diabolique idée de sortir les grands criminels, de les transférer dans les camps de concentration au milieu des déportés et leur conférer les fonctions de chefs ou de kapos. Quelle aubaine pour ces bandits devenus caïds !*

*Mais aussi quel souci de conserver leur place en manifestant le zèle qui était exigé d'eux ! Nos bourreaux réunissaient, à la brutalité propre à tout nazi, l'imagination sanguinaire du grand criminel. Comme tueurs, les SS ne pouvaient guère trouver mieux que des assassins de métier !*

*Et leur travail va se développer dans tous les camps, peu varié en vérité, car les procédés de massacre se ramenaient toujours à une vingtaine de types déterminés.*

*Tous les matins – selon les besoins de leurs statistiques, mais aussi selon l'état de la main-d'œuvre – les SS fixaient le nombre de morts qu'ils exigeaient. Ils ordonnaient aux kapos partant au travail avec un kommando de tant d'hommes, de ne revenir qu'avec tant d'hommes. Aux tueurs de supprimer, comme ils l'entendaient. Aucune règle ne présidait au choix des victimes : c'était, suivant une expression vulgaire, selon la tête du client, et selon l'humeur des kapos.*

*Mort aux intellectuels, à l'endroit de qui ces bandits entretenaient une haine farouche !*

*Mort aux Juifs de toutes nations !*

*Mort aux beaux jeunes gens et aux petits garçons qui se refusaient à assouvir les désirs homosexuels de ces criminels !*

*Mort à tous ceux qui chancelaient et tombaient !*

*Le Nazi est lâche et ne désarme jamais devant une victime gisant à terre.*

*Coups de poing sur le forçat pour qu'il perde l'équilibre et une fois au sol, coups de pied dans la figure, les reins, les côtes, le ventre, les parties, sauts à pieds joints sur le thorax jusqu'à ce que le supplicié soit mort ou inanimé, dans une mare de sang. Coups de barre de fer sur la tête, sur la nuque. Les plus forts se donnaient la satisfaction de soulever des pierres de 50 et 80 kg et de les laisser tomber sur la tête ou la poitrine des malheureux à terre.*

*J'ai vu, à mes côtés, un Russe décharné tomber sous le poids d'une pièce de fonte qu'on l'avait obligé à transporter : le kapo dépité de voir ses coups impuissants à le faire relever, prend un pic et d'un seul coup d'un seul le lui enfonce dans la poitrine d'où j'ai vu jaillir un geyser de sang.*

*A propos de pic, un camarade digne de foi m'a raconté la scène suivante dont il avait été le témoin direct : dans la carrière de Mauthausen, un kapo en accoste un autre en disant : « J'ai entendu dire que tu avais tué un détenu d'un seul coup ; comment as-tu fait ? » « Comment j'ai fait ? Tu vas voir ! » Il appelle : « Komm hier ! » (Viens ici !) le premier homme venu de son kommando et lui intime l'ordre de s'allonger sur le dos. Il prend une pioche et récidive sur ce malheureux son assassinat. « Tu vois, c'est facile ! »*

*Cette carrière de Mauthausen : quel sinistre théâtre de massacres, jamais dénombrés ! Il fallait descendre 186 marches pour se rendre du camp au chantier de la carrière. C'était un jeu quotidien que d'obliger les forçats à gravir ces marches en portant des pierres pesantes. Ceux qui défaillaient étaient aussitôt exécutés, notamment poussés du haut de la falaise. Ceux qui résistaient au premier abord se voyaient contraints de monter et de redescendre les 186 marches plusieurs fois de suite en portant un fardeau. On n'en connaît pas qui aient triomphé de telles épreuves.*

*D'autres kapos s'ingéniaient à pousser les forçats hors des limites autorisées, pour que les sentinelles les fusillent automatiquement du haut des miradors. Classique était l'exécution qui consistait à maintenir le supplicié la tête sous l'eau dans un bassin jusqu'à l'asphyxie. Un kapo avait imaginé d'obliger un forçat à circuler sur une rivière glacée en portant une brouette lourdement chargée : bien entendu, la glace a cédé et le forçat a disparu. A Lublin, un kapo faisait ligoter des femmes et les précipitait vivantes dans le four crématoire.*

*Quant aux SS eux-mêmes, l'omnipotence de leurs moyens leur permettait des assassinats plus « raffinés ». Le crime était, pour eux, un jeu et un sujet d'émulation. En voici quelques exemples, en dehors, bien entendu, des innombrables coups de pied, coups de crosse ou de cravache qu'ils distribuaient au hasard, ou à la tête du client, quand ils circulaient parmi nous : excitant leurs molosses, ils les lançaient sur les détenus et ne les rappelaient que lorsqu'ils en avaient déchiqueté quelques-uns. Au camp de Lublin, ils avaient exécuté certains amusements particuliers.*

*Le premier amusement spirituel consistait en ceci : un SS prenait à parti quelque détenu, lui signifiait qu'il avait enfreint quelque règlement du camp et méritait d'être fusillé. Le détenu était poussé au mur et le SS lui posait son parabellum au front. Attendant le coup de feu, la victime, 99 fois sur 100, fermait les yeux. Alors le SS tirait en l'air tandis qu'un autre s'approchait à pas de loup, lui assénait un grand coup de grosse planche sur le crâne. Le prisonnier s'écroulait sans connaissance. Quand, au bout de quelques minutes, il revenait à lui, les SS qui se tenaient là lui disaient en s'esclaffant : « Tu vois, tu es dans l'autre monde, il y a aussi des Allemands, pas moyen de les éviter ! » Après quoi et après s'être bien amusés, les SS le fusillaient réellement.*

*L'amusement N° 2 avait pour scène un bassin du camp. Le supplicié était déshabillé et jeté dans le bassin. Il tentait de remonter à la surface et de sortir de l'eau. Les SS qui se pressaient autour du bassin, le repoussaient à coups de botte. S'il parvenait à éviter les coups, il obtenait le droit de sortir de l'eau. Mais à une seule condition : il devait s'habiller complètement en 3 secondes. Personne, évidemment, n'y parvenait. Alors, la victime était à nouveau jetée à l'eau et martyrisée jusqu'à ce qu'elle se noie.*

*L'amusement N° 3 était plus mécanique. On amenait le supplicié devant une essoreuse luisante de blancheur et on l'obligeait à glisser le bout des doigts entre les deux gros rouleaux de caoutchouc destinés à tordre le linge. Puis, l'un des SS, ou un détenu, sur leur ordre, tournait la manivelle de l'essoreuse. Le bras de la victime était happé jusqu'au coude ou à l'épaule par la machine. Les cris du supplicié étaient le principal divertissement des SS. Après quoi, il était achevé !*

*Parmi les tortionnaires allemands, il y en avait qui*

s'étaient spécialisés dans telle ou telle méthode de tortures et d'assassinats. On tuait d'un coup de bâton appliqué sur la nuque, d'un coup de botte au ventre ou dans la région de l'aine, etc. Circulant dans les chantiers, ils sortaient leur revolver et abattaient sans autre motif les forçats dont la tête ou l'allure ne leur revenait pas. Parfois, ils instituaient entre eux des concours de tir, du haut d'un talus, prenant pour cible les détenus. « Moi je prends celui-ci. » « Et moi, je prends celui-là. »

A propos de tir, vous avez dû entendre parler de la femme du commandant de l'un des camps de Buchenwald, qui faisait monter les suppliciés sur les toits des baraques et s'amusait à les descendre à la carabine. C'est cette même ogresse qui, sous prétexte d'art, s'intéressait aux tatouages. Quand les kapos lui en signalaient un intéressant, elle faisait abattre le malheureux et découper sa peau qu'elle faisait monter en abat-jour. Les Américains ont pu mettre la main sur quelques pièces de sa collection, dont les photos ont été publiées. Sans commentaire, n'est-ce pas ?

A Majdanek, les SS procédaient à l'incinération de femmes et d'enfants vivants. A une mère, ils prenaient l'enfant qu'elle allaitait et, en sa présence, ils lui fracassaient la tête contre le mur du baraquement. Ou bien, ils saisissaient l'enfant par une jambe, en maintenant l'autre sous le pied, et c'est ainsi qu'ils déchiraient l'enfant.

Ou bien, on pendait le supplicié par les mains liées dans le dos jusqu'à ce que mort s'en suive. (C'est la fameuse torture de l'estrapade, chère à la Gestapo.)

A Mauthausen, il y avait la chambre d'immersion. Debout, ligoté, le supplicié était abandonné dans une pièce étanche où de l'eau pénétrait et s'élevait lentement : le supplice durait deux à trois heures.

Chez certains, l'imagination était plus perverse encore. Croirez-vous que dans plusieurs camps, on obligeait les *hommes à creuser des tranchées où l'on forçait des hommes à se tenir debout ? Leurs propres camarades devaient, sous peine de mort, les enterrer de façon que seule la tête émerge. Et, comble d'horreur, ces mêmes camarades devaient leur écraser la tête sous le poids de brouettes surchargées.*

*Ainsi, la mort était en permanence suspendue sur nos têtes et c'était un billet de loterie que de l'éviter. Souvent, d'ailleurs, elle était annoncée cyniquement par le kapo, prévenant tel ou tel qu'il serait de la prochaine fournée. Et qu'on ne traite pas de lâches ceux qui s'en allaient individuellement, ou par bandes de 3 ou 4, toucher les fils électrifiés pour mourir plus vite et moins atrocement !*

*C'est à Mauthausen encore que le médecin chef SS de l'infirmerie demande, un jour, deux vigoureux gaillards de 20 ans dotés d'une belle denture. On lui fournit deux Russes. Une heure après, ils étaient sur la table d'opération où, pour se faire la main, les chirurgiens s'étaient livrés à l'ablation des reins, des poumons, de l'estomac. Puis leur tête étant coupée, il fut procédé par l'eau bouillante à la séparation de la peau et des os. Et depuis, leurs mâchoires ont servi de presse-papier au médecin chef.*

*Toujours sans commentaire, n'est-ce pas ?*

*Je veux terminer ces quelques fresques lugubres par la projection d'une scène des plus saisissantes qui se puisse graver dans une mémoire humaine : la pendaison en musique. On pendait beaucoup dans les camps, soit d'une façon massive pour les besoins de l'extermination, soit individuellement à titre de châtiment.*

*A Mauthausen, c'était la sanction de toute évasion. Et comme il fallait que le châtiment fût exemplaire et spectaculaire, voici comment on procédait : tout le camp était rassemblé, généralement en demi-cercle, sur la place d'appel, face à la potence, au gibet ; le condamné, les mains* liées, était placé sur une charrette traînée par quatre détenus qui devaient d'abord lui faire parcourir deux à trois fois le tour de la place. Et, – odieuse mascarade ! – le cortège était précédé d'un orchestre, variable suivant les camps, jouant l'air favori du commandant.

A Melk-Mauthausen, l'orchestre comprenait un accordéon et un violon et l'air désigné était : « J'attendrai, j'attendrai le jour, j'attendrai la nuit … » de Lucienne Boyer. Quelquefois, on obligeait le supplicié, à coups de trique, à prononcer des paroles d'excuse. Après quoi, le malheureux était hissé sur une pile de tabourets, recevait la corde au cou, tandis que ceux qui avaient tiré la charrette renversaient les tabourets. Et l'orchestre continuait à jouer. J'allais oublier de vous préciser que les exécuteurs étaient choisis parmi les meilleurs camarades, les familiers du condamné. Et nous devions ensuite défiler, aux sons de l'orchestre, devant le pendu dont le corps restait encore exposé durant un ou deux jours.

Comprenez, Mesdames et Messieurs, que je ne puisse désormais entendre l'air de « J'attendrai » sans frissonner et sans pleurer !

N'oubliez pas de vous répéter que je ne vous en ai raconté que fort peu des milliers qui se sont déroulées. Chaque déporté possède sa collection !

Les agents les plus actifs d'extermination collective, mais de mort plus lente, étaient la faim, l'épuisement par le travail, les appels et le froid. C'était, en vérité, la combinaison de tous ces éléments.

La faim.
De la faim, je ne vous en parlerai guère, car on vous a souvent décrit notre régime d'eau chaude et de misérable

*pain composé d'immondes produits sauf de farine. La seule impression que je doive signaler, c'est au point de vue strictement sensoriel : la faim est la plus supportable des sensations.*

*Le travail, lui, était atroce, surtout pour les vieillards, les plus faibles et plus généralement tous ceux qui n'étaient point entraînés aux efforts physiques. Les spécialistes (mécaniciens, menuisiers, …) étaient favorisés parce qu'ils pouvaient, le plus souvent à l'abri, effectuer un travail familier. Mais les intellectuels, avocats, professeurs, journalistes, commerçants, employés, etc., étaient voués aux plus pénibles travaux de terrassement : déblaiement, construction de routes, creusement de tunnels, mines. Pelles, pioches, marteaux piqueurs, wagonnets, et surtout transport des matériaux : lourdes pierres, sacs de ciment, charpentes en bois ou en fer. Dix heures de travail effectif plus deux heures pour la formation des équipes, les déplacements, soit quatorze heures de présence debout par jour.*

*A Melk, le camp était à 6 kilomètres des galeries où je maniais la pelle ; il fallait, soit par train spécial, soit à pied, effectuer deux fois par jour le trajet, sous l'escorte hargneuse des sentinelles SS et de leurs chiens. Odieux ces kommandos de nuit !*

*Les coups.*
*Le travail, bien qu'harassant en lui-même, n'est cependant pas mortel sans les coups : les coups étaient monnaie courante pour assurer le zèle des forçats et la terreur des chefs. Mais en réalité, ils étaient distribués sans motif, par pure cruauté (…). Les uns étaient mortels, mais tous exterminaient : peu d'entre nous avaient un corps qui ne fût pas mosaïque de cicatrices. Les coups étaient*

*distribués par les SS, les chefs de block, les kapos et jusqu'aux contremaîtres civils des firmes auxquelles nous louaient nos bourreaux. C'étaient des coups de crosse, de nerf de bœuf, de barre de fer, ou pis, de coups de pioche...*

*Pour ma modeste part, j'ai eu, à part d'innombrables coups de pied et coups de poing, le cuir chevelu fendu du tranchant d'une pelle et deux côtes cassées d'un coup de pied. Dieu merci, il n'en est rien resté !*

*Les appels.*

*Tous les déportés s'accordent à reconnaître que l'agent le plus pernicieux de la mort lente était les appels. Tous les camps avaient, comme le forum de la cité antique, sa place d'appel où se faisaient les manifestations collectives. Là, tous les détenus étaient rassemblés, soit pour y être comptés, soit pour recevoir des instructions, soit pour assister à des spectacles qui n'étaient jamais, hélas ! que des punitions collectives ou individuelles.*

*Ces appels se faisaient au moins deux fois par jour, mais plus souvent aussi au moindre prétexte. Là, les milliers de détenus composant le camp devaient s'aligner par rangs de cinq ou de dix, en ordre impeccable selon la discipline prussienne et demeurer immobiles jusqu'à ce que licence eût été donnée de rompre les rangs. Cela aurait été peu de chose, si ces appels n'avaient duré que quelques minutes. Mais c'étaient des heures qu'ils duraient et par tous les temps. Malheur à celui qui sortait des rangs ou cherchait à se reposer ! Malheur surtout à celui que la fatigue faisait défaillir et qui tombait : il était roué de coups jusqu'à ce qu'il se relève ou qu'il crève ! Plus le temps était inclément, plus nos bourreaux prolongeaient l'attente.*

*Lorsqu'il pleuvait à verse, ou neigeait à gros flocons, lorsqu'il gelait à pierre fendre – et il en est ainsi 6 mois par an, sur les plateaux ventés d'Europe centrale –, nous devions demeurer ainsi figés, pétrifiés sous l'œil réjoui des SS bien emmitouflés dans leurs canadiennes et chaudement bottés de cuir. Des appels de 4 à 6 heures étaient courants. L'on m'a affirmé qu'à Buchenwald, un appel avait duré 72 heures !*

*Vous devinez, n'est-ce pas ? Les pieds gelés, les pneumonies, les pleurésies, les œdèmes et les phlegmons qui s'ensuivirent. En sachant comment nous étions soignés dans leurs caricatures d'infirmeries, vous en déduisez - n'est-ce pas ? - les hécatombes qui en résultaient.*

*Le froid.*

*Mais, à mes yeux, la souffrance lente la plus redoutable était le froid pénétrant et enveloppant contre quoi aucune défense n'était possible. Mal vêtus, chaussés de galoches perméables, nous le subissions d'octobre à juin, soit pendant les interminables appels, soit dans les galeries souterraines, soit dans les blocks humides. Grelotter était notre réflexe normal. Oh, ces nuits d'hiver où, les pieds dans la neige, nous devions manier une pelle que nos doigts engourdis refusaient de tenir !*

*Ma nuit du 26 au 27 novembre 1944.*

*Voici maintenant la plus terrible souffrance physique. C'était dans la soirée du 26 novembre 1944. Nos chefs, ayant jugé qu'à l'appel de 17 heures, la discipline n'avait pas été suffisante, décidèrent de nous punir. Je dis « nous » : il s'agissait d'un kommando de 150 hommes composé en majorité de Juifs hongrois. Alors que nous venions de nous coucher – certains étaient même endormis – nous fûmes, à coups de schlague, invités à nous lever, nous habiller et à nous rendre dans la cour qui longe le bâtiment : c'était vers 9 heures du soir. Là, coups de sifflet, commandement : en rang par cinq. Trente rangées de cinq hommes. Nouveau commandement : « Déshabillez-vous ! » et coups de schlague pour accélérer. « Déchaussez-vous et reprenez l'alignement !» Nous déposons donc le petit tas de nos vêtements à nos pieds et, entièrement nus, attendions, – nous ne savions pas encore quoi. Or, sachez bien, il avait neigé toute la journée : une épaisse couche couvrait le sol et une cinglante brise nous transperçait. Des kapos et sous-kapos nous surveillaient et malheur à ceux qui s'agitaient ou se frottaient pour se donner l'illusion de se réchauffer ! Ils étaient vite ramenés à l'immobilité.*

*Le froid devait être aux environs de – 6° à – 10°. La tête dans les épaules, nous étions figés, paralysés. Les minutes et les heures s'écoulaient, interminables, cependant que, de temps en temps, l'un d'entre nous s'écroulait, frappé de congestion, sans qu'il fût permis de le secourir. Je grelottais, et, attendant mon tour, mon cerveau roulait les pensées des plus sinistres. J'étais sûr de ne pas m'en tirer et à chaque seconde, j'espérais que l'ordre de rompre serait donné. Et les minutes se succédaient, et les heures s'ajoutaient aux heures. Savez-vous à quelle heure nous devions être libérés ? A cinq heures du matin, c'est-à-dire que nous avions tenu ainsi 8 heures de suite.*

*A cinq heures, nous nous sommes vêtus, nous avons transporté les trente-cinq cadavres qui gisaient dans nos rangs, nous avons reçu notre quart de café et sommes partis au travail. Vous étonnerais-je quand je vous dirai que j'ai passé la journée à me tâter, entre deux coups de pelle, pour sentir si la fièvre de la pneumonie m'envahissait ? Et qu'au retour du travail, des dizaines de mes camarades sont entrés à l'infirmerie pour n'en plus sortir qu'à destination du four crématoire ?*

*(…) L'infirmerie de Mauthausen, où j'ai été admis pour broncho-pneumonie double. Certes, des anciens nous*

*avaient énergiquement déconseillé de demander à y entrer, car il s'y passait des choses effroyables, et rares étaient les gros malades qui en revenaient.*

*Mais que faire ? Je ressentais une fièvre de cheval. Je ne tenais plus sur pied, et le risque de rester debout, mal vêtu, toute la journée, dehors par un froid glacial, avec les poumons pris, était aussi fatal. J'y entrai donc et aussitôt, les trois ou quatre Français qui s'y trouvaient, noyés parmi des centaines d'étrangers, Russes, Polonais, Tchèques... m'ont préparé au passage du car fantôme. Il faut noter que les lits étaient des châlits à deux étages et que nous couchions trois et souvent quatre par étage sans le moindre souci de contagion.*

*Dans les baraquements composant l'infirmerie, passait alors, régulièrement deux fois par semaine, un sous-officier SS qui venait choisir des malades destinés à être embarqués dans le sinistre car qui attendait à la porte. A chaque passage, il en désignait une douzaine par baraque en circulant entre les lits, en pointant vers les victimes la badine dont il jouait avec une cynique insolence. Quelle règle présidait à un tel choix ? Aucune. Sans doute, il laissait entendre qu'il retenait les plus malades. Mais il n'était pas médecin, ne procédait à aucun examen et ne se déterminait que par l'apparence. Et mes informateurs de me recommander de m'asseoir sur le lit, quand il était annoncé, afin de paraître en bon état. Car, vous m'avez déjà compris, ceux qui partaient dans le car fantôme, on ne les reverrait jamais. Les uns prétendaient qu'ils recevaient la fameuse piqûre de benzine au cœur, d'autres, que l'intérieur du car était aménagé pour recevoir les gaz d'échappement du moteur (le gazwagen : aménagé avec le gaz d'échappement du moteur), d'autres encore que le car allait au camp de Dachau (à 200 kilomètres de là) pour alimenter le pavillon de vivisection et d'expériences médicales. Les médecins déportés, comme nous, croyaient qu'on allait simplement à la plus proche chambre à gaz, antichambre du four crématoire. Mais ce qui est certain, c'est que l'on ne les voyait plus !*

*Oh, vous qui m'écoutez, comprenez-vous ? Pouvez-vous comprendre l'angoisse hallucinante qui, dans le silence de mort planant sur la salle, nous étreignait, haletants, sueur froide au front, lorsque le SS s'avançait, cigarette et sourire aux lèvres, en jouant de sa badine ?*

*Pendant quatre semaines, c'est-à-dire à huit reprises, je l'ai vue, la mort avec sa faux, frapper parmi nous, révoltés mais impuissants, et frapper notamment trois jeunes Français que je connaissais, qui, portant le masque livide des suppliciés, ont été conduits dans le car. A huit reprises, j'ai dû suivre les mouvements de la cravache. Et trois fois, entendez-vous bien ? trois fois, j'ai eu la terreur de la voir pointer vers mon lit. Instant d'épouvante indicible, car je toussais et avais quarante de fièvre. Selon les conseils reçus, je m'étais redressé, je gonflais les joues, j'affectais un air tranquille. Était-cela, mon étoile ? Je l'ignore, mais ce sont mes infortunés voisins qui ont été désignés, l'un à mes côtés, deux à l'étage supérieur. Mon cœur avait cessé de battre. Huit fois, j'ai assisté à ce spectacle qui se répétait dans toutes les baraques. Trois fois j'ai subi cette torture.*

*Me croyez-vous maintenant quand je vous dis qu'il s'agit d'impressions impossibles à représenter ? (…)*
*Comprenez-vous pourquoi, nous, les rescapés, nous nous demandons, et nous demanderons toujours, comment nous sommes en vie ?*

**257**

## Alix

A l'aube, juste quand le sommeil la gagne enfin, une pensée la fait sursauter : la porte cochère n'est pas fermée à clé ! Elle doit s'en occuper avant que quiconque – notamment la gardienne - ne s'en rende compte. Alix enfile rapidement une petite robe en coton, vérifie que Geneviève dort profondément, et se glisse dans la cage d'escalier. Une fois les portes de l'entrée et de la cave verrouillées, elle parcourt le grand hall dans la pénombre pour s'assurer que rien ne trahit le passage du visiteur de la nuit dernière. C'est alors qu'elle remarque que sa boîte aux lettres n'est pas vide. Alix en sort une épaisse enveloppe sur laquelle son nom est écrit à la main, sans timbre ni adresse. Elle hésite, tentée de l'ouvrir à l'instant, mais se retient et remonte vite chez elle. Après un nouveau coup d'œil sur sa fille endormie, elle s'assoie sur le lit et ouvre l'enveloppe dont elle tire un épais document. Alix le déplie. Il est marqué du tampon officiel de la police française auquel s'ajoute un tampon allemand. Le document de trois pages est daté de novembre 1943. Alix le parcourt rapidement et, à mi-chemin, elle a un haut-le-cœur.

'Oh mon Dieu...' murmure-t-elle en portant la main à sa poitrine. Pour être certaine de ne pas se tromper, elle trace une ligne du doigt le long du texte. D'abord, la date, puis le nom de Charles, après, sa date de naissance et occupation, leur adresse. Celle qui suit indique pour motif 'actes de résistance'. Elle continue son tracé et arrive à un autre nom et une autre adresse. C'est la colonne de l'informateur. Elle est en état de choc.

'Philippe ?! Oh ! Comment as-tu-pu ?!' Alix ne veut pas croire ce qu'elle lit, 'Toi, un si vieil ami de Charles …'

Jamais elle ne l'aurait cru. Jamais. Lui qui reste toujours dans l'ombre, ne fait pas de bruit… Lui qui a toujours montré de l'admiration et de l'affection pour Charles. Et Juliette ! Alix a déjeuné avec elle la semaine dernière. Le sait-elle, que la délation de son mari a aidé à l'arrestation de Charles ?

Les yeux d'Alix retournent vers le document avec cette liste. *La liste*. Elle la relit plusieurs fois, horrifiée de reconnaitre tant de noms de son entourage. Elle sent les larmes monter. La fureur aussi. Les trois pages ne couvrent qu'une courte période de 1943, et seulement un groupe de gens d'un certain milieu. Seulement…

'Mais pourquoi ? Pourquoi !' s'exclame Alix qui se lève avec rage.

Elle doit le voir aujourd'hui, le confronter ! Elle se lève d'un bond avant de s'interrompre dans son élan.

'Attend… Non, c'est dangereux,' se dit-elle.

La pensée d'aller voir la police l'effleure et elle en rit presque. Au mieux, ils garderaient le document, au pire, elle signe son arrêt de mort. Doit-elle en parler avec Zaza pour que l'information passe à Monsieur Antoine et, à travers lui, au Milieu ou à la Résistance ? Non, elle signerait l'arrêt de mort de tous les informateurs sur cette liste. Alix en a la nausée. Ce n'est pas la justice que voudrait Charles.

'Non,' se dit Alix à voix basse, 'je ne dois pas agir sur un coup de tête. Personne ne doit savoir que j'ai ce document. Personne. Prendre sur moi, être patiente.

Attendre que les choses se calment ici.'

Alix se rassoie sur le lit et se parle à elle-même dans un murmure pour se calmer et ordonner ses idées.

'Une fois la guerre finie, là je verrai quelles sont mes options, et...,' se dit-elle, les yeux fermés pour retenir ses larmes, 'oui, oui, une fois la guerre finie, Charles reviendra. C'est lui qui décidera quoi faire. C'est lui qui a été arrêté et déporté, qui a le plus souffert... C'est à lui de décider quelle justice rendre à ce minable. Cet homme qui continue de prétendre qu'il est un ami... Quelle ordure !'

Pour l'instant, elle va se taire. Elle doit se taire. Charles saura quoi faire pour leur faire payer leurs actes.

Quelques jours plus tard, le 24 août 1944, Nîmes est libérée par les troupes alliées accueillies par une ville en liesse. Le Gouvernement de la France Libre ne perd pas de temps pour mettre en place une nouvelle administration. Il envoie un préfet qui, dans la semaine qui suit son arrivée, sonne en personne chez Alix. D'abord étonnée par cette visite impromptue, Alix l'invite à prendre le thé. Un ancien inspecteur de l'Académie pour la région, le préfet se sent déjà chez lui en ville et ils parlent aisément de leurs espoirs pour une fin de guerre rapide et pour une nouvelle France.

'Madame Bedos, j'apprécie votre accueil amical. C'est un plaisir de faire votre connaissance. Je regrette de ne pouvoir rester longtemps, aussi je dois aborder l'objet de ma venue. Je suis ici en visite officielle.'

'Pardon ? En visite officielle ?' Alix est encore plus

surprise.

'Avant de venir, j'ai rencontré le Président de la Fédération Française des Déportés et Internés Politiques. Il m'a demandé de vous offrir la présidence pour le Comité du Gard.'

'Moi ? Mais… pourquoi moi ?' Alix ne s'attendait pas à une telle proposition.

'Vous avez déjà créé un réseau de soutien pendant l'Occupation et les organisations qui travaillent avec vous nous ont aussi vanté vos mérites et celles de de votre association. Votre travail nous est connu depuis plusieurs mois.'

'Vraiment ?' Alix ne sait pas que dire d'autre.

'La Résistance est une grande famille : elle garde toujours un œil sur les familles des leurs. Nos membres ont noté vos efforts et vous ont aidé discrètement quand ils pouvaient. Ils ont aussi fait passer l'information vous concernant au nouveau gouvernement. Alors, pourriez-vous nous rendre ce service ?'

'Vous me prenez un peu à court,' répond Alix.

'Nous avons vraiment besoin de quelqu'un comme vous,' insiste le Préfet, 'le plus vite nous mettrons les nouvelles structures en place, le plus vite la France revivra.'

'C'est un grand honneur que vous me faites. Soit, j'accepte votre offre avec plaisir,' répond Alix, émue et hébétée.

C'est ainsi, tout simplement et en quelques minutes, qu'Alix et son Comité sortent de la clandestinité et deviennent clés pour les centaines de familles locales. Alix se plonge dans le travail le jour même et, dès le lendemain, elle dépose les statuts pour la Fédération dans le Gard. Elle sait l'importance de renforcer le soutien aux familles de déportés dont les responsabilités et les besoins vont croître dans les mois qui viennent. Plus les Allemands reculent et la victoire se confirme, plus les prisonniers de guerre reviennent. Son appartement reste le lieu de réunion des anciens du Comité, et Alix ouvre aussi ses portes aux premiers déportés de retour des rares camps déjà libérés. Sa demeure devient vite un lieu de retrouvailles bourdonnant d'activités.

Alix s'est installée dans le bureau de Charles. La bibliothèque est à nouveau complète avec les originaux du Code Napoléon, les cartes anciennes sont sur le mur, et le piano se tient fier à son ancienne place. Alix a rempli les tiroirs vides avec les dossiers en cours de la Fédération. Sa tâche principale est de rassembler le plus possible d'informations sur les hommes et les femmes déportés dans la région, leurs familles, et les différents camps où ils ont pu être envoyés. Dans la salle d'attente, une secrétaire tape sur sa machine des heures durant. La jeune femme est arrivée un matin avec une lettre de recommandation de la Préfecture et s'est assise derrière le petit bureau. Elle est une aide précieuse pour Alix, qui a des journées et des nuits chargées. Elle a monté une équipe pour coordonner avec les familles concernées les distributions de vêtements, de nourriture et d'argent pour les plus démunies. La Fédération développe aussi son action pour leur réinsertion, avec la recherche de travail et l'aide administrative.

Alix se dépense sans compter, souvent au détriment de son temps auprès de Geneviève. Sa mère prend le relais, montrant à sa manière qu'elle approuve le travail de sa fille. Alix est reconnaissante d'avoir tant à faire et peu de temps pour penser à elle et à son Charles. Son poste lui a ouvert les yeux sur le sort des déportés et la gravité de leurs conditions de vie dans les camps, ou plutôt sur les conditions de mort. Elle voit dans les chiffres que rares sont ceux qui en reviennent vivants. Anxiété et espoir vont de pair dans son quotidien, et elle doit effectuer un travail constant sur elle-même pour que l'espoir prime. S'occuper l'esprit est essentiel.

Des trains bondés arrivent à présent nuits et jours à la gare de Nîmes, une des principales plaques tournantes pour le Sud de la France. Les cheminots travaillent à temps plein et sillonnent le territoire français pour ramener chez eux les personnes déplacées, les soldats, les prisonniers de guerre et les déportés. Comme les trains restent en gare de Nîmes plusieurs heures avant de continuer leurs routes, la Croix Rouge a mis en place un bureau sur les quais pour accueillir les passagers avec des boissons chaudes et un buffet. Alix ne veut rater aucune occasion d'accueillir les anciens détenus des camps, alors elle organise avec des volontaires de la Fédération un service de jour et de nuit, et passe au moins une nuit blanche par semaine.

Cette nuit d'hiver 1945, Alix est de garde de nuit avec Zaza à la gare. Elles commencent à avoir leurs habitudes.

'Peut-être cette nuit ?' dit Zaza en se servant une tasse de chicorée.

'Peut-être cette nuit,' répond Alix avec un sourire

las. Ces derniers jours, des groupes de femmes déportées sont arrivées du camp d'extermination de Buchenwald. Les horreurs qu'elles ont vécues et observées sont pires que tout ce qu'Alix a entendu auparavant. Leurs propos sont si effroyables, beaucoup de Français n'arrivent à les croire que lorsque la presse appuie leurs dires avec diffusion des photos prises à la libération des camps. Alix a du mal à retenir ses larmes rien qu'en y pensant : ces camps maudits, tous ces morts, et… Charles… Toujours pas de nouvelles de Charles ! La guerre n'est pas encore finie et beaucoup de camps restent à libérer, alors elle prie. Elle prie avec acharnement tous les soirs au pied de son lit et dès qu'elle a une seconde libre, au lieu de penser.

Deux anciens déportés entrent dans la salle d'accueil que la Fédération partage avec la Croix Rouge. Ils semblent en meilleure santé que ceux des jours précédents. Leurs corps sont moins squelettiques et leurs os moins saillants. Ils entament une conversation avec Alix et Zaza sur leur présence de nuit à la gare.

'Notre travail à la Fédération,' explique-t-elle, 'consiste à rassembler le plus d'informations possible sur toute personne déportée et à aider à la réinsertion ceux qui reviennent.'

Alix invite les deux hommes à s'asseoir en face d'elles.

'Nous avons bien besoin de votre aide !' dit l'un des deux hommes.

'Et vous nous simplifiez la tâche,' reprend le second, 'Voyez-vous, nous traversons la France pour retrouver les familles des déportés des camps où nous avons été internés, et partager les informations que nous avons.'

'Oui. Nous étions ténors à la Scala de Toulouse avant la guerre,' continue le premier, 'alors les Allemands nous ont donné un traitement préférentiel pour protéger nos voix : Ils adorent le Bel Canto ! Dans la journée, nous travaillions dans les bâtiments administratifs du camp de Mauthausen, en charge des registres dans lesquels nous inscrivions toutes les entrées des prisonniers. Nous partagions le sort des autres prisonniers seulement la nuit, lorsque nous dormions avec eux dans les baraques. Il y a un mois, nous avons réussi à nous enfuir en nous glissant dans un des camions de la Croix-Rouge en provenance du camp de femmes de Buchenwald.'

'Je ne comprends pas… Vous étiez dans un camp de femmes ?' demande Zaza.

'Non. Je vous explique. Le Prince Bernadotte, Président de la Croix Rouge Internationale, avait obtenu l'information que sa cousine y était enfermée,' explique le second déporté, 'il s'est débrouillé pour que la Croix Rouge ait le droit d'y envoyer un camion pour l'en sortir, un des rares qui a réussi à entrer dans un camp pour libérer quelqu'un. Il est venu lui-même et, quand il a vu leur état, il a forcé la main du chef de camp pour remplir le camion de femmes au moment du départ. A Mauthausen, les bureaux de l'administration étaient en dehors de la forteresse, un bâtiment juste à côté. Le camion y a fait un arrêt pour de la paperasse. Quand on a compris qu'il allait passer la frontière, on s'est glissé dedans et les femmes nous ont caché. A ce jour, Mauthausen n'a pas encore été libéré que je sache. On a eu beaucoup,

beaucoup de chance.'

'Mauthausen... Un de ces camps de la mort, comme la presse les appelle ?' s'enquit Alix. Cela lui donne froid dans le dos.

'Oui,' confirme le premier, 'ces camps ... Madame, ce dont nous avons été les témoins ...'.

'Nous avons de la chance ! Nous nous en sommes bien sortis !' s'exclame le second, ' et maintenant, nous voulons aider ! Dès que nous avons été libres, nous avons remplis des calepins entiers de tous les noms et de toutes les informations que nous avions mémorisés dans les registres. Maintenant nous voyageons pour les faire passer à ceux concernés. C'est important...'

Alix prépare sa plume pour écrire.

'Merci !' leur dit-elle en levant les yeux de sa page blanche, 'j'apprécie en personne. Mon mari n'est pas encore revenu et j'espère toujours que quelqu'un m'apportera des nouvelles. De bonnes nouvelles.'

'Votre mari ? Quel est son nom ?' demandent en cœur les deux hommes.

'Charles Bedos,' répond Alix avec une pointe d'espoir dans la voix.

Les deux ex-déportés ne cachent pas leur surprise.

'Madame, vous êtes celle pour qui nous sommes venus à Nîmes !' s'écrie le second ténor.

'Nous étions sur le point de vous demander où vous habitiez, pour vous rendre visite à la première heure,' ajoute le premier.

'Mon Dieu ! Vous... vous connaissez mon mari ?! Il est dans ce camp ?' Alix ose à peine respirer. Ils ne la font pas attendre davantage.

'Oui. Et quand nous nous sommes échappés, il était encore vivant,' lui annonce le premier, 'nous partagions la même barraque de nuit à Mauthausen…'

'C'était il y a un mois seulement. Le camp sera sûrement bientôt libéré ! Nous apprécions beaucoup Charles. Beaucoup. Il parlait souvent de vous.'

Alix ne peut empêcher tout son être de trembler. L'émotion est si forte, elle couvre son visage de ses mains. Quand elle relève la tête, des larmes de joie et de soulagement glissent le long de ses joues.

'Parlez-moi. De lui, des camps, de la vie là-bas. S'il vous plait, parlez-moi de Charles,' leur prie-t-elle.

## Et en ce joli mois de mai...

Monsieur Antoine avance lentement d'étal en étal sur l'esplanade en face du Palais de Justice. Il observe Alix Bedos de loin qui discute avec chacun et chacune. Elle est à l'origine de cette kermesse avec pour objet de lever des fonds pour la Fédération. C'est une belle journée ensoleillée et tout le bottin mondain de la ville est présent, y compris le nouveau maire. Le projet a du succès et l'épouse de l'avocat rayonne. Monsieur Antoine se dit que la Fédération doit effectivement avoir bien besoin de fonds : les Alliés libèrent de plus en plus de camps en avançant sur le sol allemand et le flux des déportés, soldats et travailleurs obligatoires rentrant chez eux ne cesse d'augmenter. Monsieur Antoine se tient à l'écart alors qu'Alix Bedos avance vers le maire pour le saluer, mais quelqu'un la devance dans un grand état d'agitation et prend le maire à part. Celui-ci écoute pendant une minute avant que l'agitation ne le gagne lui aussi. Le pas urgent, le maire grimpe les quelques marches du kiosque à musique et appelle au silence.

'Mesdames, Messieurs, ça y est ! La guerre est finie ! Elle est finie !' annonce-t-il d'une voix retentissante de joie.

La guerre est finie.

La date est le 8 mai 1945.

Le temps s'arrête sur l'esplanade. Tout s'arrête. Il n'y a pas un son, pas même le chant d'un oiseau ou le vent agitant les branches des arbres. Le silence est complet et léger. Lentement, une énergie vibrante fait surface sous les pieds des spectateurs, un mélange de jubilation et de tristesse. Puis ce silence d'incrédulité et de surprise explose sous la pression de l'euphorie. Les gens tombent dans les bras de leurs voisins, des inconnus. D'autres, de plus en plus nombreux, se mettent à genoux, les mains en prière ou sur leurs côtés. Tous les sentiments réprimés et accumulés au cours des dernières années éclatent en une émotion commune de soulagement mêlé de joie. Monsieur Antoine regarde le ciel, le sourire aux lèvres, les bras grands ouvert. Il ferme les yeux. Que cette journée est belle ! Il regarde autour de lui, heureux. Il voit Alix. Comme les autres, elle est en pleurs dans le bras de quelqu'un aussi en larmes. La guerre est finie, le règne de la peur s'achève. Maintenant, il y a tout à espérer, et pour elle, c'est le retour de son mari. Et lui de se dire, non pour la première fois, qu'il espère aussi rencontrer ce Charles Bedos.

Les rires remplacent les larmes, et l'esplanade bourdonne de bonheur. Monsieur Antoine voit Alix hésiter : elle est tentée de rentrer à la maison et de partager sa joie avec ses proches, mais son sens du devoir prime. La kermesse doit continuer pour que l'argent rentre, alors elle se mêle aux personnes rassemblées et célèbre avec les autres.

Il se dit qu'aujourd'hui, c'est le bon jour, et lorsqu'elle atteint un stand de fleuriste, Monsieur Antoine s'approche d'elle. Alix l'attend immobile, un sourire aux lèvres mais incertaine de ses intentions. Il la surprend en s'arrêtant à quelques pas d'elle devant la table couverte de fleurs. D'un geste balayant l'ensemble de l'étalage, il s'adresse à la fleuriste.

'S'il vous plaît, veuillez livrer toutes vos fleurs au domicile de Madame,' dit-il en indiquant Alix. Il sort un portefeuille bondé de la poche intérieure de sa veste et, sans compter, donne une grosse liasse à la fleuriste. Les yeux écarquillés, cette dernière en reste muette et ne peut que hocher la tête. Alix, aussi surprise que la fleuriste, est plus rapide à retrouver ses esprits.

'Monsieur, merci !' lui dit-elle avec chaleur.

Monsieur Antoine se met un peu à l'écart et invite Alix à le joindre, afin qu'ils puissent parler plus discrètement.

'Aujourd'hui vous pouvez me remercier en public si vous le souhaitez, que ce soit pour les fleurs ou pour toute autre chose,' lui dit-il d'une voix pleine de considération, 'auparavant, je ne voulais pas qu'une femme comme vous parle avec un homme comme moi en ville ou en public. Cela ne convenait pas à une femme de votre rang et aurait pu nuire à votre réputation.'

Alix est émue et d'une voix lourde en émotions, elle le remercie à nouveau.

'Monsieur, j'étais déjà reconnaissante de votre gentillesse et de votre générosité, maintenant je découvre votre considération et votre sens du respect.'

Zaza a raison : Monsieur Antoine est un homme bien, souteneur ou non.

Ce soir-là, Alix arrive chez ses parents pour célébrer la grande nouvelle avec les bras remplis de fleurs aux couleurs vibrantes. Herminie court à la cuisine pour remplir les vases d'eau et faire de jolis bouquets. Albert et Alix discutent dans le salon des nouveaux espoirs pour le pays en regardant

Geneviève jouer avec un livre. Herminie entre en portant un large vase.

'Tu n'aurais vraiment pas dû, Alix,' dit-elle à sa fille.

'Oh ! Je ne les ai pas achetés ! J'étais encore à la kermesse quand le maire a annoncé la nouvelle, et un des passants me les a offert,' répond Alix avant d'ajouter, 'de joie, sans aucun doute.'

'Quel bonheur que cette guerre soit enfin finie ! Il était temps, la ville tournait au chaos,' dit Herminie sur un ton à la fois soulagé et amer.

Alix jette un œil inquisiteur à son père qui hésite avant d'expliquer.

'Ta mère a eu une petite mésaventure le weekend dernier,' commence-t-il, 'nous ne voulions pas t'effrayer, mais maintenant les choses devraient s'arranger.'

Herminie se tient debout près de la porte les bras croisés et serrés contre son corps. Rien que de penser à ce dont elle fut le témoin lui donne des frissons. Alix attend qu'un des deux lui raconte.

'Herminie, veux-tu le raconter toi-même, ou veux-t que je… ?' demande Albert. Herminie lui indique de continuer d'un signe de la tête.

'Bon, alors ta mère revenait des halles en prenant son raccourci par des petites rues, quand un homme a arrêté sa bicyclette devant elle et l'a fermement tenu par le bras pour l'empêcher d'avancer. Dans les secondes suivantes, un passant qui venait de l'autre côté s'est fait poignarder par un autre homme. Il est mort devant ses yeux. Comme pour la rassurer, celui qui la tenait a dit à ta mère que c'était un collaborateur et qu'il le méritait.'

Alix est horrifiée et se lève pour prendre sa mère dans ses bras. Celle-ci frémit en y repensant.

'C'était horrible ! En pleine journée ! Là, devant moi ! Cette justice de rue est cruelle. Et puis comment pouvaient-ils en être surs ? Et s'ils se trompaient ?'

'Vous avez fait une déposition à la police ?' demande Alix.

'Oui, mais que veux-tu qu'ils fassent ? Ils sont submergés et doivent gérer ce genre de problème chez les leurs aussi... Cela fait des mois que cela dure. Je pensais que cela s'était calmé.' lui répond son père.

Alix demeure pensive. Ses parents la pensent sous le choc. Ils ne savent pas qu'ils ont renforcé sa décision de ne pas révéler la liste.

'J'ai plusieurs documents incriminants pour ces individus,' dit Madicci à Varade et à Monsieur Antoine en leur tendant des papiers.

Les trois hommes se retrouvent dans le bureau du chanoine, la semaine qui suit la Libération. Avec la fin de la guerre, ils ont abandonné le secret de leurs identités de résistants et peuvent enfin agir plus vite et efficacement.

'Il faut garder un œil sur eux. S'ils se croient intouchables parce qu'ils agissaient sous l'autorité de l'Etat, ils se trompent. Leurs actes sont impardonnables,' continue Madicci.

'Ils paieront, je vous l'assure,' lui dit Monsieur Antoine, 'ils ne nous échapperont pas.'

'Mes fils, je vous en prie, n'oubliez-pas où vous êtes,' leur rappelle Varade avec le sourire.

'Nous ne leur ferons pas de mal, mon père, nous veillerons simplement à ce que justice soit faite,' corrige Monsieur Antoine.

Les trois hommes se penchent sur la liste de Madicci.

'Il y en a beaucoup d'autre, mais les preuves manquent trop souvent,' dit le Corse.

Monsieur Antoine hoche la tête et lit les noms. Certains sont déjà bien connus, dont un dont il veut s'occuper personnellement.

Maragne apporte discrètement ses objets les plus chers chez ses beaux-parents quand ils vont dîner chez eux, de plus en plus fréquemment. En dehors d'eux, Pauline et lui sortent peu ces temps-ci. Ils préfèrent se faire discret.

'Je ne faisais que mon travail. Je n'y prenais aucun plaisir,' explique-t-il aux rares personnes qui prennent ses appels, 'Je devais bien gagner ma vie, comme tout le monde.'

Ce soir, il a un mauvais pressentiment. Il annonce à Pauline que le mieux est de disparaître quelques temps pour ce faire oublier. Il aimerait partir pour la Suisse, mais l'Espagne est plus proche.

'Juste pour quelques mois, le temps que les tempéraments se calment,' lui dit-il, 'et nous appellerons ta mère demain pour leur dire de venir vider la maison. Ce n'est qu'une précaution.'

Pauline acquiesce. Elle fait ses valises et prépare les sacs des enfants. La voiture pleine, Maragne et les siens prennent la route la nuit à peine tombée. Ils ne se savaient pas déjà sous la surveillance du réseau de Monsieur Antoine.

Ils sont interceptés à la sortie de la ville. Maragne a de la chance, Monsieur Antoine a donné le mot d'ordre qu'on les arrête, mais qu'on ne le tue pas. Il veut une vraie justice, celle du Palais. Il veut le voir trembler sur les bancs et voir son nom tâché d'insultes dans la presse. Il veut le voir détruit. Il veut que les familles qu'il a détruit le voit condamné. Cependant, Monsieur Antoine n'est pas contre une belle raclée et Maragne est bien amoché quand il est mis en cellule. Il ne réalise pas sa chance : il est vivant, lui.

## 10.

## Charles

Les véhicules des armées Alliés vrombissent lourdement sur les routes autrichiennes et se rapprochent d'Ebensee, un des camps satellites de Mauthausen. Les prisonniers, dont Charles, les entendent avant de les voir et sont anxieux : ils ignorent que la guerre est finie et redoutent le retour de leur oppresseur. Lorsque les Américains entrent dans le camp, les prisonniers regardent terrifiés et pétrifiés ces soldats inconnus, ne sachant quel nouveau sort les attend. Puis, lentement, les détenus comprennent qu'ils sont sauvés. Charles ressent de plein fouet le choc d'être libre, comme tous ses compagnons. Pendant des mois, voire des années, les Nazis se sont évertués à détruire physiquement et psychologiquement toute humanité en eux, à les réduire en marionnettes obéissantes et jetables seulement bonnes pour l'accomplissement des pires corvées, et ce jusqu'à épuisement et extinction. Préserver leur conscience en tant qu'être humain était un combat intérieur permanent, mais avec l'impératif qu'aucune trace n'en témoigne de l'extérieur... Jusqu'à ce jour, le jour de l'arrivée des Américains. Soulagement, crainte, espoir et appréhension se mélangent dans les minutes qui suivent, comme si toutes les émotions contenues de ces hommes explosaient entremêlées. L'incrédulité, aussi, et la peur que cette libération ne soit trop belle pour être vraie.

'Avons-nous vraiment survécu à l'Enfer ?' se

demande Charles.

Les Américains aussi sont émus. Ils regardent ces hommes avec peine et colère. Et eux, les captifs, voient dans les yeux de leurs sauveurs le spectacle qu'ils offrent : des épaves d'hommes dont la peau translucide couvre à peine des os saillants et fragiles. Leurs visages creux ont des yeux vides et éteints. Ils sont des cadavres qui marchent sur un sol déjà jonché de morts. Pourtant, ils ont survécu, par force d'esprit et par bonne fortune. Comme tant d'autres, Charles s'est accroché à ses souvenirs et à son amour pour la vie, se concentrant sur toute opportunité de trouver de la beauté et du bonheur en lui et autour de lui : un chant d'oiseau, un sourire, un acte de gentillesse, un rayon de soleil entre les branches en fleurs, ou une pensée, un livre revisité, une musique dans le lointain.

Un morceau de Beethoven lui revient à l'esprit en ce premier après-midi de liberté retrouvée. Depuis son arrivée dans ce camp, chaque jour sur le trajet en revenant de leur longue journée dans les mines, la longue file des détenus passait à côté d'un village où quelqu'un jouait au piano. Charles savait exactement quand les notes commenceraient à se faire entendre au loin, et pour combien de temps elles résonneraient autour de leur colonne en marche. Pendant ces précieuses minutes, il échappait à son sort. Les yeux mi-clos, son esprit se perdait dans la musique. Il visualisait ses mains sur le piano, jouant le morceau, et se laissait flotter par les notes dans le vent. Ces intermèdes musicaux agissaient comme un baume pour son âme. Ils lui donnaient une énergie nouvelle pour se battre, pour garder espoir. Toujours il faisait attention à ne pas montrer son appréciation. Ce devait être une évasion secrète, sa survie en dépendait. A cette pensée, Charles se permet cette fois un grand sourire.

'Oui,' se dit-il, 'ce piano invisible était comme un ami. Il m'a aidé à rester sain d'esprit.'

Cela lui donne une idée. Il attend trois jours, le temps pour les Américains d'organiser le soutien aux survivants. Leur propre stock ne suffit pas pour tous les camps, alors ils fournissent des bons alimentaires et vestimentaires pour des achats locaux. Charles approche un des officiers et obtient le prêt d'un camion pour une heure. Deux soldats américains l'accompagnent : les prisonniers ne peuvent pas encore sortir des camps sans chaperon par crainte d'actes de vengeance. Un des soldats conduit, suivant la direction qu'indique Charles par gestes et sans hésitation. L'autre accompagne ensuite Charles sur le perron d'une des maisons de village. Une femme de chambre ouvre la porte. Un coup d'œil suffit pour qu'elle comprenne que Charles est un rescapé des camps du voisinage. Rachitique, le teint malade, des vêtements de seconde main trop grand, il n'a pas belle allure. Et pourtant, il a retrouvé sa confiance en lui.

'La famille est absente', dit-elle en Allemand, avant même que Charles puisse expliquer l'objet de sa visite. Son regard passe des uniformes américains à la veste mal coupée de Charles en évitant leurs visages, avant de se fixer sur le sol.

'Est-ce de la peur ? De la honte ?' pense Charles. Il espère le second : honte d'avoir été un témoin au quotidien sans un seul acte de compassion.

'Pouvaient-ils vraiment ne pas savoir ?' se demande Charles pour la énième fois.

Après des mois d'emprisonnement, Charles baragouine un peu d'Allemand. Elle comprend le mot 'piano', accompagné du geste de doigts valsant sur un clavier imaginaire. Quand Charles entre dans le salon et voit l'instrument dans la pièce, il est pris d'une grande joie. Il caresse le joli bois vernis et brillant, les touches d'ivoire à peine jaunie par le temps, puis se tourne vers les soldats et hoche la tête. Non, il ne veut pas jouer ici : il est là pour l'emmener, cet ami salvateur. Aidé des soldats, Charles met le piano dans le camion et monte à ses côtés pour s'assurer qu'il ne sera pas endommagé pendant le trajet. En contrepartie pour cette réquisition, Charles laisse à la femme de chambre une liasse de bons. Il n'est pas un voleur.

De retour dans le camp, ils déchargent le piano au milieu de la cour principale, et là, entouré des abris temporaires, des étals de distribution de nourriture et de vêtements, de soldats et d'anciens prisonniers, il joue. Il joue pendant des heures du Beethoven et du Chopin, du Mozart et du Strauss, sous les yeux stupéfiés et hypnotisés des personnes présentes. Beaucoup pleurent. Charles relâche ses peurs et sa faim, imprégnant chaque note de tout son espoir et, surtout, de tout son amour pour la vie et la musique. Maintenant, c'est vrai, il est vivant et il est libre.

De temps en temps, il doit s'arrêter et se masser les mains. Il manque un peu de pratique. Un homme l'approche pendant une des pauses et se présente en Français. Il n'est ni un militaire, ni un ancien prisonnier, mais un fromager et maire d'une petite ville près de la frontière franco-allemande.

'Ma passion, c'est l'aviation,' explique-t-il à Charles,

'et j'ai réussi à cacher mon petit avion dans la campagne pendant la guerre. J'ai appris que mon frère était ici par des ténors échappés, alors dès que j'ai entendu que le camp avait été libéré, j'ai obtenu les autorisations nécessaires et j'ai pris mon envol pour venir le chercher. C'est beau, ce que vous avez fait. Ce piano… Ici…' l'émotion emplie sa voix.

'Merci. La musique est ma passion. C'est ma façon de m'envoler à moi. Et de partager mon bonheur avec tous dans ces tristes lieux.'

Le maire-fromager sourit et pause une main sur l'épaule de Charles.

'Mon frère m'a raconté que votre soutien ne fut pas que musical pour les autres. J'aurais voulu vous inviter à vous joindre à nous dans l'avion, mais c'est un deux places. Cependant, si vous voulez écrire à votre femme, je posterai la lettre moi-même de France. Elle arrivera bien plus vite que si vous l'envoyez d'ici. Les services postaux autrichiens sont chaotiques, forcément.'

Immédiatement, Charles se met à la recherche d'un stylo et de papier. Le fromager-maire se surpasse : la longue lettre de Charles parvient à Alix trois jours plus tard.

## Alix

Quand Alix prend le courrier de la boîte aux lettres, elle reconnait tout de suite l'écriture de Charles. Elle tient la précieuse enveloppe entre ses mains tremblantes, incapable de respirer. Elle se force à s'asseoir sur les marches d'escalier de peur de s'évanouir. Elle déchire l'enveloppe du doigt, dérogeant pour une rare fois à son habitude d'user d'un coupe-papier. A la lecture de la première ligne, *"Mon Alix bien-aimée"*, son visage devient rayonnant. Elle vérifie la date sur la lettre.

'Cette semaine !' s'exclame-t-elle de joie, 'Charles est vivant. Il est vivant !'

Avidement, elle lit et relit la lettre, assise en pleurs sur une marche froide. Puis elle monte rapidement chez elle et prend Geneviève dans ses bras. Son Charles est en vie. Il a survécu aux horreurs dont tous les jours la presse annonce plus de victimes. Et il lui promet de revenir d'Autriche le plus tôt possible. Il lui répète encore et encore combien il l'aime, et que son amour pour elle et leur fille lui a permis de survivre.

'Tu vas enfin voir Papa, ma petite chérie,' dit Alix en pleurant et riant de bonheur.

Les quais de la gare sont bondés, mais Alix semble remarquablement seule au milieu de la foule. Nîmes a sorti sa tenue estivale : cette journée de juin est chaude, ensoleillée et accueillante. Alix, toujours impeccable, a fait un effort particulier. Elle n'a pas eu le temps, ni l'argent, pour trouver une nouvelle tenue, mais elle s'est fait coiffer à la dernière mode et ses riches cheveux ondulés sont soigneusement rangés sous un charmant chapeau. Comme toujours, elle est sans maquillage. Détermination et force émanent de cette jeune femme élégante. Pourtant, elle est si mince et pâle, avec encore cette pureté naïve sur le visage, que la première impulsion à la voir est encore de la protéger. Cela lui a ouvert bien des portes pendant la guerre…

Alix est plus jeune que ceux qui l'entourent, pour la plupart des hommes dans la quarantaine avec un air officiel. Les trois-quarts portent leurs robes d'avocat. C'est un spectacle déconcertant pour tout spectateur dans l'ignorance, que cette jeune femme solitaire et visiblement émue, perdue au milieu d'hommes excités bien que solennels. Ce large groupe remplit une large portion du quai. Certains ont même grimpés sur les bancs en costume et robe d'avocat, pensant qu'ils seront ainsi vu les premiers. Alix les reconnaît, ce sont les membres du Conseil de l'Ordre. Elle sait qu'ils se trompent : c'est elle qu'il verra en premier, parce qu'il ne peut en être autrement.

'Ne vous inquiétez pas,' dit l'un d'eux en se penchant vers elle, 'vous aurez le temps de l'embrasser avant que nous ne le saluions tous.'

Alix lui offre un bref sourire et hoche la tête. Son regard, intense, ne quitte pas les rails. Bien qu'heureuse, elle trouve l'attente insoutenable et ses traits son tendus. Elle semble bien plus âgée que ses 26 ans. Les sévères années de la guerre et de l'occupation ont volé la jeunesse de sa génération, marquant leurs visages de lignes d'inquiétude, de faim et d'incertitude, et plus profondément encore, de maturité. Ainsi, malgré son bonheur, Alix reste réaliste. Lorsqu'elle a reçu la lettre il y a déjà plusieurs semaines, puis le bref appel de Charles la veille lui annonçant son arrivée, elle exultait de joie tout en ayant conscience que les prochains mois seront à la fois merveilleux et difficiles. Elle a observé l'état de ceux revenus de ces camps, lu les articles dans la presse, vu les photos. Elle sait que Charles ne va pas revenir sans cicatrices et traumatismes.

Il va avoir besoin de temps.

Pour Alix, la foule sur le quai n'existe pas. Elle attend seule. Elle arrive même à ignorer la présence de deux hommes dont elle a aperçu les silhouettes un peu plus tôt. Elle en a grincé des dents : ils ne devraient pas être là. *La liste...* Au moins, Philippe est absent. Alix se perd dans des pensées sombres et retournent vers Charles. Ce qui l'inquiète le plus, ce sont les conséquences des camps sur la santé de Charles. Elle s'est renseigné : la réhabilitation peut être difficile. La médecine progresse tous les jours davantage pour les meilleurs soins physiques, mais quand est-il du psychologique ? L'esprit peut être une prison bien solitaire. Alix refuse de considérer qu'il pourrait ne pas être le même homme que celui qu'elle aime, toutefois elle sait, elle sent, que son expérience dans les camps laissera des traces. Ils ont eu si peu de temps ensemble, et toujours sous Vichy et la Collaboration ... Alix se reprend et repousse ces pensées anxieuses. Mois après mois, elle a formé son esprit pour contrôler le négatif et focaliser sur le positif. Alors elle se ressaisit vite.

'Vraiment, Alix,' se dit-elle, 'maintenant que Charles revient, maintenant que la guerre est finie, tu te laisses aller ? Ne sois pas ridicule ! Reprends-toi !'

Elle se force à sourire : le bonheur avant tout.

Un silence tombe sur la foule alors qu'un son familier bourdonne dans le lointain. Un train approche. Alix plisse les yeux mais elle ne le voit pas encore. Après de longues minutes, enfin, le train entre en gare. Le cœur d'Alix bat la chamade. Le moment lui semble irréel.

Les premiers passagers descendent. Voyageurs, familles et amis essaient de se retrouver. Les gens s'appellent.

Alix attend. Elle sait qu'elle le verra dès sa sortie du train, sa tête toujours plus haute que la moyenne.

Le voilà !

C'est lui, même si elle peut à peine le reconnaître. Un pincement au cœur assombrit son bonheur pendant un bref instant. Ses vêtements ne peuvent camoufler un corps anormalement maigre.

'Qu'ont-ils fait de lui ? Mon Dieu ! Qu'ont-ils fait à mon Charles ?' pense Alix.

Autour d'elle, elle entend des petits cris de surprise et les souffles coupés de ceux qui marquent le choc de cette vision. Quelques personnes jurent. Cela ne dure qu'une fraction de seconde. Tous se reprennent vite, bien que tous, y compris Alix, sachent qu'ils ne pourront jamais oublier cette image de Charles. Ce grand homme si imposant et puissant par sa présence, est aujourd'hui voûté et fermé sur lui-même comme pour protéger ses os. 'Sans importance,' pense Alix, 'Rien n'a d'importance, autre qu'il soit en vie.'

Alix commence à se frayer un chemin vers Charles. Les gens s'écartent pour lui céder le passage et elle se met à courir. Les larmes lui montent aux yeux. Le soulagement, l'euphorie et l'amour bourdonnent sa tête, mais ses jambes tiennent bon et la guident toujours en avant.

Charles ouvre les bras et elle se laisse tomber contre sa poitrine. C'est un moment de pur bonheur pour eux deux. Ils en sont tous les deux étourdis. La foule disparaît. Les yeux fermés, personne d'autre n'existe pour eux. Lorsqu'Alix lève la tête, leurs regards l'un pour l'autre en disent bien plus que tout mot pourrait exprimer. Leurs yeux parlent d'amour, d'espoir, de félicité… Surtout d'amour. Charles prend le visage d'Alix dans ses mains et pose sur ses lèvres un baiser empreint d'une immense tendresse. Leurs sentiments sont intacts. Ils se sourient, savourant le moment précieux de leurs retrouvailles. Ils sont un couple discret par nature dans l'expression de ses sentiments en public. Toujours sans dire un mot, ils se comprennent : des étreintes plus passionnées attendront un moment plus intime. Leurs amis, aussi patients soient-ils, ont hâte de retrouver Charles. Charles et Alix se tournent vers la foule. Comme un signal attendu, celle-ci se met à applaudir. Le bruit rappelle celui d'un poulailler, un souvenir lointain pour la plupart après les pénuries de la guerre … Quelques secondes plus tard, Charles est entourés d'amis et collègues, heureux d'embrasser celui qui leur a tant manqué à eux aussi. Avec gaité et rires, ils l'invitent à déjeuner et à dîner, lui offrent leur soutien pour relancer son cabinet d'avocat et lui proposent déjà mille projets. Une jeune femme de la Croix Rouge approche Charles et salue poliment Alix. Les deux femmes se connaissent bien pour régulièrement travailler ensemble. Après lui avoir brièvement présenté l'objet de sa présence, Charles la suit pour s'inscrire dans le registre de la Croix-Rouge. Quand il ressort, il regarde sa femme avec une intensité nouvelle. Il a appris son rôle de soutien.

'Je suis si fier de toi,' dit-il en lui prenant la main et l'embrassant.

Alix tend les clés à Charles en bas de l'immeuble pour qu'il ouvre lui-même la porte de chez lui, ce qu'il fait avec émotion. Derrière eux, leurs amis les suivent bruyamment et remplissent l'escalier de joyeux bavardages. Charles sourit d'entendre tant de gaieté autour de lui, mais surtout, il a hâte de se retrouver enfin chez lui. Une fois la porte de l'appartement fermée, la gorge serrée, il embrasse à nouveau Alix.

'Je vais chercher Geneviève,' lui dit-elle, en ayant du mal à lui lâcher le bras. Elle ne veut pas se séparer de lui tout de suite. Les yeux de Charles brillent d'un nouvel éclat au nom de sa fille. Leur petite Geneviève n'avait qu'un mois quand ils l'ont emmené. Il a si souvent imaginé comment son visage de poupon avait changé depuis.

'J'ai organisé des boissons et des amuse-gueules pour tous, juste au cas où…' ajoute Alix avec un coup d'œil vers leurs amis qui s'attardent à la porte. Avec son travail pour la Fédération, elle a l'habitude d'avoir du monde à la maison. Charles se tourne vers eux et, d'un geste, les invite à entrer. Le groupe applaudit et envahit sans plus attendre le salon des Bedos. Alix disparait pour revenir la minute suivante avec Geneviève dans ses bras. Albert et Herminie sont derrière elle, attendant leur tour. Ils gardaient la petite pendant qu'Alix était à la gare. Ils pensaient ainsi leur laisser ce moment à deux. Ils se trompaient ...

'Déjà presque 2 ans ...' se disait Alix la veille en observant sa fille. Son âge et l'arrestation de son mari correspondent presque.

Bien sûr, Geneviève ne se souvient pas de Charles. Quand son père avance les bras tendus, l'enfant cache son visage dans le cou de sa mère. Cet homme est juste un étranger dont elle est timide. Il la prend doucement dans ses bras et la soulève, le regard émerveillé. Alix observe la scène le sourire aux lèvres. Elle en a tant rêvé. Charles scrute avidement sa fille pour absorber et retenir chaque détail de son adorable frimousse, comme pour essayer de rattraper les mois qu'il a manqués. Derrière lui, la grand-mère étouffe un sanglot. Mais Geneviève s'agite et commence à pleurer. Bientôt elle crie et donne des coups de pied à son père. Elle ne veut pas de cet inconnu qui la fixe. Geneviève veut la sécurité de bras qu'elle connait et se réfugie dans ceux de sa grand-mère. Charles est un peu attristé par la réaction de l'enfant, mais Alix voit qu'il comprend. Cela la rassérène. Elle veut tellement le protéger quand elle le voit si faible.

Herminie s'approche de lui et l'embrasse avec plus de chaleur que par le passé. Elle est heureuse de son retour, bien que sa mentalité étriquée l'empêche toujours d'apprécier l'esprit hors-normes de Charles. C'est différent pour Albert : il y a toujours eu respect et appréciation mutuelle entre les deux hommes. La belle-mère, l'enfant en larme dans ses bras, offre un gentil sourire au couple et se retire. Le grand-père, qui attendait patiemment son tour, serre vivement la main de Charles.

Alix s'assoit aux côtés de Charles dans le salon. Elle écoute à peine les conversations qui portent principalement sur ce qui s'est passé en ville pendant l'absence de son mari. De toute façon, elle en a été témoin. Non, toute son attention est sur Charles. Il est silencieux. Il observe, il écoute. Le sujet du camp est soigneusement évité par tout le monde. Il tient la main d'Alix dans la sienne, ce qui la ravie : elle aussi a besoin de ce contact physique. Soudain, cette main se crispe et elle devient consciente du silence dans la pièce. Elle essaie de se rappeler la dernière phrase qu'elle a entendu sans l'écouter : 'Nous devrons également traiter de la question des collaborateurs et des informateurs'. Alix fait un effort pour ne pas réagir et se trahir. Elle évite du regard les deux hommes qui non pas leur place ici à ses yeux. Elle ne pouvait pas les empêcher de venir sans ternir cette belle journée. Aujourd'hui, elle ne veut que le positif. Leur tour viendra. Alix se tourne vers Charles. Il a gardé son charisme et sa fameuse assurance malgré son état affaibli. Cependant, il a pali à ce dernier commentaire et est devenu blafard et sévère, lui qui manquait déjà de couleurs...

'Nous traiterons ce problème plus tard. Aujourd'hui, un toast pour Charles !' dit quelqu'un d'une voix légère pour briser le silence.

Alix est reconnaissante de cette intervention, même si Charles est toujours tendu. Elle ne sait comment gérer la situation. Elle perçoit en lui une douleur, une distance. Alix se dit que c'est normal, qu'il vient juste de revenir.

'C'est une question de temps,' pense-t-elle, 'c'est tout. Quand il aura repris du poids, qu'il aura des vêtements appropriés, Charles se sentira mieux, bien sûr.'

Alors qu'Alix positive, Charles éprouve une sensation nouvelle d'être perdu, à la fois présent et détaché de son environnement, tel un observateur lointain même chez lui. Mais Alix ne peut savoir que l'ombre dans ses yeux est de la tristesse se mêlant au bonheur.

Il est déjà tard quand le dernier invité quitte la maison. Charles referme la porte et garde la main contre elle quelques secondes de plus que nécessaire. C'est la porte de chez lui. Sa maison. Sa femme bien aimée. Il se tourne vers Alix souriante qui, d'un geste tendre, lui caresse le visage.

'Mon Charles,' dit-elle alors qu'une pensée lui traverse l'esprit, 'as-tu faim ? Veux-tu que je te prépare quelque chose pour dîner ?'

'Tu cuisines à présent ?' lui répond Charles avec une étincelle dans les yeux. Il la prend dans ses bras et l'embrasse avec douceur.

'Les amuse-gueules m'ont suffi, mais je te tiendrai compagnie si tu...,' commence-t-il.

'Oh non ! Je suis trop heureuse pour avoir faim !' lui répond-elle.

Alix le prend par la main.

'Viens ! Faisons le tour du propriétaire,' lui dit-elle.

Les bras entrelacés, ils marchent lentement dans leur domaine. Il se remplit les yeux de sa vie *d'avant*. Il sait qu'il y aura toujours un *avant* et un *après*. Néanmoins, il ne dépend que de lui de choisir vers où regarder, vers l'avant ou vers l'arrière. Charles pousse la porte de son bureau. Il caresse le cuir de ses livres anciens, le bois ciré de son bureau, et les touches polies du piano à queue. Dans les minutes qui suivent, Beethoven emplit la pièce.

Alix ferme les yeux : enfin elle entend à nouveau les notes résonner dans l'appartement. Le silence du piano accentuait encore l'absence de Charles. Elle se rapproche de lui et l'entoure de ses bras. Une larme de bonheur lui échappe et roule le long de sa joue. Elle ne voit pas qu'il en est de même pour Charles. Il s'arrête et met sa main sur le bras d'Alix. Ils se sentent bien. Alix se penche un peu plus et ils s'embrassent. Leur baiser se prolonge, et les amoureux se laissent emporter par la passion.

Alix se tourne vers le bord du lit, elle n'arrive pas à s'endormir. Les yeux mi-clos, elle tend la main pour effleurer Charles qui dort allongé sur le sol, une couverture épaisse sous lui et couvert d'un simple drap. Elle écoute sa respiration lente et s'apaise en sentant sous ses doigts le corps de Charles. Son matelas lui semble trop grand et lui trop loin. C'est une situation temporaire jusqu'à ce que Charles se réhabitue à dormir sur un matelas, et non sur une planche ou, pire, sur quelqu'un quand les planches étaient surchargées. Alix a eu beau insister pour s'allonger à ses côtés, il a refusé qu'elle dorme par terre.

'Cela ne durera pas,' se rassure-t-elle. Ils ont un plan : chaque semaine, ils vont ajouter une épaisseur sous lui, de sorte que bientôt le lit lui sera à nouveau confortable. Les yeux d'Alix se ferment, mais son esprit est alerte et bien trop réveillé. Elle soupire. Elle essaie d'écarter ce qui la trouble mais elle ne peut pas y échapper : elle doit lui révéler '*La liste*'. Elle voudrait repousser le moment pour lui éviter cette peine – il est si mal en point - mais elle doit le lui dire.

'Demain,' se dit-elle, 'je le lui dirai demain matin. Au petit-déjeuner.'

Le sommeil continue de lui fuir. Avoir pris cette décision ne soulage pas ses angoisses.

Le petit-déjeuner fini, Alix se force à parler.

'Charles,' dit-elle avec le doux ton d'une mère qui prépare son enfant à une mauvaise nouvelle, 'il faut que…'.

Non, vraiment, les mots ne veulent pas sortir. Elle ne sait pas comment aborder le sujet. Alors elle sort une enveloppe de dessous la pile de journaux, la main tremblante.

'Je suis désolée…' dit-elle en la glissant vers lui, le visage triste et sérieux. L'enveloppe n'est ni adressée, ni scellée. Charles en tire *La Liste*. Tout de suite, il voit les cachets de la police française de Vichy et allemande, et s'interroge sur son origine. Sans s'appesantir sur la question, ses yeux parcourent le reste. Les colonnes de noms, de dates et…

'Non ! Ce n'est pas possible !' s'exclame Charles en jetant un regard consterné vers Alix avant de reprendre sa lecture. A son expression encore relativement contrôlée, Alix sait qu'il n'a pas encore lu l'information essentielle.

Cela ne tarde pas.

Charles atteint son nom et son regard suit la ligne vers l'ultime colonne de droite. Il y lit le nom associé au sien et ses yeux s'écarquillent. Son souffle s'interrompt. Il a un haut le cœur. Son visage forme une grimace qu'Alix ne sait comment interpréter.

'Non…' murmure Charles. Le nom est trop familier.

'Pas lui. Pas Philippe,' se dit Charles, sous le choc.

Le sentiment de trahison le brûle soudain et profondément. Des vertiges le prennent et il porte une main à sa poitrine osseuse. Il se sent faible.

Tous ces mois d'horreur et d'enfer… Et Philippe y a contribué.

Alix se lève et vient à ses côtés, entourant son corps avec ses bras. La gorge bloquée, Charles ne peut prononcer un mot. Il pose une main sur la sienne dans un geste qu'il veut rassurant alors qu'il ne peut quitter des yeux le nom lié sur ce papier. Une question tourbillonne dans sa tête. Charles en a la nausée.

'Pourquoi ? Pourquoi ?! Pourquoi !'

Le choc laisse place à la colère. Charles serre les dents et regarde devant lui les yeux dans le vide. Des images du passé défilent dans sa tête. Les moments de rires partagés avec cet *ami* pendant la période universitaire se mêlent aux voix allemandes lui ordonnant de marcher en cadence. Le poids sur sa poitrine est de plus en plus lourd et il est pris d'une toux soudaine. Alarmée, Alix saisit un verre d'eau et le lui tend. Charles l'écarte avec douceur. Il se concentre sur sa respiration et couvre sa bouche d'une serviette. La toux se calme. L'intermède lui a permis de reprendre, à peine et avec peine, le contrôle de ses émotions. Il relie le document une, deux, trois fois. Tous ces noms, et surtout, ce nom. Calme en apparence, sa colère devient plus profonde et froide, contrôlée, et analytique. Une colère plus dangereuse.

Alix sent le changement en Charles et décide d'en

dire plus sur le document.

'Charles, personne ne sait que j'ai ce papier. Je n'ai rien dit ou fait sans toi. Lui… et tous les autres noms… Que veux-tu faire ?' demande Alix d'une voix douce mais glaciale.

Alix reconnait la colère de Charles. Elle en porte une semblable en elle depuis des mois en son nom et au nom de leur couple.

'Je dois y réfléchir,' dit Charles les dents serrés. Il ne doit pas agir sur un coup de tête. Il sent la toux revenir et prend une gorgée d'eau dans l'espoir de l'empêcher. Il doit se ménager, sa santé en dépend et, avec sa santé, sa vie.

Il regarde la serviette qu'il tient encore serrée dans sa main. Elle est tâchée de sang.

'Alix, moi aussi je dois te parler. C'est sérieux,' commence Charles. Il prend les mains d'Alix dans les siennes.

## Et en coulisses…

'Tu aurais dû y aller,' dit Juliette en se servant une autre tasse de thé. Elle est agitée, nerveuse, et avec la mauvaise mine d'une nuit sans sommeil.

'Je n'ai pas pu,' lui répond Philippe à la fois agacé et penaud. Il se dit que oui, il aurait dû y aller, mais c'est facile pour elle de lui dire ça. Ce n'est pas elle qui craint de ressentir de plein fouet sa culpabilité en voyant Charles aussi squelettique et fragile que tous les autres déportés.

'Et bien, fais un effort ! N'attire pas les soupçons sur toi par ton manque d'enthousiasme,' continue Juliette.

Elle a raison, Philippe le sait, mais il n'arrive pas à imaginer un tête-à-tête avec Charles pendant lequel il serait naturel.

'Et puis, comment veux-tu qu'il le sache, de toute façon. Cela fait presqu'un an que la ville est libérée et tu es au-dessus de tout soupçon. Tu n'avais pas le choix, en plus. Maragne faisait une telle pression sur toi.'

Les propos de Juliette rassurent un peu Philippe. Encore une fois, elle a raison. L'arrestation de Charles, 'est surtout la faute de Maragne.

Juliette regarde son mari et son visage s'adoucit. Elle se dit qu'elle doit le soutenir et l'aborder différemment.

'Ecoute, pourquoi ne pas partir avec les enfants pour quelques jours de vacances ? Il fait si bon, et cela permettra de justifier pourquoi tu ne vas pas le voir tout de suite. Et à ton retour, tu auras beaucoup de travail. Qu'en penses-tu ? Une ou deux semaines, dès demain ?

'Oui, j'aime cette idée,' lui répond Philippe, son esprit ailleurs. Il pense à Maragne qui moisi en prison. Lui il sait et il peut parler.

Le gardien de prison annonce à Maragne qu'il a un visiteur.

'Qui ?' demande-t-il.

'Maurice Ladon, l'avocat que vous avez contacté.'

Maragne laisse échapper un soupir de soulagement. Il a contacté Maurice il y a quelques semaines déjà. Il est son dernier espoir d'avoir une défense décente devant le juge.

Maurice salue Maragne d'un signe de tête sans entrain. Il pose sa mallette à côté de lui mais n'en sort ni document, ni de quoi prendre des notes. Le silence s'installe entre les deux hommes. Maragne sent que le malaise le gagne et cela l'énerve. Comment peut-il perdre son sang-froid devant ce petit jeune qui a encore tout à apprendre de la vie, alors que lui a eu tant de pouvoirs.

'Bon, vous avez insisté auprès de mon cabinet pour me voir. Je suis là, alors que puis-je faire pour vous ?' demande Maurice.

'Je désire engager vos services pour me défendre. C'est une belle opportunité de vous faire un nom,' lui annonce Maragne.

Maurice le regarde incrédule pendant plusieurs secondes avant d'éclater de rire. Maragne est désarçonné par sa réaction.

'Vous plaisantez, n'est-ce pas ?' finit par répondre Maurice, 'vous pensez vraiment que je ne sais pas votre situation? Personne ne veut vous défendre ! Soyons sérieux, Monsieur, votre avocat nommé d'office par la Cour se considère bien malchanceux de voir son nom à côté du votre dans la presse, mais au moins tous savent que c'est une contrainte, pas un choix. Quant à moi, si j'étais votre avocat, je ne pourrais m'empêcher de plaider pour votre pendaison. Je vous méprise, Monsieur.'

Sur ces derniers mots, Maurice se lève pour partir.

Les lèvres pincées et le visage devenu blanc, Maragne tente une dernière tactique.

'J'ai des informations sur l'arrestation de Charles Bedos,' dit-il la voix tremblante.

Maurice s'arrête et se retourne.

'Avez-vous des preuves pour appuyer ces informations ?' demande Maurice le visage froid, 'Parce que n'ai aucune confiance en vous. Vous inventeriez n'importe quoi pour essayer d'améliorer votre cas. Mais non, bien sûr que non, vous n'avez pas de preuves. Parce que vous avez détruit tous ce que vous pouviez avant de tenter de vous enfuir. Ce qui vous a survécu, la Cour l'a déjà. Je me suis renseigné et Charles n'y est mentionné nulle part.'

Maragne ouvre la bouche pour parler, mais Maurice ne lui en laisse pas le temps.

'Mais je vous ai vu agir, moi,' continue-t-il, 'et j'ai subi vos pressions pour trahir Charles. Je sais que vous en avez approché d'autres aussi. C'est vous qui avez envoyé Charles dans cet enfer.'

Maurice se dirige vers la porte et le gardien lui ouvre. Il se retourne une dernière fois pour conclure le rendez-vous.

'Je vous souhaite le pire, Monsieur. Adieu.'

Maragne se sent glacé et vidé. Il jure contre Maurice et contre les avocats en général.

Maurice a rendez-vous avec un autre prisonnier qu'il a hâte de voir. George se morfond toujours en cellule, mais son dossier avance bien. De nombreuses personnes sont venues témoigner en sa faveur, affirmant que malgré sa foi en la collaboration et sa participation à un haut niveau, il était resté humain avec tous. Maurice a obtenu d'être son avocat et le défend avec ardeur.

'Charles est rentré !' annonce-t-il à George dès qu'il se retrouve face à face. Le visage de George s'illumine.

'Comment se porte-t-il ? Est-il en bonne santé ? Est-il toujours… lui-même ?' George pose questions après questions sur l'état physique et moral de Charles, et enfin il demande si ce dernier sait qu'il est en prison.

'Oui, il a demandé de vos nouvelles,' lui répond Maurice en souriant, 'et il approuve qu'Alix ait caché votre femme et votre fille à la Libération. Personnes d'autres n'est au courant où ils sont à présent. Alix m'a à nouveau dit hier qu'elles se portent bien et que vous pouvez être rassuré à leur sujet.'

George lui sourit. Sa famille lui manque, mais il ne veut pas que sa femme et sa fille prennent de risque en venant le voir. Il y a des malades dehors qui veulent sa peau et pourrait s'en prendre à elles par vengeance.

'Je vous remercie aussi pour votre aide, Maurice. Je sais que vous n'êtes pas rémunéré pour ce travail.'

'Oh, j'ai l'habitude à présent, ne vous en faîtes pas,' lui répond Maurice d'un ton moqueur, 'Et puis, j'ai beaucoup de clients qui payent bien à côté.'

'Il est temps de monter votre cabinet,' lui dit George avec sérieux, 'servez-vous dans mes dossiers de clientèle. Je préfère que ce soit vous qu'un autre.'

'Je dois vous avouer que j'ai déjà pris quelques-uns de vos dossiers. Quand vous étiez encore au cabinet mais que le vent tournait, j'ai pris et caché les plus dangereux pour vous. En bon avocat, je ne voulais pas aider la partie adverse en leur donnant un accès si facile.'

'Vous faîtes obstruction à la justice,' lui répond George, 'j'en suis heureux, mais je ne vous pensais pas…'

'Vous oubliez, George, que j'ai été formé par Charles ! Je crois en une justice humaine.'

George sourit en pensant à Charles. Son vieil ami est enfin rentré.

Zaza éclate en sanglot. Elle en a reçu confirmation : l'homme de sa vie ne rentrera jamais. La tête lourde sur ses bras croisés, avachie sur la table, elle pleure la mort de son bien-aimé. Zaza pense à leurs moments de bonheur et à leurs moments de plaisir. Elle revisite ses rêves pour leur avenir. Elle cherche dans sa mémoire la sensation de passer ses doigts dans ses cheveux, de caresser son corps. Et elle frémit en pensant à ce que son Didier a vécu dans les camps, aux souffrances que les Nazis lui ont fait endurer. Elle en arrive à espérer qu'il soit mort vite, sans avoir connu toutes les horreurs qu'elle a lu dans la presse. Mais ces pensées ne font que l'effleurer, c'est surtout le vide et la douleur de ce vide qui l'étreignent à la faire suffoquer. Il était si bon, son homme.

Zaza commence à revisiter le passé avec des « si »

et des « j'aurais dû ».
Elle se sent seule. Si seule.

## 11.

### Alix

Alix ne dort plus la nuit, alors elle s'effondre souvent après le déjeuner pour de longues siestes. Elle est désespérée de pouvoir aider Charles et rage d'être si impuissante face à la tuberculose qui le menace. Elle le sent si vulnérable, avec une telle tristesse au fond de ses yeux.

Même Geneviève sent les ombres qui planent autour de lui. Les deux premières semaines, la petite s'enfuyait aussi vite que possible sur ses petites jambes maigrichonnes -la guerre ne fait pas de gros bébés- pour se cacher derrière celles de sa mère. Quand Alix la mettait dans les bras de Charles, Geneviève criait et tentait de s'échapper, détournant les yeux avec crainte pour éviter le regard de ce géant. Bien que Charles soit heureux et souriant, son visage émacié rend ses yeux immenses et intimidants. Ils ont été témoins de bien trop d'horreurs, ces yeux. Leur fille le perçoit-il ? Puis, enfin, Geneviève a fini par accepter la présence de Charles dans la même pièce qu'elle. Cela a pris un mois pour qu'une complicité naisse. Charles est un homme patient, il comprend qu'il est un étranger pour sa fille. Il lui donne le temps dont elle a besoin, en espérant juste qu'il en aura suffisamment. Bien qu'il ne partage pas cette angoisse avec Alix, elle la sent et en perd le sommeil.

De jour, elle approche la mauvaise santé de Charles comme un nouveau combat et rejette la possibilité qu'ils puissent perdre cette guerre. Mais de nuit, elle n'arrive pas à faire taire cette peur de perdre Charles alors qu'elle vient juste de le retrouver. Non, ça elle ne le supporterait pas !

Les docteurs insistent pour que Charles se repose le plus possible et lui prescrivent trois jours par semaine au sanatorium du Grau du Roi. Charles s'y plie sans pour autant rester inactif, notamment au sein de la Fédération des Déportés.
Alix a mis du temps pour le convaincre de prendre sa place.
'Ça n'a plus de sens que je sois en charge,' insiste-t-elle, 'tu as été déporté et peux les représenter proprement. Tu l'as vécu, alors que moi, je ne suis que ta femme.'
Charles la regarde avec fierté à la table du déjeuner.

'Tu n'es pas 'que' ma femme. Tu as effectué un travail remarquable et je ne veux pas te le retirer. Il y a pléthore d'autres activités pour lesquelles je peux me rendre utile,' lui répond-il.
'Non Charles, mon travail fut pour les familles et les premiers retours. A présent, il leur faut une représentation, pas seulement une administration. Bien sûr, je serai ravie de travailler à tes côtés pour ces tâches administratives, mais il faut que le Président, ce soit toi.'
Même si la guerre a rendu Alix plus mature, elle reste toujours aussi entêtée.
'Son argument est de poids,' dit-il.
Alors soit, il laissera Alix se glisser dans l'ombre. Elle sera tout autant remarquable... Et remarquée.
Ignorant que Charles a déjà cédé, Alix continue de

défendre son idée. Elle explique qu'elle aura plus de temps pour se concentrer sur l'organisation du soutien aux familles, sur le suivi des registres, sur la réinsertion. Alix parle en femme forte, proactive et déterminée, mais elle ne lui dit pas tout : sa décision de se retirer est aussi liée à son désir de lui donner le premier rôle, comme avant. Elle en est si fière, de son Charles. Elle est persuadée que la présidence sera positive et pour lui, et pour la Fédération qui a besoin d'une figure de proue.

Et puis, c'est vrai, ce travail est de plus en plus prenant et complexe. Après le 8 mai 1945, le flot ramenant les déportés, prisonniers de guerre, travailleurs obligatoires, ainsi que les résistants cachés ou émigrés, ne cesse de croître. Le problème est que Nîmes fut libérée en août 1944, et entre-temps les personnes sur place ont bien avancé pour reconstruire leur vie. Les nouveaux emplois et opportunités en affaire furent saisis rapidement et les postes de ceux qui reviennent ont été remplis depuis longtemps. Les Nîmois veulent laisser au plus vite les traumatismes des dernières années derrière eux et, bien qu'ils accueillent les retours avec enthousiasme et fraternité, ils cachent mal une certaine inquiétude : les déportés sont à la fois des miraculés et une menace contre tout ce qui fut acquis en leur absence. Petit à petit, Charles et Alix prennent conscience que les histoires des déportés provoquent un certain malaise à tous les niveaux de la société nîmoise. Pire, la culpabilité d'avoir mené une vie plus ou moins normale les gêne, alors qu'ils pensaient avoir souffert sous Vichy et la collaboration.

Les réunions de la Fédération dans l'appartement

des Bedos deviennent encore plus importantes psychologiquement pour les rescapés, y compris pour Charles. Plus chanceux que nombre d'entre eux, il prévoit déjà de relancer son cabinet dès que sa santé le lui permettra. Sa réputation d'avocat est intacte et il a déjà des demandes d'anciens et de nouveaux clients potentiels pour ses services. Mais les autres déportés sont trop souvent sans emploi et en souffrent. Ces derniers sont dépendants de leurs partenaires pour vivre, s'ils n'ont été remplacés là aussi. L'angoisse et la confusion de nombreux ex-détenus, à la fois à cause de leurs traumatismes psychologiques et parce qu'ils ne trouvent pas de place dans la société, affecte profondément Charles. Grâce à la Fédération, il peut se battre pour eux, avec Alix à ses côtés.

Pourtant, Alix a parfois des doutes quand il revient désenchanté certains soirs. Alors son instinct protecteur voudrait lui dire d'arrêter, mais elle se retient. C'est le cas lorsque plusieurs directeurs d'école approchent Charles pour qu'il vienne témoigner dans des classes et donner un compte-rendu direct des camps nazis. Ils pensent que cela bénéficiera aux élèves. Pour Charles, c'est une épreuve difficile. A l'idée de parler des camps, toutes les images, les odeurs, et les peurs qu'il essaye d'enfouir tant bien que mal remontent à la surface. Sa gorge se noue, un poids écrase sa poitrine, et son corps entier tremble sous l'émotion. La blessure est si fraîche et la douleur trop profonde. Mais pour lui, témoigner des horreurs des camps est un devoir de mémoire, pour l'histoire et pour ceux qui n'ont pas survécu. Et puis, même mieux loti, Charles ressent que les gens ont du mal à gérer et même imaginer comment de tels camps ont pu exister et quiconque y survivre sain d'esprit. Les atrocités des camps furent si extrêmes, si inhumaines, que beaucoup ont du mal à accepter l'envergure et la précision de la politique d'élimination nazie, surtout si proche d'eux en Europe, et ce malgré la couverture médiatique. Nombreux sont ceux qui, consternés qu'un tel mal puisse être arrivé à leur insu et dans un pays voisin soi-disant civilisé, préfèrent l'ignorer. Pour d'autres, c'est trop dérangeant : comment un gouvernement français aurait-il pu laisser cela arriver à son propre peuple ? Vichy ne pouvait pas savoir, n'est-ce pas ?

'Oui,' pense Charles, 'L'ignorance est moins dérangeante que d'analyser cette barbarie gênante. Car… Ne la portons nous pas tous en nous, dans notre humanité ?'

Si Charles concède la nécessité de ne pas s'attarder sur le passé pour aller de l'avant, il s'oppose à le rejeter parce qu'inconfortable. Jamais il ne faut oublier, jamais ! Alors, il se force à accepter les invitations des écoles, à raconter ces souvenirs qui l'indisposent et lui donnent la nausée quand il partage son expérience. Souvent, il ne peut empêcher des larmes de couler le long de ses joues quand il en parle en détails. Mais les adolescents sont trop choqués par ses paroles. Ses interventions en classe prennent vite fin, à la demande des parents protecteurs.

'Il est trop tôt !' un directeur d'école, plus loquace que les autres, lui explique, 'les esprits ne sont pas prêts, et puis les enfants essaient encore de surmonter leurs propres expériences de la guerre. Vous comprenez, n'est-ce pas ?'

Charles l'écoute en silence et hoche la tête aux

moments opportuns. Enfin, il répond.

'Je comprends, mais je crains que les parents ne soient pas plus mûrs que leurs enfants.'

Charles s'inquiète qu'avec le temps, les horreurs des camps soient attribuées à la folie de quelques-uns au pouvoir et à leur idéologie. Il sait que ce n'est pas le cas, il l'a vu et vécu. Le nazisme a seulement fait ressortir la noirceur inhérente à l'humanité, lui a donné le pouvoir et les moyens de se déchaîner.

'Que l'histoire, pour une fois, apprenne sa leçon,' prie Charles en mettant son chapeau au sortir de l'école. Alix le rejoint pour déjeuner en ville et il lui raconte son entretien. Alix reste silencieuse quelques secondes avant de le rassurer : l'histoire n'oubliera pas. Il faut rester positif.

'Regarde, c'est une belle journée,' lui dit-elle, 'marchons un peu.'

Le couple avance et observe leur ville en plein renouveau.

Charles ne prend pas de décision importante sans en parler à Alix. Elle le soutient en tout mais y mets une condition : que sa santé passe d'abord. Or Charles a du mal à se fixer des limites.

Dans le mois qui suit son retour, il est à son bureau lorsque la secrétaire de la Fédération vient lui annoncer qu'il a des visiteurs, y compris Maurice. Charles se lève, toujours heureux de voir son ancien assistant. Ce dernier est accompagné de plusieurs avocats de Nîmes et de la région.

'Messieurs, quelle entrée !' s'étonne Charles, 'mais à quoi dois-je l'honneur d'une visite si bien orchestrée ?'

'Nous avons besoin de vous !' répond Maurice, 'La ville, a besoin de vous. Et nous sommes venus demander votre aide. Comme vous le savez, Nîmes est en pleine restructuration et la mairie veut créer un comité pour gérer les problèmes judiciaires. Il servira de liaison avec le Palais de justice. Seulement un avocat réputé et au-dessus de tout soupçon doit en prendre la tête. Une personne dont l'autorité ne sera pas contestée. Charles, nous venons te prier de présider ce Comité.'

Charles en connait l'existence. Le Comité fonctionne depuis plusieurs mois déjà et sa présence en son sein ne lui semble pas nécessaire. De plus, il est déjà bien occupé, alors Alix s'y opposera certainement. Mais il hésite : le travail du comité judiciaire est important. Aider à reconstruire les fondations de la ville, participer activement à une action positive de justice… Comment résister ?! De plus, *la liste* est toujours bien présente et pesante dans son esprit : travailler pour la ville lui permettrait surement d'avancer plus rapidement dans ses recherches sur son bienfondé.

Pourtant, il sait qu'il doit se ménager. Il pense à Alix et à sa santé fragile.

'Et toi, Jacques ? Toi aussi tu as été déporté. Pourquoi pas toi ?' demande Charles dans une tentative de retrait.

'Je ne suis pas Nîmois, et je n'ai pas ta notoriété,' lui répond Jacques, un avocat de Montpellier.

Charles hésite. Maurice intervient.

'Je vous assisterai pour que la tâche ne vous fatigue pas,' Maurice insiste, 'et ils organiseront les réunions autour de votre agenda et de vos traitements.'

Charles sourit.

'Ah Maurice,' pense-t-il, 'vous me connaissez si bien.'

'Soit,' leur dit Charles, 'je vais y réfléchir et vous donnerai une réponse d'ici la fin de la journée.'

Il regarde ses amis et collègues avant de reprendre : 'Je la souhaite positive.'

Une fois seul, Charles va dans la chambre de Geneviève où la petite fait une sieste. Il regarde avec tendresse sa fille endormie et paisible. Puis il va dans la grande chambre où Alix fait une sieste et s'assoit sur le lit, ce qui la réveille. Il l'embrasse et lui raconte la visite des avocats. Alix ferme les yeux, comme si elle était encore prise de sommeil, mais elle réfléchit. Elle aussi souhaite que Charles participe à la reconstruction de la ville pour réparer les fractures sociales causées par la guerre. Souvent il lui répète qu'elles sont autant de blessures propices à s'infecter, et la société avec elles. Alix donne priorité au combat contre la tuberculose pour sauver son mari, mais elle sait que Charles est un homme d'esprit et que ce dernier doit être occupé pour rester sain. Sa mission est donc de trouver et de maintenir le juste équilibre.

'Si nous faisons les choses correctement cette fois, dans cette ville, dans ce pays, sur ce continent, peut-être alors que notre fille grandira sans vivre les monstruosités d'une guerre. Si... Toujours des si...,' lui explique-t-il, 'C'est pour cela que je veux agir, pour elle, et pour sa génération. Il faut mettre en place des fondations solides.'

Alix lui sourit et hoche la tête dans un signe d'accord.

'Mais si je vois des signes de fatigue, je t'envoie au sanatorium pour un mois sans travail !' ajoute-t-elle avec sérieux.

Charles rit. Il embrasse à nouveau sa femme.

'Je travaillerai *piano, piano*... Je te promets de faire attention. Et puis, cela me permettra d'accéder aux fichiers confidentiels de la Mairie et du Palais. Ça m'aidera pour mes recherches sur *la liste*.'

A ces derniers mots, l'estomac d'Alix se noue. Un gout amer lui emplit la bouche alors que colère et désir de revanche montent en elle. Philippe et Juliette l'ont vu la semaine passée. Un de leurs voisins a organisé un cocktail en l'honneur du retour de Charles et, quand ils sont arrivés, Philippe était là en train de bavarder et de rire avec les autres convives. Sa haine quand elle a vu cet homme l'a surprise tant elle était forte. Elle a senti que Charles fut aussi choqué, et elle en détesta Philippe encore plus. Charles a essayé de se contrôler, de ne pas laisser ses sentiments prendre le dessus. Ce fut un tel effort de se contenir qu'il en eut des vertiges et dû s'appuyer davantage sur le bras d'Alix. Et cet homme qui s'est tourné vers eux et a souri – souri ! - Comment a-t-il osé ?! Charles l'a regardé droit dans les yeux avec sévérité, même une certaine violence. Lentement elle a vu le visage de l'homme se décomposer. Alix a vu la peur dans ses yeux. Philippe a compris que Charles et elle savent. Maladroitement, il bafouilla quelques mots et se sépara de ses amis. Approchant sa femme, il lui parla à l'oreille et elle pâlit à son tour en jetant un coup d'œil vers Charles et Alix. Quelques secondes plus tard, le couple était parti. Depuis, Philippe et

Juliette semblent rester à l'écart de toutes les occasions où Charles et Alix sont invités. Alix a pris sur elle de dire qu'elle est en froid avec l'épouse, sans donner de détails.

*La liste...* Charles doit décider qu'en faire, doit juger le sort de cet homme, mais il n'y arrive pas. Il lui faut plus de preuves, une raison, une certitude, avant de rendre le document public. Jusqu'à présent, il n'a rien trouvé. Plus il y réfléchit, plus il est déchiré : derrière son action, quelle serait sa véritable motivation ? Un désir de justice, ou un besoin de vengeance personnelle ?

Alix, elle, se pose moins de questions : elle laisse à Charles la décision, mais espère que cet homme va payer pour ce qu'il a fait, pour sa trahison et le mal qu'a vécu l'homme de sa vie. Et elle par son absence.

## Charles

Charles avance lentement vers la mairie, savourant le trajet sous le soleil. Cela ne devrait prendre qu'une quinzaine de minutes, pourtant il est parti une heure à l'avance : il sait d'expérience qu'il fait toujours des rencontres qui le retardent devant le Palais de Justice. Charles observe chaque détail autour de lui avec tendresse et émerveillement. Il fait si bon ! Charles lève les yeux vers le ciel bleu turquoise, submergé de gratitude d'être en vie. Pourtant, un poids pèse sur sa poitrine et dans son esprit, toujours là, dans l'ombre. Il suit un régime strict de réhabilitation, mais la tuberculose terrée dans ses poumons s'entête à affaiblir tous ses gestes, aggravant la fatigue générale avec une toux persistante et irrégulière, de jour comme de nuit. Le dernier traitement semble enfin avoir des effets prometteurs, mais si peu. Ses espoirs reposent sur l'avance médicale américaine contre cette maladie... Mais qu'en est-il des cauchemars et des sueurs froides toutes les nuits ? Ces maux invisibles, quel traitement peut les guérir ?

'Le temps les cicatrisera,' se dit-il, 'je dois être patient, rester positif.' Alors il pense à Alix et Geneviève et se concentre sur le présent et le futur. Le présent, surtout : il a appris à apprécier chaque instant de vie dans les camps, et aujourd'hui il déguste tout moment de bonheur.

Une quinte de toux le prend lorsqu'il monte les marches de la mairie vers la salle de réunion. Il s'arrête et porte un mouchoir à sa bouche, puis machinalement vérifie s'il y a des traces de sang. Un collègue arrivant derrière lui s'inquiète.

'Charles, vous allez-bien ?' s'enquiert-il en offrant son bras en soutien.

Charles attend quelques secondes pour répondre, le temps de prendre une respiration profonde et que la toux ne se calme.

'Oui, je vous remercie, je vais bien,' répond-il avec un sourire fatigué, 'allons-y, nous avons une longue matinée de travail devant nous.'

Charles ne s'appesantit pas sur son sort. Il se reposera demain, lors de son traitement au sanatorium.

La matinée s'annonce longue en effet. L'ordre du jour est particulièrement délicat pour Charles. Aujourd'hui, la douzaine d'homme qui s'installent autour de la table de réunion s'attaque au sort des collaborateurs et comment traduire en justice ceux qui y ont échappé jusqu'alors.

La question est sensible dans tout le pays après la période de purge incontrôlée contre ceux et celles accusés par le public de collaboration sous Vichy. Trop violente et indisciplinée, cette chasse à l'homme a entraîné la mort, soi-disant, de plus de dix mille personnes. Pour certains, le chiffre est grossièrement exagéré ; pour d'autres, les estimations sont trop faibles. Pour tous, trop d'erreurs furent commises. Certaines femmes ont beaucoup souffert, aussi. Parfois sans preuves et seulement soupçonnées d'avoir sympathisé avec les Allemands, ces femmes furent soumises à des « cérémonies » publiques honteuses. À moitié vêtues, voire parfois nues, leurs têtes rasées, elles furent marquées au fer ou au goudron avec le symbole nazi sur la tête ou sur le corps, avant d'être défilées et ridiculisées par la foule. Certaines ont également été battues et même lynchées.

Une telle chasse à l'homme, à tort ou à raison, était prévisible et Charles regrette qu'elle fût si peu contenue. Il est opposé à une justice barbare et à ses abus. Si les profits personnels motivaient certains collaborateurs, il en fut de même lors de la purge, pendant laquelle certains cherchaient à se débarrasser d'un concurrent ou d'un obstacle dans leurs affaires, par exemple. Quant aux femmes, méritaient-elles la punition sévère qui leur était infligée, sans même avoir la possibilité de se défendre ? L'habit ne faisait pas le moine, comme Svoboda ou le Capitaine von Burg l'ont prouvé, pour ne citer qu'eux parmi les anciens ennemis. Il est grand temps de rétablir l'ordre et que la justice reprenne son cours normal.

Charles souhaite une vraie justice, une qui soit équitable et bien fondée. C'est aussi pourquoi il n'a pas encore distribué ses copies de *la liste* aux hommes assis autour de la table. Le dossier est prêt, là, sous sa main. Il ne se résout pas à l'ouvrir et à en faire passer les feuillets. Qui plus est, chaque participant a déjà trois différentes listes devant lui : l'une compilant les noms de collaborateurs déclarés, soigneusement établie à partir des documents récupérés auprès de la police de Vichy et avec des preuves indéniables. Ils ont agi par conviction personnelle pro-Vichy, pro-Nazisme ou par haine du communisme. Ces hommes font face aux conséquences de leurs actions devant des tribunaux spéciaux depuis un an déjà, tribunaux dont le verdict est sans appel. Certains se sont enfuients à temps ; plus nombreux sont ceux encore en attente de jugement. Charles soupire en pensant à

George. Il est allé le voir en prison pour lui apporter son soutien et s'enquière souvent auprès de Maurice sur l'avancée de son cas. S'en occuper directement est au-dessus de ses forces.

Le deuxième document traite des collaborateurs qui ont utilisé l'occupation pour leur profit personnel en s'enrichissant sur le dos des autres. Ils doivent encore faire l'objet d'une enquête approfondie sur leurs activités et leurs abus du système.

La troisième et dernière liste est la plus controversée : elle fait référence aux personnes qui pratiquaient la collaboration par obéissance civile à l'État. Ils ont donné amis, voisins et des collègues conformément aux lois de Vichy, agissant aussi souvent par peur ou sous pression. Ou ceux qui, lorsque la police frappe à leur porte, ont fourni l'information recherchée, mais ils ne seraient pas allés au poste par eux-mêmes pour la donner. Cette catégorie crée un malaise autour de la table. Ces personnes sont difficile à classer. Sont-ils des collaborateurs ? Des délateurs ? Sont-ils à faire passer en justice ?

'Pour les personnes nommées dans les deux premiers documents, les affaires peuvent être portées devant les tribunaux, mais pour la troisième liste…' dit Jacques.

'Interrogés, les hommes et les femmes concernés affirment qu'ils n'avaient pas le choix. Ils se protégeaient, voire subissait un chantage les poussants à agir en informateur,' ajoute un autre membre du Comité, 'un dirigeant d'entreprise affirme même que les autorités l'ont forcé à leurs donner des informations sur quelqu'un, sans quoi son usine serait fermée et tous ses employés au chômage ... Alors, que choisir, protéger une personne et ou en protéger une centaine ? Ses dires sont impossible à vérifier.'

'Pour la majorité,' reprend Jacques, 'il n'y a aucun moyen de prouver s'ils disent vrai ou faux.'

'Qu'en penses-tu, Charles ?' demande un des participants.

Le silence tombe dans la pièce, un silence solennel et inconfortable. C'est inhabituel. Au cours des dernières semaines, bien que sérieux, le travail s'est toujours effectué dans une ambiance informelle. Charles parcourt rapidement le document du regard. Il pense à *la liste* dans ses dossiers. Le sentiment de trahison le pique au cœur immédiatement. Et lui, Philippe, quelle est son excuse ? La conviction de son devoir de citoyen ? De la jalousie professionnelle ou privée ? Bien sûr, il pourrait lui rendre visite pour exiger des réponses, mais il ne le fera pas. Charles douterait toujours de la véracité de ses paroles. Il n'aura jamais de réponse satisfaisante à ses questions. Sa main se crispe et se décrispe sur ses genoux sous la table. Charles est pris par une anxiété soudaine qui pèse sur sa poitrine et l'empêche de respirer.

'Je ne suis pas encore prêt à prendre une décision', pense-t-il, 'Agir aujourd'hui, c'est étancher ma soif de vengeance et je dois contrôler ça. Je le regretterais si je le faisais : toute satisfaction aujourd'hui risquerait de prendre un goût amer dans le futur.'

Charles essaie de se convaincre, mais l'amertume est déjà là dans sa bile.

'Mettons ce troisième dossier de côté pour plus tard', s'entend-il dire, 'Notre priorité est d'abord de cibler les personnes accusées de trahison, de fraude, d'abus de pouvoir, etc. pour des gains personnels, dans le cadre de la collaboration. Alors je suggère que nous nous concentrions sur les deux premières listes officielles pour le moment.'

Charles prend le troisième fichier et la glisse dans son dossier, au-dessus de sa liste.

En fin de réunion, après quelques hésitations, Charles prend la parole : 'Concernant le troisième dossier, il me semble que ce Comité n'est pas qualifié pour gérer les cas d'obéissance civile au régime de Vichy. Une action légale à leur encourt n'aboutirait probablement à rien. Une alternative est de ne pas passer par le Palais et de simplement publier le document. Cela les condamnerait à l'opprobre public,' Charles s'arrête, scrutant la salle dans l'attente de commentaires. Aucun ne se fait entendre.

'Cependant,' reprend-il, 'ce serait les condamner sans leur donner un droit de se défense. Pouvons-nous décemment faire cela ? La guerre n'a-t-elle pas déjà causé suffisamment de dégâts dans notre société ?'

Charles s'arrête. Il sent sa gorge le titiller et craint une nouvelle quinte de toux. Il prend une gorgée d'eau avant de continuer.

'Mon opinion est de garder ces documents confidentiels et de les laisser dormir quelque temps. Nous pourrons toujours y revenir plus tard pour plus d'analyse et d'enquêtes.' Sa voix trahit sa fatigue. Pour tous, elle vient de sa maladie. Lui sait que la colère, le doute, et l'anxiété l'épuisent aussi en cet instant.

Les membres du comité acquiescent. Ils ne sont pas

surpris par sa prise de position sage et l'approuvent. La main de Charles se pose à nouveau sur la pile de dossiers devant lui. *Sa liste* est plus spécifiques que le document qu'il vient de mettre de côté et donc plus dangereuse pour ceux nommés. Elle semble lui brûler la main à travers l'épaisseur de papiers.

**Et avec les jours qui passent…**

Monsieur Antoine est dans son bureau dans la Maison Close. Il trie ses papiers en écoutant Madame Odette.

'Pauvre Zaza. Elle n'avait pas perdu espoir,' lui dit-elle.

'Encore une autre injustice à ajouter à cette guerre. C'était un type bien, Didier,' dit-il.

'Elle n'a pas ouvert la boutique depuis une semaine. Ça va pas du tout. Elle est très seule. Qu'est-ce qu'on peut faire ?' continue Madame Odette.

Monsieur Antoine devient immobile et son regard est perdu dans le vague. Il réfléchit. Que peuvent-ils faire ? Il a bien une idée, mais…

Zaza n'a aucune envie d'ouvrir la porte. Debout dans le couloir, elle la regarde sans bouger, vêtue d'un peignoir jeté sur la même robe qu'elle porte depuis une semaine. La sonnette retentie à nouveau et elle tressaute. Avec un soupir, elle va enfin ouvrir la porte.

Monsieur Antoine se tient devant elle et la salue d'un rapide touché de son chapeau. S'il est surpris par l'allure défaite et négligée de Zaza, il n'en montre rien. Il tient par la main un jeune garçon au regard intelligent et timide.

'Zaza, puis-je entrer ?' demande-t-il après quelques secondes de silence.

'Oui, bien sûr,' répond-elle la voix éteinte en leur laissant le passage.

Monsieur Antoine et David entrent. Il se dirige directement à la cuisine, où il sert un verre d'eau à l'enfant.

'Zaza, cet enfant a besoin de vous,' lui dit Monsieur Antoine sans détour, 'ses parents ont disparu et ne reviendront plus. Il fut caché chez Madame Odette jusqu'à présent, mais ce n'est pas le meilleur endroit pour lui. David est brillant, il faut lui redonner un avenir.'

Zaza les regarde sans un mot. Monsieur Antoine est tenté de la secouer, mais il comprend sa peine et ne veux pas la forcer.

'Moi aussi je suis seul,' commence David, 'peut-être qu'on peut être seuls tous les deux ? Je peux faire le ménage, vous aider en cuisine… '

Le visage de Zaza s'adoucit. Monsieur Antoine se tourne vers David.

'David, est-ce que tu crois que nous nous débarrassons de toi ?!' lui dit-il gentiment, 'Nous voulons que tu ailles à l'école, reconstruises ta vie. Toutes les filles t'aiment beaucoup à la Maison ! Nous espérons quand même que tu viendras nous voir de temps en temps. Tu vas nous manquer.'

Zaza les observe et s'approche. Elle pose une main sur l'épaule de David.

'J'ai faim. Tu as faim ?' dit-elle.

David hoche la tête.

'Des pâtes, ça te dit ?' demande-t-elle.

David hoche la tête à nouveau avec un sourire.

'Je mets de l'eau à bouillir et je te montre ta chambre. Il faudra la garder en ordre. Je n'aime pas le fouillis.'

Le sourire de David s'élargit encore. Monsieur Antoine et Zaza se regardent, un accord silencieux passant entre eux.

'Bon, je repasserai demain avec tes affaires,' dit-il et

d'ajouter en se baissant, 'et David, prend bien soin de Zaza, je compte sur toi. Elle a besoin d'un homme dans cette maison.'

David reprend un air sérieux.

'Oui, Monsieur Antoine,' lui répond-il.

Zaza les regarde et sent sa respiration s'alléger. Quelqu'un a besoin d'elle. Elle a une raison de continuer. Elle ne le voulait plus, mais maintenant, peut-être que la maison sera moins vide.

Sur le chemin du retour, Monsieur Antoine pense à David, à la Maison Close, et aux années à venir. Il faut avancer et reconstruire, mettre de l'ordre dans ses affaires passées et les clore, et saisir les belles opportunités illégales d'après-guerre. Le Milieu se réorganise très vite, et il veut s'y placer au mieux. Il a quelques coups de fil à placer.

Maurice, lui aussi, se lance dans une nouvelle aventure : il monte son cabinet. Comme toujours, Charles le soutient. Maurice insiste qu'il désire Charles comme conseiller et mentor, ce qui permettra aussi à ce dernier de remonter à l'étrier plus rapidement lorsque sa santé sera meilleure.

Le soir qui suit la promotion de Madicci par le nouveau préfet, les trois hommes se retrouvent pour célébrer ces dernières bonnes nouvelles.

'Il faut relancer nos soirées poker !' s'exclame Madicci, 'Maurice, vous devez vous joindre à nous.'

'J'ai entendu parler de vos talents. Je regrette, mais je ne suis pas à la hauteur,' répond ce dernier.

'Maurice, enfin, ne soyez donc pas si défaitiste,' rétorque Charles, 'comment pensez-vous vous améliorer si vous ne jouez pas à un haut niveau ? Non, c'est décidé, vous êtes des nôtres une soirée par mois.'

'Il nous faut un, ou mieux deux autres joueurs,' continue Madicci, 'George dans le futur, espérons. Et Philippe…'

'Oublions Philippe,' intervient Charles d'un ton sec, 'nous sommes en froid.'

Madicci et Maurice ne font pas de commentaires sur cette dernière remarque, et Madicci poursuit comme si de rien n'était.

'Nous trouverons, et en attendant, célébrons !'

Madicci et Maurice lève leur flute de champagne, et Charles son verre d'eau. L'alcool lui est fortement déconseillé.

'Aux jours meilleurs !' dit Madicci.

'Je n'en peux plus !' s'écrie Juliette.

Philippe s'efforce de calmer sa femme qui pique une crise de nerfs dans la cuisine.

'Veux-tu repartir pour quelques jours ?' lui propose Philippe.

'Non Philippe. Ce n'est pas une solution. Pire, ce serait une admission de culpabilité. Non. Déjà tout le monde commence à me demander quel est le problème avec Alix, et comme nous sommes toujours ceux qui nous retirons, nous apparaissons fautifs.'

Philippe ne répond pas ce qu'il pense : qu'ils sont assez fautifs.

'Non, Philippe, je n'en peux plus !' continue Juliette, 'c'est clair non ? Ils ne peuvent rien contre nous. Je ne sais pas ce qu'ils savent ou pas, mais s'ils avaient des preuves, on le saurait déjà à nos dépens'

Philippe préfère garder le silence. Il n'est pas fort

en confrontation, surtout avec sa femme.

'Alors ça suffit ! On arrête de se faire invisible, et quand on se retrouve aux mêmes évènements, on les ignore tout comme ils nous ignorent. Et puis, Alix, ce n'est pas non plus la Sainte Marie. Je ne parierai pas sur son innocence pendant la guerre, à celle-là. Elle s'est quand même étrangement bien débrouillée pour tout garder quand les Allemands étaient là ! Moi je dis qu'elle a des choses à cacher, la Bedos.'

Les époux se regardent, Juliette en haletant, Philippe pensif.

'D'accord. Nous allons jouer différemment,' lui répond-il enfin.

## 12.

## Alix

Alix se réveille seule dans le lit et soupire. Elle ne s'y fait pas, à cette séparation nocturne. Cela fait deux mois déjà. Elle tend le bras vers Charles endormi par terre à côté d'elle.

'Charles ?' appelle-t-elle doucement.

'Oui mon amour ?' lui répond Charles d'une voix encore endormie.

'As-tu dormi ?'

'Oui. Très bien les nuits dernières.'

Alix sourit, cela la rassure qu'il se repose. Son corps en a besoin.

'Ce soir, nous ajouterons une couverture, qu'en dis-tu ?'

'Non. Cette nuit, je dormirai contre toi.'

Charles pousse les couvertures, se lève, et vient s'allonger dans le lit. Il prend Alix dans ses bras. Ce moment matinal, elle le savoure chaque jour. Aujourd'hui, son bonheur est voilé par le souvenir de la visite du Président de la Fédération de Déportés la veille, venu de Paris exprès pour rencontrer Charles. Sur les recommandations de nombreux collègues et déportés, il a invité Charles à prononcer un discours de témoignage dans les arènes de Nîmes au nom de l'histoire. Charles a accepté immédiatement, mais Alix le sait très appréhensif. Ses plaies sont encore vives et extrêmement douloureuses. Il ne fut pas lui-même le reste de la journée.

'Charles, je sais que cela te pèse d'écrire ce

discours…'

'Je crains vraiment de ne pas en avoir la force,' Charles l'interrompt, 'rien que d'y penser, j'en ai des nausées.'

Son corps se tend et Alix regrette instantanément d'avoir abordé le sujet. Cependant, elle a ses raisons.

'Charles, pourquoi ne pas prendre quelques semaines ? Partir en vacances ? Tu en as besoin ! Tu n'as pas arrêté depuis ton retour. Tu es soit en réunion, soit au sanatorium. Nous pourrions partir en famille. Tu écriras le matin, et nous te changerons les idées après. Qu'en penses-tu ? Un petit tour vers Monaco ? Un voyage en voiture ? Je conduis !'

Charles rit. Alix a son propre véhicule à présent et n'aime pas conduire la Lincoln.

'C'est une bonne idée. Je passerai plus de temps avec toi,' il embrasse Alix, 'et cela me rapprochera de Geneviève.'

Cette même journée, Alix s'affaire pour organiser leur départ. Le moment est propice aux voyages : tout marche au ralenti en août de toute façon.

Ils partent le weekend suivant.

Alix est au volant sur les belles routes méridionales qui les emmènent vers la Côte d'Azur, Charles à ses côtés et Geneviève à l'arrière. Elle parle, racontant une des anecdotes partagée par Zaza pendant les longues nuits à la gare. Il écoute, observant la route et redécouvrant avec plaisir le paysage familier. Prise dans son histoire, Alix gesticule de sa main libre et fait un geste brusque vers lui. Charles est pris par surprise et, d'instinct, se protège de ses bras contre les coups du Nazi ou du Kapo. C'est une impulsion viscérale.

Cet automatisme les choque tous les deux.

'Oh Charles, je suis désolée !' s'exclame Alix en s'arrêtant sur le bord de la route. Elle se tourne vers Charles et éclate en sanglot. Il tremble de tout son corps, ses yeux encore emplis de la vieille peur du coup mortel. Le prenant dans ses bras, Alix le sent frissonner malgré la chaleur de l'été.

'Mon amour,' lui dit Charles les larmes aux yeux, 'ce n'est qu'un mauvais réflexe. Ça passera. C'est moi qui suis désolé.'

Charles est ébranlé : qu'un simple geste cause tant d'angoisse en lui, qu'en sera-t-il pour écrire tout un discours ? Qu'en sera-t-il de revivre mentalement son expérience dans l'exercice de la transférer sur papier ?

Les bagages déposés à l'hôtel, Charles et Alix se rendent sur la terrasse du casino de Monaco pour se rafraichir après la longue route. Charles a hâte de se changer les idées et d'échapper aux ternes pensées qui lui emplissent la tête depuis son geste d'autoprotection. Alix installe la poussette de Geneviève près d'une des tables libres. Toujours galant, Charles tire la chaise de son épouse, puis s'assoit à ses côtés. Parcourant la terrasse du regard, il se lève d'un bond, le visage plein de surprise et de joie.

'Simon !' s'écrie-t-il.

Un homme marqué par les années tourne la tête. L'étonnement se lit d'abord dans son regard, suivi d'allégresse.

'Charles !' s'écrie-t-il à son tour en se levant.

'Simon, je vous croyais mort,' lui dit Charles tout en s'élançant vers son ami, 'On m'a dit que vous aviez été transféré à Auschwitz !'

'Mon cher Charles,' s'exclame Simon, 'moi aussi, je vous pensais mort !'

Les deux amis tombent dans les bras l'un de l'autre et se tiennent pendant un long moment. Ils ne peuvent retenir leurs larmes. Les personnes présentes sur la terrasse se lèvent et se mettent à applaudir. Nombreux sont ceux qui, pris par l'émotion, ont aussi les larmes aux yeux, Alix la première.

Charles présente Alix à son ami, puis les deux hommes s'éloignent et Alix les laisse seuls. Elle comprend qu'ils sont des expériences et des conversations qui lui échapperont toujours. En attendant, elle commande un *gin & tonic* pour elle, un thé glacé pour son mari, et sort un livre de son sac. Cependant, ils ne sont pas loin et elle ne peut s'empêcher de les observer et de les écouter.

Pendant quelques instants Simon et Charles admirent la vue. La mer est belle sous le soleil de la Côte d'Azur, et la chaleur lui donne un effet voilé scintillant.

'Mon ami, j'ai besoin de vos conseils. Le Président de la Fédération des Déportés m'a demandé de témoigner de notre expérience devant une large audience. Un discours retransmis à la radio. J'ai accepté, mais…'

'Ils ont approché la bonne personne. Vous êtes un grand orateur, et pas seulement devant un juge,' l'interrompt Simon.

Charles sourit faiblement. Simon pose une main sur l'épaule de Charles. Il regarde son ami dans les yeux avec gratitude.

'Lorsque la faim nous torturait et que l'épuisement

nous abrutissait,' continue-t-il, 'je vous revois encore assis sur votre châlit du troisième rang entre une mince paillasse et un plafond vérolé, nous racontant d'une voix étonnamment jeune, claire et énergique, quelques causes célèbres des annales judiciaires. C'était alors l'oubli, pour un moment, de notre condition d'esclave, c'était l'évasion spirituelle. De cela, mon ami, je vous remercie souvent. Dans ces moments-là, nous n'avions plus faim ni froid. Nous étions ailleurs, dans un autre monde, un univers qui avait été le nôtre et dont nous étions, pour un temps, retranchés mais que nous voulions, par toutes les fibres de nous-mêmes, retrouver un jour. Combien de fois, grâce à vous, le temps s'est-il ainsi arrêté ?'

Charles est ému. Il offre à son ami plus grand sourire. Pourtant son hésitation persiste.

'La situation est aujourd'hui inversée pour moi. Ce n'est pas s'évader mais replonger dans l'enfer. Revivre toute la haine, les douleurs, la peur constante et la mort de tant des nôtres… Je ne sais pas si je saurais leur faire justice. Simon, je ne sais pas si j'en suis capable : quand chaque jour et chaque nuit je me bats contre ces images cauchemardesques, il me faut maintenant les revivre de jour pour les retranscrire, puis les partager…'

Simon comprend. Il mène le même combat.

'Mon ami, pourquoi avez-vous accepté ?' lui demande-t-il.

Charles ferme les yeux et prend une grande inspiration.

'Parce que nous ne devons pas oublier. Jamais. Parce que l'ignorance est dangereuse. Parce que c'est mon devoir envers tous ceux qui sont morts là-bas.

Alors oui... La seule réponse acceptable est oui. Je dois le mettre sur papier et parler, ne serait-ce qu'une fois de plus.'

'C'est cela que vous craignez aussi, n'est-ce pas ?' lui dit Simon avec un sourire, 'que vous n'arriviez pas à parler au nom de tous, que faire votre devoir ne serve à rien ?'

Charles sait que Simon dit vrai.

'Vous serez à la hauteur,' reprend Simon, 'vous nous ferez honneur. Vous nous faîtes déjà honneur. Et cela vous fera du bien d'en parler, vous verrez.'

## Charles & Alix

Charles a la bouche sèche. Vingt mille personnes remplissent les arènes de Nîmes en ce 1$^{er}$ septembre 1945, attentives et prêtes à entendre son témoignage. Simon avait raison, l'écriture du discours a eu un effet thérapeutique sur lui en libérant bien des émotions contenues. Pourtant, ses mains tremblent. Il respire lentement pour retrouver son aplomb. Il connait son discours par cœur, mais sort une copie de sa poche pour se rassurer. Il la garde à la main, même s'il ne veut pas l'utiliser.

'Je peux le faire,' se dit-il. Il se tourne et regarde Alix en bas de la scène. Elle l'encourage d'un sourire.

Deux hommes sont au microphone, deux hommes dont la voix est connue des francophones du monde entier. Jean Oberlé et Pierre Bourdan, les commentateurs diffusant les programmes de la France Libre depuis Londres par la radio de la BBC pendant la guerre. Ils étaient notamment au côté du général de Gaulle quand il a prononcé son célèbre discours du 18 juin 1940 appelant les citoyens français à résister. Leurs émissions furent essentielles à cette résistance française et, aujourd'hui, ils sont venus pour introduire Charles au public. Ce dernier leur signale d'un hochement de tête qu'il est prêt, et les deux hommes sonnent les fameux coups du début de chaque émission : '*Pom-pom-pom-pom... Pom-pom-pom-pom.*'

Charles est anxieux alors qu'il avance et prend le microphone. Parler devant un public aussi large n'est pas le problème, sa peur est de craquer sous le poids de l'émotion. Il espère livrer son témoignage et message sans que sa voix ne se brise.

'Tu le dois !' se dit-il, 'pour chaque personne assassinée dans les camps, pour tous les amis que tu ne reverras plus. Prends ton temps, parles haut et fort. Respire.'

Et de sa voix grave et puissante, aujourd'hui un peu troublée, Charles commence à parler.

*10 mois se sont écoulés depuis que la grosse masse des déportés politiques - pauvre et lamentable masse en vérité, des faméliques survivants - a été rapatriée. Depuis lors et même depuis que tous les libérateurs ont rompu les fils de fer barbelés, l'opinion mondiale a été informée des hallucinantes horreurs qui se passaient dans les camps de concentration créés et dirigés par les nazis. Toute une littérature a fleuri sur ces enfers. Des photos et des films ont été présentés au public. De nombreux et ardents conférenciers, d'autant plus émouvants qu'ils évoquaient leur propre calvaire, en ont instruit de vastes auditoires.*

*J'ai lu cette littérature,*

*J'ai vu les photos et les films,*

*J'ai religieusement écouté les orateurs qui, avec des talents divers, s'évertuaient à faire revivre les heures atroces qu'ils avaient vécues.*

*J'ai observé le respect, l'émotion et les réactions des lecteurs, spectateurs ou auditeurs que secouaient souvent des frissons d'horreur.*

*J'ai vu bien des yeux se remplir de larmes.*

*Et bien, malgré ce, je proclame que nul, hormis ceux qui sont passés par là, ne peut se faire une idée même lointaine du régime de souffrance et de détresses, d'atrocités et de tueries, d'agonies et de morts qui régnait dans les camps maudits.*

*Quelle que soit en effet la précision et la fidélité de la photographie immobile ou filmée (faite évidemment après la libération des camps donc étrangère à leur vie),*

*Quel que soit l'art descriptif de l'écrivain et sa puissance d'évocation, quel que soit le talent de l'orateur, la richesse des expressions, le coloris de ses images,*

*Il est des visions,*
*Il est des bruits,*
*Il est des couleurs et des odeurs,*
*Il est des sensations, des sentiments, des émotions,*
*Il est surtout des atmosphères, des climats faits précisément de ces bruits, de ces odeurs et de ces sensations qui échappent à toute reproduction.*

Le charisme de Charles et ses mots soigneusement choisis marquent le public. Dès le lendemain, son discours émouvant retentit dans la presse et à la radio. Une telle intervention d'un survivant des camps devant un amphithéâtre plein à craquer est une première en France.

Charles est dans son bureau où il répond aussi aux appels d'amis et de collègues le félicitant sur son intervention. Alix est dans son lit, sirotant une tasse de thé avec un nuage de lait, une pile de journaux sur le sol à ses côtés. Elle lit avidement un article sur le témoignage de Charles :

*« Maître BEDOS, Président des Déportés et Internés politiques, prit la parole en des termes volontairement neutres et dépouillés de vains effets de rhétorique pour exposer le lent martyr de nos déportés politiques. Sans acrimonie, sa voix tremblait cependant au souvenir des tortures et s'étouffait presque au rappel des faits. Il n'était pas besoin de son immense talent pour émouvoir ; l'homme parlait de lui, des autres surtout, à qui il avait demandé témoignage.*

*A sa voix, surgirent tout à coup les cadavres ambulants, les spectres décharnés, les charniers, les tortures et surgit aussi le calvaire que subirent des femmes et des hommes, ces numéros, ces bêtes qui eurent un nom, un idéal, avant leur agonie dans l'enfer des camps d'extermination. Un à un défilèrent les sinistres lieux : Dachau, Buchenwald, Auschwitz, Majdaneck, Mauthausen, Belsen, Ravensbrück.*

*C'est avec une grande modestie que l'on ne saurait traduire qu'il évoqua :* – Mon Dieu ! quelle fut ma chance... »

Le sujet est trop grave pour sourire, mais Alix lit avec satisfaction. Elle est heureuse que le discours de son mari fut bien reçu et compris. Elle est si fière de lui ! Non seulement pour son excellent discours, aussi pour le défi personnel qu'il a relevé avec succès.

Ses pensées retournent vers la soirée précédente. Après que Charles eut fini de parler, l'audience était sous le choc. L'amphithéâtre tomba dans le silence, un silence qui était une ovation assourdissante. Le maire de Nîmes avança vers le microphone et eut à peine le temps de prononcer '*Merci Maître (...)*' qu'une explosion d'applaudissements se fit entendre. Toute l'assemblée se leva. Il fallut attendre plusieurs minutes pour que le maire puisse clôturer la soirée par quelques mots. Beaucoup pleuraient dans les arènes, y compris Alix, comme toujours. Pour elle, les larmes étaient des larmes de soulagement pour son mari. Charles avait réussi à prononcer son discours avec plus ou moins de contrôle et elle espérait qu'il pourrait enfin se concentrer sur l'avenir, sur les siens, sa famille, sa ville, son pays. Et sur sa passion, la justice. Charles voit combien Alix partage son émotion. Il prend la main de sa femme et l'embrasse tendrement sur la joue.

Après la conférence, les organisateurs ont préparé un cocktail pour permettre aux intervenants et aux invités de marque de se rencontrer, et à la presse de poser leurs questions. Un des journalistes présents, peut-être celui qui a écrit l'article dont Alix vient de finir la lecture, a approché Charles pour une interview. Charles a décliné son offre, soulignant qu'il avait parlé au nom de millions de personnes dont trop peu sont encore en vie pour témoigner eux-mêmes. Il ne veut pas d'un article sur lui. Ce journaliste a eu l'air de comprendre et d'approuver, mais tous n'ont pas respecté son souhait, comme le prouvent certains articles détaillant sa vie avant et après la guerre.

D'autres citent aussi des commentaires d'amis, notamment sur son courage de défendre sciemment et ouvertement les opposants au régime de Vichy et la collaboration avec les Allemands.

Alix relit un passage dans un autre journal :

*« Un homme cultivé, un avocat réputé, Maître Bedos aurait pu mener une vie agréable malgré la guerre et pourvoir à sa famille sans avoir à s'engager ni dans un sens, ni dans l'autre. Toutefois ses valeurs et sa foi dans la justice furent plus fortes que son besoin de sécurité et de confort.*
*Sa femme aussi aurait pu s'y opposer, mais elle partageait le même rejet du régime de Vichy. »*

Alix acquiesce de la tête. Ce qu'ils ne disent pas, c'est que Charles ne se serait jamais pardonné de ne pas agir, et elle ne se serait pas pardonnée non plus de l'en empêcher.

*« C'est l'une des qualités que tous ceux qui le connaissent, même ses adversaires à l'époque, respectent en lui : son sens de l'honneur et de la justice. »*

Alix se demande à qui le journaliste a parlé. C'est une description précise et respectueuse, bien qu'elle ne fasse référence ni à sa tolérance, ni à son empathie. Son sens de la justice ne serait rien sans son grand cœur et ce courage de choisir le juste sur le confortable, le difficile sur le facile, l'action et non pas seulement les mots. Le journaliste parle de sens de l'honneur. Pour Alix, c'est aussi un certain respect de soi.

'Oui, ce sont l'empathie et l'intégrité qui sont au cœur de son humanité,' se dit Alix, 'les journalistes ne l'ont pas clairement dit, mais ils le font assez bien sentir.'

De l'homme qu'elle aime, ses pensées pivotent vers celui qu'elle hait. Elle l'a aperçu sortir des arènes la nuit précédente, blafard après le discours de Charles. Il était aussi présent au cocktail avec Juliette, ce qu'Alix trouva odieux. Alix se demande si sa colère s'atténuerait si elle le méprisait moins, mais sa mâchoire se crispe même à cette idée. Non, elle veut le mépriser. Elle ne veut pas lui pardonner. Jamais ! Alix médite sur lui et sur *la liste*. Charles n'a pas encore réagi. Quand ils en ont parlé en vacances, il lui a dit :

'Laisse-moi d'abord enterrer mes morts. Après, je suivrai ce que ma conscience m'indique.'

Alix comprend qu'il réfléchit et attend des temps plus calmes, voulant être sûr de ne pas regretter sa décision. Elle fait de son mieux pour respecter son attitude et essaie d'être patiente, mais plus le temps passe, plus elle craint que la sagesse inhérente de Charles ne le fasse pencher vers la clémence. Si c'est le cas, pourra-t-elle accepter son choix ?

Elle est d'autant plus énervée que Philippe a eu l'audace de vanter les mérites de Charles et de mettre en avant leur vieille amitié auprès des journalistes. Il est même cité plusieurs fois par un des journaux locaux. C'est vraiment un comble ! Qu'est-ce qui lui a pris ? Juliette et lui n'aurait même pas du assister à ce pot en l'honneur des déportés. C'est odieux !

Elle grince des dents et tend une main vers le plateau du petit-déjeuner sur le lit à côté d'elle. Elle ouvre un pot de lait concentré sucré, dont elle porte une cuillerée pleine dans la bouche. Alix laisse fondre le lait lentement, les yeux fermés. Un délice. Ce doux plaisir apaise un peu son anxiété soudaine et son amertume contre celui qu'elle appelle Le Traitre.

Charles ouvre quelques lettres laissées sur son bureau par la femme de chambre. Ils les parcourent rapidement avec un sourire, touché par les remerciements et la gentillesse de gens qu'il ne connait même pas. Son sourire s'estompe cependant à la dernière lecture. Il vérifie l'enveloppe : ce mot a été déposé en main propre dans sa boîte aux lettres. Il relit la lettre les sourcils froncés. En quelques lignes, une personne anonyme peint un portrait peu flatteur d'Alix pendant la guerre, insinuant qu'elle aurait usé de ses charmes auprès de nombreux hommes, voire aussi des Allemands, pour protéger sa situation confortable. Charles pose la note et prend une minute pour respirer profondément et réfléchir. Cette lettre est blessante, non parce qu'il y donne foi, mais parce que ces accusations concernent son Alix. Il hésite à lui en parler, il ne veut pas la blesser. Puis il se reprend : Alix est forte et elle voudrait savoir.

Charles prend la lettre et se rend dans la chambre. Il prend Alix en flagrant délit de gourmandise, une cuillère dans la bouche et les yeux fermés de délice.

'Lait concentré sucré ?' demande-t-il.

'Mm-mm,' répond-elle.

Charles s'approche et s'assoit sur le lit à ses côtés. Il lui tend la lettre sans un mot. Alix la prend et son visage s'emplit de colère à sa lecture.

'Ce n'est pas vrai !' s'exclame-t-elle, 'oui, j'ai eu affaire à des Allemands, dont le Capitaine von Burg, et j'ai toujours été courtoise, mais jamais je n'ai joué de mes '*charmes*' ! Je t'ai tout raconté dans les moindre détails, sans rien te cacher. Toutes mes interactions avec les Allemands et tout autre homme ! Je n'ai rien à me reprocher !'

'Je te crois. Ne te fais pas de soucis, je te crois. Je voulais juste que tu sois au courant qu'une personne jalouse de toi m'a écrit ça. Moi non plus je ne veux rien te cacher. Peut-être une de mes anciennes amantes. C'est une écriture de femme.'

Alix ne répond pas tout de suite. Elle regarde à nouveau la lettre et réfléchit.

'Et si c'était Juliette…' dit-elle.

'Juliette ? Mais pourquoi ?' demande Charles étonné, 'je ne pense pas. Ce n'est pas dans son intérêt d'attirer l'attention sur elle. '

'Ils savent que nous savons, et elle pourrait chercher à semer le doute dans ton esprit pour briser notre couple. Nous déstabiliser et aussi ternir notre position en société.'

'Ne crois-tu pas que c'est ta colère envers eux qui parle et te fais les accuser ?' demande Charles.

Alix hésite. Charles a l'air de nouveau si fatigué, comme toujours lorsque le sujet de Philippe est abordé. Cela semble le vider de toute énergie.

'Tu as peut-être raison,' répond Alix, 'c'est vrai que je les abhorre.'

Alix sent cependant que quelque chose a changé chez Philippe et Juliette. Elle fait confiance en son instinct qui lui murmure qu'il y a anguille sous roche. A la réception hier, ils semblaient plus confiant. Et le fait que Philippe ait même fait l'éloge de Charles dans la presse en vantant leur lien de longue date, ce n'est pas net !

Charles hoche la tête.

'Je ne suis pas surprise que tu fasses des envieuses : tu es belle, intelligente et aimée,' lui dit Charles. Il reprend la lettre et la déchire, puis il en jette les morceaux dans la petite poubelle près de la porte.

'Je voulais juste que tu en sois consciente pour stopper toute rumeur si l'auteur décide de lancer de tels ragots. Nous y avons fait face dans le passé et avec succès, nous le referions sans peine.'

Charles embrasse sa femme et, rassurée qu'Alix ait l'air apaisé, retourne à son bureau.

Le visage d'Alix se renfrogne après son départ.

'Quels sales hypocrites !' se dit Alix, 'lui et sa femme. Je suis sûre que c'est eux. Ils préparent quelque chose, je le sens.'

Alix porte une nouvelle cuillère de lait concentré sucré à ses lèvres. Ce n'est pas aussi doux, cette fois-ci.

## Et dans l'ombre...

Juliette regarde son mari avec satisfaction. Philippe a bien mené sa barque avec les journalistes et semble plus en confiance. Elle a craint que le discours de Charles ne fasse retomber sa détermination. Quelles horreurs il a vécu, cet homme ! Il ne méritait pas un tel traitement et elle est heureuse qu'il soit en vie, même si elle voit aujourd'hui en lui un ennemi. Elle a toujours aimé Charles pour son humour et sa brillance, mais il a aussi toujours laissé Philippe dans l'ombre. Son pauvre chéri, sans elle, il se tiendrait toujours à l'arrière et de plus en plus amer. Mais elle ne le laissera plus s'éclipser. Elle aime son Philippe et sait qu'avec un petit coup de pouce –le sien– il peut rattraper Charles en ville et arriver au même standing, même sans l'esprit créatif et la culture de ce dernier.

Elle sert Philippe un verre de muscat pour accompagner sa tarte à la rhubarbe. Il se délecte et Juliette profite de sa bonne humeur pour aborder le sujet de jour.

'Je sais que le discours de Charles t'a fait de la peine. A moi aussi,' lui dit-elle, et elle ajoute vite quand elle voit le visage défait de Philippe, 'mais ce n'est pas ta faute. Personne ne savait ici qu'il serait déporté par les Allemands, ni l'existence de ces camps.'

Philippe hoche la tête.

'Je sais. Cela ne m'empêche pas me sentir mal,' dit-il, 'mais les circonstances à l'époque… Enfin, tu sais.

Et puis, il s'était quand même bien mis dans la merde.'

'Je dirais même qu'il l'avait cherché, son arrestation ! Il aurait moins fait le malin s'il avait en avait connu les conséquences, lui aussi.'

'Sans aucun doute !' s'exclame Philippe. Il reprend plus calmement, 'J'ai décidé de relancer ma carrière plus activement. Je voudrais être avocat au barreau.'

Juliette sourit. C'est exactement l'attitude qu'elle souhaite de son mari.

'Mon chéri, c'est une excellente nouvelle !'

Elle s'approche de lui et l'embrasse. Elle se dit qu'elle a bien fait de glisser cette note sur Alix dans le courrier de Charles. L'homme s'est toujours désintéressé de la vie en société, or pour bien se placer il faut avoir une bonne épouse qui s'en occupe. Alix a des talents, c'est certain, et elle a commencé à bien faire son trou. Mais elle a encore beaucoup à apprendre. C'est le bon moment pour fragiliser leurs fondations. Charles n'a pas encore repris ses plaidoiries à la Cour et le plus longtemps il remet la réouverture de son cabinet d'avocat, le mieux ce sera pour que la carrière de Philippe prenne un nouvel élan.

Varade a pris rendez-vous avec Charles la semaine précédente et s'en félicite alors qu'il sonne chez les Bedos. Quel succès la veille dans les arènes !

Après ses éloges sur son témoignage et de sincères remerciements pour avoir partagé une expérience si douloureuse, Varade aborde le sujet de sa visite.

'Mon fils, je sais que vous n'avez pas encore repris votre robe, mais puis-je faire appel à vous pour quelques conseils ?'

'Mon père, je vous écoute,' lui répond Charles.

'Voilà, les familles juives de retour à Nîmes, soit survivantes des horreurs que vous ne savez que trop, soit revenues d'exil ou de la clandestinité, ont tout perdu sous Vichy. Le Gouvernement et les opportunistes ont réquisitionné et volé leurs biens. Et à présent musées, particuliers et même certaines administrations regimbent à leur rendre de qui leur appartient. Je les ai aidé dans le passé et ils reviennent me demander conseils. Mais je ne suis pas un homme de loi...'

Charles écoute son vieil ami avec attention. Il ne souhaite pas rouvrir son cabinet tout de suite, mais l'envie de plaider et de défendre ces familles spoliées le démange.

'Je pourrais déjà me réinscrire juste pour les représenter, sans relancer officiellement mon cabinet,' dit-il à voix haute, se parlant à lui-même plutôt qu'à Varade.

Varade le regarde un doux sourire aux lèvres. Il n'a pas changé, l'Avocat.

Le Capitaine von Burg est, quant à lui, méconnaissable. En civil, assis en deuxième classe dans un train qui l'emmène vers Paris, un conducteur lui demande son billet. Il lève les yeux de son livre français et le salue poliment en lui tendant son ticket. Il évite de regarder les deux hommes qui l'observe avec trop d'attention d'une autre rangée. Il agit comme si de rien n'était et, quelques minutes plus tard, les deux hommes observent quelqu'un d'autre. Le Capitaine ne laisse pas échapper un soupir. Il ne trahit rien sur son visage.

Il en sera de même un mois plus tard, lorsqu'il débarquera à New York. Ni tristesse, ni joie, ni espoir.

Madicci s'y est pris vite, et les nouveaux papiers d'identité de David avec Zaza comme mère adoptive sont déjà prêt. Monsieur Antoine est passé en personne remettre les papiers à David, sachant qu'ils rempliraient aussi Zaza de bonheur. Il avait raison, elle est aux anges. David et elle se sont entendus à merveille dès les premiers jours et sont très complices. Il est jeune, mais il respecte les règles de Zaza avec beaucoup de maturité. De son côté, elle le soutien dans la pratique de sa religion et du maintien de ses coutumes juives. Elle l'encourage même à rester curieux et instruit sur ses racines. Elle a aussi entamé des recherches pour retrouver toute famille éloignée, pour l'instant sans succès. Zaza le considère comme un neveu, et lui comme une tante. Ils sont une famille.

Monsieur Antoine accepte de célébrer la nouvelle avec eux et reste quelques temps pour un goûter. Il sait Zaza bonne cuisinière ! Il ne s'attarde pas : il a une réunion importante dans la soirée et doit la préparer.

Importante, en effet. Monsieur Antoine se retrouve à table avec les hommes clés du Milieu de la région, et même quelques grands de la côte. La restructuration d'après-guerre concerne aussi le monde mafieux, et Monsieur Antoine compte bien y avoir sa place. Il n'est pas des plus importants, mais il se sait apprécié et bien connecté, avec un réseau d'information qui fait des envieux. Monsieur Antoine sait aussi rester à sa place et garder le silence. Sauf lorsqu'il entend un mafieux de Nice regretter la perte de son avocat. Cet homme en cherche un de valeur, honnête et de bonne réputation, pour s'occuper de ses affaires légitimes. Ou plus ou moins légitimes. Monsieur Antoine toussote pour attirer l'attention discrètement vers lui. Quand enfin tous les regards se tournent, il annonce :

'Avez-vous entendu parler de Charles Bedos ?'

Il note avec satisfaction que nombreux parmi les présents hochent la tête.

Maurice observe Charles qui se concentre sur ses cartes. Ce dernier n'a pas perdu son habilité au jeu, mais vraiment, Madicci est redoutable. Maurice est content que les mises soient limitées et basses pour qu'Albert et lui puissent se faire la main et améliorer leur poker sans trop de pertes. Albert, comme lui, est excité de faire partie de ce groupe.

'Juste, Charles, n'en parlez pas à Herminie, je vous en supplie. Elle me rendrait la vie impossible.'

'Pour de pauvres petites parties de poker entre amis ?' intervient Madicci, 'Peuchère, votre épouse ne semble pas facile.'

Maurice n'est pas certain si Charles se pince les lèvres pour ne faire aucun commentaire, ou pour s'empêcher de rire. Lui non plus ne dit rien. Sans la connaître, il a suffisamment entendu parler d'Herminie dans l'histoire d'amour entre Charles et Alix pour savoir qu'elle a un caractère difficile. Religieuse, pleine de principe et de réserve, elle a pourtant soutenu Alix dans tous ses efforts pendant l'occupation allemande et dans sa recherche de Charles. Elle a aussi accueilli ce dernier à son retour avec autant de chaleur qu'elle en fut capable. A-t-elle plus changé qu'elle ne le montre, la belle-mère ? Possible.

'Bien sûr Albert, nous garderons tous vos secrets entre nous,' répond Charles.

'Tous ? Au pluriel ?' s'interroge Maurice.

Madicci lit la curiosité sur le visage de Maurice et change de sujet. Comme à chaque retrouvaille, il demande des nouvelles de George.

'Condamné à 10 ans d'exil,' répond Maurice,' il ne s'en sort pas trop mal. Heureusement nous avions beaucoup de dossier prouvant sa compassion envers de nombreuses personnes. Il n'en est pas de même pour Maragne. Exilé à vie. A vie ! Il s'en sort trop bien, je trouve.'

Maurice note que le visage de Charles se ferme et devient pensif. Dans un effort pour relever l'ambiance, il se lance sur un sujet qu'il aurait voulu aborder en tête-à-tête, mais le petit groupe est comme une famille, alors ils apprécieront.

'Charles, j'ai entendu dire que vous avez renouvelé votre licence d'avocat ? Rouvrez-vous enfin votre cabinet ?'

Les yeux de Charles pétillent à nouveau.

## 13.

## Charles


L'hiver s'installe tôt dans la saison. A la table du petit-déjeuner, Charles et Alix ont vite retrouvé leur routine d'antan, lisant leurs journaux respectifs et commentant l'un et l'autre les meilleurs articles, ou les pires.

Charles parcourt les petites annonces lorsque son regard tombe sur un petit rectangle en bas de la page, si petit qu'il le manqua presque.

'Alix !' appelle-t-il d'une voix excitée.

'Oui ?' répond Alix avec surprise.

Charles lui tend le journal et pointe l'annonce du doigt. L'article fait référence aux chercheurs sur place dans les camps, dont la tâche est d'étudier les archives et les stocks laissés derrière par les Allemands partis en déroute. Ils ont retrouvé des boîtes contenant certains effets personnels des détenus, mis de côté par les nazis pour une utilisation ultérieure. A présent, les chercheurs s'évertuent à trier les boîtes de montres, d'alliances, de boucles d'oreilles et d'autres bijoux, avec l'espoir de restituer aux survivants ce qui leur appartient. C'est un espoir bien maigre.

'Mon alliance', dit Charles, 'peut-être que…'

Ses yeux brillent. Alix aime cette lueur sur son visage.

'Il y a peu de chance, mais …' lui dit-elle avec prudence. Elle veut tant le protéger.

'Mais il faut toujours espérer,' Charles termine sa phrase. 'Ne pas avoir d'attentes, mais toujours espérer.

Je leur écris ce matin !'

L'article indique un contact et une adresse en France pour fournir toute information, telle une inscription, une date, des initiales, une marque ou un modèle. Or les alliances de Charles et Alix portent chacune une inscription : *'De Charles à Alix'*, et *'D'Alix à Charles'*, avec la date de leur mariage. Alors oui, peut-être ...

Deux mois plus tard, il ouvre son courrier et y trouve son alliance attachée à une lettre recommandée ! L'administrateur des recherches dans son ancien camp lui a écrit personnellement pour l'informer que toute l'équipe, déterminée pour réunir un survivant avec son alliance, a étendu ses recherches aux boîtes trouvées dans tous les camps. Grâce à l'inscription, ils avaient enfin une chance d'y parvenir ! Ils vérifièrent des milliers d'alliance, soigneusement, jour après jour, pour trouver *'D'Alix à Charles'* gravé sur la face interne. Leur joie à tous fut immense quand ils réussirent.

Charles est submergé par une vague de gratitude. Depuis son retour, la gentillesse et l'altruisme de tant d'étrangers le bouleverse. Il reste réaliste : pour certains, leur attitude est peut-être aussi teintée de culpabilité et du désir de réparer leur image de bons citoyens. Mais Charles considère ces derniers une petite minorité. Bien qu'il ait vu le pire aspect de la cruauté humaine, il n'a jamais perdu sa foi en l'homme, et aujourd'hui, il la voit confirmée. Jouant avec son alliance, devenue trop large pour son doigt, Charles se dit que la chance est une chose bien étrange. Ce petit anneau d'or, retrouvé et restitué ... Et lui, en vie. Il est reconnaissant et veut faire honneur à cette chance. Vivre dans le présent et fermer la porte du passé. Pour ce faire, une idée se forme dans sa tête.

Au cours des semaines qui suivent, cette idée prend forme et lui trotte avec persistance dans la tête. Son travail pour la Fédération, ainsi que le discours, lui ont permis d'expier un démon : son sentiment de culpabilité d'être vivant quand tant d'hommes appréciés et aimés ne sont plus. Maintenant, il veut enterrer son expérience dans le passé. Pour cela, il doit la voir morte, en personne.

Dans son bureau, Charles avale un médicament accompagné d'un verre d'eau avec une grimace, puis il se lève et se rend sur son balcon. Il prend une respiration profonde suivi d'un grand soupir et entend alors la porte d'entrée se refermer.

'Alix ?' appelle Charles.

'Oui mon chéri,' répond-elle du couloir. Elle apparait à la porte du bureau. Déjà, la nouvelle rondeur sous sa robe trahit un heureux évènement à venir. Les époux se sourient.

'Alix, j'ai bien réfléchi : je vais faire le voyage. Je pense partir dans un mois ou deux,' lui dit Charles en marchant vers elle. Il l'embrasse.

'Je viens avec toi,' lui dit Alix avec une douceur qui ne masque en rien la note ferme de sa voix, 'et à une seule condition.'

Six semaines plus tard, Alix est au volant de sa voiture sur les routes d'Alsace, Charles à ses côtés. Les docteurs ont décommandé que Charles conduise sur des longs trajets. Il est de plus en plus tendu : la frontière allemande n'est plus qu'à quelques kilomètres. Lorsque les douanes sont en vue, Charles est pris d'une attaque d'anxiété. Alix arrête le véhicule sur le bas-côté pendant qu'il essaie de se calmer et de contrôler les tremblements qui l'agitent. Elle lui prend la main et il se concentre sur sa respiration.

'Alix, je ne peux pas,' Charles s'efforce de prononcer, 'je suis désolé, je ne peux pas.'

Sa femme le prend dans ses bras avec douceur. Elle comprend. Elle redémarre la voiture et opère un demi-tour. Il est déjà tard dans la journée et Alix suggère qu'ils s'arrêtent pour dîner dans une petite auberge vue à l'aller. Elle avait l'air charmante, chaque fenêtre parée de jardinières en fleurs. Charles acquiesce. Il est furieux contre lui-même et contre sa réaction incontrôlable. Après un bon dîner, ils sont heureux d'apprendre que l'auberge dispose d'une chambre de libre et qu'ils peuvent rester pour la nuit sans avoir à reprendre la route à la recherche d'un hôtel. Sa femme dans ses bras au fond du lit, l'anxiété de Charles s'apaise. Il essaie de se raisonner : il n'y a plus rien à craindre en Allemagne ou des Allemands. Il se serre davantage contre Alix, déjà endormie.

'Alors... je souhaite réessayer,' annonce Charles au petit-déjeuner.

Cette fois, Alix a une stratégie et se met à babiller dès qu'ils montent en voiture. Le silence est parfois si envahissant dans les moments de stress. Pendant le court trajet qui les amènent aux douanes entre France et Allemagne, Alix parle sans cesse d'un ton posé et positif : elle raconte ses rêves pour l'enfant qu'elle porte, les noms pour lesquels elle mettra un veto. Elle ne se tourne pas vers Charles, elle se contente de conduire comme si de rien n'était, et Charles lui en est reconnaissant. Quand ils arrivent en vue de la frontière, Charles se concentre sur sa respiration et tourne son regard vers la fenêtre. C'est une belle journée, et la nature a déjà lancé sur le paysage un manteau aux couleurs printanières.

'Presque un an déjà…' s'étonne-t-il.

Le temps a passé si vite alors que ses souvenirs semblent d'hier seulement. Alix ralentit et Charles jette un œil vers la route. Ils ont atteint les contrôles français. Charles sort leurs passeports et les autorisations pour entrer en Allemagne. Il essaie de sourire, mais ses lèvres se figent en un rictus crispé. Les douaniers vérifient leurs papiers et s'enquièrent sur le but de leur visite.

'Juste du tourisme,' répond Alix. Ils observent Charles qui leur fait un signe de tête amical, et font signe de passer. Dans les secondes qui suivent, ils atteignent les contrôles allemands. Charles tend à nouveau les documents requis. Il a pris toutes les mesures appropriées avant de partir pour que leur documentation soit en ordre. En dépit de ses précautions, les douaniers allemands se retirent pour les vérifier dans leurs bureaux.

'Quelle ironie s'ils me refusaient d'entrer en Allemagne cette fois,' commente Charles.

Alix éclate de rire, brisant la tension qui règne dans la voiture. De retour, les douaniers ne peuvent que sourire à ce couple jovial et les accueillent en Allemagne.

'Alors voilà, je suis en Allemagne,' se dit-il. Un haut-le-cœur lui échappe.

Plutôt que de lire les noms allemands sur la route,

Charles tourne à nouveau son attention vers le paysage. Dehors, rien ne diffère de la France dix minutes plus tôt : c'est toujours une belle journée sur une nature verdoyante. Jetant un regard vers Alix, il place une main sur son bras et presse légèrement dessus. Par ce geste, Charles espère lui indiquer combien il est reconnaissant d'avoir une femme aussi dévouée à ses côtés.

'Ce n'est pas facile pour elle non plus, mes angoisses, ma maladie,' pense-t-il.

'Merci mon amour,' murmure Charles.

'Je ne suis que le chauffeur,' lui répond-elle d'un ton plaisantin, 'c'est toi qui as la tâche la plus difficile : tu es le navigateur. Si nous nous perdons, je t'en rends coupable !'

Alix tourne la tête vers Charles, les yeux dangereusement hors de la route. Elle devient sérieuse : 'Je t'aime, Charles. Parfois, je suis ta béquille, mais toujours, tu restes la mienne.'

Après une longue journée de route et le passage d'une autre frontière, celle entre l'Allemagne et l'Autriche, le couple arrivent près du village de Mauthausen. Le coucher de soleil se reflète sur le Danube dans des nuances de rose, de rouge et de rouille. Alix s'abstient de commenter à quel point la vue est belle, mais Charles connaît sa femme.

'Ils ont aidé, ces couchers de soleil. Et les levers de soleil aussi. Les ciels éclatants, le chant des oiseaux pendant les marches…,' commente-il, 'L'esprit s'évadait pendant un instant. La beauté de la nature offrait un apaisement essentiel, un peu de lumière dans l'obscurité de nos vies. Des instants de bonheur volés.'

Alix garde les yeux sur la route et ne dit rien, mais son sourire est plein de tendresse et de soulagement.

Quelques minutes plus tard, elle gare la voiture près de la grande porte du camp de Mauthausen. Charles ferme les yeux pour se concentrer sur sa respiration. Ses mains se crispent et se décrispent sur ses cuisses.

'Charles, si c'est trop difficile… Nous pouvons partir,' lui murmure Alix.

'Je vais bien,' lui dit Charles en rouvrant les yeux, 'Allons-y avant qu'il ne fasse trop sombre.'

Alix hoche la tête. Elle fait ce voyage pour lui et le choix lui appartient. Il a prévu autour de deux semaines pour faire le tour des camps où il fut interné. Il veut affronter ses peurs en face et les voir sans raison d'être aujourd'hui, car ce sont des camps vides, morts, appartenant au passé.

Charles sort de la voiture et ouvre la portière pour Alix. Mari et femme se dirigent vers le large portail du camp de Mauthausen. Il est fermé. Charles lève les yeux vers sa voute. Rien n'indique ce que fut le bâtiment : pas de nom ou de plaque. Rien. Il s'agit juste d'une enceinte en briques avec une large porte et deux tours de garde de chaque côté. Il fronce les sourcils.

'Il y avait un aigle en acier immense flanqué d'une croix gammée dessous, là juste au-dessus de la porte,' pointe Charles. Son regard devient flou, perdu dans ses souvenirs. La dernière fois qu'il a vu l'imposant aigle fut lors de son transfert par les Nazis du camp principal de Mauthausen vers le camp satellite d'Ebensee. Charles a lu l'histoire de la libération de

Mauthausen dans la presse : quasi immédiatement après l'arrivée des Américains, les détenus ont attaché des cordes autour de l'aigle et de la croix gammée, et les ont arrachés de leurs montures. Les yeux toujours levés, Charles examinent les deux grandes barres de métal qui tenaient l'aigle.

'Tu sais qu'à Auschwitz il y avait l'inscription « *Arbeit Macht Frei* » à l'entrée du camp,' dit-il à Alix d'une voix emplit à la fois de haine et de tristesse, 'à la place, nous avions ici cet aigle froid. Il jetait une ombre de mort sur quiconque passaient la porte.' Ses explications sont interrompues par des cris en Allemand qui les font sursauter.

'*Raus* ! *Raus* !' s'exclame un homme marqué par les ans, vouté et s'appuyant sur une canne. Il apparait de la porte latérale de l'une des tours de garde. Charles frissonne et instinctivement essaye de se rendre invisible face à un garde. Il se reprend et, épaules en arrière et tête haute, il avance vers le garde qui accompagne ses ordres par de grands gestes pour que Charles s'éloigne de la porte. Avec calme, Charles lui explique dans son Allemand imparfait qu'il est un ancien prisonnier. Le garde a un moment de surprise, puis son corps se détend et son visage s'adoucit.

'*Ich auch*,' dit-il simplement. Moi aussi. Sans échanger un autre mot, dans une compréhension mutuelle, les deux hommes se serrent la main. Le garde sort une clé de sa poche et la donne à Charles, puis d'un geste, il l'invite à ouvrir lui-même la grande porte.

Charles tourne la clé d'un geste sûr, bien que ses pensées soient brouillées : la situation est irréelle. La porte s'ouvre et il entre, Alix juste derrière lui. Après une brève hésitation, il verrouille à nouveau la porte derrière eux. Il approuve que le site ne soit pas ouvert au public.

En silence, lentement, Charles traverse la cour principale avec Alix à son bras. Le camp offre un spectacle étrange par son silence et son vide. C'est une ville fantôme. Être de retour est à la fois douloureux - très douloureux - et si simple. La présence de sa femme à ses côtés le conforte. Ils entrent dans un grand bâtiment qu'il n'a heureusement jamais visité. Il indique à Alix que ce sont les fours crématoires. Elle frissonne de dégoût et de peur d'être si proche d'un de ces fameux instruments de mort en masse. Charles ressent aussi sa vieille peur, cette vieille '*amie*'. Le couple traverse la prétendue salle de désinfection où les condamnés, ne le sachant pas, s'attendaient à être aspergés de détergent. Charles revoit les longues files de prisonniers fraichement arrivés au camp, les Allemands les triant en colonnes qui disparaissaient ensuite à l'intérieur du bâtiment. Personne ne pouvait les avertir... Le souvenir devient oppressant et Charles ne veut pas s'attarder en ces lieux. Ils sortent rapidement et il entraine Alix vers la caserne où il dormait. En pénétrant à l'intérieur, il pâlit, pris par les visions des corps empilés les uns sur les autres sur les lits superposés, tous tentant d'obtenir un sommeil précieux. Tant d'hommes dans cet espace exigu, et tant de disparus. Le choc de ces images du passé l'étourdit et il vacille. Alix le prend dans ses bras pour le soutenir, puis l'aide à s'appuyer contre le mur.

'Merci mon amour,' murmure Charles. Son sourire est faible, tout comme son corps. 'Si j'eus montré une telle vulnérabilité ici dans le passé, je serais mort.

Combien je hais cet endroit !'

'Alors, partons…' suggère Alix. Elle s'inquiète pour lui, comme toujours. La tuberculose semble indélogeable de ses poumons, et sa santé ne s'améliore que si lentement. Quand elle le voit dans un tel état, elle regrette de ne pas s'être opposée à ce voyage. Elle y a mis une condition et place dans cette dernière beaucoup d'espoir pour sauver Charles. C'est son objectif personnel dans ce voyage : passer par la Suisse sur le chemin du retour. Les nouveaux traitements américains y sont disponibles alors qu'encore illégaux en France. Alix est déterminée à obtenir le traitement par pénicilline.

Il fait nuit lorsque le couple quitte le camp et reprend la route, mais Charles refuse qu'ils restent dans la petite ville de Mauthausen. Pour lui, il est inconcevable que les habitants n'aient pas eu connaissance, du moins en partie, du sort des prisonniers au sein du camp. Ils les voyaient quotidiennement, ils subissaient les fumées et l'odeur de la fournaise. Il est impensable que des gardes ne laissent échapper quelques mots après des bières ou sur l'oreiller d'une des femmes locales. Ils ont préféré l'ignorer et Charles peut les comprendre : que pouvaient-ils faire ? Il préfère quand même éviter tout contact avec eux. Alors, malgré la pénombre et le manque de visibilité sur une petite route inconnue, ils se mettent en route vers une destination indéterminée pour manger et dormir. Après une vingtaine de minutes, ils voient une petite auberge avenante sur le bord de la route, avec de jolies tables faites de tronc de bois et de grands barils de bière à l'extérieur, ainsi que des fleurs à toutes les fenêtres.

'Ma chérie, pourrais-tu entrer voir si l'endroit te plait,' demande Charles avec le désir de faire plaisir à Alix.

Quand elle franchit le seuil de l'auberge, la scène lui rappelle une opérette autrichienne : une jolie serveuse blonde vêtue du *dirndl* traditionnel aux manches bouffantes, au tablier de couleur et au bustier pigeonnant, se tourne vers elle avec un visage accueillant. Le restaurant est plein de charme, tout en bois et éclairé en partie avec des lampes à huile. Il y a peu de clients et l'ambiance est chaleureuse. Alix s'y sent bien tout de suite. En revanche, elle ne parle pas Allemand et demande timidement en Français s'il est encore possible de diner. La serveuse, toujours souriante, ne comprend pas et se tourne vers un homme assis à une table dans un coin. Ce dernier la regarde et hoche la tête en disant « *Ja, ja* ». La serveuse se tourne vers Alix et répète «*Ja, ja*». Alix est satisfaite et retourne à la voiture pour en informer Charles.

Charles partage l'opinion d'Alix : l'endroit est sympathique. La serveuse lui indique une table et il demande en Français si une chambre serait disponible pour la nuit. La serveuse, de toute évidence, ne le comprend pas.

'Mais, si elle ne parle pas Français, comment t'es-tu fait comprendre ?' demande Charles surpris. Alix lui indique l'homme assis dans le coin au fond de la pièce. Il est en salopette bleue de travail et mange en silence, penché sur son assiette. Sentant le regard des deux voyageurs sur lui, il lève la tête. Il se met à rire :

'Bien sûr je parle français, je suis Parigot !'

'Parisien ? Mais que faites-vous ici ?' s'exclame

Charles. Il ne peut pas concevoir qu'un Français veuille travailler en Allemagne en ces temps encore difficile.

'Je suis le fossoyeur,' répond le Français solennellement. Il explique que dans leur fuite devant l'ennemi, les Nazis n'ont pas eu le temps de brûler toutes leurs victimes. Une commission créée par les Alliés s'évertue d'identifier les corps et les os retrouvés dans les camps. Ceci fait, cette commission l'emploie pour leur donner une sépulture décente. Charles et le fossoyeur discutent pendant un moment, et le fossoyeur mentionne le garage SS de Mauthausen à plusieurs reprises. Charles en a connaissance, mais il n'a jamais été à l'intérieur. C'est un énorme entrepôt situé à la sortie du camp de Mauthausen. Il l'a même indiqué à Alix en quittant le site plus tôt dans la soirée.

Le lendemain, au petit déjeuner, Charles est pensif. Leur plan était de rouler vers Vienne en visitant d'autres camps sur le trajet, mais il souhaite retourner à Mauthausen, non pas pour y entrer, mais pour visiter le garage SS. Alix ne discute pas : c'est Charles qui décide. Comme la veille, le couple gare leur voiture devant l'entrée du camp. Le gardien vient à leur rencontre, cette fois-ci pour les accueillir clés en mains. Charles lui indique le bâtiment arrière, le garage SS, et le gardien hoche la tête en les invitant à le suivre.

Ils passent les grandes portes de l'entrepôt et entrent par une petite porte sur le côté. Ils se retrouvent dans un vaste hangar dont les hauts et longs murs sont couverts de drapeaux représentant tous les pays Alliés. Au milieu de ce grand espace, des centaines de lits superposés sont alignés, avec à leurs pieds de petits cercueils. Le gardien pointe son doigt vers une porte à l'opposé de la salle. Le couple avance lentement et sans un mot, leurs pas résonnant dans le silence. C'est une bien triste marche : les lits superposés sont couverts de corps en attente d'identification. L'immense chambre froide n'est autre qu'une morgue. Charles ouvre la porte du fond avec appréhension, bien que soulagé de quitter cette salle morbide. Alix et lui entrent dans une autre salle bien plus petite, au sein de laquelle s'affairent une dizaine de personnes en blouse blanche autour d'une longue table centrale. Chacun travaille sur une sélection d'os d'une partie spécifique du corps humain - crâne, bras, mains etc. – les mesurant et les manipulant avec soin. Derrière, à une autre table, des civils supervisent d'autres tâches administratives. L'entrée de Charles et d'Alix attire l'attention et les scientifiques les plus proches leur font signe de sortir. Ce n'est pas une place pour des visiteurs ou pour une femme.

'Nous ne souhaitons pas vous déranger dans votre travail,' commence Charles en Français, 'je suis un ancien prisonnier de Mauthausen et je voulais juste (…)'

Charles ne peut finir sa phrase. Toutes les personnes dans la salle se lèvent d'un bond. Scientifiques, médecins, représentants des ambassades, analystes, ils font preuve d'une synchronicité parfaite. Puis l'un d'eux se met au garde-à-vous, et les autres suivent son geste, comme s'ils étaient des militaires. Ils regardent Charles avec une émotion mêlant surprise et reconnaissance.

'Enfin, on en voit un vivant !' dit l'un d'eux avec

357

une voix tremblante.

Et là, beaucoup ne peuvent retenir leur larmes, Charles et Alix parmi les premiers. Après que Charles eut serré quelques mains, une des personnes en civil se présente.

'Monsieur, je suis en charge des registres du camp. Si vous pouviez me donner quelques précisions sur vous et votre... détention à Mauthausen, je vais faire quelques recherches pour vous.'

'Je vous remercie. Mon nom est Charles Bedos, né le 15 Avril 1903, Français,' Charles hésite, puis ajoute, 'mon numéro de déportés était 59548.'

'Je vous en prie, attendez mon retour avant de partir, je vais faire au plus vite.'

Une heure plus tard, l'homme en charge des registres revient, présentant ses excuses pour le délai.

'Vous n'êtes pas dans le registre des Français. Vous voyez, vous êtes né à Naples, alors pour les Allemands, vous étiez Italien avant d'être Français,' explique-t-il, 'mais je vous ai retrouvé. Nous avons aussi ici les dossiers d'Ebensee, le dernier camp où vous étiez prisonnier, un satellite de Mauthausen.'

Il lui tend un morceau de papier vert, la *Häftlings-Personal-Karte*, ou *Carte personnelle du prisonnier*, qui suivit Charles de camp en camp pendant toute sa déportation. Charles regarde le document dans ses mains quelque peu hébété. Il n'entend pas Alix échanger quelques mots avec le civil des registres. Ses yeux sont fixés sur le papier vert et les informations en Allemand sous le sombre numéro d'immatriculation. Il ne comprend pas tout mais saisit l'essentiel, et surtout, il note la ligne vide. Si une croix en l'avait marqué, c'eut indiqué sa mort. Il rend le document au civil la gorge serrée. Encore une fois, il se sent si reconnaissant d'être là. Et en plus, les Nazis ont perdu : ils n'ont pas réussi à les déshumaniser. Ils ont perdu et les survivants en témoignent.

La carte verte personnelle sera bientôt sur le mur de son bureau, tel un diplôme de survie. Le civil n'a pas pu, ni voulu, refuser à Alix ce cadeau pour son mari. Charles ne retire aucune gloire ou fierté quand il regarde cette carte, mais une certaine paix : il a accepté que cette expérience fasse partie de son histoire. Il n'oubliera jamais, pourtant il doit laisser le passé au passé. Charles est heureux d'avoir fait ce voyage difficile, d'avoir fait ses adieux à ses amis morts sur place, et d'avoir fait face à ses peurs. Il les a enterrés.

Et enfin, Charles a pris une décision sur *la Liste*.

## Alix

Sur la route les ramenant de Suisse, Alix sent que Charles est distrait. Elle essaie quand même de continuer la conversation.

'Oui, si c'est une fille, j'aimerais beaucoup Anne-Marie,' dit-elle, 'Geneviève et Anne-Marie, ce seraient jolis comme prénoms ensemble pour nos filles, non ? Par contre, si c'est un garçon...'

Alix s'arrête et attend une réaction qui ne vient pas.

'Charles ?' dit-elle avec gentillesse.

Charles tourne les yeux vers elle.

'Alix, oui, pardon. Je pensais… Je dois te parler de quelque chose,' répond Charles. Son ton sérieux inquiète Alix, mais elle le cache et le regarde avec un sourire.

'J'ai pris ma décision. Au sujet de *la liste*. Au sujet de Philippe et des autres,' Charles voit Alix se tendre, autant par espoir que par appréhension.

'Je vais l'enterrer. Au fond du coffre. L'y laisser dormir parmi les vieux dossiers appartenant au passé.'

Alix est confuse. Elle se sent un peu blessée, aussi.

'Tu … Nous n'allons rien en faire ? Rien du tout ? Mais… Charles ! Tu ne peux pas pardonner à cet homme. Tu ne peux pas ! ' Alix commence à s'agiter, 'Je n'ai pas abordé le sujet pour te laisser trouver la meilleure approche. Mais rien ?! Ne rien faire du tout ? Non… Il faut faire quelque chose, même si seulement le confronter. Oui, les confronter. Au moins ça, Charles ! Au moins lui demander des explications ! Qu'il prenne la responsabilité de son acte et de ses conséquences !

'Alix,' lui dit Charles avec un ton calme, 'comment pourrais-je savoir s'il me dit la vérité ? Il pourrait argumenter qu'il a agi sous chantage, qu'ils avaient une emprise sur lui, mais j'aurais toujours un doute. Non.'

Charles prend la main d'Alix avant qu'elle l'interrompe.

'Sache que je n'oublierai jamais sa trahison. Cependant, il ne savait pas que je ne pourrais pas me défendre à la Cour, ni où je serais envoyé. Personne à Nîmes ne connaissait l'existence des camps nazis. Alix… Je t'en prie, comprends-moi. Je ne veux pas que ma vie soit guidée par une soif de vengeance. Si je laisse la haine me contrôler, cela ne s'arrêtera jamais. Je ne serais jamais serein.'

Le ton de Charles perd de sa douceur et devient plus ferme : 'Je le méprise. Je les méprise tous, les nazis, les capos, les collabos… les traitres. Mais Je ne veux pas – et je ne peux pas - laisser la haine me dominer ! Non ! Ce serait me rabaisser à leur niveau, et la vie vaut mieux que ça. Et moi aussi. Je veux vivre par les vertus en lesquelles j'ai toujours cru : la dignité, l'intégrité, la justice, et la compassion. Et je veux que mon amour pour toi, pour Geneviève et pour l'enfant que tu portes passe avant tout. Je veux regarder vers le futur et vers nous.'

Alix sent des larmes glisser le long de ses joues. Elle admire et aime déjà Charles sans limite. Pourtant, chaque jour, il donne à cet amour plus de profondeur et de force. Ses paroles sont pleines de sagesse et de cœur, pourtant elles renforcent encore sa colère contre Philippe, et l'idée qu'il puisse s'en sortir devient encore plus étouffante, parce qu'elle aime tant Charles.

'J'ai analysé le document du Capitaine von Burg, c'est un original,' reprend Charles, 'j'ai enquêté et cherché des preuves confirmant les informations qu'il contient. En dépit de certaines pistes, je n'ai rien trouvé qui puisse justifier un action légale. Tu le sais, nous en avons déjà parlé. Je l'aurai fait si c'était possible. Quant à rendre *la liste* publique, sans qu'ils puissent se défendre, serait-ce juste ?'

Alix reste muette. Elle se retient d'exploser.

'Et c'est probablement pour le mieux. La guerre est finie. Il est temps de passer à autre chose.'

S'en est trop pour Alix, qui tape sur le volant de frustration. Charles pose sa main sur la sienne.

'Juste ?' pense-t-elle, 'Juste ! Et eux, ce qu'ils ont fait, était-ce juste ?!' s'écrie-t-elle.

'Mon amour, j'ai été témoin du pire aspect de l'humanité : j'ai vu et ressenti ce qu'est la haine, la soif de sang, et la violence. Et je ne veux pas faire écho à de tels sentiments ou recommencer ma vie avec cette mentalité destructrice en moi. »

'Mais Charles (…)' commence Alix.

'Non. Ecoutes-moi, s'il te plaît : je n'oublierai jamais, je choisis juste de les ignorer. Je ne le fais pas pour eux mais pour moi, parce que je ne veux pas rester leur victime une seconde de plus. Je ne vais pas gaspiller ma vie sur le passé et le négatif. Aussi, je veux que ma vie soit guidée par la justice, et non la loi du talion.'

Alix s'est un peu calmée. Charles a bien choisi ses mots pour démontrer que sa décision est pour son propre bien. Elle sent sa tendresse, son amour. Elle a du mal à accepter, mais elle comprend. Charles le lit dans ses yeux et cela l'apaise. Il peut enfin lui demander : 'Respecteras-tu mon choix et garderas-tu *la liste* secrète ? Je crois fermement que c'est pour le mieux.'

Alix sait que par amour et respect pour Charles, elle doit se soumettre à son souhait. Cela lui fait mal, mais elle laisse échapper un '*oui*' d'entre ses lèvres serrées.

'Ça va être difficile. Nous serons obligés de les voir à l'occasion. Et il sait que nous savons, ça, nous n'avons pas réussi à le cacher,' ajoute Charles.

'Vraiment, Charles,' Alix répond sur un ton sec, 'nous avons eu de plus grands défis que d'ignorer certaines personnes.'

Elle est contrariée, blessée même, et cela la rend mordeuse. Charles en est désolé et espère que cela passera vite. Le sourire de Charles ne réchauffe pas l'ambiance et le reste du trajet se passe dans un lourd silence.

Dans la nuit sombre, au fond de son lit, Alix n'arrive pas à s'endormir. Elle passe en revue les noms de *la liste* dans sa tête. Ces personnes, elle les a évitées ou ignorées autant que possible depuis un an. Tout le monde était tellement occupé à reconstruire sa vie après la guerre, c'était facile. Cela va devenir bien plus compliqué lorsque la vie sociale va reprendre en plein... Une idée lui vient à l'esprit. Elle se précise, elle insiste, et Alix prend sa propre décision. D'accord, selon la volonté de Charles, elle ne révélera pas *la liste* au public. Elle tiendra sa parole, seulement avec une petite parenthèse.

Alix s'assoit et vérifie que Charles soit endormi à

ses côtés, puis elle se lève et va dans le bureau, essayant de faire le moins de bruit possible. Elle ouvre le coffre et en retire *la liste* après une brève recherche parmi les papiers. Puis, elle se rend dans la pièce voisine et s'installe au bureau de la secrétaire. Là, elle met du papier dans la machine à écrire, place *la liste* à côté d'elle, et commence à la copier. Il dort profondément à cette heure-ci, mais elle espère que le bruit ne le réveillera pas.

Alix aime Charles passionnément et ceux qui ont fait du tort à son mari devraient plus la craindre elle que lui. Elle s'applique à présent à le montrer.

Quelques jours plus tard, une belle Alix vêtue de son manteau vert, ainsi que gants, chapeau, et un grand sac noir, s'apprête à sortir lorsqu'elle entend la porte du bureau de Charles s'ouvrir. Elle reconnait la voix de son client, bien qu'elle ne l'ait entendu que deux fois dans le passé. Elle hésite, mal-à-l'aise de rencontrer quiconque tant elle est nerveuse par ce qu'elle se prépare à faire.

'Pourriez-vous transmettre mes salutations à votre femme ?' demande Monsieur Antoine en serrant la main de Charles.

'Vous pouvez lui dire vous-même, elle est derrière vous,' lui répond Charles.

Monsieur Antoine se tourne et voit Alix qui les regarde avec chaleur. Il avance vers elle, lui fait un baise-main et dit : 'Madame, quel plaisir de vous revoir.'

'Monsieur, le plaisir est partagé. Je vous serai toujours reconnaissante pour votre aide.'

'Madame,' répond Monsieur Antoine avec un geste

balayant les remerciements d'Alix, 'Je vous en prie, n'en parlons plus.'

Alix secoue la tête : 'Il n'en est pas question, j'ai le droit de vous en être obligée !'

'Et moi également,' ajoute Charles, 'et vous pouvez compter sur moi. Vos affaires sont en de bonnes mains.'

Monsieur Antoine les salue sans un mot de plus, et les quitte.

Alix embrasse rapidement Charles et se dirige vers la porte. L'interlude lui a fait du bien, elle est un peu détendue. Cependant, en ouvrant son sac pour y mettre ses clés, son sourire s'estompe à la vue de sa copie de *la liste*.

Si Alix a eu des doutes sur son idée il y a quelques jours à son réveil, les derniers évènements ont confirmé ses craintes. Il faut agir, Philippe et Juliette ne lui en laissent plus le choix.

## Car pendant leur absence ...

Philippe est certain que Charles a réouvert son cabinet en sachant que de nombreux avocats l'encourageraient à se présenter au barreau. Et il l'a fait ! Cela n'a pris que quelques jours pour que son aura personnelle et professionnelle éclipse tous les autres candidats. La jalousie de Philippe et la rancœur d'être toujours poussé dans l'ombre de son ancien ami prennent le dessus de son admiration pour lui.

'Il n'est pas en bonne santé et ne devrait même pas travailler,' dit-il avec énervement à Juliette pendant le dîner, 'je sais qu'il ne prévoyait pas de reprendre les affaires dans l'immédiat. Alors c'est pour m'empêcher d'être bâtonnier, j'en suis sûr !'

'Comme tu le dis, il est malade. Cela va jouer contre lui pendant les élections,' lui répond Juliette.

'Charles a une grande popularité... Et rien n'indique qu'il ne puisse pas travailler. Il reste très actif,' rétorque Philippe.

Philippe n'abandonne pas la partie. Juliette et lui sont de plus en plus actifs socialement. Ils font une campagne discrète et attendent le bon moment pour sortir leurs armes. Le moment arrive lorsqu'ils apprennent que Charles et Alix partent en voyage. D'après leurs informations, la scène est libre pendant deux semaines au moins. Philippe est étonnamment subtil quand il relance la rumeur que Charles est lié à la pègre, et c'est peut-être même grâce à elle qu'il a pu épouser la jeune veuve aisée en janvier 1943. Il ose même insinuer que c'est la raison pour laquelle les deux hommes se sont éloignés, çà et ses affinités avec les communistes. Juliette soutient son mari dans son attaque sur le couple, suggérant qu'Alix n'est pas non plus au-dessus de tout soupçons.

'Charles est un grand homme, mais il est loin d'être parfait,' soupire Philippe en parlant avec un collègue et ami, 'il se croit un peu trop au-dessus des lois. Pour un bâtonnier, c'est risqué.'

Les bruits et rumeurs suivent leurs cours et plusieurs avocats commencent à s'interroger. La côte de Philippe grimpe.

Maurice est outré par cette campagne souterraine qui terni l'image de Charles. Pour lui, il ne fait aucun doute que Charles est né pour être bâtonnier. Il ne peut pas laisser son mentor et ami être sali ainsi en son absence. Avec l'aide de Madicci, Maurice décide de contre-attaquer par une autre campagne mettant en avant la droiture de Charles. Par quelques articles dans la presse soulignant que Charles ne défendait pas seulement les communistes pendant la guerre, mais tous ceux dont les droits étaient bafoués par Vichy ou qui se battaient pour une France libre. Maurice partage des extraits des dossiers cachés chez ses parents avec les journalistes pour rappeler la vision de Charles d'une justice humaine. Madicci quant à lui raconte avec humour son intervention pour Alix pendant la guerre et comment elle put garder son appartement, balayant la rumeur de Juliette qu'elle fut intime avec des Allemands pour garder son domicile.

En personne, Maurice est passionné dans sa défense des Bedos : il rue dans les brancards, annonçant haut et fort qu'il est outré par les ragots envieux qui cherchent toujours le pire chez les personnes qui semblent trop bien. L'intelligence et la droiture de Charles lui ont couté cher pendant l'Occupation. Maurice parle fort et il parle bien. Il n'accuse personne, il défend juste avec éloquence. Sa défense est un succès.

A son retour, Charles apprend les remous que sa candidature a créé en son absence. Maurice lui rend visite le lendemain pour le mettre à jour de leurs affaires en commun, et il note que Charles sourit quand il lui suggère que Philippe est peut-être derrière les rumeurs.
'De toute façon, cela n'a plus d'importance : vous avez balayé ces persifflages,' lui répond Charles, 'Maurice, merci !'

Maurice ne sait pas qu'Alix sera bien moins gracieuse dans la soirée, pressant Charles d'user des informations de la liste pour dévoiler la délation de Philippe. Il n'en sera rien : Charles lui répond qu'une telle révélation pourrait apparaître comme un acte politique et se retourner contre lui. Il préfère s'en tenir à sa décision de laisser jaunir *la liste* dans le coffre, et gagner par son travail et ses mérites.
Ces derniers sont effectivement récompensés : Charles devient le nouveau bâtonnier de Nîmes.

## 14.

## Alix

1956.

Alix rentre du marché avec des fleurs fraîches plein les bras pour égayer la maison. Les quelques mèches blanches dans ses cheveux lui vont bien. D'ailleurs, elle paraît toujours aussi jeune. Elle indique à la femme de chambre dans quelles pièces iront les fleurs et choisis les vases. Elle fera les bouquets elle-même dans quelques minutes. Charles lit dans le salon, comme tous les samedis avant le déjeuner, et elle s'y dirige avec le courrier. Un bref coup d'œil vers Charles indique que c'est un bon jour : il a bonne mine. Le dernier traitement des docteurs semble marcher. Enfin ! Cette tuberculose le quitte si lentement !

Alix embrasse Charles, s'assoit sur le canapé à côté de lui, et fait le tri dans les lettres. Elle est intriguée par une enveloppe pour elle en provenance des Etats-Unis. Elle l'ouvre avec soin et, quelques secondes plus tard, laisse échapper un petit cri de surprise. Charles lève les yeux de son livre et l'interroge du regard.

'Cette lettre... Elle vient du Capitaine von Burg. Tu te souviens... La Lincoln... Le coffre enterré dans la cave... ?'

'Bien sûr que je me souviens. Tu craignais que je ne désapprouve ta décision d'accepter sa requête. Cet homme fut décent avec toi, tu te devais de le lui rendre,' Charles ajoute avec un sourire doté de curiosité, 'Quelles nouvelles donne-t-il ?'

'Il souhaite venir récupérer sa malle dans les mois

qui viennent,' répond Alix avec enthousiasme.

'Ah ! Je vais enfin pouvoir le remercier en personne, ce Capitaine !' dit Charles en prenant la lettre qu'Alix lui tend.

'Il indique un numéro de téléphone. Je pourrais l'appeler cet après-midi, qu'en penses-tu ?' continue Alix.

'Oui. Dis-lui que je serai ravi de l'inviter à déjeuner en ville lors de sa visite. Ensemble, tous les trois. Il en déduira, à juste titre, que je suis bienveillant envers lui.'

Alix hoche la tête. Charles lui rend la lettre et elle la relit, pensive. Elle s'est souvent demandé s'il était vivant. Elle est heureuse que la réponse soit oui.

Quelques mois plus tard, Charles et Alix discutent à une table réservée pour l'occasion lorsque le Capitaine entre. Les deux hommes s'entendent dès le premier regard. Le Capitaine repousse d'un geste simple et délicat les remerciements de Charles.

'Vous auriez-fait de même, je n'en ai aucun doute,' ajoute l'Allemand.

Il leur raconte, brièvement, son histoire des douze dernières années. Lors de la libération de Nîmes par les Alliés, le Capitaine a tenu parole et s'est livré comme prisonnier. Après la guerre, libéré, il est parti pour New York pour y reconstruire sa vie. Il ne voulait pas retourner en Allemagne où rien, ni personne, ne l'attendait. Aux Etats-Unis, il espérait un nouveau départ. Maintenant, bien établi en tant qu'avocat et remarié, il se sent suffisamment fort pour renouer avec son passé. Sa malle contient tout ce qu'il reste des papiers et de l'histoire de sa famille, ainsi que les images et lettres de ceux qu'il a tant aimés. Cette malle est le seul testament de ses racines bavaroises, vieilles de plusieurs centaines d'années. Il espère qu'elle aura survécu sous terre, entourée de sa toile graissée. Il a aussi accepté d'en faire son deuil si ce n'est pas le cas. C'est pour cela qu'il a mis du temps à leur écrire : il avait besoin de se préparer mentalement à revisiter son passé ou à en voir les dernières traces détruites.

Charles et Le Capitaine passent bientôt aux aspects professionnels et aux différentes approches des avocats dans les systèmes allemands, français et américains. Alix les observe avec soulagement.

'J'ai lu votre discours dans les journaux,' dit le Capitaine en changeant de sujet, 'votre empathie et esprit de solidarité lors de votre déportation force l'admiration. Vous avez permis à des hommes de rester des hommes.'

'Je ne fus pas le seul. En majorité nous nous soutenions tous les uns les autres,' répond Charles avec humilité, 'et puis, l'altruisme sauve autant celui aidé que celui aidant. Cela nous donnait un but et un respect de nous-même.'

'Je doute que tous aient eu votre mentalité si positive et une épouse telle que la vôtre pour vous motiver à tenir bon.'

Les deux hommes se tournent vers Alix, qui rougit sous le compliment. Le déjeuner continue sans encombre jusqu'au dessert, pendant lequel Charles est pris d'une quinte de toux. Elles ne sont plus aussi sévères que dans le passé, ni rouges de sang, mais elles lui sont toujours aussi désagréables en public. Aussi, il présente ses excuses et se retire quelques minutes pour se rafraichir.

Le Capitaine et Alix se retrouvent seuls. Pendant ce qui semble une éternité à Alix, le silence s'installe entre eux.

'Je fus ravi d'apprendre que vote mari avait survécu et était revenu,' fini par dire le Capitaine.

'Je vous remercie. Nous faisons partis des chanceux,' répond Alix et ajoute, 'Et permettez-moi de vous remercier encore pour votre soutien pendant la guerre. Et pour... votre cadeau de départ.'

'J'ai hésité à vous le donner,' dit le Capitaine, 'Parfois, il vaut mieux ne pas savoir.'

'Vous avez raison. Parfois je l'ai souhaité. Toutefois, je préfère savoir.'

'Et votre mari ?'

'Je lui ai montré *la liste* dès son retour,' Alix hésite avant de continuer, 'mais après une longue réflexion, il a décidé de la mettre de côté et de ne pas y faire suite. Il s'est concentré sur le futur.'

Le Capitaine von Burg scrute le visage d'Alix, y lisant bien plus qu'elle ne le souhaite.

'Je vois,' dit-il, 'et vous, quelle fut votre décision ?'

Alix hésite à nouveau une fraction de seconde.

'Et bien soit,' pense-t-elle, 'à lui, je vais le dire.'

Son visage devient sérieux, sa voix n'est plus qu'un murmure. Le Capitaine doit se pencher pour l'entendre.

'Pour la première et unique fois de ma vie, j'ai agi dans le dos de mon mari. Oh, j'ai respecté son désir de ne pas rendre *la liste* publique... Mais je suis passée outre sa décision de ne rien en faire.'

Alix jette un coup d'œil sur le côté pour s'assurer

que Charles n'est pas en vue, et elle raconte.

Après avoir quitté Charles et Monsieur Antoine, vêtue de sa petite robe noire sous son joli manteau vert, Alix marche à pas rapide vers le cabinet de Philippe. Elle est nerveuse. Un doute lui traverse à nouveau l'esprit sur ce qu'elle s'apprête à faire. Ce doute ne s'attarde pas. Arrivée à destination, Alix indique à la secrétaire qu'elle n'a pas de rendez-vous mais n'a besoin que de quelques minutes. Bien que la secrétaire lui indique un siège pour attendre, Alix reste debout : elle refuse de s'attarder plus que nécessaire. Un client sort du bureau de l'avocat dix minutes plus tard et Alix entre sans attendre une invitation. Philippe ne peut cacher sa surprise en la voyant, et Alix lit même sur son visage une trace de peur vite contrôlée. Avec un sourire figé, il l'invite à s'assoir. Elle refuse, lui annonçant d'un ton sec que la visite sera rapide. Alix sort de son sac une copie de *la liste* dont elle lit la ligne de dénonciation de Charles. Elle ne mentionne pas l'existence d'autres noms : s'il savait, il pourrait chercher à les unir contre les Bedos ! Philippe blêmit et sa voix tremble lorsqu'il tente de se justifier. Alix l'arrête d'un geste.

'J'ai le document original, estampillé par les administrations françaises et allemandes. Alors maintenant écoutez-moi : je me moque de savoir pourquoi vous l'avez fait,' Alix parle lentement, chacun de ses mots lourd de mépris, 'cela n'a plus d'importance. Comment pourrais-je vous croire, de toute façon ?'

'Alix, je vous assure que…' commence à nouveau Philippe.

'Un jour, quand vous vous y attendrez le moins,' l'interrompt Alix, 'je publierai ce document. J'exposerai votre acte et vous serez ruiné. Votre nom sera pourri pour toujours.'

Alix fait une pause et regarde le pauvre type au visage blafard devant elle. Il ne lui inspire aucune pitié et elle persiste : 'Et si vous touchez à Charles, nos proches ou moi, j'ai pris les mesures adéquates pour que *la liste* apparaisse dans la presse. Je vous donne un seul conseil : faites-vous tout petit si vous souhaitez retarder l'inévitable le plus longtemps possible.'

Alix plisse les yeux et ses prochains mots sont un venin destiné à empoisonner la vie de sa proie : 'Mais je n'oublierai jamais ni ne pardonnerai ce que vous avez fait à Charles. Vous entendez : jamais. Et vous paierez... Quand je le jugerai bon.'

Philippe s'appuie sur son bureau pour se soutenir. Alix lui jette un regard de dégoût quelques secondes de plus, puis tourne les talons et part.

Dans une rue voisine, elle sort sa liste personnelle et raye le nom de Philippe. Elle lit le nom qui suit, vérifie l'adresse, et s'y dirige d'un pas décidé. Elle suit la même démarche pour toutes les personnes de *la liste*. Qu'ils la connaissent en personne ou pas, depuis ce jour, tous la craignent. Alix a mis en place sa revanche : une peur latente et profonde du jour de leur chute. Ils ne savent pas qu'elle n'a pas l'intention de rendre *la liste* publique. Elle ne le fera jamais, elle l'a promis. Mais au fil des ans, elle maintient sa pression avec des notes de rappel le jour d'anniversaire de l'arrestation de son mari.

Le Capitaine écoute Alix en silence.

'Vous avez placé un épée de Damoclès au-dessus de leurs têtes,' dit-il.

'Oui. Les voies juridiques et sociales étaient fermées... Il restait la justice morale. Et puis, c'était une mesure de précaution nécessaire. Charles ne s'est jamais soucié des subtilités de la vie dans nos cercles mondains. Il est un idéaliste, même si beaucoup plus modéré depuis son retour. La culpabilité de Philippe devenait dangereuse : elle se transformait en rancœur.'

'Donc vous avez agi pour protéger votre mari...'

'Notamment, mais je ne me leurre pas, c'est de la vengeance. Je suis plus dangereuse que Charles, tout simplement parce que je l'aime.'

'Je ne voudrais pas être votre ennemi,' dit le Capitaine avec humour.

Un coup d'œil du Capitaine sur le côté indique que Charles revient. Il les rejoint à table et prend la main d'Alix dans la sienne. Ce geste plein de tendresse touche le Capitaine.

'Un homme brillant et une femme remarquable,' se dit-il, 'c'est un bon rappel : ne jamais sous-estimer la femme.'

## Hommage

La tuberculose est une maladie tenace.

Bien que les progrès de la médecine d'après-guerre permirent pour la première fois depuis des millénaires de réduire le taux de mortalité des personnes atteintes, surtout grâce à la streptomycine, la maladie continua de résister aux nouveaux traitements antimicrobiens. D'abord, parce qu'elle est capable de rester dormante, de sorte que certains antibiotiques ne parviennent pas à la cerner et à l'éliminer. Ensuite, ses bactéries peuvent se situer au plus profond de cavités, voire dans les matières solides, ce qui rend la pénétration des antibiotiques difficile.

Au début de l'année 1966, Charles semble complètement rétabli. Les médecins le croient guéri et, après 20 ans, déclarent qu'il peut enfin arrêter tout traitement.

Ils se trompent.

Charles décède au printemps, quelques mois après l'arrêt de son traitement. La tuberculose attrapée dans les camps l'a finalement tué. Le lendemain de son décès, le journaliste Maurice Rouquette écrit un article en hommage à l'homme et à l'ami :

*« Pour Charles BEDOS, le dernier dossier est clos, définitivement. Pendant d'interminables semaines, avec un admirable courage et une totale lucidité, il a lutté contre la mort, son dernier adversaire. Mais le*

*mal était trop profond, irréversible : la lumineuse intelligence de Charles BEDOS fit qu'il n'ignorait rien de son destin et pourtant tandis que, jour après jour, se tournaient les pages de son dernier dossier, pas une plainte, pas un regret ne s'exhalèrent de ses lèvres d'où ne tombaient que des mots de bonté. A l'approche de sa mort, il sut rester stoïque, calme, serein, comme il le fut des années durant, lorsque les coups et les privations marquaient en déportation son pauvre corps, sans jamais altérer ni son moral, ni la foi qu'il avait dans le destin de la France...*

*Une vie professionnelle, maintenant longue, me le fit connaître aux alentours des années 30, alors que j'étais jeune rédacteur et lui avocat déjà célèbre. D'emblée, il m'accorda son amitié que les années n'ont pas ternie... Ma plume voudrait décrire l'homme infiniment bon qu'il fut toute son existence, perméable à toutes les détresses, conseiller à toutes les déchéances, cet homme qui savait trouver, chaque fois qu'il avait à intervenir, le côté humain et pitoyable des choses. Elle voudrait aussi, cette plume, rappeler que cette bonté savait être discrète, se cachant souvent sous un esprit caustique et un humour qui n'étaient pas les moindres charmes du défunt ; quel admirable conteur, quelle pureté de langage aussi ! ...*

*Oui, je voudrais, mais la douleur rend ma plume bien maladroite pour cet ultime hommage...*

*Charles BEDOS était mon ami. Il le reste dans la mort. Comme hier, il continuera à être pour moi, par les leçons qu'il m'a données, le conseiller vers qui on aime se pencher. Le dernier dossier s'est bien refermé. A tout jamais. Tandis que la flamme, devenue minuscule au fil des jours de souffrance, la flamme de cette vie en s'éteignant plongeait mon âme dans une peine sans mesure…*

*Charles BEDOS est mort. Bonne nuit, Monsieur le Bâtonnier.* »

## Epilogue

Au milieu des avocats en robes au sortir de la conférence, quatre femmes avancent lentement au rythme de la plus âgée. Elles sont belles à voir, ces trois générations de femmes. Elles ne se ressemblent pas, et pourtant l'air de famille est marqué. Elles ont la même allure, le même port de tête, et une certaine élégance aussi. L'aïeule, Alix, est entourée de ses filles Geneviève et Anne-Marie, et de sa petite fille Virginie. Elle ne fait pas ses 89 ans, mise à part une démarche un peu difficile. Au contraire, Alix rayonne de jeunesse, les yeux pétillants de bonheur et un sourire aux lèvres, car l'homme de sa vie est à l'honneur aujourd'hui. Le ministre de la Justice est même venu en personne louer les actes de bravoure de Charles et ses mérites en tant que bâtonnier. Ses filles aussi sont fières, les souvenirs de leur père ravivés et leur mère si belle et heureuse. Quant à Virginie, elle est émue bien qu'elle n'ait jamais connu son grand-père, à son grand regret. Elle ressent du bonheur pour sa mère Geneviève et sa grand-mère.

Un homme s'approche avec hésitation. Il est nerveux et gêné d'aborder les quatre femmes, car contrairement aux autres personnes présentes, il ne vient pas les féliciter. Geneviève note son embarras la première et s'éloigne légèrement de sa mère. Elle penche la tête vers cet homme, l'invitant à lui dire discrètement de quoi il retourne. Les quelques mots qu'il lui glisse à l'oreille efface son sourire et le remplace par de la surprise et de la confusion. Après un bref échange, l'homme s'éloigne. La réaction de

Geneviève n'a pas échappé aux autres femmes.

'Que se passe-t-il ?' demande Alix.

'Rien de grave, ne te tracasse pas. Je te raconterai quand tu seras assise,' Geneviève répond. Virginie lance un coup d'œil à sa mère. Elle aussi est curieuse et le ton contenu de sa mère l'inquiète.

Une fois confortablement installée dans un large fauteuil au bar de l'hôtel, où se tient la réception post-conférence, Alix se tourne à nouveau vers Geneviève.

'Alors ? Je t'écoute ? ' demande-t-elle sur un ton qui masque à peine que la question est un ordre. Alix est connue pour son côté matriarcal impérieux.

'C'est au sujet des recueils sur Papa et les dossiers qu'il a plaidé. Ils ont disparu,' annonce Geneviève avec appréhension.

'Comment ça, 'disparu' ?' demande Alix, une vraie question cette fois.

'Tous les cartons ont été pris. Volés pendant la conférence. Ils étaient sur la table là-bas pour être vendu au profit d'œuvres caritatives, mais personne ne les surveillait. Tout le monde écoutait les discours, y compris l'éditeur. Il est tellement désolé, le pauvre.'

'Mais c'est ridicule !' s'exclame Anne-Marie, 'Pourquoi quelqu'un irait-il voler ces livres ?'

'Une collection d'interviews et de documents…,' surenchérit Virginie, 'Ils n'ont aucune valeur commerciale.'

'Je sais, je ne comprends pas non plus. Ça n'a pas de sens,' répond Geneviève, 'pour aujourd'hui, l'éditeur a dit qu'il allait prendre les commandes et rééditer les quantités nécessaires, donc ce n'est pas trop grave. Mais il y avait deux milles livres quand même.'

'Deux milles !' continue Virginie. 'On ne transporte pas deux milles bouquins si facilement, c'était donc prémédité. Mais enfin, pourquoi ?!'

'Moi non plus je ne comprends pas… J'ai ma copie dans mon sac : je vais la donner à l'éditeur pour que les gens puissent parcourir le livre avant de commander, qu'en penses-tu Maman ?' Geneviève se tourne vers Alix, et son visage s'assombrit : 'Maman ?!'

Alix regarde devant elle, perdue dans ses pensées. Virginie se penche vers sa grand-mère, inquiète.

'Minouche ? Ça va ?' Elle l'appelle tendrement avec le surnom que ses petits-enfants et leurs amis lui ont donné.

Alix, le regard toujours dans le vide, répond d'une voix à peine audible, comme si elle parlait à elle-même : '*La liste*… C'est à cause de *la liste*… Cela fait tellement longtemps, je n'y pensais plus. Je n'ai pas fait attention…'

Geneviève porte la main à ses lèvres et murmure : 'Merde'. Le visage d'Anne-Marie se ferme, lui aussi.

Virginie tourne son regard vers sa tante et sa mère, puis il se pose sur sa grand-mère. Elle est confuse : '*La liste* ? Quelle liste ?'

Alix est assise sur le canapé chez elle, Anne-Marie à ses côtés. Elle laisse échapper un gros soupir de lassitude. Virginie lui demande si elle veut boire quelque chose.

'Je prendrais bien un *gin & tonic*,' répond Alix. Virginie va vers le cabinet d'alcools et sert généreusement sa grand-mère en gin avant de rajouter un soupçon de tonic, comme Alix l'aime. Alors qu'elle tend le verre à sa grand-mère, Geneviève entre et tend un dossier à sa mère.

'Je ne veux pas le voir,' dit Alix en repoussant le dossier de la main, 'je la connais déjà trop bien alors que j'aimerais pouvoir l'oublier. Montre-la-lui, elle comprendra.'

Sa petite-fille est nerveuse quand elle ouvre délicatement le dossier et en sort *la liste*. Elle note les cachets français et allemands et la date.

'C'est l'original,' commente Geneviève.

Les yeux de Virginie parcourent le papier et tombent rapidement sur le nom de Charles Bedos. Elle trace du doigt la ligne invisible et lit le nom de celui qui l'a trahi. Elle lève des yeux écarquillés vers sa mère, sa tante et sa grand-mère. Toutes trois la regardent avec sérieux. Virginie hésite pendant une seconde et baisse à nouveau les yeux pour examiner le reste du document.

'Mon Dieu...,' murmure-t-elle, 'Ces noms... Des anciens camarades d'école, des voisins, des amis d'enfance...'

'Oui... Nous avec les enfants, ton frère et toi avec les petits-enfants,' dit Geneviève. 'Maman ne m'a montré *la liste* que dans ma trentaine, comme toi aujourd'hui. Elle voulait s'assurer que les nouvelles générations ne seraient pas ceux qui paieraient pour les actions des parents. Les jeunes, ce n'était pas leur poids à porter. Ils ne savent probablement même pas. »

'Mais mon esprit n'est plus aussi vif que dans le passé...,' réfléchit Alix à voix haute, 'j'ai dû laisser glisser un nom pendant les interviews. Oui... et c'est pour ça que les livres ont été volés.'

'Mais ça fait au moins soixante ans. Combien de personnes sur cette liste sont encore en vie ? Probablement personne. Alors, quelle importance ?' demande Virginie.

'Et pourtant, quelqu'un veut toujours protéger le nom qu'il, ou elle, porte…' répond Alix.

Les quatre femmes deviennent silencieuses. Virginie relit *la liste* encore une fois avant de refermer le dossier avec soin. Elle le rend à sa mère.

'Il faut trouver et supprimer mon erreur pour la prochaine édition du livre,' dit Alix.

Elle regarde la grande photo de Charles sur la cheminée. À ses côtés se trouve sa carte verte du camp de Mauthausen. Alix soupire et secoue la tête, à nouveau prise de lassitude.

'Allez, il est temps,' dit Alix et elle tend la main pour que Geneviève lui donne *la liste*.

Alix attrape un vieux briquet sur la petite table à côté de son fauteuil, au milieu de sa collection de bibelots en argent. Virginie s'étonne qu'il marche encore lorsque sa grand-mère en tire une petite flamme. Un coin de *la liste* prend feu. Avec effort, Alix se lève et s'approche de la cheminée. Elle y jette le document et retourne s'asseoir. Sans un mot et sans qu'aucune expression ne trahisse ses sentiments, elle regarde *la liste* disparaitre en cendres, sirotant son G & T.

Charles lui manque et elle sourit. A son âge, elle pense le rejoindre bientôt. C'est sa seule consolation de partir un jour. Elle aime tant la vie.

# 'De l'impossibilité de décrire ...'

## Discours de Charles Bedos

Les Arènes de Nîmes,
1er septembre 1945

*Dix mois se sont écoulés depuis que la grosse masse des déportés politiques - pauvre et lamentable masse en vérité, des faméliques survivants - a été rapatriée. Depuis lors et même depuis que tous les libérateurs ont rompu les fils de fer barbelés, l'opinion mondiale a été informée des hallucinantes horreurs qui se passaient dans les camps de concentration créés et dirigés par les nazis. Toute une littérature a fleuri sur ces enfers. Des photos et des films ont été présentés au public. De nombreux et ardents conférenciers, d'autant plus émouvants qu'ils évoquaient leur propre calvaire, en ont instruit de vastes auditoires.*

*J'ai lu cette littérature,*

*J'ai vu les photos et les films,*

*J'ai religieusement écouté les orateurs qui, avec des talents divers, s'évertuaient à faire revivre les heures atroces qu'ils avaient vécues.*

*J'ai observé le respect, l'émotion et les réactions des lecteurs, spectateurs ou auditeurs que secouaient souvent des frissons d'horreur.*

*J'ai vu bien des yeux se remplir de larmes.*

*Et bien, malgré ce, je proclame que nul hormis ceux qui sont passés par là, ne peut se faire une idée, même lointaine, du régime de souffrance et de détresses, d'atrocités et de tueries, d'agonies et de morts qui régnait dans les camps maudits. Quelle que soit en effet la précision et la fidélité de la photographie immobile ou filmée, (faite évidemment après la libération des camps donc étrangère à leur vie) ; quel que soit l'art descriptif de l'écrivain et sa puissance d'évocation ; quel que soit le talent de l'orateur, la richesse des expressions, le coloris de ses images,*

*Il est des visions,*

*Il est des bruits,*
*Il est des couleurs et des odeurs,*
*Il est des sensations, des sentiments, des émotions,*
*Il est surtout des atmosphères, des climats faits précisément de ces bruits, de ces odeurs et de ces sensations qui échappent à toute reproduction.*

### 1. Image des wagons

*Par exemple, on vous a parlé, ou on vous parlera, de ces convois pour l'Allemagne ou les déportés étaient entasses par cent, par cent cinquante et jusqu'à deux cent trente dans un seul wagon de marchandise.*

*On vous donne à imaginer ce qu'a pu être la vie de ces êtres contraints de rester de trois à huit jours dans l'atmosphère la plus infecte, terrassés par la chaleur, la soif, la faim et peu à peu gagnés par la démence.*

*Mais nul ne pourra vous faire revivre ces scènes d'hallucination où les visages suaient l'angoisse et la souffrance, les vains appels au secours, les sanglots et les cris ; l'agonie et les râles des mourants debout, des 'mamans', les rires et le délire de la folie, certains malheureux tentants d'étrangler leurs voisins ou de leur crever les yeux.*

### 2. Image des suppliciés

*Qui vous montrera, dans les camps, la longue cohorte de suppliciés au visage creusé, aux yeux hagards, marqués de tous les stigmates de la mort, flottant, tels des squelettes, dans leur vêtements rayés de bagnards.*

*Soit contraints, pendant de longues heures de l'interminable appel, à une immobilité, fatale du fait des intempéries.*

*Soit se rendant au travail, en rang et au pas cadence, sous les injures, les coups de pied ou les coups de crosse des sentinelles accompagnées de molosses bondissant au moindre signe.*

*Soit assistant aux pendaisons ou défilant devant les pendus aux sons d'un orchestre dont les airs, choisis parmi les chansons gaies, à la mode, jetaient des accents d'un tragique indéfinissable.*

### 3. Image d'anthropophagie

*Quelles photos, quels films sauront nous raconter les scènes de tueries et de famine, les bagnards dévorant de l'herbe et des feuilles, tandis que j'ai vu, moi qui vous parle, vu de mes propres yeux au camp d'Ebensee, une semaine avant l'arrivée des Américains, un cadavre dans la fosse sanglante auquel un large morceau de chair venait d'être découpé.*

*Et Dieu sait cependant s'il restait peu de chair sur ce squelette !*

*D'autres ont vu dévorer foie, poumon...*

*Et les luttes féroces entre certains détenus (surtout Russes et Polonais) pour un morceau de pain ou un peu de soupe tombés à terre, alors que sous l'emprise de la faim, c'est la loi de la jungle qui animait les hommes.*

*Et les infirmiers se précipitaient sur les morts, encore chauds, pour forcer les mâchoires crispées et arracher les dents en or à destination des SS.*

*Oui, on vous a souvent parlé des méthodes de la Gestapo et des violences dans les camps de concentration ;*

### 4. Bruits et cris

*Mais ce que nous sommes impuissants à vous faire entendre,*
*Ce sont les hurlements qui s'échappaient des chambres de torture ;*
*Ce sont les bruits mats des coups qui pleuvaient de façon incessante : coups de poing, coups de pied, coups de matraque, barre de fer, pelles, pioche ;*
*Cris de douleurs et cris de folie ;*
*Hurlement des mères a qui les SS arrachaient leurs bébés pour leur fracasser la tête contre un mur ou, quelque fois, les précipiter vivants, entendez-vous, vivants, dans la gueule du four crématoire.*
*Qui imitera les appels, les sanglots et les râles des agonisants ?*
*Au camp de Lublin des tracteurs spécialement mis en marche, actionnaient leurs moteur pour couvrir le bruit des fusillade et les cris des fusillés. Le 3 novembre 1943, pour couvrir la fusillade de dix-huit mille prisonniers, une musique éclata dans le camp, sous forme de fox-trot et tangos assourdissant, s'échappant de plusieurs dizaines de haut-parleurs.*
*La radio envoya la musique toute la matinée, tout l'après-midi, toute la soirée, et toute la nuit.*
*Qui évoquera à vos oreilles, l'horreur du vrombissement du tracteur ou de la musique des haut-parleurs ??*

## 5. Vision des fours crématoires

*Les fours crématoires !*

*Peut-être vous les a-t-on montrés ou décrits : comme architecture, rien de bien excitant.*

*Mais, imaginerez-vous jamais l'impression que peut faire cette colonne de fumée s'échappant des cheminées, d'abord par intermittence, ensuite continuellement lorsque l'extermination était devenue permanente, et les lueurs d'un rouge sanglant qui traversaient la nuit.*

## 6. Odeurs

*Et plus encore, l'odeur de viande grillée, qui planait sur le camp et obsédait nos narines.*

*En vérité, nous n'y prenions plus garde à la fin.*

*Et, puisque j'en suis au chapitre des odeurs, savez-vous qu'aux jours de grandes exterminations dans le camp de Majdanek, l'odeur qui se répandait du camp jusqu'aux environs de la ville obligeait les habitant de Lublin à se couvrir la figure de mouchoirs ?*

## 7. Avilissement et détresse

*Telles étaient les images, les bruits, les odeurs que nous percevions en permanence.*

*Mais qui pourra illustrer les sentiments, les pensées douloureuses qui habitaient l'âme des suppliciés que nous étions ? Les tortures morales s'ajoutaient aux souffrances physiques.*

*Aucune nouvelle de notre famille ni de notre patrie, quand ce n'étaient pas de fausses nouvelles que nos tortionnaires faisaient propager pour ébouler ce qui pouvait nous rester d'espoir.*

*Parqués, alignés, conduits comme des animaux, nous portions un numéro qui, au camp d'Auschwitz notamment, était tatoué sur l'avant-bras gauche.*

*Vêtus comme des forçats, ignominieusement nourris, soumis au droit de vie ou de mort raffinée, sans la moindre possibilité de révolte, nous étions une réserve dans laquelle les SS puisaient au hasard de leur caprices, pour nous envoyer :*

*- soit à la mort rapide par les fusillades ou les chambres à gaz,*

*- soit à la mort lente par les travaux forces accompagnés d'atrocités,*

*- soit à la mort nécessaire comme terrain d'expérience de vivisection ou de recherches physiologiques ou biologiques.*

*Concevez-vous la détresse de ceux qui se voyaient désignés pour les kommandos réputés mortels, de ceux qui allaient travailler dans l'usine souterraine de Dora d'où le plus souvent on revenait, quand on revenait, aveugle ?*

*Et le désespoir des juifs d'Auschwitz-Birkenau parmi lesquels, tous les jours des ponctions pour alimenter les chambres à gaz et les sept fours crématoires.*

*Et, brochant sur le tout, l'inexprimable sensation de mort, silence de mort, odeur de mort qu'éclairaient seulement les cyniques sourires des SS, réjouis de leur besogne.*

## *8. Angoisse : le car fantôme*

*L'angoisse ! Elle était permanente, parce que permanente aussi, étaient les menaces de mort, mais à certains moments cela devenait atroce.*

*Voulez-vous connaitre les plus durs que j'ai vécus ?*

*C'était à l'infirmerie de Mauthausen où j'avais été admis pour broncho-pneumonie double.*

*Certes, des anciens nous avaient énergiquement déconseillé de demander à y entrer, car il s'y passait des choses effroyables, et rares étaient les gros malades qui en revenaient.*

*Mais que faire ?*

*Je ressentais une fièvre de cheval. Je ne tenais plus sur pieds, et le risque de rester debout, mal vêtu, toute la journée, dehors par un froid glacial, avec les poumons pris, était aussi fatal.*

*J'y entrai donc et aussitôt, les trois ou quatre français qui s'y trouvaient, noyés parmi des centaines d'étrangers, Russes, Polonais, Tchèques... m'ont préparé au passage du car fantôme.*

*Il faut noter que les lits étaient des châlits à deux étages et que nous couchions trois et souvent quatre par étage sans le moindre souci de contagion.*

*Dans les baraquements composant l'infirmerie, passaient (alors) régulièrement deux fois par semaine un sous-officier SS qui venait choisir des malades destinés à être embarqués dans le sinistre car qui attendait à la porte. A chaque passage, il en désignait une douzaine par baraque en circulant entre les lits, en pointant vers les victimes la badine dont il jouait avec une cynique insolence.*

*Quelle règle présidait à un tel choix ? Aucune. Sans doute, il laissait entendre qu'il ne retenait les plus malades.*

*Mais il n'était pas médecin, ne procédait à aucun examen et ne se déterminait que par l'apparence.*

*Et mes informateurs de me recommander de m'asseoir sur le lit quand il était annoncé, de paraitre en bon état.*

*Car, vous m'avez déjà compris, ceux qui partaient dans le car fantôme, on ne les reverrait jamais.*

*Les uns prétendaient qu'ils recevaient la fameuse piqure de benzine au cœur.*

*D'autres que l'intérieur du car était aménagé pour recevoir les gaz d'échappements du moteur.*

*D'autres que le car allait au camp de Dachau (à 200km de là) pour alimenter le pavillon de vivisection et d'expérience médicale.*

*Les médecins déportés, comme nous, croyaient qu'on allait simplement à la plus proche chambre à gaz, antichambre du four crématoire.*

*Mais ce qui est certain, c'est que l'on ne les voyait plus !*

*Oh, vous, qui m'écoutez, comprenez-vous ?*

*Pouvez-vous comprendre l'angoisse hallucinante qui, dans le silence de mort planant sur la salle, nous étreignait, haletants, sueur froide au front lorsque le SS s'avançait, cigarette et sourire au lèvre, en jouant de sa badine ?*

*Pendant quatre semaines, c'est-à-dire à huit reprises, je l'ai vue, la mort avec sa faux, frapper parmi nous, révoltés mais impuissants, et frapper notamment trois jeunes français que je connaissais, qui partant, le masque livide des suppliciés ont été conduits dans le car.*

*A huit reprises, j'ai dû suivre les mouvements de la cravache.*

*Et trois fois, entendez-vous bien, trois fois, j'ai eu la terreur de la voir pointer vers mon lit.*

*Instant d'épouvante indicible, car je toussais et avait quarante de fièvre. Selon les conseils reçus, je m'étais redresse, je gonflais les joues, j'affectais un air tranquille.*

*Était-ce cela, mon étoile ? J'ignore, mais ce sont mes infortunés voisins qui ont été désignés, l'un à mes côtés, deux à l'étage supérieur.*

*Mon cœur avait cessé de battre.*

*Huit fois, j'ai assisté à ce spectacle qui se répétait dans toutes les baraques.*

*Trois fois j'ai subi cette torture.*

*Me croyez-vous maintenant quand je vous dis qu'il s'agit d'impressions impossible à représenter ?*

### 9. *L'invraisemblance*

*Ainsi j'espère avoir fait comprendre la première raison qui interdit à l'esprit, même le plus pervers et le plus imaginatif, la réalisation de la vie dans les camps d'extermination.*

*Mais aussi il y a aussi une autre raison qui jaillit du plus profond du cœur de tout être civilisé c'est l'invraisemblance des récits des rescapés.*

*Un poète l'a dit : 'Le vrai peut quelquefois n'être pas vraisemblance.'*

*Vous qui m'entendez, vous ne devez pas, vous ne devez pas admettre, qu'en l'an 1945 de notre civilisation, des êtres humains aient inventé et appliqué des supplices, des méthodes de tuerie qui laissent loin derrière, sur le plan de la cruauté, les massacres de l'antiquité, les supplices chinois ou les procédés de l'inquisition.*

*Alors, surtout, je ne saurais trop le répéter, qu'il ne s'agisse de faits isolés produits de la haine sadique de tel ou tel commandant de camps, mais d'une méthode d'ensemble, diffusée par des instructions précises et appliquées à tous les camps de troisième catégorie, dits KZ, que les Allemands eux-mêmes n'hésitaient pas d'appeler : 'Vernichtungstager' ce qui veut dire : camps d'extermination.*

*Je veux vous raconter un certain nombre de scènes, prises entre mille semblables, qui sont, pour nous, déportés, l'écho de la vie que nous menions là-bas, tous les jours.*

*Mais pour vous, je consens qu'elles soient peu croyables, car je le confesse, si quelqu'un les eut rapportées avant que je ne les vécusse, j'aurais considéré mon interlocuteur comme menteur ou halluciné et l'aurais écouté avec un scepticisme coloré de pitié.*

*Est-ce-à-dire que nous devons renoncer ? Certes non ! Car se taire serait un autre crime contre la civilisation et la conscience universelle.*

### *10. De la politique d'extermination*

*Avant d'aborder ces récits de détail, et pour mieux les illustrer, il faut qu'on sache l'esprit de la politique allemande d'extermination.*

#### *Avertissement*
*Selon les lois de 'Mein Kampf', le nazisme rêvait, sous la généreuse formule de communauté européenne, qu'avait adopté trop de misérables Français, d'asservir l'Europe, les nations dominées ne devant être désormais qu'une pépinière d'esclaves au service du plus grand Reich.*

*Mais cela ne pouvait se faire, ou demeurer, qu'avec la disparition totale des éléments d'opposition ou de résistance dans les divers pays asservis. Ces éléments, ils étaient bien faciles à repérer.*

### Eléments d'opposition

*C'étaient d'abord les hommes politiques, ou les militants des mouvements qui avaient proclamé leur hostilité à toutes les formes du fascisme. C'étaient les patriotes qui s'étaient révélés par leur activité contre l'occupation. C'étaient les intellectuels, professions libérales, etc. dont l'esprit critique n'eût point approuvé le nouvel esclavage. C'étaient les Juifs hostiles, par prétérition, au régime national-socialiste. Et c'étaient tous ceux que la haine politique, la vengeance, la délation, la corruption signalaient à la Gestapo. La Gestapo, elle, n'avait qu'à lire son courrier, dépêcher ses agents, violer, piller et déporter.*

*Mais il y avait une catégorie d'individus – fort peu intéressants, et que je ne signale que pour être complet – à savoir des repris de justice, des trafiquants de marché noir, des souteneurs, des oisifs, etc., individus que les Allemands désignaient du nom d'asociaux. Ils les considéraient comme des révoltés, difficiles à soumettre et, partant, mauvais sujets pour la nazification.*

### Destruction après utilisation

*Ce sont ces éléments, confondus sans distinction – et présentés comme « terroristes » aux yeux des rares Allemands qui auraient pu s'en émouvoir – qui, déportés de tous les pays occupés d'Europe, alimentaient les camps d'extermination.*

*Notez par parenthèse que les Français n'étaient guère plus de 10%.*

*Nous étions donc voués à la mort, mais avant de nous faire disparaître, pourquoi ne pas nous utiliser ?*

*Surtout qu'alors les guerres du Reich exigeaient plus d'ouvriers que de guerriers. D'où l'envoi des déportés dans les usines, dans les mines, dans les chantiers divers, où leur masse compensait leur compétence ou leur ardeur. Soit ! – m'objecterez-vous ; nous comprenons le principe de l'extermination et du travail ; mais pourquoi l'assortissaient-ils des horreurs de la famine ? Pourquoi ces atrocités savantes, voulues, coordonnées ?*

### Famine

*Trop facile est la réponse que permet une douloureuse expérience.*

*Nourrir normalement des milliers de forçats est chose coûteuse pour un pays déjà contingenté malgré les pillages qui l'avaient provisoirement enrichi.*

*L'agriculteur, qui utilise chevaux et bœufs pour son travail, les nourrit et les soigne car leur remplacement signifierait des efforts pécuniaires.*

*Mais les nazis, eux, n'avaient guère à entretenir de tels soucis : ils avaient raflé et pouvaient encore rafler tant d'hommes que le remplacement des morts se faisait quasi-automatiquement.*

### Atrocités

*Quant aux atrocités, elles sont le produit de l'esprit nazi, méthodique, lâche et pervers, gonflé de mépris et de haine pour ses ennemis. Quelle joie de les avoir à merci pour les torturer lentement, savamment et savourer une cigarette en suivant les convulsions des victimes !*

*Et, répétons-le autant de fois qu'il le faudra, ce n'étaient point d'actes isolés dont il s'agissait, dûs à plus ou moins de sadisme de tel chef de camp, mais d'une politique d'ensemble, aussi bien appliquée à Auschwitz, qu'à Bergen-Belsen, Buchenwald, Dachau, Flossembürg, Lublin, Mauthausen, Ravensbrück ou Neuengamme pour ne citer que les plus connus.*

*Quant à la crainte des réactions ou de l'indignation de la conscience universelle, nous pouvons en rire. Que peut-on craindre quand on est le maître du monde ?*

*Et d'ailleurs, quelles traces et quelles preuves ? Les morts sont discrets, n'est-ce pas, Mr Himmler ? Vous avez failli gagner puisque 80 % des déportés ne parlent pas !*

- *L'extermination massive et directe*
- *L'extermination collective et indirecte*
- *L'extermination individuelle*

### 1- *L'extermination massive et directe*

*Tous les hommes transportés en Allemagne et étant en surnombre, eu égard aux besoins de la main-d'œuvre, étaient massacrés dès leur arrivée. Heureux ceux-là dont la mort n'a pas été précédée des affres de longs mois de souffrances ! C'est le camp d'Auschwitz-Birkenau qui constitue le type le plus atrocement éloquent à cet égard.*

#### a. Par le gaz

*Quand un convoi y parvenait, transportant des déportés – et en grosse majorité des déportés raciaux – de tous les horizons d'Europe, tous les malheureux étaient alignés sur le quai, dès la descente du train.*

*D'abord, – c'est presque inutile de le dire ! – ils étaient contraints à se dévêtir des pieds à la tête et entièrement dépouillés : valises, musettes, vêtements, et jusqu'aux alliances.*

*Malheur à ceux qui laissaient entrevoir des dents en or !*

*Ensuite les SS passaient dans les rangs et en faisaient sortir ceux dont l'aspect physique révélait une meilleure aptitude au travail. Ceux-là iraient grossir la masse des esclaves. Quant aux autres, ils étaient conduits dans un groupe de bâtiments dont l'entrée portait l'inscription « Baden », ce qui veut dire « Bains » ou « Douches ».*

*Là, les hommes dans une aile, les femmes et les bébés dans une autre, ils étaient poussés dans une salle – par deux à trois cents à la fois – dite de déshabillage où de nombreuses patères avec un numéro étaient fixées au mur ; et, dans les cas où les suppliciés y pénétraient vêtus, les SS poussaient la sinistre plaisanterie jusqu'à recommander qu'on n'oublie pas les numéros pour retrouver les vêtements après la douche.*

*De là, les suppliciés étaient poussés, sous les vociférations et les coups de schlague, dans la pièce voisine, grande salle traversée par des tuyaux et où, du plafond, descendaient de nombreuses pommes d'arrosoir. Les portes étaient hermétiquement fermées. Et ce n'est point de l'eau qui tombait des pommes mais le tristement célèbre gaz « cyclone » qui sortait des colonnes traversant la salle.*

*Je laisse parler un témoin.*

« *Les gens étaient nus, serrés les uns contre les autres et n'occupaient pas beaucoup de place. Sur les 40 m² du local, on parquait plus de 250 prisonniers. Une équipe spéciale munie de masques à gaz versait, par les tuyaux à l'intérieur du local, le « cyclone » contenu dans les boîtes rondes. Après avoir déversé le « cyclone » par les tuyaux, le SS qui commandait l'opération d'asphyxie tournait un commutateur et le local s'éclairait. De son poste d'observation, il pouvait, l'œil collé au judas, suivre l'asphyxie qui durait de deux à dix minutes. Il pouvait tout voir à travers le judas, sans aucun danger pour lui : et les visages horribles des moribonds, et l'action graduelle des gaz ! Le judas était placé juste à hauteur de visage. Quand les victimes agonisaient, l'observateur n'avait pas besoin de les chercher à terre ; en mourant, les victimes ne tombaient pas, faute de place ; le local était tellement bondé que les morts continuaient à rester debout sans changer de pose.* »

*Après quoi, les cadavres étaient transportés au four crématoire et brûlés. Les cendres étaient dispersées dans les champs.*

### *Prélèvements dans le camp*

*Mais des convois de déportés n'arrivaient point tous les jours ; des semaines, et parfois des mois les séparaient. Et cependant, il ne fallait pas que l'extermination se ralentît.*

*Alors, périodiquement, au cours des appels, les SS passaient dans les rangs et désignaient les détenus* d'apparence plus fragile – appelés, je n'ai jamais su pourquoi, « les musulmans » – en vue d'un transport. Ces malheureux, qui connaissaient leur destin, étaient conduits, en rangs de 5, aux chambres à gaz.

C'est ainsi qu'au camp d'Auschwitz-Birkenau où sept fours crématoires ont fonctionné, sans discontinuer, nuit et jour pendant plus de 4 ans, de 1941 à fin 1944, on estime à plus de cinq millions le nombre de victimes, dont plus de trois millions et demi de Juifs de toutes nationalités. 98 % de déportés à Auschwitz y ont été assassinés ; 2 % ont eu la miraculeuse fortune d'en réchapper. Plus de trois millions de Juifs de toutes nationalités !

### *b. Par la fusillade*

Dans les camps où les chambres à gaz et crématoires n'étaient pas construits, l'extermination était faite par fusillade ou par pendaison en grande série.

Le 3 novembre 1943, dans cette seule journée, 18000 prisonniers, moitié hommes, moitié femmes et enfants, furent fusillés au camp de Lublin.

### *Charniers*

Des fossés avaient été creusés, d'une largeur de deux mètres et d'une longueur de plusieurs centaines de mètres. Tous les déportés furent obligés de descendre nus dans ces fosses : aussitôt, ils furent fusillés du haut du talus à coups de mitraillettes.

On obligea alors une seconde rangée de suppliciés à se coucher sur les cadavres.

Seconde fusillade.

*Troisième rangée de condamnés et ainsi de suite jusqu'à ce que le fossé fût comble. Alors, ceux qui étaient encore vivants recouvrirent le fossé de terre et passèrent à un autre fossé où ils furent fusillés à leur tour.*

*Seuls les fusillés du dernier rang dans le dernier fossé furent enterrés par les SS.*

*Au début, en 1941, on brûlait les corps selon la méthode hindoue antique : un rang de bois, un rang de cadavres, etc.*

*Dans les périodes d'intenses tueries, les fours s'avéraient insuffisants. On procédait alors à la crémation hors des camps.*

*Sur des rails ou sur des châssis d'automobile, qui servaient de grilles, on mettait des planches et des cadavres dessus, puis encore des planches et encore des cadavres. C'est ainsi qu'on empilait sur le brasier de 500 à 1000 cadavres. On arrosait le tout avec du carburant et on y mettait le feu.*

*Les brutes hitlériennes enfouissaient la cendre, dans des trous et fossés, l'épandaient sur la vaste étendue des potagers du camp avec le fumier et ils s'en servaient pour engraisser les champs.*

*On a trouvé au camp de Lublin, plus de 1350 m³ de compost, constitué par le fumier et la cendre des cadavres brûlés et les petits ossements d'êtres humains. Les hitlériens faisaient moudre les menus ossements dans un moulin spécial.*

*Sauf cependant au cours des dernières semaines qui ont précédé la Libération, lorsque, sentant l'approche des Russes et des Américains, ils ont considérablement réduit, puis supprimé toute nourriture. Ils mouraient alors, d'épuisement accéléré, plus de quatre cents camarades par jour, et l'unique four crématoire d'Ebensee ne suffisait pas à les absorber. Les cadavres étaient alors jetés pêle-mêle dans une vaste fosse, mêlés à de la chaux vive.*

*Cela explique les photographies de charniers prises et publiées par les Américains.*

*Dans les tout derniers jours, on ne se donnait plus la peine de dévêtir et de transporter les morts qui gisaient ici, épars, là où ils étaient tombés, dans les postures les plus horriblement diverses. C'était à la fin d'avril dernier, en pleine famine, tandis que les uns dévoraient de l'herbe, – celui qui vous parle se nourrissait de bourgeons de sapin – et que les plus affamés revenus à l'état de bêtes, se livraient à l'anthropophagie.*

*D'ailleurs, nos camarades médecins nous prévenaient que les plus vaillants d'entre nous n'en avaient guère pour plus de trois semaines.*

*Je vous laisse donc deviner l'accueil de nos libérateurs.*

### 2-    *L'extermination collective indirecte*

#### Transports normaux

*C'est au cours des transports de France en Allemagne que nous avons commencé à connaître les méthodes des SS.*

*En effet, l'expérience nous a révélé que des camps comme Compiègne ou Drancy, qui cependant nous étaient apparus odieux, étaient des paradis comparativement à ce qui nous attendait.*

*La norme était l'entassement, dans les wagons de marchandises classiques : 8 chevaux en long pour 40 hommes à raison de 100 à 120 par wagon, plus la tinette.*

*Le wagon était verrouillé de l'extérieur. On était contraint de demeurer debout, en organisant un tour de rôle pour permettre à quelques-uns de s'asseoir. Pas d'air, chaleur étouffante, atmosphère empuantie. Le voyage durait de quatre à huit jours en raison de la destruction ou de l'encombrement des lignes.*

*Pas de nourriture, pas d'eau.*

*Je renonce à vous décrire les scènes d'angoisse engendrées par la fatigue, la faim, l'asphyxie, la soif surtout. Ce n'étaient que cris, appels, sanglots, délires. On a vu des malheureux lécher les parois humides du wagon, d'autres boire leur urine, d'autres gagnés par la folie frapper leur voisin à coup de canif ou chercher à leur crever les yeux. Et je suis fort loin d'avoir tout enregistré. C'étaient des loques humaines ivres de lassitude et hagardes qu'à l'arrivée, les SS tiraient des wagons, avec les cadavres de ceux qui étaient morts pendant le voyage. On ne saura jamais le chiffre exact de ces morts comme de ceux qui, atteints durant le voyage, ont succombé peu après.*

### Transports spéciaux

*Mais je ne viens de décrire que les transports ordinaires. Il y avait d'horribles variantes.*

### Mon convoi

*Le 22 mars 1944, dans le convoi parti de Compiègne à destination de Mauthausen – convois dont, avec des otages nîmois, j'avais l'honneur de faire partie – certaines évasions et tentatives d'évasion avaient eu lieu, malgré la surveillance des SS d'escorte. Ceux-ci en devinrent furieux et déchaînés : ils parlèrent d'abord de fusiller un certain nombre d'otages par wagon, puis trouvèrent mieux. Arrivés à la petite gare de Novéan, faubourg de Metz, ils nous firent descendre, wagon par wagon, sur le quai, à coups de trique, bien entendu, et c'est là que j'ai reçu mes premiers coups de nerf de bœuf. Ils nous contraignirent à nous dévêtir de pied en cap, en abandonnant pêle-mêle nos vêtements.*

*Dans les wagons où les évasions n'avaient été que des tentatives, ils nous firent remonter nus, en même nombre, c'est à dire 100 à 110. Mais pour les wagons où quelques évasions avaient réussi, ils nous contraignirent à nous entasser à raison de deux wagons dans un, c'est-à-dire 220 plus la tinette. Nul n'aurait jamais cru à une telle possibilité de compression des corps humains. 220 hommes, collés debout, incapables de faire un mouvement, incapables même de tomber, urinant sur eux, criant, hurlant, râlant, soutenant des cadavres.*

*Ce n'est pas tout.*

*Les voyageurs de ces deux wagons – ou plus exactement ceux qui en survivaient – furent obligés, à coups de bottes et à coup de crosse, de gravir tout nus, chancelants, à pied et dans la neige, les cinq kilomètres de côte qui séparaient la gare de la forteresse.*

*Qui dira leur martyr et leur héroïsme ? Mais qui dira aussi le nombre des camarades, tous Français, que nous avons perdus dans cette épopée ?*

### *Les convois de la mort*

*N'avez-vous pas entendu parler de convoi de la mort ?*

*Le 2 juillet 1944, un convoi partait de Compiègne pour Dachau. En raison des destructions ferroviaires, il mit huit jours pour arriver à destination.*

*8 jours dans la plus étouffante des chaleurs.*

*8 jours sans manger et surtout sans boire !*

*Quand on ouvrit les wagons, on retira, sur deux mille transportés, mille cadavres. Dans un de ces wagons, trois hommes seuls avaient survécu au milieu de 97 cadavres. On les fit descendre : <u>ils étaient tous les trois devenus fous</u> !*

*Et encore, ne nous lamentons pas trop, en pensant qu'une couche de chaux vive était souvent répandue sur le parquet des wagons qui emportaient les Juifs de Drancy !*

*Après le transports, les agents les plus actifs d'extermination collective, mais de mort plus lente, étaient la faim, l'épuisement par le travail, les appels et le froid.*

*C'était, en vérité, la combinaison de tous ces éléments.*

### *La faim*

*De la faim, je ne vous en parlerai guère, car on vous a souvent décrit notre régime d'eau chaude et de misérable pain composé d'immondes produits sauf de farine. La seule impression que je doive signaler, c'est au point de vue strictement sensoriel : la faim est la plus supportable des sensations.*

### *Le travail*

*Le travail, lui était atroce, surtout pour les vieillards, les plus faibles et plus généralement tous ceux qui n'étaient point entrainés aux efforts physiques.*

*Les spécialistes (mécaniciens, menuisiers...) étaient favorisés parce qu'ils pouvaient, le plus souvent à l'abri, effectuer un travail familier.*

*Mais les intellectuels, avocats, professeurs, journalistes, commerçants, employés etc., étaient voués aux plus pénibles travaux de terrassement : déblayement, construction de routes, creusement de tunnels, mines.*

*Pelle, pioche, marteau-piqueur, wagonnet, et surtout transport des matériaux ; lourdes pierres, sacs de ciment, charpentes en bois ou en fer.*

*Dix heures de travail effectifs plus deux heures pour la formation des équipes, les déplacements, soit quatorze heures de présence debout par jour.*

*A Melk, le camp était à 6 kilomètres des galeries où je maniais la pelle. Il fallait, soit par train spécial, soit à pied, effectuer deux fois par jour le trajet, sous l'escorte hargneuse des sentinelles SS et de leurs chiens.*

*Odieux ces kommandos de nuit !*

### Les coups

*Le travail, bien qu'harassant en lui-même, n'est cependant pas mortel sans les coups.*

*Les coups étaient monnaie courante pour assurer le zèle des forçats et la terreur des chefs.*

*Mais en réalité, ils étaient distribués sans motif, par pure cruauté. J'en parlerai plus longuement au chapitre des massacres individuels.*

*Les uns étaient mortels, mais tous exterminaient : peu d'entre nous avaient un corps qui ne fût pas mosaïque de cicatrices.*

*Les coups étaient distribués par les SS, les chefs de block, les kapos et jusqu'aux contremaîtres civils des firmes auxquelles nous louaient nos bourreaux. C'étaient des coups de crosse, de nerf de bœuf, de barre de fer, ou pis, de coups de pioche...*

*Pour ma modeste part, j'ai eu, à part d'innombrables coups de pied et coups de poing, le cuir chevelu fendu du tranchant d'une pelle et deux côtes cassées d'un coup de pied. Dieu merci, il n'en est rien resté !*

### *Les appels*

*Tous les rescapés s'accordent à reconnaitre que l'agent le plus pernicieux de la mort lente, étaient les appels.*

*Tous les camps avaient, comme le forum de la cité antique, sa place d'appel où se faisaient les manifestations collectives.*

*Là, tous les détenus étaient rassemblés, soit pour y être comptés, soit pour recevoir des instructions, soit pour assister à des spectacles qui n'étaient jamais, hélas, que des punitions collectives ou individuelles.*

*Ces appels se faisaient au moins deux fois par jour, mais plus souvent aussi au moindre prétexte. Là, les milliers de détenus composant le camp, devaient s'aligner par rang de cinq ou de dix, en ordre impeccable selon la discipline prussienne, et demeurer immobiles jusqu'à ce que licence ait été donnée de rompre les rangs.*

*C'eut été peu de choses, si ces appels n'avaient duré que quelques minutes. Mais c'étaient des heures qu'ils duraient et par tous les temps.*

*Malheur à celui qui sortait des rangs ou cherchait à se reposer !*

*Malheur surtout à celui que la fatigue faisait défaillir et qui tombait : il était roué de coups jusqu'à ce qu'il se relève ou qu'il crève ! Plus le temps était inclément, plus nos bourreaux prolongeaient l'attente.*

*Lorsqu'il pleuvait à verse, ou neigeait à gros flocons, lorsqu'il gelait à pierre fendre – et il en est ainsi 6 mois par an, sur les plateaux ventés d'Europe centrale –, nous devions demeurer ainsi figés, pétrifiés sous l'œil réjoui des SS bien emmitouflés dans leurs canadiennes et chaudement bottés de cuir.*

*Des appels de 4 à 6 heures étaient courants. L'on m'a affirmé qu'à Buchenwald, un appel avait duré 72 heures !*

*Vous devinez, n'est-ce pas ? Les pieds gelés, les pneumonies, les pleurésies, les œdèmes et les phlegmons qui s'ensuivirent.*

*En sachant comment nous étions soignés dans leurs caricatures d'infirmeries, vous en déduisez - n'est-ce pas ? - les hécatombes qui en résultaient.*

### **Le froid**

*Mais à mes yeux, la souffrance lente la plus redoutable était le froid pénétrant et enveloppant contre quoi aucune défense n'était possible.*

*Mal vêtus, chaussés de galoches perméables, nous le subissions d'octobre à juin, soit pendant les interminables appels, soit dans les galeries souterraines, soit dans les blocks humides.*

*Grelotter était notre réflexe normal.*

*Oh, ces nuits d'hiver où, les pieds dans la neige, nous devions manier une pelle que nos doigts engourdis refusaient de tenir !*

*Je vous ai dit la plus atroce torture morale que j'ai éprouvée lors du passage du car fantôme ;*

## Ma nuit du 26 au 27 novembre 1944

*Voici maintenant la plus terrible souffrance physique.*

*C'était dans la soirée du 26 novembre 1944. Nos chefs, ayant jugé qu'à l'appel de 17 heures, la discipline n'avait pas été suffisante, décidèrent de nous punir.*

*Je dis « nous » : il s'agissait d'un kommando de 150 hommes composé en majorité de Juifs hongrois.*

*Alors que nous venions de nous coucher – certains étaient même endormis – nous fûmes, à coups de schlague, invités à nous lever, nous habiller et à nous rendre dans la cour qui longe le bâtiment : c'était vers 9 heures du soir. Là, coups de sifflet, commandement : en rang par cinq.*

*Trente rangées de cinq hommes.*

*Nouveau commandement : « Déshabillez-vous ! » et coups de schlague pour accélérer.*

*« Déchaussez-vous et reprenez l'alignement ! » Nous déposons donc le petit tas de nos vêtements à nos pieds et, entièrement nus, attendions, – nous ne savions pas encore quoi. Or, sachez bien, il avait neigé toute la journée : une épaisse couche couvrait le sol et une cinglante brise nous transperçait. Des kapos et sous-kapos nous surveillaient et malheur à ceux qui s'agitaient ou se frottaient pour se donner l'illusion de se réchauffer ! Ils étaient vite ramenés à l'immobilité.*

*Le froid devait être aux environs de – 6° à – 10°.*

*La tête dans les épaules, nous étions figés, paralysés.*

*Les minutes et les heures s'écoulaient, interminables, cependant que, de temps en temps, l'un d'entre nous s'écroulait, frappé de congestion, sans qu'il fût permis de le secourir.*

*Je grelottais, et, attendant mon tour, mon cerveau roulait les pensées des plus sinistres. J'étais sûr de ne pas m'en tirer et à chaque seconde, j'espérais que l'ordre de rompre serait donné. Et les minutes se succédaient, et les heures s'ajoutaient aux heures.*

*Savez-vous à quelle heure nous devions être libérés ? A cinq heures du matin, c'est-à-dire que nous avions tenu ainsi 8 heures de suite.*

*A cinq heures, nous nous sommes vêtus, nous avons transporté les trente-cinq cadavres qui gisaient dans nos rangs, nous avons reçu notre quart de café et sommes partis au travail.*

*Vous étonnerais-je quand je vous dirai que j'ai passé la journée à me tâter, entre deux coups de pelle, pour sentir si la fièvre de la pneumonie m'envahissait ?*

*Et qu'au retour du travail, des dizaines de mes camarades sont entrés à l'infirmerie pour n'en plus sortir qu'à destination du four crématoire ?*

*Comprenez-vous pourquoi, nous, les rescapés, nous nous demandons, et nous demanderons toujours, comment nous sommes en vie ?*

### 3- *L'extermination individuelle*

*A côté des exécutions en masse par le gaz, les fusillades ou les pendaisons en série, à côté de la mort lente résultant du régime et des méthodes que je vous ai décrites, il y avait ce que j'appellerai les massacres individuels.*

*C'est ici que nous avons dépassé les limites de l'horreur ; et pourtant, concernant les limites du croyable, c'est ici que nous allons juger du degré de perversité barbare, mais organisée, de l'âme nazie.*

### Description des kapos
*Je vous ai dit et peut-être expliqué :*
> *- que SS, chefs de block et kapos avaient, sur nous, droit de vie ou de mort,*
> *- que les chefs de block étaient des détenus, comme nous, qui étaient chargés, sous le contrôle des SS, d'assurer propreté et discipline dans les baraques, de distribuer les rations de nourriture,*
> *- que les kapos, eux, avaient mission de nous commander au cours du travail, de soutenir notre zèle, d'y assurer la discipline.*

*Pour ce faire, ils avaient reçu, les uns et les autres, les pouvoirs absolus. En contrepartie d'une telle délégation de pouvoirs, kapos et chefs de block avaient de grands privilèges matériels : dispense de travail, nourriture spéciale, possibilité non dissimulée de prélever sur nos rations, droit de s'habiller à leur guise, et je passe sur d'autres avantages, point négligeables cependant. Mais ils n'avaient – ou ne conservaient – ces avantages que pour autant qu'ils se montraient des collaborateurs dévoués, c'est-à-dire dignes valets des SS. C'est pourquoi la plupart d'entre eux, pour démontrer leur zèle, se montraient plus royalistes que le roi, je veux dire plus SS que les SS, dans le nombre des assassinats et la façon d'assassiner.*

### Concours entre kapos

*Au point, nous le savions tous, que dans certains camps, certains chefs de block et kapos avaient, à la plus grande satisfaction des « boches », ouvert entre eux un concours hebdomadaire, pour honorer celui qui compterait le plus de victimes ou le massacre le plus original.*

*Mais quels étaient donc ces monstres qui pouvaient avoir l'ignominie de servir de tueurs ?*

*C'est là qu'apparaît la sinistre intervention des Allemands nazis, sans précédent – du moins à ma connaissance – dans l'Histoire.*

*Il n'y a pas en Allemagne de bagnes comparables aux nôtres où s'accomplissent les peines de travaux forcés.*

*Les grands criminels sont condamnés à de longues peines de réclusion (10, 20, 30 ans ou à perpétuité) qu'ils purgent dans des forteresses assimilables à nos Maisons Centrales, mais sous un régime plus rigoureux.*

*Or, les nazis ont eu la diabolique idée de sortir les grands criminels, de les transférer dans les camps de concentration au milieu des déportés et leur conférer les fonctions de chefs ou de kapos. Quelle aubaine pour ces bandits devenus caïds !*

*Mais aussi quel souci de conserver leur place en manifestant le zèle qui était exigé d'eux !*

*Nos bourreaux réunissaient, à la brutalité propre à tout nazi, l'imagination sanguinaire du grand criminel.*

*Comme tueurs, les SS ne pouvaient guère trouver mieux que des assassins de métier !*

*Et leur travail va se développer dans tous les camps, peu varié en vérité, car les procédés de massacre se ramenaient toujours à une vingtaine de types déterminés.*

## Contingent de morts

*Tous les matins – selon les besoins de leurs statistiques, mais aussi selon l'état de la main-d'œuvre – les SS fixaient le nombre de morts qu'ils exigeaient. Ils ordonnaient aux kapos partant au travail avec un kommando de tant d'hommes, de ne revenir qu'avec tant d'hommes.*

*Aux tueurs de supprimer, comme ils l'entendaient.*

*Aucune règle ne présidait au choix des victimes : c'était, suivant une expression vulgaire, selon la tête du client, et selon l'humeur des kapos.*

- *Mort aux intellectuels, à l'endroit de qui ces bandits entretenaient une haine farouche !*
- *Mort aux Juifs de toutes nations !*
- *Mort aux beaux jeunes gens et aux petits garçons qui se refusaient à assouvir les désirs homosexuels de ces criminels !*
- *Mort à tous ceux qui chancelaient et tombaient !*

*L'Allemand est lâche et ne désarme jamais devant une victime gisant à terre.*

- *Coups de poing sur le forçat pour qu'il perde l'équilibre et une fois au sol, coups de pied dans la figure, les reins, les côtes, le ventre, les parties, sauts à pieds joints sur le thorax jusqu'à ce que le supplicié soit mort ou inanimé, dans une mare de sang.*
- *Coups de barre de fer sur la tête, sur la nuque. Les plus forts se donnaient la satisfaction de soulever des pierres de 50 et 80 kg et de les laisser tomber sur la tête ou la poitrine des malheureux à terre.*
- *J'ai vu, à mes côtés, un Russe décharné tomber sous le poids d'une pièce de fonte qu'on l'avait obligé à*

*transporter : le kapo dépité de voir ses coups impuissants à le faire relever, prend un pic et d'un seul coup d'un seul le lui enfonce dans la poitrine d'où j'ai vu jaillir un geyser de sang.*

*A propos de pic, un camarade digne de foi m'a raconté la scène suivante dont il avait été le témoin direct : dans la carrière de Mauthausen, un kapo en accoste un autre en disant : « J'ai entendu dire que tu avais tué un détenu d'un seul coup ; comment as-tu fait ? » « Comment j'ai fait ? Tu vas voir ! » Il appelle : « Komm hier ! » (Viens ici !) le premier homme venu de son kommando et lui intime l'ordre de s'allonger sur le dos. Il prend une pioche et récidive sur ce malheureux son assassinat. « Tu vois, c'est facile !»*

*Cette carrière de Mauthausen : quel sinistre théâtre de massacres, jamais dénombrés ! Il fallait descendre 186 marches pour se rendre du camp au chantier de la carrière. C'était un jeu quotidien que d'obliger les forçats à gravir ces marches en portant des pierres pesantes.*
*Ceux qui défaillaient étaient aussitôt exécutés, notamment poussés du haut de la falaise.*
*Ceux qui résistaient au premier abord se voyaient contraints de monter et de redescendre les 186 marches plusieurs fois de suite en portant un fardeau. On n'en connaît pas qui aient triomphé de telles épreuves.*
*D'autres kapos s'ingéniaient à pousser les forçats hors des limites autorisées, pour que les sentinelles les fusillent automatiquement du haut des miradors. Classique était l'exécution qui consistait à maintenir le supplicié la tête sous l'eau dans un bassin jusqu'à l'asphyxie.*

*Un kapo avait imaginé d'obliger un forçat à circuler sur une rivière glacée en portant une brouette lourdement chargée : bien entendu, la glace a cédé et le forçat a disparu.*

*A Lublin, un kapo faisait ligoter des femmes et les précipitait vivantes dans le four crématoire.*

### Les amusements des SS

*Quant aux SS eux-mêmes, l'omnipotence de leurs moyens leur permettait des assassinats plus « raffinés ».*

*Le crime était, pour eux, un jeu et un sujet d'émulation.*

*En voici quelques exemples, en dehors, bien entendu, des innombrables coups de pied, coups de crosse ou de cravache qu'ils distribuaient au hasard, ou à la tête du client, quand ils circulaient parmi nous.*

*Excitant leurs molosses, ils les lançaient sur les détenus et ne les rappelaient que lorsqu'ils en avaient déchiqueté quelques-uns.*

*Au camp de Lublin, ils avaient exécuté certains amusements particuliers.*

**Le premier amusement** *spirituel consistait en ceci : un SS prenait à parti quelque détenu, lui signifiait qu'il avait enfreint quelque règlement du camp et méritait d'être fusillé. Le détenu était poussé au mur et le SS lui posait son parabellum au front. Attendant le coup de feu, la victime, 99 fois sur 100, fermait les yeux. Alors le SS tirait en l'air tandis qu'un autre s'approchait à pas de loup, lui assénait un grand coup de grosse planche sur le crâne. Le prisonnier s'écroulait sans connaissance.*

*Quand, au bout de quelques minutes, il revenait à lui, les SS qui se tenaient là lui disaient en s'esclaffant : « Tu vois, tu es dans l'autre monde, il y a aussi des Allemands, pas moyen de les éviter ! »*

*Après quoi et après s'être bien amusés, les SS le fusillaient réellement.*

**L'amusement N° 2** *avait pour scène un bassin du camp.*

*Le supplicié était déshabillé et jeté dans le bassin. Il tentait de remonter à la surface et de sortir de l'eau. Les SS qui se pressaient autour du bassin, le repoussaient à coups de botte. S'il parvenait à éviter les coups, il obtenait le droit de sortir de l'eau. Mais à une seule condition : il devait s'habiller complètement en 3 secondes.*

*Personne, évidemment, n'y parvenait. Alors, la victime était à nouveau jetée à l'eau et martyrisée jusqu'à ce qu'elle se noie.*

**L'amusement N° 3** *était plus mécanique. On amenait le supplicié devant une essoreuse luisante de blancheur et on l'obligeait à glisser le bout des doigts entre les deux gros rouleaux de caoutchouc destinés à tordre le linge. Puis, l'un des SS, ou un détenu, sur leur ordre, tournait la manivelle de l'essoreuse.*

*Le bras de la victime était happé jusqu'au coude ou à l'épaule par la machine. Les cris du supplicié étaient le principal divertissement des SS.*

*Après quoi, il était achevé !*

*Parmi les tortionnaires allemands, il y en avait qui s'étaient spécialisés dans telle ou telle méthode de tortures et d'assassinats.*

*On tuait d'un coup de bâton appliqué sur la nuque, d'un coup de botte au ventre ou dans la région de l'aine, etc.*

*Circulant dans les chantiers, ils sortaient leur revolver et abattaient sans autre motif les forçats dont la tête ou l'allure ne leur revenait pas. Parfois, ils instituaient entre eux des concours de tir, du haut d'un talus, prenant pour cible les détenus. « Moi je prends celui-ci. » « Et moi, je prends celui-là. »*

*A propos de tir, vous avez dû entendre parler de la femme du commandant de l'un des camps de Buchenwald, qui faisait monter les suppliciés sur les toits des baraques et s'amusait à les descendre à la carabine.*

*C'est cette même ogresse qui, sous prétexte d'art, s'intéressait aux tatouages. Quand les kapos lui en signalaient un intéressant, elle faisait abattre le malheureux et découper sa peau qu'elle faisait monter en abat-jour.*

*Les Américains ont pu mettre la main sur quelques pièces de sa collection, dont les photos ont été publiées. Sans commentaire, n'est-ce pas ?*

*A Majdanek, les SS procédaient à l'incinération de femmes et d'enfants vivants. A une mère, ils prenaient l'enfant qu'elle allaitait et, en sa présence, ils lui fracassaient la tête contre le mur du baraquement.*

*Ou bien, ils saisissaient l'enfant par une jambe, en maintenant l'autre sous le pied, et c'est ainsi qu'ils déchiraient l'enfant.*

*Ou bien, on pendait le supplicié par les mains liées dans le dos jusqu'à ce que mort s'en suive. (C'est la fameuse torture de l'estrapade, chère à la Gestapo.)*

*A Mauthausen, il y avait la chambre d'immersion. Debout, ligoté, le supplicié était abandonné dans une pièce étanche où de l'eau pénétrait et s'élevait lentement : le supplice durait deux à trois heures.*

*Chez certains, l'imagination était plus perverse encore.*
*Croirez-vous que dans plusieurs camps, on obligeait les hommes à creuser des tranchées où l'on forçait des hommes à se tenir debout ?*
*Leurs propres camarades devaient, sous peine de mort, les enterrer de façon que seule la tête émerge. Et, comble d'horreur, ces mêmes camarades devaient leur écraser la tête sous le poids de brouettes surchargées.*

*Ainsi, la mort était en permanence suspendue sur nos têtes et c'était un billet de loterie que de l'éviter.*
*Souvent, d'ailleurs, elle était annoncée cyniquement par le kapo, prévenant tel ou tel qu'il serait de la prochaine fournée.*
*Et qu'on ne traite pas de lâches ceux qui s'en allaient individuellement, ou par bandes de 3 ou 4, toucher les fils électrifiés pour mourir plus vite et moins atrocement !*

*C'est à Mauthausen encore que le médecin chef SS de l'infirmerie demande, un jour, deux vigoureux gaillards de 20 ans dotés d'une belle denture. On lui fournit deux Russes. Une heure après, ils étaient sur la table d'opération où, pour se faire la main, les chirurgiens s'étaient livrés à l'ablation des reins, des poumons, de l'estomac. Puis leur tête étant coupée, il fut procédé par l'eau bouillante à la séparation de la peau et des os.*
*Et depuis, leurs mâchoires ont servi de presse-papier au médecin chef.*

*Toujours sans commentaire, n'est-ce pas ?*

## *Pendaison*

*Je veux terminer ces quelques fresques lugubres par la projection d'une scène des plus saisissantes qui se puisse graver dans une mémoire humaine : la pendaison en musique.*

*On pendait beaucoup dans les camps, soit d'une façon massive pour les besoins de l'extermination, soit individuellement à titre de châtiment.*

*A Mauthausen, c'était la sanction de toute évasion. Et comme il fallait que le châtiment fût exemplaire et spectaculaire, voici comment on procédait :*

*Tout le camp était rassemblé, généralement en demi-cercle, sur la place d'appel, face à la potence, au gibet ;*

*Le condamné, les mains liées, était placé sur une charrette traînée par quatre détenus qui devaient d'abord lui faire parcourir deux à trois fois le tour de la place.*

*Et, – odieuse mascarade ! – le cortège était précédé d'un orchestre, variable suivant les camps, jouant l'air favori du commandant.*

*A Melk-Mauthausen, l'orchestre comprenait un accordéon et un violon et l'air désigné était : « J'attendrai, j'attendrai le jour, j'attendrai la nuit ... » de Lucienne Boyer.*

*Quelquefois, on obligeait le supplicié, à coups de trique, à prononcer des paroles d'excuse.*

*Après quoi, le malheureux était hissé sur une pile de tabourets, recevait la corde au cou, tandis que ceux qui avaient tiré la charrette renversaient les tabourets.*

*Et l'orchestre continuait à jouer. J'allais oublier de vous préciser que les exécuteurs étaient choisis parmi les meilleurs camarades, les familiers du condamné.*

*Et nous devions ensuite défiler, aux sons de l'orchestre, devant le pendu dont le corps restait encore exposé durant un ou deux jours.*

*Comprenez, Mesdames et Messieurs, que je ne puisse désormais entendre l'air de « J'attendrai » sans frissonner et sans pleurer !*

*J'ai achevé, Mesdames et Messieurs, d'égrener pour vous, le chapelet des horreurs. Si vous voulez les méditer, n'oubliez pas de vous répéter que je ne vous en ai raconté que fort peu des milliers qui se sont déroulées. Chaque déporté possède sa collection !*

*Ainsi, mon propos est terminé, qu'en devons-nous conclure ?*

*La fédération des rescapés s'interdisant toute activité politique, je ne veux pas vous dire - du moins dans cette enceinte - les enseignements qui s'imposent au monde dans les domaines de la politique internationale, comme sur le terrain des politiques intérieures.*

**Mais est-ce faire de la politique que de vous proclamer que nos souffrances et la mémoire de nos morts, s'insurgent contre toute idée d'oubli ou de pardon ?**

*Qu'on oublie ou pardonne de tels crimes uniques dans l'histoire de la civilisation serait un crime contre cette même civilisation et la conscience universelle.*

***Il faut sans fausse pitié que soient recherchés et exécutés, ceux qui - Allemands ou leurs amis Français qui les ont alimentés - portent la responsabilités de tant de massacres.***

## *Une conclusion cependant*

*Et en terminant, je dois vous dire s'il se trouve des rescapés, des survivants, c'est précisément parmi ceux qui, à travers leurs angoisses et leur désespoir ont toujours conservé une petite flamme d'espérance.*

*Cette espérance, c'est la conviction que nous souffrions et nous mourrions pour la plus noble des causes, pour la liberté, notre patrie régénérée.*

*Oui, que la France était belle quand a des centaines de kms et terrassés par des kapos, nous la revivions derrière les barbelés.*

*Aussi, pour que nos camarades ne soient morts en vain, pour que tant de sacrifices soient féconds, nous vous disons une seule chose :*

« **Faites la nouvelle France comme nous l'avons rêvée et comme nous l'avons aimée !** »

## Remerciements

Mon père était déjà parti quand j'ai commencé à écrire ce roman. Et pourtant, il m'a suivi chaque jour et a lu chaque ligne. Sa présence à mes côtés est une grande alliée. Merci d'être toujours avec moi, mon cher Papa.

Merci également à tous mes proches, famille et amis, pour leur patience et leur soutien continus malgré mes absences prolongées et mes présences écourtées, leurs lectures et corrections répétées de mon travail, et l'écoute de descriptions sans fin de mes idées. Je n'aurais pas pu achever cet ouvrage sans leur sollicitude. Parmi eux, Maman et Sara sont à l'honneur. Elles partagent cette vie d'écrivaine au quotidien, souvent en personne, et je suis à la fois reconnaissante et touchée par leur constante compréhension et considération à mon égard. Par leur endurance aussi…

Enfin et surtout, je remercie ma grand-mère, Alix Bedos, pour le partage de ses expériences et de ses valeurs. Sa force d'esprit et sa passion de la vie seront toujours une de mes plus belles influences, tout autant que son amour et son attention envers moi.

Printed in Poland
by Amazon Fulfillment
Poland Sp. z o.o., Wrocław